U0932908
梁远朝，我想去你家吹空调。

委屈到崩溃，她的世界到底是什么颜色的?

云是纯白，天空是蔚蓝，教学楼是棕红，少年是琢磨不透的黑，而她的世界是了无生机的灰暗色。

你是我追随了四年的梁远朝，我想你了。

——摘自薄矜初日记

路很长，车很快，终点看似遥远，但终落在眼前。

我想请司机开得慢一点儿，再慢一点儿，沿途的风景还没看够，我脑海中的美好幻想还差一个结局。司机说不行，他赶着接下一趟客人。我还是下车了，那就现实中再见吧。

——摘自薄矜初日记

公主选骑士

小姐选保镖

薄矜初选梁远朝

赠你座谈姒魂国任你标肆意张

葵十月 著

江苏凤凰文艺出版社
JIANGSU PHOENIX LITERATURE AND
ART PUBLISHING

图书在版编目（CIP）数据

黄烟 / 葵十月著．— 南京：江苏凤凰文艺
出版社，2021.7
ISBN 978-7-5594-6142-1

Ⅰ．①黄… Ⅱ．①葵… Ⅲ．①长篇小说－中国－当代
Ⅳ．①I247.5

中国版本图书馆 CIP 数据核字（2021）第 141597 号

黄烟

葵十月 著

责任编辑 张 倩
特约编辑 丏小亥 八 柚
装帧设计 苏 荼
出版发行 江苏凤凰文艺出版社
南京市中央路 165 号，邮编：210009
网 址 http://www.jswenyi.com
印 刷 湖南天闻新华印务有限公司
开 本 880mm×1230mm 1/32
印 张 10.75
字 数 355 千字
版 次 2021 年 7 月第 1 版
印 次 2021 年 7 月第 1 次印刷
书 号 ISBN 978-7-5594-6142-1
定 价 46.80 元

目录

C O N T E N T S

目录

C O N T E N T S

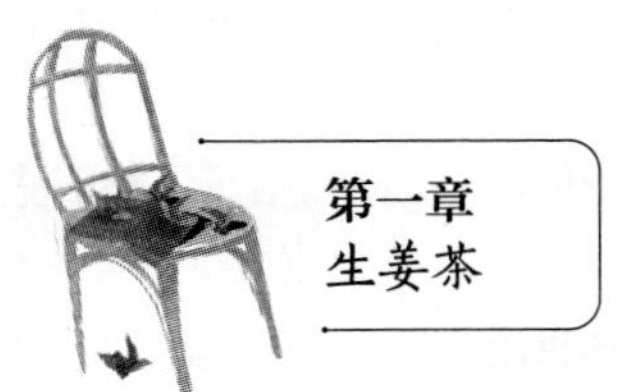

第一章 生姜茶

“我和朋友说，逃避抑郁最好的办法，就是给自己一个世界，一个以你为王的世界，你所有的幻想都能在里面实现，包括你思念的人。你是我追随了四年的梁远朝，我想你了。”

落款时间是大二夏天。

薄矜初合上日记本，重新把它锁回铁盒，扔到床底。

泛着凉意的绵薄春光溜进女人的卧室，梳妆台上的镜子里映着一张精致的鹅蛋脸，薄矜初为了今天的活动特意化妆了。

昨天晚上有人在群里找她，问她是不是真的不准备去参加A大校庆了，她刚想回复一个“嗯”时，一则消息跳了出来。

同学A：“听说梁远朝学长会作为杰出校友出席。”

同学B：“真的吗？！”

同学C：“所以我有机会见到男神本人了？！”

同学D：“我告诉你们，男神本人可帅了。哈哈哈，当年他可是经济学院的风云人物。”

同学D：“不对，是整个学校，迷倒万千少女，我差点儿就为了他跨专业考研了，可惜人家后来出国了。”

以梁远朝为中心的话题火热开启，薄矜初饶有兴致地看着他们刷屏。

群里都是她读研时候的同班同学，半个班的同学都是从外校考进来的，而同学D恰好本科也是在A大念的，自然挑起了这个话题的大梁。

同学 D：“我大二那年，是梁学长风头最盛的一年，他比我高一届，正好大三。那会儿学校论坛有个校花比赛，每个年级先选出一位女生。我一个女的都被迷得神魂颠倒，都太好看了。”

群里的“潜水怪”如雨后春笋般冒了出来。

还有本科在 A 大念的女生：“后来，四个校花接连向男神告白，你们猜他选了谁？”

同学 D 手速飞快，去学校的论坛扒出了几年前的帖子，把四张照片挂到群里。

薄矜初洗完脸，看着微信界面里，消息还在接二连三地滚动。

八卦是女生的本性，一群人聊得热火朝天，猜谁的都有，还有打赌的。

薄矜初擦干了手，忽然来了兴致，回了句：“我赌他谁也没选。”

同学 D：“你怎么知道？！”

薄矜初问：“真正厉害的猎手一般喜欢射猎什么样的动物？”

凶猛、美艳、能激起人胜负欲的动物。

那四个女生都有一个特点——长相乖巧，毫无锋芒，估计梁远朝连看都不屑看一眼。

薄矜初没参与后续聊天，退出了群聊。这时同学 D 发来了私信：“你见过梁学长吗？”

薄矜初回了个问号。两人不熟，她没兴趣多说。

“我在想，如果你本科也在 A 大念，那么那年选出来的女生里肯定有你！”

薄矜初是一眼迷人醉的长相，特别是她叼烟的样子，就像刀尖擦过红玫瑰。

“说不定，梁远朝会选你。”

这话就欠点儿意思了，薄矜初直接删了对话框。

薄矜初躺在床上，一合眼就是那个男人的身影，十七八岁的梁远朝永远是鹤立鸡群的那一个，有一点儿痞帅，还是优秀的学生会主席。

她承认，她又想他了，想看看当初那个阴戾孤寂的少年变成了一个怎样的男人。

临近午夜十二点，薄矜初给宋沉发了条信息，让他明早来接她。

宋沉接到她的时候一脸错愕，他还是第一次见薄矜初化妆，忙不迭调侃：“哟，师姐，今天这么美！”

薄矜初一拍那小子脑袋：“赶紧开车。”

宋沉一边打着方向盘，一边问薄矜初："您不是说不去了吗？"

"昨晚想了想，百年校庆，这次错过就要等下辈子了。"薄矜初看着飞速后退的行道树，"下辈子可不一定有那么好的命能考上A大。"

"可别，您可是年年拿一等奖学金的人。"

薄矜初望着窗外，遥想当年，谁能想到她能从三本院校考上重点院校的研究生。

不过就是大三开始没日没夜拼了命地学，才讨了个后来者居上，算不上多大的本事。

薄矜初问他："你还要继续考博吗？"

宋沉坚决道："不要！"

"那就来研究所吧，刚好可以继续跟着老师。"

正好遇到红灯，宋沉踩了刹车："我上回暗示他了，他给我回了句，他不缺研究生了，让我滚去考博。"

"我要辞职了。"

"什么？"

宋沉大为惊愕，半天回不过神，红灯变成了绿灯，后面响起不耐烦的喇叭声。

薄矜初出声提醒："走了。"

快到目的地的时候，宋沉忍不住问："为什么？"

"总不能一辈子闷在实验室里吧，你师姐我不是那么甘愿奉献的人。"

薄矜初的硕导陈伯生是A大生物研究所的所长，她是陈伯生的得意门生，毕业后顺理成章地进了研究所，跟着陈伯生搞起了生物科研。

作为陈伯生的人，必须奉行"研究大过一切"的原则。

在研究所待了三年，薄矜初每天至少有十二个小时泡在实验室里，陈伯生说过，完不成当天的任务不许离开实验室——无论是谁。

很多时候，她都是凌晨两三点才出研究所大门，连门卫大叔都赞叹：年轻就是好，充满活力。只有她自己知道，这哪里是活力，根本就是透支生命。

薄矜初倒也不是扛不住，不过就是眼下有了更好的选择。

宋沉："这是有人挖了老陈的墙角？"

"不，是我跳槽了。"

"真的是因为这个？"

"假的。"

A 大校门口挤满了人，到底是百年校庆，比以往任何一天都热闹。

宋沉找地方停车去了，薄矜初先进去，校园里除了指示牌，还有戴着红色袖标的志愿者，看样子是大一或大二的学生。

除了绿化面积更大了，学校几乎没什么变化。礼堂还是老样子，陈旧却别有韵味。

校庆十点开始，第一排的红色座位是给领导和杰出校友的，也是整个礼堂唯一能被聚光灯照亮的一排人。

草草扫过一眼，薄矜初就有预感，那人一定是他。

他还是和以前一样，脊背笔挺，是万里海域中耀眼的灯塔。

庆典的开头是枯燥乏味且极为冗长的欢迎辞，等了好一会儿才到贵宾介绍："下面，让我们掌声欢迎 A 大的杰出校友、二〇〇八届的学长、朝今集团的 CEO 梁远朝先生。"

男人解开西装，转身朝着人群微一鞠躬，起身的瞬间，眼神自然瞥过右后方，薄矜初呼吸一滞。

还好，她身处黑暗中，男人没发现他，此刻比她设想的再见多了些紧张，不过仅是一瞬。

庆典有一个环节是颁奖，其中一个获奖者正好是陈伯生。

主持人："让我们有请陈伯生教授及其研究团队成员一起上台领奖，大家掌声欢迎。"

陈伯生走在前面，身后跟着薄矜初和路迟。

路迟知道今天要上台，特意穿了正装、喷了发胶，和平时实验室里那个蓬头垢面的男人简直判若两人。

薄矜初黑色的西装外套里是一条红色的吊带裙，脚上穿着细高跟鞋，披肩长发，耳环闪亮，丝毫不逊于电影节红毯上的女明星。

三人一上台，底下的同学欢呼阵阵，谁能想到秃头教授的团队里竟然是俊男靓女。

陈伯生对着话筒道："喀喀，后面的同学稍加克制一下，会吓到你们的学长学姐的。"

"大家好，我是陈伯生，旁边两位既是我研究所的团队成员，也是我的学生。大家都看见了，男俊女靓，所以不是搞科研的就一定是秃子或者'地中海'，哈哈哈……"

"自我介绍的事，就让他们自己来吧。"陈伯生把位置让给两位后生。

路迟绅士地摆手，示意女士优先。

“大家好，我是薄矜初。”话音未落，贵宾席上低着头的男人骤然抬眸，视线冷热交会，像往冰上淋沸水，寒意一点一点吞噬热气，一秒、两秒、三秒，梁远朝面无表情地垂下头继续刷手机，仿佛前一秒的对视不过是他看手机看累了，抬眼做个放松。

薄矜初重新扬起笑容，说：“陈伯生教授是我的硕导，趁着他还没退休，大家赶紧报考。不过作为过来人，我奉劝在座所有学生物的女生，未来入研究院需谨慎，踏过那道门槛，接下来的每一天都要拿命换。”

场下一阵爆笑，在众人的印象里，研究所里的女孩子都是不修边幅、死板无趣的，今天这位学姐却与众不同。

后面的陈伯生无奈一笑。

此时，台下有个女生举手问：“学姐，你和后面那个学长是情侣吗？”

薄矜初瞥了一眼贵宾席上的男人，他没反应。

与恋爱有关的话题像一根导火索，场内气氛一触即燃。

薄矜初回答女生：“承蒙学妹看得起，学姐早就过了恋爱的年纪了。”

“哇噢——”

镁光灯衬得薄矜初分外白皙。

女生接着问：“那学姐是结婚了吗？”

薄矜初浅浅一笑，既没承认也没否认，将话筒让给了路迟，这笑容映在学弟学妹眼里，被解读成了矜持羞涩的幸福。

梁远朝盯着手机里的简历信息，轮到他上台发言时才锁上屏。

礼堂后的小树林里，薄矜初侧靠在墙边，从外套口袋里掏出一盒女士香烟，烟头有一搭没一搭地敲在围墙上，思绪飞远。

刚才 A 大的杰出校友代表发言中，有句话是这样说的：“如果你做不到勇往直前，那一定是你在贪恋过去。放下，前进，即可。”

所以，梁远朝放下她了，是吗？

一簇火苗凑近，白色的烟丝一缕一缕往上冒。

金属打火机被扣上，“吧嗒”一声，清脆、响亮。

薄矜初勾唇一笑：“好久不见，梁远朝。”她的唇比方才更红、更艳。

“是挺久了。”

十一年了，久到再不相见，他们都快忘了彼此还活着。

她依稀记得，当初两人撕破脸的那天，梁远朝对她说的最后一句话是：“薄矜初，有本事这辈子都别再见，否则，我一定弄死你。”

空气凝滞，骤然陷入死寂。

薄矜初手上的一长截烟灰掉落，恰好落在男人的黑色皮鞋上，他没反应，她也没动，直到路迟的电话进来："人呢？"

"出来透透气。"

"老陈喊你。"要不是陈伯生逼他打电话，他才不会自讨没趣。

路迟："教授说，你不回来，辞职信他不签字。"

薄矜初才不吃这一套："那你告诉他，我要结婚去了，那辞职信他不签也得签。"

还没等路迟震惊，她就挂了电话，烟蒂被她摁在水泥墙上，留下一坨脏迹，她转身欲走。

梁远朝两步跨到她身前，半转过身问："你从研究所辞职，就是为了进朝今？"

他早上一出门就收到了傅钦的信息，说今天人事部收到一封简历，有人想面试总经理秘书的职位。傅钦把简历传给他看，他万万没想到这人会是薄矜初。

阔别十一年再相见，两人比想象中更为平静。

"怎么？梁总裁是打算公报私仇？"

"没兴趣。"梁远朝紧盯着她，"我就是好奇朝今的总经理哪点吸引你。"肯让她放弃研究所的高薪工作，跑去朝今当一个文秘。

她笑了，媚眼盈盈："钱啊，指不定那总经理看上我的颜值，趁着没到三十岁，还想再吃几年青春饭。"说完，薄矜初就走了，红色的裙边磨着白嫩的脚踝，高跟鞋发出有节律的声响。

梁远朝下颌紧绷，心里没由来地升起一股烦躁感。

晚上，傅钦给梁远朝打电话，谈到了早上那个女人的简历。

梁远朝："拒绝。"

"这样的履历不多了。"三本升重点名校，还有国家高级研究所三年的工作经验，说明此人可塑性极强。

梁远朝："道不同不相为谋。"

"那我明天让人事部发回绝邮件。不过看她的简历，能力应该不差，真不再考虑考虑吗？"

"你那么想要？我不缺秘书了，我有助理。"

"薄矜初，我记得她。"

在那个没什么零花钱的少年时代，害他输了五块钱的女人。

傅钦抿了口茶，嗓音湿润，语气中带了几分劝说："你一直拒绝陈雅怡，不就是为了等她吗？”

对面无声，电话被挂断。

梁远朝在电脑上打开傅钦早上发来的邮件，里面是薄矜初的简历。

“二十七岁，女，未婚，本科B大独立学院，研究生A大……”

“未婚”两个字莫名被放大。

她不是说要去结婚了吗？结婚对象是谁？

梁远朝看着女人的蓝底免冠照，声音渗着冷意：“薄矜初，我们来日方长。”

那晚，云层一点一点吞噬月牙，薄矜初和梁远朝皆梦回从前。

一个眉头紧锁，一个眼角含泪。

二〇〇七年夏天，陈楚生拿下了《快乐男声》的全国总冠军。

网上一片喧闹，薄矜初坐在老式电脑前逛贴吧，头顶的风扇呼呼作响。

舒心——薄矜初的妈妈出去搓麻将了，交代薄矜初饭菜热在锅里，等会儿她爸回来可以直接吃。

一直到下午一点，薄远才回来，薄矜初听见摩托车熄火的声音，从窗户探头出去喊：“爸，你今天好晚。”

薄远：“工地上还有点儿活没干完。”

男人一进门，薄矜初就感受到一股热浪混着水泥味扑面而来。

“爸，饭菜在锅里，我去帮你盛。”

薄远摆摆手，从工作服里掏出十元钱递给她：“我自己来，你去街头买个西瓜，记得挑个冰一点儿的。”

“好。”

薄矜初踩着自行车出去了，十分钟的路程，她快被晒炸了，刺眼的光照得人晕乎乎的。水果摊边，少女无力的声音响起：“老板，来一个冰镇西瓜。”

“冰的没了。”

“啊？这么热的天，您怎么不多冰一些？”

“不是我冰得少，你看，我这冰柜就这么大，最后一个被前面那个小伙子买走了。”

薄矜初顺着老板的视线望去。

纵使少年再高，影子也被当空烈日压缩成一小团。

少年没走远，她能清晰地看见他手上提着的白色塑料袋在滴水。

老板一边往冰柜里放西瓜，一边问："小姑娘，不冰的你还要吗？"

她的视线黏在远去的少年身上："不要了。"

她非冰西瓜不可。

一个小小的水果摊将这一片居民区隔成两半，一个前街，一个后街，表面只差一个字，实际上是两个不同的世界。

前街是小区房，好几个小区连在一起，这几年房价飙升，谁都想在这里拥有一套房。前街住的不是做生意的有钱人就是国家公务人员。

水果摊的后面是后街，一个坐落在城市中，却和城市氛围沾不上一点儿边的市井之地。早晨和傍晚会听见各种吆喝声，大街小巷不乏乱丢垃圾的人，街坊邻居不仅认识，还能知道你家上个月用了多少度电。

少年往前街走去，薄矜初蹬着自行车追上去，猛地一个右转加前刹，车轮与地面摩擦发出难听的吱声，在脏灰的水泥地上留下一道黑印，车堪堪停在少年面前。

少年显然没料到会有这么一出，微微向后退了一步，绕过女生的车头继续向前。

"喂！"薄矜初喊了一声，少年脚步未停。

"梁远朝！"薄矜初认得他，南城十三中长得最合她心意的男生，还是个学霸。

"有事？"在燥热弥漫的夏季，少年的声音像极了深山里的清泉，在薄矜初的心尖汩汩流淌。

热风扬起少女的碎发，一个对视扰乱了她的心思。

"我想去你家吹空调。"

"……"

前街的小区大部分都安了空调，后街人还在"呼啦呼啦"地吹电扇。

梁远朝："我们认识？"

薄矜初很热，感觉全身的毛孔都在冒火，穿着纯白短袖的少年却没冒一点儿汗。

还没等薄矜初回答，梁远朝拎着西瓜转身往家走去。

薄矜初放下自行车追上去，热汗黏腻的手抓住少年紧实的手臂，冰凉感像一道电流，瞬时钻入薄矜初体内，传遍她全身——他身上好凉。

梁远朝侧过头，看见女生的手死死地抓着自己，神色一沉，声音比手臂还冷："放开。"

那时候的梁远朝差不多一米八，而薄矜初只有一米六。

少女仰头说："梁远朝，我要去你家吹空调。"

梁远朝一个用力，把薄矜初推到墙边，一只手撑在她头侧，少年的脸在薄矜初眼前逐渐放大。两人视线相撞，梁远朝墨色的瞳孔散着寒气。

薄矜初心脏一紧，身后是粗糙的墙壁，凹凸不平的水泥粒像万只小虫，抓挠着她的脊梁骨。

沉默片刻，梁远朝发出警告："识相的话，滚远点儿。"

啧，不懂得怜香惜玉就算了，还这么不解风情。

薄矜初也不是好欺负的，截过少年另一只手里的西瓜放进车篮，逃命似的踩着自行车跑了，脚速都赶不上脚踏板的转速。

她其实是害怕的，害怕梁远朝追上来把她撂在地上打。

梁远朝看着女孩子落荒而逃的背影，抬了抬眼皮，还以为她有多大胆。

夏天蚊子多，薄矜初坐在院子里一个劲儿地喷花露水，气味重得刺鼻，可是家里没有空调，屋里热得无法待。直到太阳落山，夜幕四合，她才搬了椅子回屋。

软到凹陷的席梦思上，少女修长白皙的腿随性地翘着，屋外万家灯火，热闹得很。

薄矜初虽不是个安静的人，却不喜热闹，她从小就在幻想，自己什么时候才能住进前街的小区里，每天被轿车接送。

薄远是个包工头，不是不会赚钱，就是爱赌，每次赚来的钱都在牌桌上送出去了。舒心也是，打麻将成瘾，一上班就头晕，一上麻将桌就来劲。

两人虽然不着家，但对孩子挺好，总是让她穿得比街坊邻居家的小孩好，给她吃大鱼大肉，甚至在年初给她买了台电脑——那会儿，薄矜初家是后街第一个装电脑的。

薄矜初一抱怨，她妈就会说："你还有什么不满意的，你吃得比他们好，穿得比他们好，要什么有什么，还成天叽叽歪歪。"

她确实比周围的小孩过得舒坦，零花钱也比他们多，过得比他们自在。

但这些根本就不是父母赚的，全是他们借的。

薄矜初三岁那年，薄远去了一次赌场，借来的十万元现金一夜输光了，从此薄家过上了负债的生活。

赌博就是一场深渊乱斗，里面是一群不怕死的豺狼野兽，企图靠歪门邪道发家致富。

从薄矜初懂事开始，薄远和舒心就教导她，天下没有免费的午餐，要知晓劳有所得。只是，作为孩子第一任老师的他们并没有以身作则。

深夜十二点，薄矜初刚有睡意，就被争吵声惊醒：“你要我说几回，别去打牌！每次一定要输完了才肯回家，趴在赌桌上，拉都拉不动。”

男人指着女人叱骂：“你这女人就是这样，我赢钱的时候你很高兴，输了你就这副样子，打牌本来就是有输有赢，哪可能每回都赢钱！”

舒心也火了：“不赌会死是不是？我真是想不明白，早上六点去工地，下午五点才回来，要我说回家倒头就睡了，还会有心思出去打牌？太阳底下晒回来的钱，就是喜欢拿去白送给别人是不是？”

薄远一捶桌子：“说够了没有！别说得好像你从来不赌一样，你又比我好多少？”

舒心冷不防说了句：“轻点儿，别把女儿吵醒了。”

薄矜初这十几年里，不知道经历了多少个这样的夜晚。她关上方才小心翼翼打开的房门，在三十度高温的屋里把头蒙进被子里，将一墙之外的声音死死隔绝。

第二天上学，她迟到了。

梁远朝是南城十三中的学生会会长，今天正好是他当值。

路上，薄矜初一边抬手看表一边狂踩自行车，今天是周一，她绝对不能迟到。

可惜天不遂人愿，八点零五分的时候，学校大门才出现在她的视野里。

谁知来得早不如来得巧，她刚下车就发现围墙角那儿有几个男生准备翻墙进去。

见几个男生麻溜地翻了进去，她也动了心思。

幸好围墙不高，她借着自行车的后座，稍一使力就爬上去了。正准备跳下去时，她眼前闪过一抹翠绿色，接着是“咝咝咝”的声音。

薄矜初手脚冰凉，前面的棕色树干上攀附着一条蛇，约莫一米长，蛇身缠着枝干，蛇头对准薄矜初一圈一圈地晃，薄矜初咽了口口水，心提到了嗓子眼。

“你是准备今天坐在围墙上上课吗？”梁远朝双手插兜，饶有兴致地看着她。

薄矜初管不了那么多，蛇头一点一点向她靠近，她上半身一直往后仰：“救我。”

她不敢说太大声，生怕惊扰了前面这条“大爷”。

“梁远朝，救我，有蛇。”她手抖得撑不住墙头。

周围没有工具，跑去叫人也来不及，耳边突然扬起一阵风，男生已经翻过围墙跳出去了。

“梁远朝，有蛇！你不救我，自己跑了，我做鬼都……啊——救命——”

她失去重心，被人从墙外扯了下去，摔进一个凉意缠绕的怀抱，被压的人身子一僵。

薄矜初心有余悸，赶紧回头，那蛇还挂在先前的树上朝着她吐舌，她冷不丁浑身一抖。

“不打算起来吗？”男生表情不好。

薄矜初迅速起身，梁远朝迈着大步走了。

一想起刚才的画面，薄矜初就觉得毛骨悚然，麻溜地拖上自行车跑了。她最怕的动物就是蛇，她这辈子最窝囊的时候就是遇到蛇。

高三九班，梁远朝到教室的时候早读已经结束了。

同桌顺嘴问了句：“你怎么回来得这么晚？”

“嗯。”

“有事？”

“没。”

“你手怎么了？”

“彭周，你是小媳妇吗？”梁远朝抄起桌上刚买的冰水闷了一口。

“你的手没事吧？”

先前光顾着救薄矜初，忘了她的自行车停在旁边，人倒下去的时候自行车也被撞倒了，梁远朝的手正好蹭到脚踏板。

薄矜初的自行车有些年头了，脚踏板快被她踩烂了，塑料破开的地方正好划伤了他的手臂，留下一道五六厘米长的血痕。

“没事。”

“你不会跟人打架了吧。”

“没有。”梁远朝就算要打架，也不用亲自动手。只是时运不济，碰到一个神经病而已。

忽然有个胖男生喊：“哟哟哟，你们知道今天迟到罚跑的人有谁吗？”

“谁？”

“高二那个长得巨妖艳的妹子。”

“薄矜初？”

“对对对，就是她。嘿嘿，咱要不要过去看看？”

胖男生被同伴猛地一拍后脑勺：“就你还想老牛吃嫩草呢？醒醒。”

“去你的，有漂亮妹子你不心动？嘿嘿，要是天天都有漂亮小学妹迟到，我以后赖也要赖在校门外等上几分钟。”

周围的男生里，只有梁远朝没参与话题。

胖男生凑过去问他：“梁远朝，你认识高二的薄矜初吗？”

“不认识。”

胖男生的肥手撑在梁远朝的桌前：“那女生长得可好看了，就是听说脾气不好，难处。”

“哎，有兴趣吗？”胖男生在问梁远朝。

“没兴趣。”

“你没兴趣不打紧，要不，你去帮哥几个要个手机号？”

梁远朝抬眸，神色晦暗不明，轻飘飘的两个字吐在胖男生脸上：“滚开。”

那年上学还是划片上的，所以十三中里有学霸，也有混混，胖男生就是混混中的一个。

“呸，给我等着。”胖男生朝着梁远朝的后背恶心地啐了口痰，还把他桌上的水瓶扫到地上。

一个是不好惹的学霸，一个是无厘头的混混，这梁子算是结下了。

高二开学没多久，班上进行班委换届，每个职位都要重新推选、投票。

班主任王仁成为此专门开了一次班会，征求大家的意见。

以往的班委在过去的一年里工作表现不错，人气高涨，大家都希望他们继续担任，只有纪律委员提出来自己不愿意连任，最后变成了纪律委员的竞选。

王仁成问了三遍，都没有人主动站出来。

“薄矜初，”王仁成忽然点到她，“你有兴趣吗？”

薄矜初半晌才反应过来，抬头冷冷地回了个“没有”。

前面有个女生一直想竞选，奈何不好意思上去，眼下看老师点到薄矜初，她心里有些不爽，阴阳怪气地说：“高傲给谁看？谁不知道她空有一副皮囊，花瓶。”

薄矜初懒得理她。

王仁成：“那就薄矜初了。”

刚才那个女生拍案而起：“凭什么？选她都不需要全班投票的吗？”

王仁成板着脸：“我刚才是不是问过你们了，既然没有人愿意，那就我来点。”

见王仁成动怒，女生讪讪地坐下。

薄矜初呆坐着，视线停留在课桌上：“我不当。”

班上的同学一脸蒙，不就是个纪律委员吗？不知道这些人在搞什么。

“你这个学期迟到不止一次了，我希望你作为纪律委员以身作则。”无形的警告最为致命。纪律委员换成薄矜初这事就这样敲定了，就算还有其他声音，王仁成皆选择了无视。

教室布局为单人座，薄矜初坐在教室最后一排靠墙边的位置，快下课的时候，王仁成突然走到她身旁，挂在裤腰带上的钥匙串碰到她裸露的手臂，冰凉，令人窒息。

薄矜初微微一颤，屁股使劲儿往右边的墙壁挪。

“来办公室一趟，给你讲一下工作。”

“不去。”

薄矜初话一出，稀稀拉拉有几个同学看过来，纷纷在心里给薄矜初竖起了大拇指。

好一个巾帼英雄，敢和班主任叫嚣，佩服。

“快点儿。”王仁成弯腰用只有两个人能听见的声音说，“这个纪律委员是顾绵想让你当的，可不是我。”

薄矜初立马起立，踹开身后的凳子走出去。

薄矜初向来特立独行，不把老师放在眼里，这是七班大多数人对她的印象。

她和班上同学的交往仅限于必要交流，绝不深交，所以她没有朋友，平时独来独往，偶尔会有几个男生贴上去跟她一起，她也不排斥。

薄矜初每次跟王仁成对着干，王仁成也不生气。

流言蜚语以光速四下散播。

薄矜初走后，王仁成在班里交代了几句就跟出去了。前者溜得快，他出来的时候人已经不见了。薄矜初跑到门卫处，双手按膝喘息。

正赶上午饭时间，十三中是南城的普高，对学生管束不严，饭点可以自由进出，没有强制性要求学生在学校食堂用餐。

上午最后一节课，高三提前五分钟下课，高二准时下课，高一延迟五分钟下课，薄矜初正好赶上高三下课。

校门口进进出出的人很多，她回头张望，没看见王仁成的身影，这才放心地往外走去。

学校附近有好几条小吃街，什么吃的都有。薄矜初去了最远的小店，人也最少，她从冰柜里挑了根巧克力雪糕：“多少钱？”

“两块五。”

薄矜初从口袋里掏出硬币递给少年，然后抢了少年的凳子大大咧咧地坐下。

“我好像没见过你。”

“周恒有事，我帮他顶一下。”少年生得好看，温柔的面相，柔和的语气，没有梁远朝那么冷硬，也不像周恒那么腼腆。

“你们是朋友？”

傅钦点头。

“你不是十三中的吧？”

薄矜初对十三中长得帅的男生都有印象，里面没有他。

傅钦浅笑：“我是一中的。”

哟，还是个学霸，怪不得看上去一副饱读诗书的模样。

“不对啊，周恒不是职校的吗，你们怎么会认识？”

“周恒很用心的。”傅钦没解释，倒是替周恒说起话来。

周恒虽然在职校挂读，但是每次中午薄矜初来买东西，他不是在看书，就是在写作业。她一直想不通，为什么那么用功的男孩子会读职校，就像周恒和梁远朝，她觉得这些优秀男生都应该像傅钦一样，考去一中才对。

薄矜初很快吃完了雪糕，走到门口一抛，雪糕棍完美投入垃圾桶的怀抱。

她正准备向傅钦告辞，余光瞥见十米外的王仁成。

薄矜初心脏一紧，立马回头往小卖部里钻。

小卖部就是周恒的家，前面是店铺，后面是住房，她掀开帘子往里跑去。

傅钦见状，出声阻拦：“哎！后面……别进……”

薄矜初正惊惶：“帮个忙，借我躲一会儿。”

她为了躲王仁成，每天中午都是跑来小卖部这边吃饭，虽然远了点儿，但是持续了一个学期都没被发现，今天一定是被王仁成尾随了。

薄矜初躲在帘子后面。

“一包烟，十五块的。”是王仁成的声音。

傅钦弯腰去给他拿烟，王仁成背着手在小卖部里转悠，走到靠近帘子的货架时，薄矜初屏息凝神，王仁成开口问傅钦：“小伙子，店里生意好吗？”

“还行。”傅钦把烟放到桌上。

王仁成还在看货架上的东西，捡起来又放下，放下又重新拿起一样来看。

傅钦猜测刚才那个女生要躲的人八成是他。

“您的烟。”

王仁成转头示意自己知道了，却迟迟没有拿烟离开的迹象。

傅钦盯着王仁成手上拿着的粉红色包装的女性用品。

“七度空间红色包装，五块五一包，您需要吗？”

薄矜初动作一僵，明显地感觉到下身哗啦一下，她来“大姨妈”了。

恐惧一点一点漫上来，薄矜初想再往里躲躲，生怕王仁成发现后冲进来。

她转身，院子里没人，三间平房的门都锁着。薄矜初从来没有这么紧张过，两耳嗡嗡作响，一边夹杂着顾绵的声音，另一边是那个油腻中年男人的提醒。

王仁成没有半点儿不好意思，颠了颠手上的粉色小物，经过帘子，走向傅钦。

薄矜初察觉到他的靠近，小腿一软，扭头就往最近的一间屋子跑去，不小心绊倒了一个铁盆，“哐当”一声。

傅钦和王仁成同时转向帘子。

“小伙子，这大白天的家里还有人？家长没出去工作？”

傅钦礼貌笑笑：“可能是猫和狗打起来了。”

王仁成的视线还停留在帘子那儿：“是吗？挺有意思的。”

男人的神态和普通顾客不一样，他明显是带着其他目的来的。傅钦不知道他和刚才那个女生之间是什么关系，总之，他对眼前这个邋遢的中年大叔没什么好感。

“一共二十块五毛。”傅钦拿了一个黑色的塑料袋，和烟一并递给他。

男人走到门口时，还不忘回头看一眼小卖部的帘子。

此时，周恒的屋内，少年只穿了一条平角内裤，自己在给自己上药。

梁远朝靠在门边，门突然被人推开，周恒动作一滞，看向梁远朝，两人不明所以。

薄矜初推门进去的时候，心里焦急得很，压根没朝里看，连忙反过身顺着门缝看出去，确定没有王仁成的身影，她才放心地转过身。

顷刻间，一只大掌蒙住了她的双眼，身后的冰凉木门变成了男人的胸膛，梁远朝捂得紧，薄矜初瞬间跌入一片黑暗中，刚恢复的一点儿安全感猝然消失。

周恒最近睡不好，在门边的地上点了一支熏香，烟雾氤氲。

梁远朝没想到薄矜初反应这么大，她剧烈地挣扎着，双手死死地抓着他的右手，想把它扯下来。周恒还在找裤子穿，梁远朝没松手。

薄矜初的力气远比不过梁远朝，她狠狠地踩上少年的脚尖，可惜那人没有一点儿逃脱的意思，反而把她圈得更紧，薄矜初被死死地压在男人的怀里，心里犯呕："猥琐男！放开我！禽兽！变态！"她害怕，但还是要保持冷静，哪怕是死，也要从王仁成的手里逃出去。

"去死吧！"她一只手握拳朝着少年左手的方向砸去，梁远朝登时抬起左手，薄矜初没击中，继续反抗。她的双手胡乱拍打，逮到少年的左胳膊就开始掐、抓，怎么痛怎么使劲，一只手不行就两只。

梁远朝的左手被薄矜初拽到她的头顶上方，周恒正好穿上裤子。

薄矜初狠狠咬了梁远朝一口，他吃痛放手，薄矜初趁机拔起地上燃着的香，朝身后的少年摁去。梁远朝没料到她会来这一招，来不及躲闪。

猩红的香点在少年的手腕处，薄矜初看清人脸，凝滞数秒，还好梁远朝的手撤得快，不然得被烫伤。

梁远朝没吭声，黑着脸。薄矜初到嘴边的话噎住，跟着沉默。

她竟然把梁远朝误当成王仁成，她一定是被那个男人吓傻了，那人明明刚才还在外面，怎么可能瞬移到周恒的房里来?

渐渐地，空气中取代熏香味道的是梁远朝身上特有的洗衣液的清香，那天抢西瓜的时候薄矜初就闻到了。

周恒皱眉，比梁远朝还不悦："薄矜初，你来干吗？"

余悸消散，薄矜初撒谎道："看看你，谁让你今天没在外面等我。"

周恒看了一眼梁远朝："我什么时候等过你？"

"外面那个帅哥是谁？"

周恒："我兄弟，有事吗？"

"啧，还不许我问问。"

她看到床边的凳子上放着大大小小的药瓶，多半都是治疗跌打损伤的，还有消毒的。

"你跟人打架了？"

周恒没说话。

薄矜初走过去，凑近他问："你真跟人打架了？"

周恒不确定她刚才转头的时候有没有看见自己赤膊的样子，眼下又被她盯着看，脸立马红了："和你有关系吗？"

她以前是绝对不相信周恒会打架的，因为她认识的周恒就是职高的小乖狗。

着实没想到，这是一只披着狗毛的狼。

“你刚逃命似的窜进来，有人追杀你？”

“呃……没有。”

“薄矜初，你要是告诉我你在跟人玩捉迷藏，我一定……”

“一定干吗？一定揍死我？”这白净的脸蛋，一撩就脸红的性子，连话都不敢和女生多说，薄矜初嘲笑他，“周恒，你敢打女人吗？”

“他不敢，我敢。”

身后冷不防冒出一句话，像刚从冰窖里掏出来的一样，薄矜初后脊发凉。

梁远朝走近她，眸光藏刀：“我梁远朝睚眦必报。”

多年后的失眠夜，薄矜初还是忘不了梁远朝那双嗜血般的眸子，仿佛下一秒就要吸干她的血，但依然让她留恋。

薄矜初是最后一个回教室的。

学校时间表的安排是上午十一点半下课吃饭，十二点二十分开始午休，一点半上课。这会儿正好十二点二十分。

大家开始收拾桌子准备休息，前面的女生刚趴下，薄矜初就拍了拍她：“你有‘姨妈’巾吗？”

女生从书包里翻出一片，递给她：“你来那个了？”

“嗯，刚来，没来得及准备。”

前桌是个特别温柔的女生，斯文安静，薄矜初就和她交流多一些。

“那你要是不够记得问我拿，我包里还有。”

“嗯，谢谢。”

幸好刚来，只是内裤沾上了点儿，校服裤子还是干净的。

薄矜初一直有痛经的症状，每次来“大姨妈”的第三天都会痛得满地打滚，要是不吃止疼药根本受不住。整个午休她都心神不宁的，小腹隐隐胀痛，下身紧绷。

紧接着，她脑子里开始放电影：有今天帮周恒看店的那个一中的男生，有一向腼腆的周恒跟人打架，还有梁远朝，思绪飞远，依然没能缓解疼痛。突然，男人肥厚的干唇对着她的耳朵，声音轻到只有她一人能听见：“别怕，老师帮你揉揉就不痛了。”

“啊——”薄矜初几近崩溃，微弱的呜咽声还不及头顶电扇噪声的二分之一，同学们都没有听见。她用脚去踹王仁成，想让他滚远点儿，可惜没踹到，她转而去踹铁质的桌脚，却被王仁成用脚挡住。

为什么同学们听不见？为什么没有人救她？为什么……

她是黑暗中的溺水者，脚触不到底，人浮不上去，疯狂挣扎，好不容易露出水面的头又被人狠狠摁了下去，一口又一口的污水呛进鼻腔，最后一丝氧气也被耗尽。

趁着王仁成松懈的一刹那，她凶狠地咬上男人的手，往死里咬，王仁成吃痛弹开，她从水底漂浮起来，还活着。

薄矜初借机逃走，一路向高三教学楼奔去。

逃亡路上，薄矜初第一个想到的便是梁远朝，那个鸷狠狼戾的少年一定不会畏惧王仁成。

只是还没跑到九班，她就脱力了，双腿虚软，膝盖重重地磕在地上，人趴在花坛边，胃里的恶心如涨潮般一阵接一阵。

她知道王仁成是个恶魔，只是没想到这个噩梦来得如此之快，她还没找到一个可以庇佑她的神。顾绵的事发生后，她就应该知道，这个男人根本不怕死。

她逃得了一次，逃得过两年吗？唯一能降服他的，只有比他更不怕死的人。

周家的小卖部里，梁远朝靠在货架边。

周恒上好药出来，看了一眼时钟，对傅钦说："时间差不多了，你该回学校了。"

一中比十三中远一些，傅钦再不走该迟到了。

"我知道，你没事吧？"

"人在江湖飘，哪能不挨刀。"

傅钦笑笑："光看外表，真的难以想象你是那么狠的人。"

周恒那种少年，放在现在就是小奶狗属性，别人说什么，他应承什么，不易怒，不反驳。可就是这样温柔的人，一旦动怒，必定地动山摇。

傅钦回学校了，只剩下梁远朝和周恒，周恒从冰柜里拿出一罐可乐递给他。

"我叫了快餐，一起吃点儿吧。"

十七八岁的男孩子精力正旺，一个个吃起饭来狼吞虎咽，一碗接一碗，而梁远朝一群人却不是这样。

周恒家条件不如梁远朝家，靠着小卖部和父母在厂里的死工资，一家三口勉强凑合着过。那年，他们家还没买空调，只在小卖部天花板的最中间装了一个吊扇。

两个一米八的少年屈膝坐在半米高的折叠小桌前吃饭，不紧不慢。

梁远朝："谢了。"

周恒："不用。"

梁远朝赶在上课前回到学校，大家在午休，校园里只有后勤人员在走动，太阳很晒，他加快脚步。

路过大花坛的时候，他看见了薄矜初。

薄矜初像一张薄纸，风一吹就晃荡，要是风再大点儿，估计会被吹走。

两人对视一秒，梁远朝面无表情地从她身旁走过，衣角却突然被拽住。

"梁远朝，我好热。"

"松手。"少年冷着脸。

薄矜初非但没有松手，反而将他的衣角在食指上缠了一圈，攥得更紧了。

"梁远朝，让我去你家吹空调吧。"少女的眼神里满是渴求。

梁远朝烦躁至极，猝然抬手，"啪"的一下重重地打在她的手臂上，红印骤显。

周恒不敢打女人，但是梁远朝敢。

薄矜初吃痛放手，梁远朝头也不回地走了。

最后，她选择了逃学。

家里没人，薄远还在工地上干活，舒心去麻将馆了。薄矜初脱了衣服进浴室，她顾不得自己还在经期，打开花洒，冷水强有力地冲击在少女柔嫩的肌肤上。

簌簌的水声下是少女咬牙切齿的声音。

浴室里传来一声痛苦的尖叫，薄矜初跪坐在地上，眼泪混着水流往下淌，她发了疯似的扯着自己的头发。

她奋力地捶着墙壁，怒吼："去死！去死！去死吧……"

她像一条脱离水域濒临死亡的鱼，双目无神，浑身无力，眼泪夹杂在水中，变成一个旋涡，逆时针流入下水道。

舒心一般下午四点从麻将馆回来烧饭，十三中放学时间是五点。

薄矜初赶在四点前出了门，一个人漫无目的地走在马路上，如同行尸走肉，不知不觉就走到了药店，药店的玻璃窗上用红色的马克笔写着：

“伟哥到货。”

薄矜初继续往前走了一段路，又折返进了药店。

“要一盒布洛芬。”

药师把药递给她：“十二元一盒。”

薄矜初从口袋里掏出一张五十元的纸币。

“稍等，找您三十八。”

薄矜初没接，转身看向药架，又说了句：“再来一支烫伤膏。”

“烫伤膏八块。”

九月的南城，越近傍晚，热气越足，一踏上马路像踩进了蒸锅。

梁远朝放学后没有直接回家，照例先去买了菜，然后又去水果摊买了个冰西瓜。

北街的小区的楼一般都是六层，梁远朝正好住在六楼，那时的小区没装电梯，少年经常锻炼，身体素质好，一口气爬六楼都不带喘。

刚出楼梯间，他发现一团身影靠坐在自家门前，睡着了。

那人不是薄矜初是谁？梁远朝立时沉下脸，皱着眉踢了踢她的脚，地上的人没动静，他加大了力道，她还是没醒。

灰色的进门地垫上，女孩子蜷缩着，身体微颤，脸色惨白，嘴唇失了血色。梁远朝下意识地摸了摸她的额头，体温正常，余光瞥见下午被他打过的地方，还泛着红痕。

女孩子的皮怎么那么薄？

那是梁远朝第一次打女孩子，也是唯一一次。

他喊了几声，薄矜初都没反应。梁远朝把她抱进屋再出来提东西，发现地上还有一袋东西。

白色的塑料袋上印着“宝芝林大药房”几个字，他顺势捡起，里面是一盒布洛芬和一支烫伤膏。

梁远朝对布洛芬很熟悉，以前梁母每回来月经，一点家务也干不了，痛得在床上打滚，梁晋心疼得紧，没办法的时候就只能让儿子去买止疼药。

一回生，二回熟。

薄矜初是被厨房的动静吵醒的，她迷迷糊糊地睁开眼，陌生的环境看得她心里发毛，正准备喊“救命”，她突然反应过来这是梁远朝的家。

薄矜初朝着动静传来的地方走去，厨房门虚掩着，她没进去，而是躲在门外欣赏着里头的风景。

少年身形颀长，侧脸俊冷，修长的指节滤过水柱，薄矜初第一次感受到原来食材还可以是“艺术品”，在“艺术家”的手中辗转。

“看够了吗？”

薄矜初被突然响起的声音吓了一跳，缩回身子靠在墙边，心跳莫名加速，眼神乱瞟。

窗台上的花快枯了，窗外有一只鸟停在电线杆上，梁远朝家的壁纸真好看，她又没干坏事，不知道自己在紧张些什么。

“那个，那个，我是来给你送烫伤膏的。”

一道喑哑的声音破墙而出：“你怎么找来的？”

“一路问过来的。”

一个小时前，她经过水果店，想起上次梁远朝在这儿买水果，就顺便问了老板一嘴，认不认识住在前街的那个帅小伙。

老板认识，说梁远朝是前街梁警官的儿子。薄矜初便说自己是梁远朝的同学，要还他书，让老板告诉她梁远朝住在哪个小区。

老板指着最近的小区：“梁警官就住在前面那个小区，他家都是在我这儿买水果的，只是后来……”

老板话还没说完，薄矜初就跑了，后来又问了好多人，才找到他家。她爬到六楼差点儿散架，一定是冲了凉水澡的缘故，小腹像被人连连重击，本来想着坐一会儿再起来等，谁知道竟然在他家门口痛得昏睡过去。

梁远朝家装修到位，布局合理，一看就是精心设计过的。

她休息过后，精神恢复了不少。

梁远朝端着一碗热汤从厨房里走出来，薄矜初听到脚步声，赶紧跑回沙发坐好。他一走近，一股辛辣刺鼻的生姜味呛得薄矜初的脸揪成一团。

“咯，你还喝生姜茶？”这也太养生了吧。

梁远朝冷冷地瞥了她一眼，把碗推到她面前，语气不容反驳：“喝了。”

啊？她没说要喝啊，而且她最讨厌姜味儿了。

薄矜初反应过来，故意调侃他：“哟，你还知道这个啊？”

她趁机揶揄道：“看来你对女孩子那方面的了解真不少。”

梁远朝小时候经常看到父亲为母亲煮红糖姜茶，而且是每月固定的那几天，起先不懂，是后来学了生理知识才知道。

本来这话也没什么可害羞的，只是此情此景，孤男寡女共处一室，女孩子白皙透亮的皮肤泛着微微的红晕，气氛莫名变得暧昧。

梁远朝的耳尖红了，幸好薄矜初在苦战姜茶，没有注意到。

薄矜初抱着大碗，一脸苦涩，还不忘叮嘱梁远朝：“你把烫伤膏涂一下吧。”

“嗯。”

“还有，今天的事，对不起。”

“嗯。”

薄矜初猛地撂下碗：“你只会‘嗯’吗？”

空气短暂凝滞，沙发上对坐的两人互望，她黑羽般扑扇的长睫下是一双动人的小鹿眼，灵动清澈。

她和传闻中不太一样。

梁远朝慵懒地靠在沙发上，毫不避讳地打量着她。

“看我干吗？”她抱着碗，“是我太好看了吗？那梁主席可不可以看在我美的分上，以后别记我迟到了？”

梁远朝哼笑了一下：“我上次记你了吗？”

薄矜初捕捉到梁远朝眼里的柔和。

他果然是她的不二人选，她想要的，他都有。

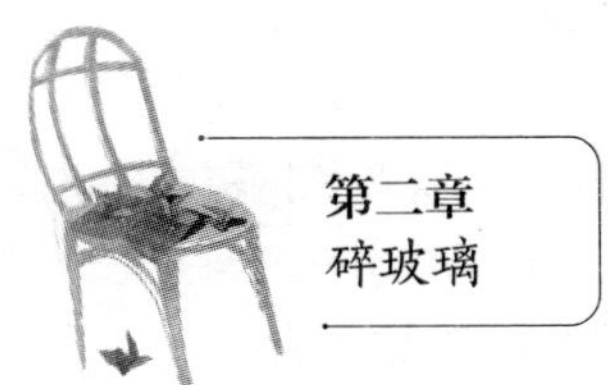

第二章 碎玻璃

薄矜初在头十六年的岁月里无数次面对红糖姜茶，但只有梁远朝给的那次，是她唯一接受的一次，是精神压迫的也好，自愿的也罢，反正薄矜初喝完了，一滴不剩，还邀功似的倒扣碗给梁远朝看。

“喝完了，我去厨房把碗洗了。”

生理期不能碰凉水，梁远朝伸过手：“不用，给我。”

厨房里传来哗哗的水声，薄矜初环顾了一圈，房子看起来是他妈妈布置的，很温馨，只是不知为何，在这酷暑天，她竟然会觉得有一丝凉意。

客厅的壁洞里摆了相框，远远看去是一张全家福，少年还是孩童的模样，薄矜初太好奇小时候的梁远朝，便走近去看。

她拿起相框，男人穿着一身警服，哪怕是拍全家福，他也没有丝毫的松懈，女人是照片里唯一笑着的人，笑得很幸福。梁远朝的妈妈是个大美人，任谁见了都忍不住多看几眼，难怪梁远朝生得如此好看。照片底部的日期是一九九七年，一九九七年的时候，薄矜初五岁，那年她在干什么？薄矜初的思绪飘远，没注意到厨房里的水声停了。

梁远朝擦干手走出厨房，看见薄矜初手里拿着相框，霎时间火气破土而出，怒吼一声：“放回去！”

神游的薄矜初浑身一抖，饶是梁远朝反应再快，也没能接住掉落的相框，玻璃相框撞击地砖，发出清脆的碎裂声。

相片因为冲击弹出相框，好像下一秒，回忆就会跟着一起振翅而逃。

梁远朝飞扑过来，抓住相片后没稳住重心，人摔在地上，手心正好压在玻璃碴上。

薄矜初吓傻了。

她见过不懂怜香惜玉的梁远朝，见过戾气缠身的梁远朝，见过目中无人的梁远朝，就是没见过眼眶泛红的梁远朝。

少年从地上起来，低着头没说话，胸口剧烈起伏。

“你……你……你的手流血了。”鲜血像一张蜘蛛网覆盖着梁远朝的手背，看得薄矜初心惊肉跳，不知道有几片玻璃扎了进去。

“滚出去。”少年嘶哑着嗓子，极力克制自己的情绪。

他现在的表情比白天被她用烟头烫伤时更瘆人。

薄矜初一边道歉，一边低头去捡摔碎的相框：“对不起，我不是故意的，真的不是故意的。我保证赔你一个新的相框，和这个一模一样。”

他差的是一个相框吗？他差的是相框寄托的那份情感。

梁远朝更烦躁了：“别捡了。”

薄矜初不听，继续捡。

“我让你别捡了，听不懂人话吗？！”梁远朝把她从地上拽起来，一把甩开，“我最后说一遍，滚出去。”

薄矜初的手腕上也有了血珠，分不清是梁远朝的血还是她也受伤了。

人生充满变数，上一秒为她煮红糖姜茶的少年，下一秒就变成一头暴怒的野兽，把她连皮带骨吞入腹中。

梁晋不爱照相，也没时间去照，梁远朝也不喜欢，所以那是梁远朝记事以来唯一的一张全家福，被他妈妈摆在了最显眼的位置。

梁远朝的父亲梁晋是一名刑警，整天忙于工作，很少着家，但是他妈妈从来没有抱怨过。梁远朝的母亲是一个贤良淑德的女子，把这个小家打理得井井有条。

每天做完早餐，妈妈一定会站在那个相框前看很久，一遍又一遍地用手指描摹丈夫和儿子的轮廓。她想梁晋，却从来不说，生怕影响他的工作。

梁晋不管几点回家都会提前和妻子报备，而收到信息的她也一定会赶在梁晋到家前准备好可口的饭菜。整个局里，梁晋的衣服永远是熨烫得最平整的，每一个纪念日，女人总能收到男人精心准备的礼物。

一个不讲，一个不问，他们却很有默契，从不缺席对方任何一个重要时刻。

曾经的梁远朝是众星捧月的幸福男孩，虽然不爱讲话，不爱笑，待人却十分礼貌，说起话来和梁晋对妻子时一样温柔，老师和学生都喜欢他。

他原本以为，自己一辈子都不会有父亲出任务时的那种野性和血性。

意外和未来哪个先来？答案是意外。

梁远朝十岁那年，母亲在一场人为事故中去世，肇事者是梁晋正在抓捕的对象。当年的案件闹得满城风雨，梁晋正好是任务执行者，也是那次案件的负责人，他把嫌疑人逼得无处可逃，结果对方疯了，要搞死他的家人。

嫌疑人的第一个目标是他的妻子。

梁晋连悲伤的时间都没有，全南城刑警随时待命，上级命令直接击毙嫌疑人。可是梁晋怎么能轻易让他死呢？枪眼对准嫌疑人太阳穴的时候，他拼命忍住没按下扳机。他擒住嫌疑人往死里揍，一拳接一拳，打得对方鼻青脸肿、头破血流，梁晋疯了。

他的妻子那么好，他还没来得及好好爱她，怎么能……

对方趁机抢了梁晋的枪，子弹穿膛而过，梁晋失误了。

远处的狙击手立马对准嫌疑人的脑门，“砰”的一枪，嫌疑人当场死亡。

任务结束了。

梁晋被送进手术室，整整十二个小时的抢救，手术很成功，他转进了重症监护室。局里通知梁远朝去探望的时候，他意外冷静，跟前几天跪在母亲身边失声痛哭的孩子判若两人。

病床前，梁晋拉着梁远朝的手：“远朝，爸爸虽然躲过了这一劫，但离去找你妈妈应该也不久了。爸爸有些话想对你说，你还记得你的梦想吗？”

“成为一名出色的刑警。”他从小就以梁晋为标杆，所以他的梦想和梁晋一样。

梁晋摸了摸他的头：“现在啊，爸爸希望你将来不要当刑警，做什么都好，就是别和自己的命过不去。”

“找一个想守护的女孩子，给她最幸福的生活，哪怕天天只去菜市场买菜也好。有的时候，人忙忙碌碌了大半辈子，却没命去享受后半辈子，何必呢？”

十岁的梁远朝听懂了，但还是告诉自己，他的梦想坚定不移，因为爸爸是英雄，他的梦想就是成为一个英雄。

“如果爸爸熬不过这一关，那就和你说声抱歉，要辛苦你提前成为一个男人了，你妈妈孤单了大半辈子，我真的想好好陪陪她，同为男人，你体谅体谅。”

“梁远朝，希望下辈子你还愿意做我儿子。”

如果你愿意，下辈子我一定不要你做一个侠肝义胆的英雄。

当晚，梁晋伤口感染，大出血走了。

梁远朝的世界顿时陷入一片黑暗。

他迷迷糊糊，只记得自己被傅钦的妈妈带走了，梁晋的后事也是傅家代办的，他什么都不懂，又什么都清楚。

梁晋这些年存的钱足够梁远朝念完大学。

十五六岁的梁远朝集野性和血性于一身，当年眉眼柔和的小男孩，如今变成了一个乖戾的少年。

梁远朝一个人呆坐了好久，他以为自己可以把妈妈的气息永远留存。

每个人都有弱点，十八岁之前的梁远朝，弱点只此一个。

晚上薄家饭桌上，薄矜初难得安静。舒心给她夹了个鸡腿。

“妈。”

舒心：“怎么了？”

“我想转……”想转学的话还没说出口，就被薄远半道截住。

“最近学习怎么样？高二很关键的，不要整天混日子，回来就知道看电视看小说，你看你表伯的女儿，研究生都考到清华去了。你也争气点儿，给我们争口气，给下面的表弟表妹做个好榜样。”

舒心接下话茬：“我看他们周末都上补习班，你要不要也去报一个？”

薄矜初：“他们报的是一对一的。”

薄远：“那你也报个一对一的。”

一对一的很贵。

薄矜初最后什么都没说，拿起因潮湿略微发臭的木筷子，挑起一块米饭送入嘴里。

后来，薄远不知道找了谁，真的给薄矜初报了个数学补习班，虽然不是一对一，但也不赖。小班课，一对五，老师是南城一中创新班的数学老师。

薄矜初听说过那个老师，据说课时费不便宜。

“爸，多少钱一个学期？”

“四千。”

按照当年的物价，在南城这个小城市里，四千块的补课费算是比较高的了。薄矜初不想去，但薄远说补习费已经交过了。

此后，薄矜初每周六都要去老师家补课。

薄矜初报名的时候已经开学一个月了，同期的四个同学已经上了四周课。那四个同学全是男生，男孩子特别容易打成一片，她一个人孤零零地坐在角落里。

前面的男生比她高了一头，老师让两人换下位子，她说不用。

薄矜初想，如果所有科目都能在外面找老师补习就好了，她再也不用回到学校看到王仁成那张丑恶的脸了。

薄矜初再次见到梁远朝是在前后街交界的水果摊。

那天，薄矜初姑姑一家要过来吃晚饭，下午最热的时候，她妈领着她上街买菜。

“妈，这都多少菜了，还不够吗？”

“这才几个菜啊，一桌子人要吃呢。”薄母抓着薄矜初的手臂，数着菜。

“一个红烧肉、一个胡辣汤、一个白灼虾、一条鱼、一个卷心菜、一个鸭血豆腐，家里还有半只鸡没烧。”

薄矜初实在提不动了，光一条鱼的分量就已经把她手指勒麻了。

她有气无力地道：“七个菜够了……”

“你算算一共几个人。”

“爸爸和姑父又不回来吃，就七个人啊。”

“行，那就这样，再去前面买点儿水果就好了。”

唉，她这细胳膊细腿的哪提得动那么多东西，两人向水果摊走去。

“妈——”

舒心：“干吗？一天到晚鬼一样喊喊喊，又有什么事？”

薄矜初：“……”

没事才懒得喊她。

夏末的阳光无情地刺着她的双目，薄矜初眯着眼，下巴朝远处点了点：“你下次也买个那东西，有轮子的，你看人家买菜拖那个东西多方便。”

舒心随她的动作往前看去，一个简易的买菜推车，底下有轮子。

“哦，那东西上回我买奥妙还送了一个呢。”

“那你干吗不拿出来用？”

“被我扔了。”

她妈的脑子可能只在麻将桌上时才启动：“扔了干吗啊？”

有车不用非得人力？

“叫什么叫？！难得让你出来帮忙提个东西，我看懒虫都快把你筋骨啃断了。”

算了，多说无益，横竖她都得提着。

这个点的水果摊人有点儿多，薄矜初站在门口等着，她妈进去还没一分钟，又开始唤她了。

“又干吗？”薄矜初天生怕热，一会儿便大汗淋漓，热气压得她无法喘息，心里本来就燥热，急切地想回去。

“要吃什么水果？”

“随便。”

“问你什么永远都是随便，成天随便随便的，你怎么不饿死？！”

她妈喊得有点儿响，好几个人扭头看她，倒也没露出令她不适的表情。

又来了。

“我怎么知道姑姑他们要吃什么啊，苹果、梨、西瓜，随便买点儿好了。”薄矜初拔高音调呛回去。

最后薄母买了一个大西瓜，还有几串葡萄。

回去的路上，有人给舒心打电话，她把手上的葡萄塞给身后的薄矜初，和电话那头的牌友聊起昨天的战况。

“回去再打啊，我拎不动了。”

薄母没理她，继续打电话：“昨天那条八万你要是不打我就自摸了，结果还被王英截和了。”

“别打了！”

薄母偏头瞪了她一眼，语气不善：“我打电话又碍着你了？”

薄矜初憋着火，气哼哼地往前走。

还没走远，身后传来一串车铃声，她下意识回头瞄了眼。

竟然是梁远朝。

他去买水果，远看神色照旧阴冷，和这高调的艳阳天正好相反。

她很久没见他了，梁远朝手上缠着白色的纱布，水果挂在车把上。

“梁远朝！”她对着他背影大喊了一声。

他停车回头，目光相对的瞬间，薄矜初张口结舌，她喊他本来想说什么来着？待自行车脱离视线范围，薄矜初才惊觉她的对不起还卡在喉咙里。

舒心挂了电话：“你刚喊谁呢？”

薄矜初拎着东西往回走：“看见一个同学。”

“男的女的？”

薄矜初看了她一眼：“女的啊。”

“薄矜初，我告诉你……你现在高二，正是关键时期，给我好好学习，不要和一些乱七八糟的同学来往，特别是谈恋爱的，现在谈没结果的。要是让我知道你敢早恋，你知道什么后果。听见没？”薄母拿手肘撞了一下她。

“噢。”

“问你听见没。”

“听见了。”

这一趟真是受够了，薄矜初一到家就撂下菜去房间躺着了。

跟她妈出去买趟东西比在学校上一个星期的课还累。

小时候的薄矜初是个谈妈色变的人，舒心教育孩子的手段是不服就打。

在她的童年记忆里，舒心对她好，给她吃好穿暖，她有很多漂亮的发夹和裙子。但舒心又不疼她，和薄远吵架的时候就让她滚，她只要没好好吃饭或者洗漱，就会挨打。

每每别人问她怕谁，她都答：“长头发的。”

因为舒心是长发。

她真正不怕舒心是上初中以后，薄矜初上的是寄宿学校，一周回家一次，见的次数少了，舒心对她变好了。

也因为长大了，舒心不再打她，所有的火力都放在她考差的时候。

她上了高中以后，那个“歹毒”的舒心被岁月尘封了。

多年过去，舒心变了很多，没变的依然是不会去了解孩子的想法和感受，以及“老师至上”思想。如果薄矜初告诉舒心王仁成是一个怎样的人，舒心估计会觉得她有被害妄想症。

南城的天际，残阳映黄昏。

这个点儿，上班族到家了，马路上略显空荡。

薄矜初骑着小破车一条街一条街地串，骑到行人稀少的街道还能听见链条的吱吱声。

梁远朝家还真是有钱，他的山地车看起来比她的小破车高档了不知多少倍。

她跑了八家饰品店，终于找到了差不多的相框。

买完东西回去，天黑了大半，她顺着记忆摸到前街某小区的单元楼下，哼哧哼哧地爬上六楼。确定是梁远朝的家，她却不敢敲门了。

她默不作声地蹲在墙边，犹豫到第五分钟的时候，楼梯拐角出现了一个穿绿色工作服的邮递员。

这个点儿还在跑加班件，快递员只想早点儿下班，看到她也懒得问，径直去敲她身侧的门。他敲了三下，里面才有回应。

“谁？”薄矜初听见梁远朝走过来了，估计正在通过猫眼探寻门外的情况。

“邮政。”

“咔嗒”一声，门锁开了，厚重的门从里打开。

一股冷气窜出，是薄矜初日思夜想的空调风，她跟着打了个寒战。

“梁远朝是吧？”

“嗯。”他嗓子微哑，像是刚醒来。

“签收一下。”

她就蹲在半米外，梁远朝站在门内，压根没有注意到她。

梁远朝签完字接过文件：“谢谢。”

门重新上锁，快递员急急忙忙下楼赶着送下一个件。

薄矜初看到了门铃按钮，不知道有没有用，试着摁了一下。

“叮咚——”梁远朝刚拆开快件袋还没来得及看，以为是快递员折返，直接打开了门。

没人。

他身子半探出去，楼梯口有一抹淡黄闪过，没看清是谁。门口的地上放着一个纸袋，他拾起，里面装着一个相框。

梁远朝看了一眼，连框和袋一起扔进垃圾桶里。

薄矜初照旧跑去周恒店里吃饭，顺路从快餐店买了两份盒饭，扔了一份给周恒。

周恒：“干吗？”

“给你的啊。”

周恒想太阳打西边出来了，她来蹭坐那么久从来没给他带过东西。

“干吗给我？”

薄矜初撑起折叠桌，搬了凳子坐下，盖子一开，菜香四溢：“今天有活动，买一送一。别扔了，浪费。”

薄矜初就差把盒底都吃了，这家店的快餐做得挺好，五星好评。

周恒才吃了两口，见她起身，忙放下筷子叫她：“薄矜初。”

她把桌子放回墙角：“干吗？”

“上回那个男人还会来找你吗？”

那天她走后，三人坐在周恒房间里，傅钦问周恒："你和那个女孩子很熟？"

周恒双手向后撑在床上，摇了摇头："不是特别熟，但认识挺久了，她每天中午都会过来吃饭。"

傅钦觉得不可思议："和你一起吃饭？"

周恒："不是，她自己买了午饭，然后坐在店里吃。她话很多，我不知道怎么接，就索性不说话，她也不介意，下雨天也来。"

傅钦撞了撞梁远朝的肩膀："你们学校没食堂？"

"有。"

"那她……不会是看上阿恒了吧！"

周恒："滚！"

"她在躲谁？"梁远朝问。

傅钦才想起来："应该是一个中年男人？感觉像是你们学校的老师，看起来五十多岁，胡子拉碴，个不高，一米七上下。"

"他们老师不允许学生中午外出？"

"可能吧。"梁远朝应着。

小店骤然静谧无声，头顶的吊扇咯吱咯吱。

王仁成吗？薄矜初没想到周恒会直接问她。

"不知道。"

高一的时候，王仁成的视线放在顾绵身上，高一结束顾绵就转走了，王仁成又盯上了她。她知道短时间内王仁成不敢动她，但不能保证他什么都不会做。

顾绵还在的时候，他隔三岔五走过来对着女孩子猥琐地笑，趁着没人对顾绵说一些隐晦不雅的话，那时候他让顾绵当班长，动不动就把顾绵叫去办公室。

后来顾绵的情绪很不稳定，经常生病，最后她父母给她办了转学。

"呕……"

周恒见状赶紧拿了瓶水给她："你怎么了？"

"没什么，吃太多了。"其实她是想到了王仁成对她说的话。

薄矜初漱完口，问周恒："你毕业后有什么打算？"

周恒比她高一届，要毕业了。

"还在考虑。"

"职高不是第二年要出去实习吗，你怎么没去？"

“我是挂读。”他只是混个毕业证，学校的其他安排都和他没关系。

“阿恒。”

薄矜初回头，来人是傅钦，还有梁远朝。

周恒问两人：“吃过了吗？”

傅钦：“吃了。”

傅钦打量着薄矜初，梁远朝一眼都没瞧她。

“这不是那天那个？”

“薄矜初，滚出来。”梁远朝一开口，冰封十里。

傅钦一脸蒙，看了一眼薄矜初，又看了一眼周恒，什么情况？

周恒同样蒙。

薄矜初跟出去，两人走了十几分钟还没到目的地，薄矜初眼看离学校越来越远。

“去哪儿？”

“闭嘴。”

十三中在南城市偏北的郊区，骑车大概半个小时，薄矜初只对学校周围熟悉。走了好久好久，前面的人才停下脚步。

面前是一间木屋，年岁久远，屋前的院子很大，薄矜初隔着围墙都能看见院子里的香樟树。

南城正处于经济上升期，薄矜初经常在饭桌上听她爸妈抱怨，北边的人都要成暴发户了，一片接一片地拆，幸运得不得了。

不知道这院子还能存留多久。

院子里有个凉亭，亭子下是一张被擦得锃亮的大理石圆桌，桌上摆着瓷质的茶壶和茶杯。

梁远朝就近坐下：“去屋里拿茶叶。”

薄矜初收回四下张望的眼神：“哪儿？”

少年指了指门：“进去右手边有个储物间，一进门就能看见茶叶架，架子最上面有个黑色的罐子，够不到的话，旁边应该有凳子。”

末了，他补充道：“茶叶很贵。”

“……”她能干吃茶叶还是怎么的？

“噢。”薄矜初翻了个白眼，毫无戒备地顺着男生手指的方向迈去。

梁远朝摩挲着茶杯，看着虚掩的门被推开，薄矜初进去了。

屋子几乎晒不到太阳，常年被树荫遮蔽，薄矜初刚踏进去，一股冷气袭来，她打了个寒战。环顾一圈，屋子的构造颇有几分武侠剧的感觉，茂林修竹，一方小屋。

右手边确实是储物间，门没关，薄矜初走进去，和梁远朝描述的八九不离十，木质的茶叶架上摆满了各种瓶瓶罐罐，大部分茶叶罐的罐身处都用毛笔标注了茶叶的名称，比如龙井、碧螺春等。

视线往上移，她一眼看见了那个黑色的茶罐，只不过有两只，而且都没有标注。

薄矜初踮起脚，一只手扶着架层，一只手使劲往上够，就差几厘米，死活够不到，她只好去身后搬凳子，确定自己站稳了才去拿罐子。

视野突然开阔，屋里的一切尽收眼底。

薄矜初拿到罐子，抬眸的瞬间，对上茶叶架顶的一双狭长黑眸，翠绿又细长的身子盘成一圈，蛇头动了动。

薄矜初双腿一软，从凳子上翻下来，一声闷响。她怕惊动那条午寐尚不清醒的蛇，惊吓、疼痛全化成呜咽压在喉底。

静谧的储物间里，薄矜初护着茶叶罐连滚带爬地躲到了离蛇最远的墙角。原本挂在窗子上的白色粗布被风吹落，正好被薄矜初压在了屁股下。

突然间，她小腹像被人狠狠揍了一拳，一阵剧痛。她忘了例假这事。

眼下薄矜初根本顾及不上侧漏的问题，只想着怎么逃离，饱满的额头上汗珠密布。

翠绿的蛇身看得薄矜初一身冷汗，她依稀记得小学的科学老师说过，一般色彩艳丽的动物，鲜艳的外表就是它的保护色，它在警示人们不要靠近它。

她离蛇约莫有七米，要是激怒了它，她不确定自己能完好无损地走出这间屋子。

呼救声彻底憋了回去。

幸好，蛇头掉转了方向，对着墙壁把自己缠得更紧。

薄矜初深吸一口气，颤巍巍地扶着墙壁起身，小心翼翼地挨着墙边往门口走。

触到门框的那一刻，她像个亡命徒一样疯狂往外跑，跑出去后靠在大门后剧烈喘息，方才克制的气息在这一刻喷薄而出，冷汗黏腻的掌心抹去额间的汗珠。

屋外的梁远朝背对着她，弯腰在摆弄亭子下的煤炉，水壶里的水开始小滚，梁远朝把大柴取出来，换了小柴进去。

炉子里的火燃得更旺，和储物间里的阴冷截然不同。

薄矜初把茶罐递过去："是这个吗？"话一出口，她才发现自己嗓子哑了。她轻咳几声，继续道，"最上面那层，黑色的有两罐，我随便拿了一罐。"

梁远朝转身看了她一眼，她脸色苍白，连嘴唇都失了血色，耷拉着眼皮，像一个病秧子。

"放桌上。"梁远朝继续烧水，不一会儿，水沸了，他一边倒水，一边漫不经心地问，"怎么这么久才出来？没有乱碰里面的东西吧？"

没人应。

梁远朝水倒到一半，听见一声有气无力的"嗯"。

梁远朝收起水壶，转头看见少女软弱无力地靠在柱子上。

他取过小茶壶，用木勺从黑罐里舀了几勺茶叶开始冲泡。

"梁远朝，你还记得我翻墙那天吗？"

她的声音轻到随便一阵风就可以淹没。

"梁远朝，你那么厉害，一定知道那是什么蛇吧。"

梁远朝手上的动作没停："翠青蛇。"

蛇如其名，一样的恶心。

薄矜初好像站着睡着了，又好像没有，她能感知到梁远朝的动作。

"茶泡好了，要来一杯吗？"梁远朝斟了一小杯递给她。

薄矜初接过，等到茶水半凉才缓缓抬手抿了一口，没什么味道。她本身也不爱喝茶，放下茶杯后准备离开："太热了，我先回去了。"

院门被拉开。

"薄矜初。"她回头，梁远朝背对着他，冷冽的声音直穿鼓膜，"虫茶好喝吗？"

虫茶又称虫屎茶，不喜欢的人就像吃虫一样恶心，比如薄矜初，光抿了一口就感觉胃里翻江倒海。

她跑了。

梁远朝把泡好的茶倒了，他本就不是抱着喝茶的目的来的。

周恒和傅钦来的时候，梁远朝还坐在亭子里。

傅钦看到他，有些吃惊："你把人带到这里来了？"

周恒："你不会真打她了吧？"

傅钦不明所以："为什么要打她？"

周恒见门开着，问梁远朝："你进去过了？"

"没，我让她进去拿茶叶。"

周恒难得爆了句粗口，往里冲：“老头子今天把蛇留在家里了！”

梁远朝面无表情：“我知道。”

储物间里，凳子侧翻在地上，墙角的粗布皱成一团，翠青蛇还盘在茶叶架顶睡觉。傅钦把墙角的粗布捡起来，上面有一块深红的血迹。

谁也不知道这里发生了什么。

傅钦和周恒你看看我，我看看你，再看看梁远朝。

下一秒，梁远朝大步流星地走了，留下一股冷风。他穿过高二教学楼去了医务室，没有见到薄矜初。从医务室出来的时候，他听到两个女生在交谈。

“王仁成对薄矜初可真是好啊，一个电话就可以旷了整个下午的课，太爽了。”

另一个女生意味不明地笑道：“谁让人家长得好看呢？”

那天，梁远朝没有找到薄矜初。

薄矜初对摔坏梁远朝相框这事心怀愧疚，为了弥补，她跑了好几家店才买到一个差不多的，结果梁远朝用蛇吓她，还用虫茶恶心她。不过这越发令薄矜初觉得，梁远朝真是一个不错的人选。

她需要这种“狠人”，否则王仁成根本不会怕。

公主选骑士，小姐选保镖，薄矜初选梁远朝。

九月节，露气寒冷，将凝结也。霜降之后，夏季校服褪去，秋装上阵。

秋季运动会在下周举行，高二七班的报名表一直拖到这周还没上交。班长被上面催得急，拳头捶在讲台上：“安静！”

下课时间，同学们压根不听指挥，男生继续闹腾，女生继续八卦。

“安静一下！”班长发飙了，同学们这才消停。

“运动会是下周四和周五，一共两天。运动员的名单最迟今天中午十二点必须上报，运动员名册周三就会发到各个班。我们班到现在为止还有几个项目没人报。”班长翻着表格，“一个是一千五百米，还有一个是三千米。”

“这玩意儿谁会报啊，脑子进水了吧，一千米都跑不动，还一千五、三千。”

“可以去竞走，能跑完全程的肯定没一半。”

“哈哈哈，散步可以吗？”

班长敲了敲桌子：“不报就闭嘴。一千五百米和三千米，学校规定每个班必须有人参赛，目前为止我们班没人报，还有一个四乘一百米的接力现在也没人报名，还有标枪差一个女生，铁饼也差一个女生。”

七班是理科班里女生最少的一个班，一共四十个人，只有九个女生。

“我们班男生多，一千五百米和三千米，男生们踊跃出战吧。”

班长是个女生，这么一说，把男生惹毛了。

“凭啥？”有个矮个子男生不服。

班长义正词严：“就凭体测女生跑八百米，男生跑一千米。”

“学理科的女生不都是当代花木兰吗，跑个步怎么了？平时也不见你们那么娇弱啊！”

“男女平等啊，凭啥就得男生往前冲？你们又不是我们老婆，还得我们护鸡崽似的保护着？”

有几个女生赶忙呛回去：“你一男的说这话真没品，我们女生说不跑了吗？”

“那你们女的倒是上啊，你们上，我们也上！”跟男生吵得最凶的刚好是之前跟薄矜初争纪律委员的女生——何之。

她双手抱胸白了男生一眼，对着讲台上的班长说：“我报标枪。”

“那一千五百米、三千米和铁饼呢？”

女生都报了项目，除了薄矜初和她的前桌。

前桌叫钱可可，看着柔弱无骨、性子闷，平时几乎听不到她的声音。

班长又问了一遍：“一千五百米、三千米和铁饼谁报？”

钱可可埋头举起了手：“我……我……报一千五百米。”

这已经超过她的极限了，平时连八百米都跑不下来，这一千五百米跑完不知道能不能活着从跑道上下来。

“三千米和铁饼，哪位？”

何之插话：“薄矜初呗，女生里就她没报项目了。”

班长问薄矜初：“可以吗？”

薄矜初看着她，冷冷地丢出三个字：“不可以。”

何之炮将火对准她：“薄矜初，麻烦你有点儿班级荣誉感。”

薄矜初微笑着说：“那这次你上啊，给我做个表率，我高三再向你学习。”

“哦吼！”男生们看得起劲儿，“何之去啊，何之你去啊！”

男生们一股脑儿地站在了薄矜初这边——谁让她好看呢？

“我已经报了，每个人最多报两个项目。”何之气得脸都红了，“剩下两个项目只能你去！”

“你把你的项目让给我不就好了。”

“那让班长去找王仁成说啊！”何之哪会情愿，一气之下出了教室。

班长和何之的关系好，班长也不怎么喜欢薄矜初，所以最后薄矜初的名字后面还是出现了三千米和铁饼，不知道是班长自作主张还是王仁成吩咐的。

周三中午，体育部的部长把名单送至各个班级。

几个男生涌上去抢着看：“薄女神真跑啊！牛！”

钱可可回头：“你要跑三千米？”她以为薄矜初是抵死不从的人。

“赶鸭子上架。”

虽说薄矜初的名字出现在了名单上，不过钱可可觉得，以她的性子极有可能会弃权：“跑三千米的人比一千五米的少了一半，他们说三千米是男女一起跑。”

名单传到薄矜初手里，册子里面记录了两天的安排，几点到几点是什么比赛，预赛还是决赛，运动员来自几年级以及运动员的名字，上面写得一清二楚。

她跳过前面，直接翻到最后一页，三千米在第二天的早上。高一没有三千米这个项目，高二、高三一共四十个人参赛，随机分成了四组，男女都有。

薄矜初扫了一眼，正准备合上册子，忽然瞥见角落有个名字在闪。

梁远朝，他竟然也报了三千米。

一开始就打定的弃权想法，忽然在这一刻被薄矜初收了回来。

运动会之前，薄矜初一次也没碰见过梁远朝。

高三的教学楼和高一、高二隔开，广播也是单独控制的，仿佛是两个世界。就连周一的升旗仪式和每天的跑操，高三都是单独进行的。

不仅在学校，在周恒的店里她也没见过他。

运动会前一天，薄矜初去周恒店里吃饭：“你那两个朋友呢？”

周恒没搭理她，少顷，他问：“你怕蛇吗？”

薄矜初拿筷子的手一抖，周恒了然于心。

“怎么？你家还养宠物蛇了？”

“没。”他家没养，但他爷爷养了一条。

“你很怕蛇？”周恒又问。

薄矜初顿时没了食欲：“废话，那玩意儿你不怕？”

《西游记》里蛇还能把孙悟空吞进去呢，她又不像孙悟空会七十二变。

“你被蛇咬过？”

薄矜初索性放下筷子看他：“非得被咬过才能怕吗？”

“没有。”被她看久了，周恒蓦然脸红。

“喂，周恒，你不会喜欢我吧？”

周恒猛一抬头：“没有！”她胡说什么？

薄矜初走近：“你跟别人打架的时候，他们知道你这么容易害羞吗？”

废话！当然不知道！知道了还怎么打架！

这时，店里来了几个顾客。

她撤到一旁，继续扒着米饭。今天的米饭有点儿硬，她硬塞了两口，趁周恒不注意去冰柜掏了只小布丁。

奶香抹去夏日的炎热，棒冰在嘴里化开。

“这种米只有小袋的吗？”

周恒在跟顾客交流：“还有大袋的在后面，您要的话我去搬。”

“那给我来一袋大袋装的。”

店里就他一个人，他去屋后搬米需要点儿时间，前面没人看着。

薄矜初自告奋勇地走进他天天坐的收银台。她在这儿混了那么久，东西放在哪个位置，一般顾客常买的东西是什么价格，她差不多有数。

“小姑娘，这个纸多少钱一包？”

“一块五。”

“肥皂多少钱一块？”

“左边那个两块，右边的两块五。”

她帮着收了四位顾客的钱，周恒扛着大米出来了。

女人过来结账：“这米多少钱一袋？”

薄矜初愣了一下，看向周恒：“四十五，是吗？”

周恒拍了拍手上的灰，轻轻“嗯”了一声。

“阿姨，大米四十五，醋四块，一共四十九。”

女人给了一张五十的纸币，薄矜初找零一块。

“原来当老板收钱的感觉真不错，怪不得你不去学校，换我我也不想去了。”

周恒不知道怎么解释他挂读这件事，索性闭口不言。

“你们三个是怎么认识的？”她在问他和傅钦，还有梁远朝。

“小学同学。”

“你们是哪个小学的？”

“第一小学。”

哦，她是第三小学的。

“小学的时候你们就那么要好了？”

“差不多。”三人在小学一年级就认识了，穿一条裤子长大的。

“梁远朝成绩那么好，为什么没去一中？”

“我不知道。”

薄矜初摇了摇头：“周恒，你一点儿都不擅长撒谎。”

他不肯说，薄矜初就换了个话题：“那你为什么去了职高？那天帮你看店的朋友说你很用功的。”

薄矜初其实也知道他很用功，除了饭点儿，她每次路过他都在看书。

“他有名字，叫傅钦。”他又一次避开了她的问题。

“周恒，你平时会跟人聊天吗？”

“不会。”他不善言辞，除了傅钦和梁远朝，他在父母面前都不怎么说话，不过和梁远朝相比，他算能说的了。

“那你怎么会跟我聊？你不会真的喜欢我吧？”

周恒这次连耳朵都红了。

“你话很多，一直不搭理你显得不太礼貌。”这是周恒的心里话。

薄矜初被逗笑了：“时间差不多了。”

她终于要走了，周恒松了一口气。

“周恒！”她走回来，一只手拍在收银台的玻璃面板上。

又怎么了？

“我刚偷吃了你家的小布丁，你不会介意吧？”

“没事。”又不是第一回了。

“噢，对了。”她勾了勾手，示意他靠近点儿，周围压根没人，她靠在他耳侧悄悄说，“千万别喜欢上我，我要的是梁远朝。”

一切皆落入百米之外的梁远朝眼里。

第三章 长柄伞

秋季运动会于周四早上开幕，升旗手升旗，各位领导发言，各个班的啦啦队走方阵，最后运动员上场，一个开幕式前后耗了两个小时。

十点的时候，广播响起："十分钟后，高一男子组一百米预赛准备检录。"

大部分的预赛都在第一天比完，操场入口的公告栏前几天刚被人清理过，上面的宣传和警示都被撕得干干净净，像新换的一样。

薄矜初看了一会儿短跑没了兴致，趁着下一场比赛还没开始，穿过操场溜了。

路过公告栏，上面贴了新纸张，白色的是预赛打进决赛学生的名单，红色的是决赛打进前六的名单。

运动会是记分制的，决赛排前六的学生，依次是十分、九分、七分、五分、三分、一分。

整场运动会结束后，按各个班的得分情况，最后会颁发班级奖项。

不知道这种活动老师是不是会有奖金，他们表现得比学生还热情。

十三中一共有四个小卖部，一个在体育馆附近，一个在高一、高二教学楼旁，一个在高三教学楼边，还有一个在食堂对面。

由于运动会，体育馆旁边的小卖部被学生轮番轰炸。

薄矜初想买东西，直接绕过体育馆，去了高三那边。相比于体育馆，这边冷清多了，老板娘眼神直勾勾地盯着对面墙上的电视机，手里还织着毛衣。

虽说到了秋天，但只要这气温一天不降，冰柜里该有的一样不缺。

她从冰箱里拿了瓶水，又去另一边的冰柜拿了支甜筒，本来还想挑包薯片，余光扫到一个熟悉的背影。

“一块五，校园卡还是现金？”

“校园卡。”

眼看着校园卡就要放下去了，一只白皙的手横入，代替校园卡盖在感应区。

梁远朝低头瞥了一眼，薄矜初压根没看他，对着老板娘道：“阿姨，一起算！”

老板娘：“甜筒三块，水一块五。”

梁远朝直接放了两枚硬币在桌上，越过薄矜初走了。

薄矜初反应迅速，赶紧拖住他：“我忘带卡了，借我刷一下。”

梁远朝冷着脸看着她，“不借”两个字还没说出来，薄矜初瞄准他左手上的校园卡伸手去夺。他把手臂轻轻一抬，卡被举到她够不着的地方。

薄矜初踮脚，眼看着就快碰到了，梁远朝又往上挪了点儿。

她下颌紧绷，梁远朝却气定神闲，动了动唇：“滚。”

薄矜初一咬牙，整个人往他怀里扎，左手抓着他背后的衣服，右手去拉他高举的左手。梁远朝穿的短袖，她柔软的掌心贴上他的手肘，他肌肉一僵。

几个不认识的女生刚进来就注意到了这边的动静，缩在零食架的后面偷看，窃窃私语地猜测两人的关系。

薄矜初笑着踮起脚，和他对视，距离拉近了许多，右手还握着他的左手。他听到她说：“我们这样，像不像在调情？”

下一秒，梁远朝把她的手扯下来，将校园卡塞到她手里，转身走了。

老板娘也是见过大风大浪的人，年轻人的这点儿趣味她丝毫不在意，看到薄矜初拿卡过来，不咸不淡地说了一句：“收四块吧，男孩子多给了五毛。”

薄矜初刷完卡，看到上面显示的余额，竟然还有四百多。

她追上去把卡还给他：“刷了四块。你怎么存那么多钱在里面？”

回应她的是空气，还有身边人加快的脚步声。

“校园卡没有密码，你要是丢了，钱被人刷完怎么办？”

他依然没有理她。

薄矜初不依不饶："你下次别存那么多了，不安全。"

梁远朝骤然停下脚步，一字一句道："我有能力保管好我的校园卡，不劳你费心。"

薄矜初不知道被什么绊了一下，兜里的校园卡掉了出来，她的证件照暴露在明晃晃的阳光下。她捡起来干笑了两声，好尴尬。

"甜筒好吃吗？"他突然问。

薄矜初有点儿蒙："还不错。"

梁远朝伸出手，薄矜初睁大双眼望着他。

他要吃？可她已经舔过好几口了。薄矜初难以置信地递过手上的甜筒。

她还没反应过来，梁远朝就把它丢入了旁边的垃圾箱。

肇事者头也不回地走了。

"梁远朝。"

他越走越远。

"梁远朝！"

薄矜初看着自己心爱的甜筒在垃圾箱里化成一摊水，心里有点儿冒火。

刚才在小卖部围观的几个女生出来了，三五成群地晃到薄矜初旁边，说话的声音刻意放大。

"昨天陈雅怡和梁远朝是不是一起回家的？我在路上好像看见他们了。"

"不是吧，陈雅怡家和他家不是一个方向啊。"

"你们没看到陈雅怡发的动态吗？是梁远朝送她回去的。"

"我当初还想梁远朝这样的人，哪个女生入得了他的眼，不过想想也是，陈雅怡那么优秀。"

"可不是吗？梁远朝年级第一，陈雅怡年级第二，不优秀的自觉靠边站呗。"

薄矜初原定的计划是悄无声息地闯入他的世界，攫取他的心，眼下看来是行不通了，要是被人抢先，意味着没有下一个目标之前，她还要独自对抗生活。

绝对不行！

一放学，薄矜初就踩着小破车飞速回去，舒心恰好在家，看到她有些意外："今天怎么早回来了？"

"嗯。"她从桌上捡了两颗枣子扔进嘴里，含糊囔着说，"妈，我出去一下。"

“你又跑去哪儿？马上要吃饭了！”

“知道了，很快就回来。”

她在水果摊候了两个小时才见到梁远朝的身影。

他不是白天在学校的装扮，换了一件白色短袖和一条黑色的运动短裤，短寸黑发在余晖下泛着淡淡的光。

他还没吹头发就出来买水果了。

水果摊已经不卖西瓜了，这次他买了半个哈密瓜。

薄矜初瞅准时机跑过去，抢下他的瓜就往回跑。

这次梁远朝有动作了，三两步赶上去，抓着她的肩膀一把掰过来：“还我。”

薄矜初第一次抢他的瓜真的就只是为了瓜，而这次是为了他。

“不还。”她把瓜藏到身后。

梁远朝头一次遇到抢了东西还理直气壮、拒绝归还的人。

“你觉得不还我，你能跑得了吗？”她今天没骑车，他迈一步抵她两步。

薄矜初梗着脖子，死活不肯还。

梁远朝沉着脸，他不是个有耐心的人，最多忍一次。他一点一点逼近，薄矜初下意识地往后退，一慌神，摔倒了。

她整个人往后仰去，还没来得及向梁远朝求救，人已经倒下，不过她的脊背最先接触到的不是碎石满地的水泥地面，而是……那个瓜。

梁远朝买了半个哈密瓜，没让老板切，只是让老板帮忙削了皮，此时瓜四分五裂，汁水溅出塑料袋。薄矜初有点儿蒙，傻坐在地上，回头看看瓜，又抬头看看梁远朝。

梁远朝脸上写着两个字：活该。

他没有半点儿要搀她的意思，反而挑眉戏谑道：“瓜送你了，别浪费。”

说完，不等薄矜初回应，他就走了。

“喂！梁远朝！”

他装作听不见。

“嘶——”屁股好疼，好像又是尾椎骨……一动就扯到背，背上也疼得紧，他买的是铁瓜吗？薄矜初一边在心里抱怨，一边一瘸一拐地回去了，这回付出的代价有些惨烈。

运动会第一天进行得很顺利，好几个项目被破了纪录，体育组的老师高兴坏了，还在这次运动会中发掘了几名体育健将，准备说服他们报考体校。

少年时代的惊喜是什么？是考卷上的高分，是忽然宣布的假期，是暗恋的人出现在自己眼前，是发现梦想的脚步加快了些，是薄矜初发现三千米长跑和梁远朝一组，惊喜可能会突如其来，意外也许会接踵而至。

运动会的第二天，上午的田径项目聚焦在一千五百米和三千米的长跑上。

跑完一千五百米的同学满脸通红，上气不接下气，凭着最后一点儿意识挤出一句："我要死了。"

长跑没有预赛，所有人的成绩汇集在一起，前六位可以拿到名次。

一千五百米结束，紧接着就是三千米。薄矜初检录的时候刚好看到钱可可被两个女生扶着出来，她全身瘫软，手抖得握不住水瓶。

接连出来好几个跑一千五百米"挂掉"的运动员，看得正在检录的同学胆战心惊。

不知谁冒出一句："老师，我弃权，我跑不了三千米。"

老师扬眉问："你是哪个班的？叫什么名字？"

牵一发而动全身。四十个三千米的运动员，除掉弃权的，最后只剩下十五名，十名男生，五名女生。

体育老师怕他们中途放弃，直接把所有人混成一组跑，一大群人跑可以降低一点儿绝望值。

薄矜初看了一眼其他十四个同学，从校服来看，高三的居多。除了她认识的梁远朝，还有一个名字有点儿耳熟——陈雅怡。

不就是昨天小卖部门口那群高三女生嘴里的那个人吗？巧了。

她走在队伍最后，看着前面的一男一女。因为两人是同班，女生偶尔找男生说几句话，他也会偏头去答。

少年背对着她，她不知道梁远朝回陈雅怡话的时候是不是在笑。

长跑没有专属跑道，所有人站在曲线起点处，听到枪声撒腿就跑。

薄矜初站在梁远朝的右边，她从来没参加过运动会，这是第一次。第一次站在赛场上的感觉和想象中的不同，还没剧烈运动，她的心已经跳到嗓子眼了。

老师还在讲注意事项，提醒他们做好赛前准备："长跑拼的是耐力，一开始的时候不要猛冲，不然后面会很累，一共是七圈半，终点在你们身后两百米处。终点处的老师会在第一个同学跑最后一圈前，鸣枪示意。你们先做一下准备活动，每个人都动一动，以免剧烈运动造成肌肉拉伤。"

薄矜初默默往右边跨了一小步，生怕梁远朝听到她不寻常的心跳声。

裁判鸣枪，白色的烟还未散去，十五个人如离弦之箭射了出去。

女生咬牙往前冲都赶不上男生保留实力的速度。四百米的跑道，第二圈的时候男生超过女生半圈，第三圈的时候拉开了一圈的距离。

男生队伍里跑在最后的是一个胖男生，一直在咬牙坚持，哪怕被五个女生超过去，也没有一点儿放弃的念头。

薄矜初经过他的时候鬼使神差地说了句："加油！"

那人回了一声沉甸甸的"嗯"。

枪声再一次响起的时候，众人抬眸，第一名的男生跑最后一圈了。

第六圈的时候，三个女生接连倒下，两分钟后都没有爬起来，最后被同班同学抬出跑道。

惋惜声起，欢呼声紧随其后，体育生和梁远朝前后迈过终点，两人仅差一秒。

梁远朝双手撑着膝盖，大口大口地喘气，他很久没有过这种酣畅淋漓的快感了。

旁边的男生说："没有遇到势均力敌的对手一直是我的遗憾，本以为会带着这种遗憾毕业，现在看来，我挺幸运的。"他看了一眼梁远朝的号码牌。

"谢谢。"

"你前两年怎么没参加长跑？"

"累。"

梁远朝的长跑技能是梁晋一手训练出来的，梁晋在警队里的时候就是运动健将，经常带着梁远朝拉练。他一直梦想成为一名英雄，那是第一步，他做得很好。

"陈雅怡！"

"老师，有人晕倒了！"

体育生和梁远朝同时抬头，气还没顺过来。

"梁远朝，过来扶一下陈雅怡。"说话的是他们班的一个女生，她抬不起陈雅怡，有些焦急，只好喊几步之外的梁远朝来帮忙。

梁远朝眉头紧皱，看到的不是陈雅怡，而是倒在陈雅怡前面的薄矜初。

相比于陈雅怡脸上的绯红，薄矜初脸色苍白，像一具死尸躺在地上。一会儿，陈雅怡周围聚集了一堆女生，而薄矜初像是被大海丢弃的海星，无人问津。

"梁远朝，你快来啊，把陈雅怡送去医务室。"

第一个去扶薄矜初的是裁判老师："你还好吗？"

薄矜初双目无神，裁判老师刚准备把她从地上拉起来，王仁成就过来了。

"我来吧。"

"王老师？这是您班上的学生？"

"对。"

王仁成刺耳的声音传来，薄矜初的耳朵嗡嗡直响，一瞬间什么都听不到了。

梁远朝！梁远朝！脑海中全是这个名字，她去寻找他的身影，而那人正好抱起陈雅怡从她身旁走过。

薄矜初的太阳穴抵在粗粝的红色塑胶跑道上，她看到了他的鞋带，伸手去抓——鞋带散了，人也走了。

她的头快要爆炸了。

王仁成的手已经挨上她的腿和肋骨，一滴泪从她眼角滑落，掉在火红的跑道上，变得分外清晰。

突然，她被人从另一个方向抱起来。

体育生笑了笑："老师，我来吧，我跑得快。"

说罢，体育生抱着她飞快冲出王仁成的视线。

医务室里，一层厚厚的帘子两边各躺着一个女生。

除了体育生和梁远朝，其他同学都被医生劝走了："她们需要安静，你们先回去吧。"

两人躺在病床上打点滴，陈雅怡要去厕所，女医生举着吊瓶陪她去了。

体育生："我去楼下买水。"

空气沉寂，只剩下薄矜初和梁远朝轻微的呼吸声。她在靠门的那侧，里面的人要出来，必须从她床前经过。

梁远朝准备出去的时候，薄矜初喊住了他："你的鞋带散了。"

他蹲下去系鞋带。

"梁远朝，你和陈雅怡是怎么回事？"

他起身，看都没看她一眼："以后不要乱解别人的鞋带。"

陈雅怡回来的时候没见着人，问薄矜初："同学，你看到刚才那个男生了吗？"

薄矜初冷冷地回了两个字："走了。"

她听到一声轻叹。陈雅怡很失望吧？她也挺失望的。

透过病房的窗子，可以看见医务室门口的那棵广玉兰，玉兰花不多了，一阵风吹过，玉兰花瓣掉落。无聊的景象，她竟看得出神。

薄矜初发现，医务室是她在十三中一年多来待过的最清净的地方。

“那个……”

刚才那个体育生回来了，薄矜初看向他。

“给你买的水。”男生特意拧开盖子递给她。

“谢谢，我现在不渴。”

他把水放在了柜子上。

“你是哪个班的？”薄矜初问他。

“高三十二班。”

“谢谢学长。”薄矜初礼貌地加了后缀。

体育生看上去憨厚老实，不知是不是第一次和这么好看的女生接触，他有些害羞地挠了挠头：“不客气。”他没走，在床边坐下。

“学长，你先回去吧，我自己可以的。”

她心里想着梁远朝果然冷漠，竟不如一个第一次见面的人。

陈雅怡先一步打完点滴，离开的时候停下来看了一眼薄矜初，微微一笑：“学妹，你长得真好看。”

陌生女性的夸赞，十有九邪。薄矜初虽然低她一级，但不想给的面子就是不给，她回了陈雅怡一个莫名其妙的表情，也没说谢谢。

薄矜初摁着手上的创可贴，站在医务室门口的台阶上远眺，发现王仁成正朝这边走过来，她立马换了个方向跑了。

路上碰到刚才那个体育生，旁边还站着梁远朝，男生调侃道：“学妹恢复得不错啊！”

薄矜初嘴角一抽：“学长，我还有事，先走了。”

如果他没看错的话，刚刚梁远朝看她的眼神中带着嘲笑。

运动会期间，教学楼空荡无人，薄矜初一个人在教室里连风扇都没开，依稀可以听到远处操场上传来的欢呼声。

除此之外，还能听到一阵脚步声。

她莫名紧张，从座位上起来的时候，不小心碰到桌斗里的书，课本散落一地，她来不及捡，猫着腰往前门跑，蹲在第一排的课桌前。

脚步停下，薄矜初屏住呼吸，不知是不是没穿外套的缘故，起了一身鸡皮疙瘩。

“躲什么？”

谢天谢地！不是王仁成的声音。薄矜初拍了拍胸口。

梁远朝站在教室后门，用看智障的眼神看着她。

“你来干吗？”

他经过走廊的时候把东西往她身上一丢。

薄矜初差点儿没接住：“什么东西？”

“捡到了你的校园卡。”

“噢，谢谢。”下午的阳光是金黄色的，落在少年的后背上。

比赛结束，奖状下周颁发。

每周五放学时，学生们一个个都跟打了鸡血似的。

王仁成让薄矜初留下，说有事找她。同学们正在收拾书包，全转过来看她。薄矜初抬头：“什么事？”

王仁成走到她位子上：“你没事吧？”

薄矜初不想理他，却还是硬着头皮说：“没事，校医老师说多休息就行了，所以我先回家休息了。”

还好薄矜初的座位在最后一排，即使王仁成堵在她左边，她也可以从后面跑开。

保安大叔认得她：“哟，今天跑这么快？”

薄矜初深呼吸之余扯了个微笑给保安大叔。

“路上小心。”

“嗯。”

薄矜初不骑小破车的时候，就从巷子穿回去，因为这样会近很多。

她刚走进巷子，就看见围墙上靠着三个男生，旁边两个在给中间那个扇风，其中一个手里还拿着十三中的校服。

三个人打量着她。

“薄矜初。”看来三个人还是有备而来的。

她掀了掀眼皮子，没有流露出一丝恐惧，甚至有点儿不耐烦：“干吗？”

中间的胖子把脚从墙上拿下来，在雪白的围墙上留下一个脚印，两个跟班饶有兴致地在一旁看戏。

“认识我吗？”胖子问。

“陆铁功。”连钱可可都知道的十三中恶霸，她怎么可能会不知道。

高三有“两王”，一个是学生会主席梁远朝，另一个是乞丐帮帮主陆铁功。

“应该是陆学长。”胖子纠正她。

"学长？学长，你学吗？"

胖子被逗笑了："有意思，那就叫陆哥吧，喊全名怪生疏的。"

"那得熟了才能这么叫啊。"

"一起玩玩不就熟了吗？"

薄矜初笑了："谈恋爱吗？我不敢，我妈说如果我早恋就把我的腿打折，再把那男的腿砍断。"

陆铁功作威作福惯了，还是第一次听见有人对他说恐吓的话，笑出了声，后面那两个人也跟着笑了。

"留个电话？"

薄矜初挑眉："你觉得我充得起话费吗？"

十三中好看的女生很多，但大多是看上去柔柔弱弱、温温和和的，比如高三的陈雅怡，女神般的存在。像薄矜初这般妖艳又耀眼的，十三中除了她找不出第二个。

后面的一个男生大手一挥："别怕，有陆哥给你充！"

陆铁功掏出手机，点出新建联系人："号码是多少？我先存一下，等会儿我就让冬瓜去给你充。"

薄矜初叹了一口气："常年充不起话费的人，费这脑子记号码干吗？"其实她都没有自己的手机，她手上的小灵通还是她妈淘汰下来的。

陆铁功一听，觉得也是，又说："那就赏脸一起去吃个烤串？"

"陆铁功。"两人同时说。

胖子一愣："怎么了？"

"你昨天不是还和高一的小白兔走在一起吗，你俩这么快就掰了？还是你吃着碗里的想着锅里的？你当自己是皇帝吗，还想后宫佳丽三千？没事多读点儿书，提升提升自己的品位。还有你看你这裤子，破不是潮流，像个乞丐。是谁教你这么走时尚的？再看看你那鸡窝一样的头发，很酷吗？一副吸了毒的样子。"

"多花点儿心思捯饬捯饬自己吧，你看看你们班的梁远朝，追他的女生都能排到校门口了，像你这种自己下场找对象的太逊了。"

三个男生愣住了，薄矜初快步拐进另一条小巷，撒腿就跑。

高三的陆铁功仗着家里有钱在学校里称王称霸，老师也管不住他。

陆铁功特别喜欢撩小学妹，人长得不帅，却总有学妹跟着他走，也不知道哪里来的魅力。走在学校里，十次有九次他旁边都站着学妹，而且次次不同。他和其他男生起冲突的时候动不动就挥拳头，至于输赢，薄矜初还真不知道。她在学校里遇见过几次陆铁功，他满嘴脏话，形象又不佳，多看一眼薄矜初都觉得脏了自己的眼。

薄矜初不参与班里的八卦讨论会，自然也不知道关于陆铁功的一些故事，以至于陆铁功的手段和性子，她完全不清楚。她怕陆铁功会把她堵在那里，或者把她拖走，所以用了最冒险的方法，不过好像起作用了，没人追上来。

方才的巷子口，张冬瓜看着薄矜初离去的背影："陆哥，她教训你！"

张冬瓜："陆哥，她还拿你跟梁远朝比！"

两人准备去追，陆铁功伸手拦住了："走。"

见自家老大掉头，两人一脸茫然："去哪儿？"

"理发店。"

薄矜初成功脱离虎口后才察觉疲倦，这一天像是过了一年，她转了转手腕，骨头咯咯响，头一回觉得回家的路这么漫长。

周一，学生会主席梁远朝当值，他收到一条爆炸性消息。

高三的陆铁功带人在高二七班门口堵薄矜初。

早读时间，高二七班鸡犬不宁。

"门口那个是谁啊？"

"高三的陆铁功啊！"

"陆铁功不是有刘海吗？"

"快看！陆铁功剪头发了！这是要改变非主流风格了吗？"

"陆铁功在等谁啊？"

女生们把语文书立在桌子上，脸藏在书本后偷偷看向门口，男生们索性离开位子跑过去围在门边。

陆铁功的跟班敲了敲前门："学弟学妹们好，麻烦叫一下你们班的薄矜初同学。"

班里顿时炸开了锅。

男生起哄的闹腾声传到楼上。

薄矜初低头看书，仿佛周遭的一切与她无关。

钱可可转头，用笔在她桌边轻敲了一下："有人找你。"

薄矜初依然没抬头，书往后翻了一页："不用管他。"

"不是陆铁功，是主席。"

"梁远朝？"薄矜初抬眸，前门站着的明明是陆铁功。

"后面。"

陆铁功和梁远朝一前一后占据了高二七班的前后门。

薄矜初不过是一个周末没见到梁远朝，对视的那一刻忽然感觉像时隔数月。

"出来。"主席下命令了。

薄矜初没犹豫，跟上他。

前门的陆铁功扭了扭脖子："张冬瓜。"

张冬瓜凑上去："陆哥。"

"去给我拦下来。"陆铁功一边磨牙，一边靠近，"梁远朝那小子想干吗？"

一群人挪到高二教学楼前的花坛边，那里是视线盲区，看不见战况的七班同学渐渐地消停下来。陆铁功的怒气值已蓄满，因为薄矜初在才刻意隐忍。

"薄矜初，我这发型帅吗？"他剃了个平头，把之前的刘海全剪掉了。

"比之前好。"薄矜初如实回答。

梁远朝懒得听他们废话，把手上的册子递过去："自己写。"

"写什么？"薄矜初看到他翻开的那一页——早读违反纪律学生名单。

"我违反什么纪律了？"

梁远朝正色道："扰乱班级学习氛围。"

薄矜初摸了下鼻尖："是我扰乱的吗？"

"和你没关系吗？"

"行。"

见她没有动作，梁远朝右手拿着记名册，左手拉过她的右手腕放到册子上："写。"

陆铁功瞬间奓毛，挥拳向梁远朝脸上招呼："你妈没教过你做人要宽宏大量吗？"

梁远朝反应极快，一只手推开薄矜初，一只手截住陆铁功的拳头。

接着，"砰"的一声，梁远朝一拳把陆铁功打趴下了。

三人皆一愣。

薄矜初倒吸了一口凉气，她没想到身为学生会主席的梁远朝会在学校动手。

梁远朝这一拳虽力道不小，但也不至于把陆铁功打趴下。陆铁功被打的时候脚下一滑，才趴在了地上，显得十分笨拙。

陆铁功招摇一世，最忌讳的就是在女生面前丢脸。何况，他真的看上了这个有意思的学妹。

“呸。”陆铁功侧身吐了口唾沫，没流血。

梁远朝蹲下身，一把拽过陆铁功的校服衣领，眼里淬火：“说话别那么难听。”

陆铁功何时受过这种屈辱，笑着说了句十分欠揍的话：“还是说你没妈教？”

梁远朝又一拳。

这回两个男生反应过来了，过去抓住梁远朝的肩膀，薄矜初一把推开他们：“滚！”

两个男生还挺忠诚，在妹子和陆铁功之间，他们毅然决然地选了陆哥。

薄矜初被甩开，陆铁功被梁远朝按在地上，嘴上继续骂，那两个叫张冬瓜和李铁柱的就是废铁，两个人还拉不开一个梁远朝，最后直接上手打，薄矜初看到梁远朝耳侧挨了一拳，登时脑子一片空白。

打到第四拳的时候，薄矜初大喊了一声：“阿远！陆铁功，你闭嘴吧！”

陆铁功果然不骂了。

梁远朝收手，身后两人却没有作罢的意思，提着梁远朝的后领要报仇。

“陆铁功，你的人很不听话。”薄矜初皱着眉。

“张冬瓜，放手！”

二〇〇七年的十三中，条件设施一般，有监控，但做不到无死角。他们现在的位置就是监控盲区。

薄矜初看了看周围，没有老师，早读还没下课，琅琅书声掩盖了一切罪行。

“你现在这个形象配不上你丐帮帮主的称号，你得去医院。”

薄矜初没想到陆铁功真的会那么听她的话。

他起身后狠狠撞了一下梁远朝的肩膀：“张冬瓜，走。”

张冬瓜：“不、不是……陆哥，就这么放过他？”

李铁柱比他有眼力见儿：“你分不清形势？跟上。”

终于清静了，薄矜初一时间不知道该说些什么。

梁远朝起身站了一会儿，弯腰捡起地上的册子走了。

薄矜初叫住他：“喂！不用写名字了吗？”

梁远朝折回，居高临下地看着她，冷冰冰地说：“你刚干吗去了？”

此后几天里，陆铁功没来学校，张冬瓜替他请了十天病假，老师巴不得这种不学习的霸王别回来，立马准了假。

同时，梁远朝也请了三天假。

除了薄矜初和陆铁功的跟班，没人知道发生了什么。

关于那天的事，两个年级之间流传的版本是：陆铁功为了薄矜初剃头从良，偏偏薄矜初只中意梁远朝。

事后第三天，薄矜初去周恒那里吃饭。那天中午艳阳高照，来来往往有人撑伞，有人戴帽子。薄矜初挨着墙边，企图让那狭窄的阴影替她遮阳。

周恒在拉卷闸门。

"周恒！"薄矜初喊他。

周恒似乎没听见，掏出钥匙准备锁门。

"喂！"薄矜初跑过去拍他。

周恒看清来人，边锁门边说："我有事，你去别的地方吃吧。"

"你有什么事啊？"每次薄矜初来他都在，"你家怎么了？"

周恒起身："不是。"他准备走了。

薄矜初知道他急，也没想拖着他，在他拖车的空当问："你知道梁远朝最近请假了吗？"

周恒握着车把的手一紧："知道。"

"他怎么了？"薄矜初的猜测是梁远朝脸上有伤，怕节外生枝才在家休息几天，但看周恒的表情……她的猜测估计有误。

"他没事，你早点儿回学校。"

周恒跨上车，薄矜初连忙拖住他的后车座。

周恒的自行车和她的一样，都是老式的款式，后面带一个座位。不同的是，她车头和座位之间的连接是弯曲的，而周恒的是又高又直的横杆，估计是凤凰牌的。

周恒踩下脚踏板，车没往前走，反而往后退了。

"喂！你干吗？"

"梁远朝在学校打架了。"

周恒两脚点地，一脸错愕地看着她："你说什么？"

薄矜初换了种说法："他打人了，也被打了。"

"为什么？"梁远朝不是轻易会打架的人，就算他和别人起冲突到了非得动手的地步，也都是周恒和傅钦去的。

周恒说过，他们这个年纪所犯的错误都会上升到父母家教，他和傅钦真出事了，背后还有爸妈，梁远朝没有，他就一个人。

薄矜初简单叙述了一遍事情的经过。

周恒手背青筋暴起，车把手像是要碎在他的手心里，他问道：“那人叫什么名字？”

“陆铁功。”

“他喜欢你？”

“……”这种时候还讨论这种问题吗？

薄矜初不知道该怎么回答，她和陆铁功真的不熟，完全不知道他到底想搞什么鬼。

她突然感受到周恒认真起来的可怕程度不亚于梁远朝。如果她说不是，那要是陆铁功以后真追她怎么办？如果她说是，那事情全是因她而起。

“他爸妈不在了。”周恒说完的那一刻很后悔，虽然梁父梁母去世的事连水果摊老板都知道，但在十三中算是个秘密。

“什么不在了？”薄矜初一时没反应过来。

周恒想走，薄矜初拽着他：“周恒，你什么意思？”她忽然想起上回在梁远朝家里砸碎的相框，脑子像被雷劈了，嗡嗡直响。

“这是他的禁区，今天是我多嘴了，该怎么做你清楚。”

她忽然有些后悔喊住梁远朝，真应该让他多揍几拳，把陆铁功揍成一个猪头才对。

周恒消失在巷口。

薄矜初没吃午饭，她在灰白的卷闸门前蹲了很久，来来往往的行人用探寻的目光看向她，她拒不理睬。

数年后，薄矜初刚入研究所。

陈伯生在饭桌上谈到人岁数越大越怕死，总是还想多看几眼，想看看这个时代的变化是否跟他们年轻时期许的一样，不知道手里的那些课题究竟能不能做完。

他还问同桌的学生，他们第一次觉得死亡离自己很近是在什么时候。

话题有些沉重，桌上的每一位都是有故事的人，那些一张一合的嘴有很多话要说。

唯有薄矜初，沉默无言。

她第一次感受到死神的压迫，就是在周恒家的卷闸门门口。

十六岁的薄矜初没参加过一次丧事，十七岁的梁远朝父母双亡。

她以为的梁远朝是个身后有城、出征无畏的肆意少年，从没想过少年站在万丈崖边。

那天下午刚好是运动会的颁奖仪式。颁奖仪式在操场举行，热火朝天，不少人逃了，薄矜初也逃了。

舒心难得从麻将桌上下来得早。

薄矜初也没想到舒心这么早就回来了。

舒心看了一眼墙上的时钟，分针刚好指向十二，下午四点整。

“又这么早放学了？”

“嗯，今天下午运动会颁奖，颁完就放学了。”

“哦。薄矜初。”

她呼吸一滞：“嗯？”

“过来帮忙。”

嗯，万幸。

薄矜初扔下书包，跟着舒心进了厨房。

舒心把一捆芹菜递给她：“择一下，洗干净。”

那个时候，后街人家里的水龙头流出来的还是井水，像梁远朝家才是自来水。

双手接过冰凉的井水，薄矜初问：“妈，你今天没搓麻将吗？”

“去了，赢了一点儿就回来了。”

“妈，你在做什么？好香啊。”

“我在熬猪油，这两天菜烧得多，前几天刚熬了一大碗，昨天又用完了。今天早上去菜市场的时候，我买了一点儿肥肉回来。”

舒心把肥猪肉切成小块，等锅热了扔进去熬，那种特有的香味令人欲罢不能。

“哟，熬猪油呢！”门外的迎春婶用方言大喊了一声。

舒心应她：“是咯，迎春婶今天这么早下班啦！”

“是嘞，我去买菜咯，再会！”迎春婶拧着车铃挨家挨户打招呼。

猪油熬得差不多了，舒心让薄矜初把猪油倒在罐子里，猪油渣盛在小碗里。

“妈，弄好了！我出去一下！”

舒心在屋后洗东西：“你又跑哪儿去？油盛好了吗？”

“好了！”薄矜初一边回应，一边往大门跑。

“煤气灶关了吗？”

“关了，煤气也关了。”

薄矜初朝巷口跑去，三步一回头，时不时低头看看怀里的东西，她妈暂时应该不会发现。

她跑了一路，哼哧哼哧地爬上六楼，敲门没人开，等了几分钟再次敲门，屋里依然没动静。

梁远朝可能不在家，薄矜初抱着东西坐在台阶上等。

彼时，前街的篮球场，打球结束后，傅钦招呼两人一起去家里吃饭。周恒扯起衣服下摆抹了把脸上的汗："我就不去了，中午把店关了，得趁他们回来前开开。"

"那阿远去吧。"

"我要回去洗澡。"

"洗完再过来。"

"太累了。"说罢，梁远朝骑上山地车走了。

少年的影子越来越小。

梁远朝走到楼梯口，发现他家门口坐了个人。

少女侧身，一只手撑在地上，另一只手在逗地上的蚂蚁。

一束夕阳刚好落在少女身上，将她小小的身影笼住，此帧画面被定格，安静又柔和。

梁远朝看了片刻，蚂蚁从台阶上爬下去，薄矜初的视线跟着那个小黑点一起移动，慢慢往下，一双黑色的球鞋映入眼帘。

薄矜初倏地抬头。

"你回来啦！"她惊喜地叫，等了那么久，他终于回来了。

少女眉眼带笑，生动得不像话。

梁远朝眉头轻皱，越过她走向家门，发现地上还放着袋东西。

薄矜初从地上起来，忙不迭拿起袋子，从里面拿出一个玻璃餐盒。她打开，猪油的香气在楼道里弥漫开来。

梁远朝的表情更冷了。

"这是我妈今天熬猪油的猪油渣，香吧？别看这东西是熬猪油剩下的，它可是宝藏，撒上一点儿盐，简直是人间美味！"她低头对着猪油渣嘀咕。

梁远朝看着她脑袋一晃一晃的。

"这是我专门给你带的，你要不要尝尝？"

梁远朝刚想拒绝，启唇之际，一小粒东西塞了进来，她的手指碰到了他的唇，淡淡的咸味立马弥散，冲击着感官。

"香吧？餐盒里还有。为了补偿我抢走你的瓜，我把我们家所有的猪油渣都给你带来了。还有……"她捏着袋子的手不停搅，"上回那个相框的事，真的对不起。”

她紧张得手心冒汗，不敢抬头看他。

梁远朝抬起手，她以为他要接过自己手上的袋子，赶紧递出去，迎来的却是关门声和一阵风，还有一个字——滚。

确实是她有错在先，她认了。

她走出单元楼的时候，暴雨霎时倾倒，要不是响了个雷，她还以为楼上的人在往下泼水。她试着往外走，腿一伸出去，裤脚湿了大半，黏在腿上难受死了，明明来的时候还是晴天。

南城好久没下雨了，她哪会想到出门带伞，只能冒雨回去了。

梁远朝正打算关窗，看见楼下有个瘦削的身影在雨幕之中狂奔。

豆大的雨点砸在窗玻璃上，清晰可闻，闪电接踵而至。

那个身影晃了一下，慌忙跑到一旁的屋檐下蹲着。

梁远朝关好窗回到沙发上，嘴里还有余留的咸味。忽然想起几分钟前她说的那句“你回来啦”，他听到的那一瞬间脑袋是空白的。

少女的声音像沙漠里的一眼清泉，给人绝处逢生的喜悦。

他突然起身，从玄关处取出两把伞。

开门的时候，他看到那袋东西还在门口，上面多了一张字条：猪油渣是我给你的赔罪礼，虽然有些廉价，但是诚意十足。梁远朝，对不起。如果你还是不能原谅我，那我下次来负荆请罪。（猪油渣要快点儿吃，凉了就不好吃了。）

他把东西拎进门后下了楼。

薄矜初蹲久了腿有点儿麻，站起来跺了跺，再次冲出去。

暴雨来得又急又猛，梁远朝着撑伞走了没两步，裤脚便湿透了，刚到楼下，又见薄矜初再次淹没在雨中。那句“等一下”卡在喉咙里，垂下的手中握着一把束好的长柄伞，伞扣突然崩开。恰好薄矜初回头，她把盖在头顶的手拿下来，搓了搓被雨水蒙住视线的眼。

两人隔着雨帘互望，像渐行渐远，又像在悄无声息地靠近。

薄矜初两手相对，手撑在眼眶上，尽量不让雨水落入眼睛里，勉强看清那人是梁远朝。

她向他招了招手，朝他喊：“雨太大了，你早点儿回去，拜拜！”

第四章 石榴树

那天，薄矜初回去以后浑身湿透了，晚上高烧不退。

舒心本来打算等她回来质问她猪油渣哪儿去了，后来一忙活就忘了。

梁远朝受的那一拳力道不及他自己打出去的二分之一，落下的伤两天便完全好了，第三天回了学校。

早上的时候，舒心起了个大早帮薄矜初量体温。

“37.7 摄氏度，不烧了，赶紧起来上学去。”

“妈，我难受。”薄矜初赖在被窝里。

“给我快点儿，别磨蹭，高二了还成天想着请假。”舒心把她的被子扯掉。

“我都生病了，你还对我这么凶。”

舒心懒得听她废话：“我让你跑出去淋雨的？该。”

算了。她拗不过她妈，只能老老实实从床上爬起来。

薄矜初洗漱完坐在餐桌边吃早餐，看了一眼墙上的钟，大叫一声：“妈！”

舒心吓了一跳：“干什么？！”

“现在才六点半！”

七点四十分迟到，她走路过去二十多分钟，骑车不过十分钟。

她以往都是七点十五分出门的。

“我又没让你现在起床，我是提醒你今天要去学校的。”舒心一本正经地狡辩。

“……”

薄矜初准备回房间再睡半个小时，舒心一把拽住她的衣领：“都起来了就早点儿去读书，一日之计在于晨。”

她拿着牛奶，心不在焉地往学校走，还特地挑了一条远的路——穿过后街去学校，路程增加一倍。

前一晚下了场暴雨，早晨的空气清新了很多，混着泥土青草香。

薄矜初凭着记忆拐进一条巷子，许是太早，路上行人并不多。

那年的南城还没开始城市化改造，除了市中心那块全是街道，往外延伸一点儿全靠巷子互通。

牛奶喝了一半，她咂巴了下嘴。突然，墙头跳下来一只大花猫。那会儿，大家养的都是正宗土猫，哪有英国短毛、折耳、加菲这些五花八门的品种。

土猫挟着圆润的身子大摇大摆地走在她前头，要是薄矜初离得远些，它就会回头，姿态高傲。

薄矜初蹲下去看，土猫的毛一片污涩，估计是刚才乱窜沾上的脏泥。

薄矜初从来不撸猫，生怕被它挠了。她蹲在地上，静静地看着它“搔首弄姿”，偶尔和它说几句话。

“猫，你有名字吗？”前一晚淋雨发烧的结果就是第二天她鼻音极重，外加鼻塞。即便如此，也没能阻挡住她和猫的交流，“你的主人叫你什么？”

“大猫？小猫？花猫？胖猫？还是喵喵？”

猫索性躺在地上，晨光熹微，它懒洋洋地看着她。

“喂，问你呢。”

“它不会讲话。”

“但它可以点头啊。”

直到吸管发出咕噜咕噜的声音她才起身，把牛奶盒的四角展开压平，吸完最后一点儿，抛入垃圾箱中。

嗯？刚才说话的声音好熟悉。

她吸了吸鼻子：“你怎么在这儿？”

这是他上学的必经之路，不从这儿走难不成飞过去？

梁远朝越过一人一猫大步往前。

“哎，梁远朝，等等我！”薄矜初扯着书包带子追上去，还不忘跟身后的猫道别，“走了！喵喵！”

“等等我。”

她跑到梁远朝右侧，听见他说：“你别给人乱取名字。”

“可它是猫。”

随便你。

“喂。”薄矜初厚着脸皮撞了一下梁远朝的手臂，“你昨天下来，不会是想送我回家吧？”

“没有。”

“死鸭子嘴硬。”

两人穿着十三中的秋季校服，并肩走在路上。那时候的校服是真的丑，典型的中国校园风，黑蓝相间，再好的身材也给遮得严严实实。

走进另一条街，热闹了不少，路边有很多卖早餐的小摊，客人络绎不绝。

“哎，今天那个卖糯米饭团的出来了！”薄矜初轻扯了几下梁远朝的袖子，“我们过去买一个吧。”

梁远朝一脸“我为什么要跟你过去买”的表情道：“不去。”

薄矜初偶然吃过一次那家的糯米饭团，美味到无法形容。她后来路过很多次都没买到，今天赶巧遇上了，哪怕不饿也想吃一个。

“很好吃的，去吧！”

梁远朝从来不在路边摊买东西吃，特别是刚有一辆出租车开过，掀起一片灰尘，再加尾气……

“不去。”

“那你在这儿等我。”薄矜初跑去买。

老板一只手拿工具，一只手去饭甑里挖饭：“要甜的还是咸的？”

“咸的。”

“加什么菜？”

“都加。”

“吃辣吗？”

“吃。”

她在等待的时候听到有人喊她，循声望去，她看见了陆铁功，他脸上贴了几张创可贴，嘴角的伤口刚结痂。

“你怎么在这儿？”陆铁功问。

“买早饭啊。”看不见吗？眼瞎？

自从知道梁远朝的事以后，薄矜初就对陆铁功有了敌意。

“你家离这儿很远吧，下次你想吃告诉我，我给你买了送过去。”

“不用。”薄矜初连谢谢都懒得说。

“不麻烦的，我家就住这楼上。”陆铁功指了指身后的楼。

糯米饭团很快做好了，薄矜初接过饭团后说：“专心养伤吧。”

没脑子就别想太多，小心脑容量负担不起。

路边早已不见梁远朝的人影。

薄矜初一到教室，钱可可就转过来跟她说话。

钱可可胆小还内向，在班上她也只会跟后桌——薄矜初讲话。哪怕是下课时间，她讲话的声音也很轻，没有第三个人能听见。

“昨天王仁成问哪些同学逃了颁奖仪式。”

“然后呢？”薄矜初把书包挂到桌边。

“好像要惩罚。”

“谁说的？”旁人看她的脸色是生气，只有她自己知道，那是害怕。

“何之。”

“王仁成昨天下午不是请假了吗？”

“他是散会以后回来的，好像是回来拿东西。本来大家都准备走了，王仁成也没管我们，结果何之跑去告状了，说有些同学没来。”

“查到我们班了？”一般集体活动会有值周老师抽查班级的出席情况。

“没，查到的是四班和十班。”

“王仁成问何之哪些同学逃了，何之不仅报了你们的名字，还说希望老师严惩不贷。”

“呵。”就她何之牛。

末了，钱可可忧心忡忡地说了一句：“我当时刚好从厕所回来撞见了，我听到的是这样，不知道到底会怎么样。可能王仁成睡一觉，今天就忘了。”

“嗯。”薄矜初心不在焉地应下。

王仁成可能会忘了别人，但是她，他一定不会忘。

薄矜初坐立难安，上午没有王仁成的课，下课的时候她哪儿都没去，只跟钱可可去了一次厕所。有了上次的遭遇，午休她也不敢睡。

下午最后一节化学课，王仁成来了。

一堂课四十分钟，安全度过，没有点名，也没有叫人起来回答问题。

放学铃响的时候，薄矜初左手抓住书包，就等他一句“下课”。

“等等，急什么。”

“放学时间到了！”有男生喊。

王仁成：“我还有事要说。”

“那您倒是说啊，别的班都走光了！”

“你急着回去娶媳妇吗？”

教室里响起一阵爆笑。

刚才说话的男生埋着脑袋说了句脏话，王仁成没听见。

“这次的运动会我们班表现得还是不错的，特别要表扬的是钱可可同学，一千五百米跑了第二名，为我们班加了好多分，大家掌声鼓励。”

班上不少同学露出敬佩的目光。

不知谁说了句：“钱可可，深藏不露啊！”

钱可可忽地脸红，跟外边的夕阳一样。她一直是七班存在感很弱的人，很多人听到钱可可这个名字，第一反应八成是：“钱可可？哪个钱可可？”

“噢，就是我们班那个跟墙壁是好朋友的女同学啊。”

“有表扬就有批评。”王仁成继续道，“薄矜初同学，三千米没跑完全程，铁饼也没扔。”

没有人说三千米有多难跑，以及三千米和铁饼两个项目连在一起比有多不容易。她没有大力神丸，吃一颗就有用不尽的力气。

男生没有太大反应，有几个流露出几丝同情，至于何之那群人的眼里只有厌恶、鄙夷和蔑视。何之插了一嘴：“她一向没有集体荣誉感。”

又是何之。

薄矜初立马呛了回去：“关你什么事？你一个连决赛都进不了的人，有什么资格说我？你要是有集体荣誉感，就应该从报名的那天起参加每日训练。”

薄矜初嘴角一扯，语气充满火药味：“五十步笑百步，你称第二，没人敢称第一。”

王仁成沉声喊：“薄矜初。”

她噤声，何之狠狠白了她一眼。

刚才那男生又喊了一句：“您说完了吗，我媳妇在家等我呢！”

“吴生、段家昱、赖白峰、薄矜初四个人留下，去操场跑三圈，其他同学下课。”

薄矜初左边的男生拍桌而起：“凭什么？！”

“你们四个逃颁奖仪式的时候就应该想到会有被我抓到的可能。”

何之得意忘形地“摇着尾巴”。

城门失火，怕殃及池鱼，其他没被点到名的同学一哄而散。

只有钱可可三步一回头，预感不太好。

吴生是坐在薄矜初左边的男生，他一边跑一边骂，王仁成就站在主席台上盯着四个人。

吴生经过主席台时骂得最响，顺便还替薄矜初说话："让我们留校跑就算了，还让人家女生留下，绅士风度被食堂大妈的狗吃了？"

王仁成习惯了他满嘴脏话、不尊重人的样子："我这是一视同仁。"

吴生呸了一声："我看你是没羞没臊。"

这句话被风吹散了，王仁成没听清。不过薄矜初听得清楚，还抬头看了吴生一眼。吴生回视，眼里毫无情绪，像看一团空气。

这人怎么好几副面孔？

三个男生跑得快，他们跑完的时候薄矜初还有一圈。

操场上只剩薄矜初和王仁成。

王仁成从主席台上下来，跟在她的身后："好了，不用跑了，我送你回去。"

薄矜初咬牙往前冲，王仁成几步追赶上去，拦在她前面。她往右挪，他也往右，她往左挪，他也往左。

王仁成："我送你。"

"不用，滚开。"

王仁成笑得猥琐："老师有义务保证学生的安全，我把你留校了，就得对你负责。"

王仁成的嘴能开花，高一的时候他对顾绵就是这样。

顾绵什么办法都用过，连校长室都跪了，就因为王仁成一张嘴，打着为学生着想的名义，屡次蒙骗过关。最后，领导以为顾绵得了被害妄想症，后来，她的精神真的出了问题。

不好的记忆像台风卷着海浪袭来，薄矜初想学着梁远朝的样子给他一拳，把他打趴在地上。

王仁成仿佛看穿了她的心思。

"薄矜初。"

她是轮船上不幸落水的落单游客，无人知晓她的困境，她在茫茫大海里挣扎，还不如一个浪花来得瞩目，就算她沉入海底也不会被人发现。可是她忘了，那是谁的地盘。她坠海，会被鲸救起。

在学校，学生是主体，那么学生之王就是大海里的鲸。

梁远朝就是那头鲸。

"不走吗？"梁远朝的声音再次响起。

王仁成显然没想到薄矜初会认识学生会会长，所有校领导和老师的宠儿，万众期待的未来高考状元，十三中崛起的希望。

“来了！”薄矜初抽出手跑过去。

有微风吹过她心尖，快到校门口的时候，薄矜初说了声“谢谢”。

“别谢我，谢她。”

钱可可蹲在门卫室旁边，见到她，一个箭步冲过去：“你没事吧？”

薄矜初和钱可可的关系谈不上亲近，只是碰巧两人对融入集体没兴趣，平时偶尔攀谈几句，略微熟悉。

她对钱可可的关心有些意外，但不排斥。

“罚跑而已，能有什么事？”

梁远朝的嘴角扬起一抹意味深长的弧度。

薄矜初和钱可可一起回家，过马路的时候，薄矜初刚迈出去，就被钱可可拽了回来。

“有车。”

“哪儿？”

薄矜初左看右看，就一辆车，离她们还有十几二十米的样子，走过去没问题。不对，是她没问题，以钱可可这个乌龟速度确实走不过去。

后来，薄矜初索性跟着她走，钱可可走路的时候很专心，两只眼睛四处张望，有一辆自行车骑过来她都会拽她一把，让她靠边一点儿。

薄矜初忽然想笑，叫了一声前面的人：“钱可可。”

钱可可回头：“怎么了？”

“你为什么会觉得我今天有事？”安静数秒，薄矜初在等她回答。

她憋了半天，丢出来两个字：“直觉。”

“直觉不是女人才有的吗，小妹妹？”薄矜初语气轻佻，把钱可可逗得脸红。

“好了好了，不逗你了。”

钱可可突然一脸严肃地看向她：“因为我觉得王仁成不是什么好东西。”

薄矜初愣了好久，回过神来一拍钱可可的肩，笑道：“好眼力！”

两人到岔路口要分开的时候，薄矜初问她：“梁远朝是你喊来的？”

“啊？”钱可可呆呆的，像只树懒，连思考时间都比别人长一倍。

“哦，是的。”当时钱可可坐在门卫室里等，看到吴生几个男生都跑完回家了，心里莫名有些慌张。她本来想扯个谎骗保安去操场看看，但绞尽脑汁也想不出什么理由，梁远朝就是这个时候出现的。

他因为值日，出来得晚，刚到校门口就被人叫住。

“主席！”

梁远朝回头，一只小白兔的脑袋卡在防盗窗里。

“有事吗？”

钱可可跑出去说：“我有个同学……有个同学……”

“你同学怎么了。”

“我有个同学在操场晕倒了！她被老师体罚了，要跑好多圈，现在还在跑，你去看看吧！”

前言不搭后语。

前面说晕倒了，后面又说还在跑，到底是晕了还是没晕？

“主席，你过去看看吧！”钱可可再次劝说。

如果在校外，梁远朝绝对抬脚就走，可现在还站在校门里，包里还塞着主席的徽章。

他去了，看到和钱可可描述的吻合度只有百分之十的场景——薄矜初被罚跑。女生没跑完就被老师拦下来了，男人离她很近，嘴里说着什么，令女生极为反感。

后来就是梁远朝出手相救的画面。

“挺聪明的，小可可。”两人挥手告别，薄矜初好似想到什么，忽然追过去附在她耳边问，“你觉得我和梁远朝配吗？”

小白兔被吓了一跳：“什……么？”

薄矜初：“小可可，你担惊受怕的样子，总让我以为你是个小结巴。”

“不是。”钱可可想起她的问题，“你喜欢梁远朝吗？”

薄矜初被她反问住了，顿了一秒：“他那么帅，成绩还那么优异，谁会不喜欢啊？”

钱可可点头：“嗯，我不喜欢。”

小白兔胆子肥了。

“行了，快回去吧。”

后来，两人的交集慢慢变多，一来二去也算是成了朋友，不过还是各自吃饭，各自上下学。钱可可平时都是父母接送的，薄矜初一个人自在惯了，还能时不时跑去偶遇梁远朝。

那时候电商还处于起步阶段，没有疯狂的“双十一”活动，只有光棍节。没几个学生在意光棍节，十一月悄然逝去。

十二月的南城，极冷。

薄远说天气冷怕她走不动，要送她上学，她起初很是激动，结果一听要和他一样六点起床，瞬间偃旗息鼓，还是走路吧。

小破车也被她塞到了车棚最深处，这么冷的天，走得稍快一些就能感觉冷风飕飕，骑车到学校估计能冻成面瘫。

中午，她捂着脸跑到周恒店里，牙齿直打战："周恒！周恒！"一到门口她就开始嚷嚷，"冻死我了，有没有热水袋？快给我灌个热水袋！"

她进了店就开始原地跳，脚像踩在冰上。

帘子被掀开，三个刚吃完饭的少年从后面走出来。他们穿得都比她少，但是看起来一点儿也不冷。

"周恒，我要热水袋。"薄矜初又道。

"我没有。"周恒说这话的时候，眼珠子往后一转。

薄矜初瞬间懂了，掠过周恒看向后面的傅钦和梁远朝。

梁远朝手上拿着一个巴掌大的热水袋，很透的料子，导热性肯定很好。

薄矜初眨巴着眼望向他，梁远朝淡淡地扫了一眼，装作什么都没看见。

"梁远朝，给我用一下。"

他垂眸："凭什么？"

"谢谢。"

他说过要给她了吗，她就说谢谢？

薄矜初死死盯着他手上的东西，梁远朝不为所动。

"我妈妈说，男孩子要懂得怜香惜玉。"

梁远朝睨她一眼："我妈妈没说过。"

周恒走进柜台，傅钦跟进去挨着他，两人低语。

傅钦："怎么还说到妈妈了？喀……我怎么总觉得不太对劲儿。"

周恒摸了摸鼻梁："有点儿吧。"

傅钦一只手压在周恒肩上，用手遮着嘴："他俩很熟吗？"

他都不知道，周恒又怎么会知道？

"一个学校的，多少熟一些吧。"

"能比跟你还熟？"傅钦适时发问，"你觉得阿远会给她吗？"

话毕，傅钦从兜里掏出一张五块的纸币："阿远手有伤。"

所以，他赌梁远朝不会把热水袋给薄矜初。

周恒掏出一张十块："会。"

薄矜初拦在梁远朝前面："我真的好冷。"

她没骗他，她的手被冻得通红，脸颊、耳朵都是红的。薄矜初夏天怕热，冬天怕冷，春天易过敏，秋天怕风大，一年四季她都不喜欢。

一阵寒风钻进来，薄矜初猛地一哆嗦，眼泪都快冻出来了，她两眼汪汪，可怜兮兮地看着他。梁远朝蹙眉，把手上的热水袋丢给她就走了。

傅钦的嘴张得有鸡蛋那么大："哎？"

周恒默默把五块钱收进口袋："谢谢。"

傅钦一拳捶在桌子上，骂了句。

"我记得上初中的时候，女同桌问他借橡皮他都不肯，说有洁癖，宁可给她钱让她自己去买块新的，也绝不把自己的东西借给她用。"傅钦喃喃道，"他上回不是还拿蛇吓人家吗，今天就把自己的宝贝暖手袋送出去了？"

傅钦觉得太不可思议了，周恒倒是一脸淡定："指不定还要她还呢。"

"不可能！"

如果梁远朝真要她还，傅钦绝对立马去买六合彩，顺便再买点儿双色球。

周恒拿起水杯，掀开杯盖抿了一口，发出一种老者的叹息："仙人总有下凡的时候，织女不也爱上牛郎了？"

"可梁远朝不是织女啊！"

"那就把他当成织女。"

"怎么当？"

"……"

两个没有感情经历的人讨论起别人的感情，还是特微妙的那种，莫名被拉低了智商。

薄矜初跟着梁远朝："你怎么会有热水袋？我以为男生不用这个。"

少年发出冷笑："男生不是人吗？还是男生的皮比你们女生的厚？"

拿人手短，她还是安静地做个小鸡崽吧。

快到校门口的时候，梁远朝忽然伸手："可以还我了。"

"可我还是冷。"薄矜初说话时吐出来的白气喷在他的校服上。

梁远朝一板一眼地说："我也冷。"

薄矜初不信，趁他不注意摸了摸他的左手。

"嘶——"她触电般收回手。

"以为自己摸到了死人的手？"他的声音如寒剑穿射而来。

她战战兢兢地回答："没有。"

薄矜初，你的眼神已经出卖你了。

“你的手是不是有什么问题？”他的手像是埋在雪下的铁块。

一瞬间，梁远朝的眼神变回了他们初见时的冷冽。

他走了，没要热水袋。

薄矜初追上去，壮着胆子抓了一下他的右手，温热的。

梁远朝的目光像亮出刀锋的尖锐匕首：“滚开。”

薄矜初可以断定，他的左手肯定有问题。

发现这个秘密的不只是薄矜初，还有九班的校花、女神陈雅怡。

陈雅怡和梁远朝是初中同学，就是傅钦口中那个借橡皮的女孩子。后来，她真的接过了梁远朝的钱，买了一块新橡皮，只是连塑封都没拆过，一直珍存至今。

陈雅怡是优秀的，从初中开始，成绩一直保持在第二名，梁远朝永远在她前面，她却从来不嫉妒，甚至窃喜。用她自己的话来说，梁远朝和她就像国王与皇后，国王无人能及，皇后万人之上。

尽管在旁人看来，她永远是那个被梁远朝狂甩几十分的第二名，是山腰和山尖的距离，但她喜欢这种感觉。

陈雅怡是高一的时候发现梁远朝左手有问题的。同样是冬天，几乎每次上课，梁远朝搁在桌下的左手都会焐一个热水袋，水冷了下课再去换。

高中同学三年，同桌两年，前两个冬天梁远朝都是这么过来的，班上除了陈雅怡，没人发现，陈雅怡也没有把这个秘密告诉任何一个人。

梁远朝回到教室，刚坐下，彭周便凑过来，他往掌心哈了一口气，白雾冲击掌心，温热瞬间消散：“太冷了，你穿这么少不冷吗？”

彭周是班上唯一一个裹羽绒服的，而且他的羽绒服很厚，好几个人问他是不是从东北邮寄过来的。

“不冷。”除了左手。

南城的冬天是刺骨的湿冷，容易长冻疮，但是远不及北方那种头发结冰的程度。不过北方室内有暖气，而南方没有，甚至教室里比室外还冷。

彭周不停地跺脚，骂骂咧咧地说：“这个鬼天气，等一月温度到零下了怎么办？受不了了！”

梁远朝提醒他：“再跺，土地爷出来了。”

“彭周。”耳边响起一个温柔的女声，彭周抖了一下，慢慢转过头去。

陈雅怡微笑地看着他，彭周眨巴着眼，心突突直跳，有点儿魔怔。

“校花大人，有事？”

陈雅怡很喜欢这个称呼，笑得更灿烂了，两只手搭在彭周桌上：“有件事情想跟你商量。”

彭周正了正身子，两只手从羽绒服口袋里掏出来，摆在大腿上，像极了小学生被老师点名：“什么事？”

“我想跟你换个位子。”

彭周看向同桌，这跌宕起伏的剧情让他心里有些发闷：“梁远朝，你同意吗？”

彭周才和梁远朝做了几个月的同桌，本来打算从他那儿偷师学艺，结果学习方法还没学到，连和大佬说话的机会都要失去了。

同学眼里的梁远朝清冷淡漠，除了学习需要，不会主动跟人说话，全班因为某件事哄堂大笑的时候，只有他嘴唇抿成一条直线。男神还有一双特别犀利的眼，每次被他盯着，有如芒刺在背。

彭周是个话多的人，刚和梁远朝做同桌的时候十分担心自己习惯不好会被男神弄死，后来发现，这个男神除了不喜欢搭理人，其他都还不错，并没有他们说的那么恐怖。

“随便。”这是梁远朝的回答。

彭周和陈雅怡皆解读为同意，毕竟男神不情愿的事情，谁都别想逼他就范。

彭周一下转头：“我觉得你动了凡心。”

这描述竟与傅钦有些相似，不过对象不同。

梁远朝翻开桌上的语文书，扫了一眼今天要学的课文，丢了句：“要你管。”

彭周打了个寒战，怀着十分不舍的心情和陈雅怡换了位子，拿书包的时候可怜兮兮地凑到梁远朝面前：“主席，来年春天，我们还能做同桌吗？”

下个学期是最关键的冲刺阶段，要是还有机会和梁远朝做同桌，他一定好好取经，成为那匹瞩目的黑马。

梁远朝漫不经心地“嗯”了一声，彭周阴郁的心情瞬间明朗起来，在新座位上盘算着春天来的时候要怎么讨好梁远朝。

每天给男神带早餐——但好像没见梁远朝在教室吃过早饭。

每天送男神回家——男神应该不需要。

每天给男神倒水——这个可以有。

每天请男神吃零食——这也可以有。

帮男神收情书——不对，替男神阻挡追求者！

完美。彭周从来没觉得自己这般聪明。

陆铁功一进教室，就发现他前桌从女神变成了……一只二哈，还是一只自言自语、笑得瘆人的二哈。

陆铁功一掌压下彭周翻到一半的书：“你坐这儿干吗？”

彭周咽了口口水：“校花要跟我换的。”

“校花？”陆铁功皱眉，“你说陈雅怡？”

“对啊。”校花除了陈雅怡，难道还有别人？

陆铁功往后退了一步，凳子被他的重量压得喘不过气，哀号了一声。

他懒洋洋地看过去，陈雅怡正在和梁远朝说话。

陆铁功的脚越过桌子下面的横杆，踹向彭周的凳子，彭周顿时滑下去，下巴重重地磕在桌子上。

彭周痛得眼泛泪光，捂着下巴不敢往后看。

他不知道自己哪里得罪这尊大佛了。

陆铁功卷起桌上的数学书，捅向彭周的脊背，彭周这才转头：“有……有事吗？”他们班的凶神恶煞怎么这么多？！

陆铁功朝他勾勾手指，彭周胆战心惊地靠过去。

“我跟你说，陈雅怡顶多算个班花。”

“啊？”

“我说，陈雅怡顶多算个班花，听清楚了吗？”

彭周蒙了，非常蒙，陈雅怡是校花这件事不是公认的吗？又不是他说的，何况陈雅怡确实好看啊，又美丽又温柔，简直是校花本花。

不过他没胆当着陆铁功的面说，只敢腹诽。

“记好了，校花是高二的薄矜初，薄矜初，听明白了吗？”

薄矜初？谁啊？

“聋了？”陆铁功用卷着的课本拍了一下彭周的肩。

“明白了，明白了。”

陆铁功弹了弹手，示意他可以滚了，彭周立马转回去，长舒一口气。

他太难了，哪儿都是不能得罪的爷。

数学课上到一半，彭周忽然想起了薄矜初是何方神圣。

原来是之前陆铁功让梁远朝去帮他要号码的那个小学妹，当时梁远朝让他滚来着，陆铁功记仇，后来处处挑梁远朝的刺，两个人越发水火不容。

高博睿在讲台上讲解析几何，在黑板上画图的时候，陈雅怡递了张字条给梁远朝：“今天挺冷的，你怎么没用热水袋？”

今天比昨天低了五度，教室像个冰屋，很多同学都只穿了两件，还是薄外套，显然不知道今天会降温。

但梁远朝不一样，他一定是个会看天气预报的人。

梁远朝本来不想回她的，无奈陈雅怡一直盯着他，老师故意咳嗽提醒，她依然我行我素。他提笔飞速写了两个字：“丢了。”

他的左手被冻得血色全无，指关节疼痛难忍。

下课铃一响，陈雅怡先他一步走出教室。

梁远朝刚出后门便被高博睿叫住：“梁远朝，来我办公室。”

办公室里没有空调，不过老师的桌上有暖桌垫。

高博睿从抽屉里拿出一张表格：“这是参加 CMO 需要填的表格，你填一下。”

CMO，中国数学奥林匹克，即全国中学生数学冬令营，是级别最高、规模最大、最具影响的全国中学生数学比赛。

在全国高中数学联合竞赛中取得优异成绩的前四百名同学，才有资格参加由中国数学会主办的中国数学奥林匹克。

梁远朝是那年全国高中数学联合竞赛的第二十名，顺利获得参加 CMO 的机会——他是十三中唯一一个打进 CMO 的。

高博睿把自己的座位让给他：“你坐这儿填。”

高博睿没有开暖桌垫，梁远朝左手覆上去的时候，只碰到一块冰凉的玻璃，填写的过程中，他左手握拳垂在椅子边。

高博睿看他填得差不多了，提醒道：“地点在温城，时间是十二月二十六日到三十日，为期五天。我们市一共有三名学生参加，带队老师是市数学组的，之后他会来学校联系你，加油！”高博睿拍拍他的肩。

他回到教室，陈雅怡塞给他一个热热的东西：“喏，小卖部只有这种，可能质量不太好，但是撑到放学应该没问题。”

一个粉色的热水袋，皮很薄，才装了一半热水就撑得鼓鼓的，看上去像快炸了一样，上面还印着几朵和梁远朝气质极不相符的牡丹花。

陈雅怡也觉得这几朵花看起来有点儿尴尬：“只有这种了，你委屈一下吧。”

虽然他的左手渴望温暖，但他还是拒绝了陈雅怡：“不用，谢谢。”

陈雅怡被拒绝了，不开心地噘了噘嘴：“那你不冷吗？”

“嗯。”

最后一节课，老师不仅没拖堂，还提前下课了，天气实在太冷了，大家一秒都不想耽搁，回家各找各妈。

和高三九班一样提前下课的还有高二七班。薄矜初更改了回家路线，选择了早晨偶遇梁远朝的那条路，站在早晨遇见他的巷子里等。

超市里，梁远朝在挑热水袋，他选了一个和自己手掌差不多大的放进购物篮，顺便买了一些日用品，准备结账的时候，脑子里突然蹦出薄矜初可怜巴巴地向他讨热水袋的样子，鬼使神差地折回刚才的购物架，又拿了一个热水袋。

付完钱出来后，他才察觉不对劲儿。

他为什么要买两个？薄矜初冻死跟他有什么关系？

总之，她别想再抢他的热水袋了。

薄矜初拐进青山巷。

青山巷不单指这一条巷子，是这一片地方都叫青山巷，她家住在青山巷最东边，离这里有一段距离。巷子里冷冷清清的，有风穿过。十三中的校服惹眼，旁边一户人家的石榴树枝伸出墙外，大大方方地垂着，像在视察着巷中的一切。

偶有几只鸟飞过，石榴树叶轻轻飘下，落在女生的头顶，她未曾察觉，抱膝蹲在地上，手里拿着铅笔长短的细树枝，一下接一下地往地上戳。

听到脚步声，她猛然抬头，惊喜之色顿显："终于等到你了！"

她跳起来，跑到他面前，白嫩的脸颊和挺俏的鼻尖被风吹得通红："我差点儿以为你已经回去了，要是五分钟后你还没出现，我就回家了。"

她琥珀般清澈的眼睛牢牢锁着他，更像是旋涡。

梁远朝忽然想到她送猪油渣的那天，她也是这么激动。

高二盛传，薄矜初脾气暴躁、目中无人、我行我素。梁远朝倒是觉得傻里傻气才是她。

梁远朝："有事？"

"我下午本来想把热水袋重新装满热水，然后给你送回去的。"

梁远朝难得有兴致，继续听她说下去。

"但是……"薄矜初搓了搓手，心虚地看着他。

梁远朝挑眉："但是什么？"

"热水袋破了。"

她观察过那个热水袋，一看就用了很久，所以坏了也不能全怪她。不过说完，她还是紧张地咽了口口水，她害怕那热水袋就像那个相框一样，是他重要的东西，害怕他会暴怒。

"对不起，我不知道它怎么会突然破掉。"说完她伸出手，缩起脖子闭着眼，一副视死如归的表情，“你要是生气就打我吧！”

没有预想中火辣辣的疼痛，她微微睁开眼，梁远朝垂眸盯着她的手，她又说：“你、你不打的话，我就……”往回缩的手突然被拽住，她被吓得一抖。

梁远朝捏着她的腕骨，力道不小：“怕了？”

“没。”死鸭子嘴硬。

他蹙着眉头问：“手怎么了？”

薄矜初的手背一片通红，是热水袋突然炸裂流出来的热水烫的。

她忙抽回手：“没事。”说着她卸下书包，拿出自己的水杯塞到他手里，“里面是热水，你先将就着暖一下吧。”

热水穿过塑料杯壁直达少年掌心，像打通任督二脉，疼痛大大减缓。

薄矜初合上书包，赶紧逃离现场：“我先回去了，杯子先放你那儿吧，我不急着用，下次再说。”

“薄矜初。”

“拜拜！拜拜！”

他有那么可怕吗？

一夜寒风，石榴树的叶子掉光了。

梁远朝早早出门，站在昨天那个地方等人。

薄矜初早上一睁眼，忽然超想吃糯米饭团，于是从东边一路晃悠过来。一道颀长的背影立于石榴树下，他生性疏离，彼时清风霁月。

薄矜初有一瞬的恍惚，脚步顿住，久久伫立不前。

“梁远朝！”她朝他挥了挥手。

少年把水杯还给她，里面的水倒干净了。

薄矜初把水杯放进书包，梁远朝又递过来一样东西。

“啊？”薄矜初不知道该不该接。

“拿着。”

里面是一个热水袋，薄矜初诧异地问：“给我的吗？”

“嗯。”

她脱口而出：“为什么？”

他转身离去，留下一句：“施舍给土匪一点儿爱。”

薄矜初呆立在风中。

“梁远朝，你说谁土匪呢？”愤怒的声音在巷子里回荡。

前面的少年嘴角上扬。

之后的一小段日子里，王仁成都没靠近过她，不知道是不是被梁远朝的威慑力吓退了，她安然地过了半个月。

十二月下旬，高一、高二有一场月考，高三有一场省统测。月考的时间是二十一日、二十二日两天，省统测的时间是二十三日到二十五日。这是高三唯一一次省统测，严格按照高考标准来，统测期间高一、高二全放假。

考试前两周，除了高三那边的氛围凝重了许多，高一、高二如常。

自习课上不乏交头接耳的学生，有趴在桌子上睡得昏天黑地的，还有借口上厕所跑出去玩的，真正在学习的不到三分之一。

薄矜初从作业本里抬起头，一眼就看见了站在窗外的王仁成。王仁成嘴斜着，盯着她笑，笑得奸诈，整张脸都在告诉她：他有计划了。

薄矜初心里一惊，不敢看他。

王仁成黑着脸走上讲台，盯着那几个正在讲话的同学。

教室安静下来。

“说啊，继续说，我倒要听听你们在说什么。”他往下面走，站在刚才说话的同学的座位边上，继续说，“你们每天都要见面，一天二十四小时，除去睡觉，大半时间在学校里干一样的事，哪儿还有那么多你知道的我不知道的事情要聊？我看《新闻联播》都没你们那么精彩！”

“《新闻联播》确实没我们精彩。”

“吴生，你给我闭嘴！”王仁成吼了一句，吴生丝毫不慌，还一晃一晃地抖着二郎腿。

“腿给我放下来！”

吴生没动：“哟，您还管我的腿呢？管几条啊？”

此话一出，男生窃笑，女生不明所以。

王仁成毫不尴尬：“你等着，月考考不好，看我怎么收拾你。”

这种话吴生更不会放在心上了，他虽然平时一副吊儿郎当的模样，却也算是个学霸，成绩一直稳居班级前二、年级前二十。

班上同学形容吴生，七分天赋加三分勤奋等于卓尔不群。

可惜吴生同学现在只用了一分勤奋，马马虎虎算个尖子生。

何之忽然举手：“老师，薄矜初这个纪律委员一点儿都不尽职尽责，班里那么吵她都不管，太影响我学习了，她自己不学，不代表别人也不学。”

成绩是薄矜初的痛处，她本就不喜欢学习，加上根本无法全心投入，成绩只能排在中间档，按十三中以往的水平，中等档次的同学想上一个稍好的大学都有点儿难度。

王仁成转向薄矜初。

吴生拿起桌上的口香糖纸，在指尖揉成一团，丢出去，正中王仁成的衣领。

班上敢无视王仁成的同学只有两个，一个是薄矜初，一个是吴生。

大家只能理解后者，并不能理解前者。

王仁成平时是个特别喜欢树立威严的班主任，吴生的举动使他恼怒。

"吴生！反了你了！"

吴生的二郎腿抖得很得意："让那女的闭嘴，影响我学习了，这次月考，我可是奔着第一去的。"

何之恰好是以往的第一名，她一听就脸色骤变："有本事你就来抢。"

吴生哼一声道："请问你哪位？刚没说清楚，我要的是年级第一。"

这回，惊讶的不止何之和王仁成，还有一众同学。

前面有个常和吴生一起打球的男生回头："哥们儿这是要发力了？带带兄弟们呗？"

吴生剥开一块新的口香糖放进嘴里，揉起糖纸丢过去："叫爸爸！"

男生接住糖纸丢回去："想得美！"

何之气得脸色发白，她知道吴生有这个能力，其实每次考试她都在防他，她脑子没他聪明，只能努力努力再努力。

见王仁成不说话，吴生索性走到他旁边小声说道："怎么，帮你拿奖金还不开心吗？"

从薄矜初的角度刚好能看到吴生的表情，年少轻狂的张扬中带着几丝不屑。

两人侧目相对，王仁成说："吴生，你是学生，我才是老师。"

"那您可要多花点儿心思钻研一下您的学科。"

被吴生一掺和，何之没心情搞薄矜初了。

自习课的风波过去，薄矜初一直想找吴生问个清楚，在班里不好开口，私下又逮不到他，一下课他就没踪影了。

周二上午最后一节是体育课，体育老师提前十分钟下课让他们去吃饭。

吃饭不积极，脑子有问题，一群人欢呼着往食堂走。

平时去食堂吃饭，大家都是争先恐后跑着去排队，慢悠悠走过去的结果就是排长队喝菜汤，这也算薄矜初出去吃的原因之一。

体育老师大发慈悲，一群人乐得不行，经过教学楼时，故意对着楼上还在上课、饥肠辘辘的人喊："吃饭咯！"

楼上班的人气得牙痒痒。

钱可可来找薄矜初，问她去不去食堂，小白兔的邀请，她不好意思拒绝。

久违的食堂，十年如一日的经典味道涌入鼻腔。

薄矜初想，食堂是不是烧什么菜都是同样的步骤，以至于不一样的菜都是一样的味道。

她随便打了两个菜在窗边坐下。

"钱可可，你先吃。"

"哎，你去哪儿？"

薄矜初从体育老师说"下课"开始就一直注意着吴生，这时候见到他，她赶紧跟了上去。

吴生把菜盘放下，拍了拍屁股坐下，眼前一暗，薄矜初站在他面前。

他拿着筷子，对着她比画几下："你挡着我的光了。"

薄矜初干脆坐下。

他夹了块肉放进嘴里，含糊道："有事？"

薄矜初开门见山："为什么帮我？"

吴生一听，才嚼了两口的肉被他咽下，放下筷子看着她："我什么时候帮你了？"

"数学课的时候。"

所有人都看得出来他帮她接下了一茬，他用自己的成绩转移话题，还帮她呛王仁成。

平时跟吴生一块儿玩的几个男生打完饭回来，看到两人坐在一起，众人眼观鼻，鼻观心，决定给兄弟制造机会，选择了几排开外的座位。

吴生轻笑一声，凑到她耳畔小声说："长得好看的都这么自恋吗？"

周围的男生见状激动不已，其中一个低声吆喝："快看，亲上了！"

"不会来真的吧？！在食堂接吻，够吴生啊！"

三四个男生围坐在一张长桌旁，吴生背对他们坐在西面，梁远朝坐在他们北面，他也看见了。

薄矜初解释："我没自恋，你以前不会这样。"

他跟王仁成一直不对付，但只会像上回放学被扣留那样恶心王仁成几句，从来没有像今天这样正面对抗过。

吴生坐回去："我以前懒，今天精神好多说两句，行不行，班花同学？"

行，没问题。就算他把王仁成弄死，她也只会在一旁献花鼓掌。

“谢谢。”薄矜初起身。吴生夹起一块肥肉，对着肥肉说：“多吃点儿，才有力量战斗，别跟棉花一样被撕得乱七八糟。”

听到“棉花”两个字的时候，薄矜初手脚一僵。

顾绵在的时候，薄矜初就是喊她小棉花的。她和顾绵高一时同班，但和吴生不是，她从没听顾绵说起过吴生。

应该是她想多了。

薄矜初扭头看向吴生，他脸色很怪，有多怪说不上来，她总感觉吴生心里有事。

“哎，走过来了，走过来了！”

几个男生推推搡搡，薄矜初只认识其中的一个，就是今天班上让吴生带他学习的那个，其他三个估计是别班的。

薄矜初路过的时候听到有人说了句：“嫂子好。”

她立马站定，笑着挑眉，语气略含威慑：“谁说的？”

“不是我，不是我。”

“女神对不起，女神对不起。”一伙人作鸟兽散，全跑到吴生那桌去坐了。

人跑光了，她才发现不远处坐着梁远朝，她走过去坐在梁远朝身边。不过，她刚坐下，他就站起来了。

“哎！”

人走了，她没追过去，因为小白兔还在等她。

她回去的时候，钱可可吃了一半：“你刚刚是去找吴生了吗？”

“嗯，问了他一点儿事。”

“我听见他们起哄，还以为你们……真的……”

“真的什么？”薄矜初吃了口大白菜，漫不经心地问。

这大白菜的味道还不错，大锅菜没烧得很烂，已经算是高水平了。

“真的亲了。”

“咯咯。”薄矜初差点儿被米饭呛住。

吴生那群兄弟坐得远，中间隔了六排桌子，钱可可和他们是直角三角形直角边为三张桌子的斜边距离，所以钱可可听见了。

那么梁远朝也听见了，他比钱可可坐得还近。

不知道为什么，薄矜初陡然萌生出一个需要跟梁远朝解释一下的念头。

不过下一刻，这个念头就被理智驱散了。

她和他什么关系？她要是跑去解释，梁远朝怕是会觉得她有病。

另一边，梁远朝出了食堂没回班里，而是去了周恒那儿。

周恒和傅钦刚吃完饭，周恒问他："你吃了吗？"

"吃了。"

傅钦想起上次输掉的五块钱，心有不甘："你的手最近疼得厉害吗？"

"还好。"

他们发觉某人兴致不高。

梁远朝让周恒扔包烟给他，周恒睁着眼说瞎话："卖光了。"

梁远朝作罢，转而问他："周恒，你那个白月光呢？"

傅钦猛地抬头，被梁远朝说愣了，当事人周恒也是一脸蒙。

梁远朝不是向来不谙男女之情吗？何况，周恒的白月光不是早跟他分道扬镳了吗？

"她去英国留学了，上个星期刚走。"

傅钦惊得下巴都要掉了："你俩不是半年前就掰了吗？"

"我问的她朋友。"

喜欢的永远忘不了，哪怕只有一丁点儿碎片消息，千里万里也要追过去看一眼。

夜晚，闪烁星光如少年少女心头的两三事。薄矜初因为白日里隔着窗子看到的那张脸，久未入眠，趴在窗子边吹冷风，看夜空。

十一点的后街，小店、麻将馆热闹不减，家家户户院子里的灯都亮着，一个人走在街上也不害怕，甚至大多数人家不锁门。

同样的时间点，前街的景象大不相同，梁远朝所住的单元楼住着几十户人家，亮灯的只有他家。

楼下的小孩今天没有弹琴，她妈也没有吼她，前楼有只大狗，今晚意外的安静，一切都很凑巧，仿佛早有准备，要给他留一处空间。

梁远朝想起中午问周恒的事。

他对周恒的白月光不感兴趣，周恒想说他便听，周恒不说他也不会追问，倒是傅钦问得多一些。

今天他问起周恒的白月光，是因为他想到了那天薄矜初凑到周恒耳边说话，她笑，周恒看着她笑。

他明知道周恒不可能会和薄矜初有什么，莫名的话还是问了出来。

梁远朝头一次感觉他的自控力不如从前了。

第五章
白宝珠

自打吴生说月考要拿全年级第一后，何之比以往更努力了，没有时间找薄矜初的麻烦，王仁成也没有过分的举动。薄矜初觉得事情不会像表面这样平静，她依然像以往一样提防着王仁成，处处小心谨慎。

二〇〇七年十二月二十一日，是这个冬天气温第一次降到零下，也是高一、高二月考开始之日。

高二在两天内考完语、数、英、文综、理综，时间排得紧凑。

二十一日早上八点是第一门语文。

考试日大家都来得很早，没有人迟到。考场是前一天布置的，一个班坐四十个人，抽屉里外的书全搬至走廊上，教室里没有一本和考试相关的书。

考场的座位号按上一次月考的年级名次排序，薄矜初坐在第六考场。

监考老师说教室里人多，非要开窗通风，零下两三度的寒风直往里钻，教室里全是同学们呼出来的白气。

发试卷前，薄矜初摘掉毛手套，老师在讲台上读考场规则，她在下面不停地搓手，不止她一个，她前面的男生还在搓耳朵，两只招风耳搓得通红。

高三照常上课，学校的教学安排是高考前一共要复习三轮。因为省统测在即，各科老师把时间腾出来让他们自己看书。

九班早上第一节是数学课，高博睿进教室后发现自己把复习资料落在高二那边，让梁远朝帮忙去取。梁远朝从办公室出来，刚好经过第六考场。

薄矜初坐在靠走廊的窗边低头搓手，后来注意到前面男生搓耳朵的动作，她也跟着学，朝手心哈了口气，然后捂着耳朵搓了一下，搓到第二下时，她疼得想叫妈。

前面那男生是有病吗？本来耳朵就快被冻掉了，这么猛地一搓，感觉是冰渣子互磨。薄矜初疼得小脸揪作一团，怕被周围同学发现，她把头扭向窗外，咬牙骂了句脏话。

痛劲儿缓过来，她睁眼的瞬间看见远处的空地上有个少年正笑着看她。

梁远朝确实被她的举动逗笑了，这种笑再一次被薄矜初解读为嘲笑，像上回在医务室门口那样。她瞪了他一眼，收回视线。试卷刚好传到她，她取下一张，继续往后传。

第四道选择题有点儿难，是语病题，薄矜初想着想着思绪就飘远了。

要不是她太冷了，怎么会做这么傻的事情？还偏偏被梁远朝看见了！

孽缘！考场里只有笔尖和试卷摩擦的沙沙声，突然有一道不和谐的声音响起，是凳脚擦过地面的声音，在空寂的考场里尤为突出。

不少同学转过头来看。

前面凳子被踹的男生茫然回头，问薄矜初："同学，怎么了？"

她一本正经地道："别抖了。"

听到她的回答，方才看过来的同学低头继续写试卷，老师也没说什么。

前面的男生委屈又尴尬，小声嘟囔道："我没抖啊……"他明明老老实实地端坐着。

薄矜初的脸上看不出半点儿心虚。

她长得妖艳，有一股生人勿近的疏离感。她随便一挑眉，就能把男生逼退回去，让他把辩解的话往肚子里咽。

这次月考，文综排在理综下一场，理科班莫名多出半天假期，为此被文科班狠狠嫉妒，文科班女生多，嫉妒的声音更大。三五成群的女生走在路上，看到理科班的人就叽叽喳喳，开始各种没源头的暗讽，还故意让对方听见。理科班的人倒是无所谓，反正不管她们怎么说，对他们提前放假的事实没有任何影响。

晚饭时间，后街菜香四溢，南城的冬日多是阴雨天气。

傍晚的时候难得跑出来一缕阳光，薄矜初坐在院子里浇花。空气里除了邻里街坊的吆喝声，就是清脆的水流声。

天冷，薄远收工早，他拎着两大袋工具，推开院门就喊："小初。"

"爸。"

“你在浇什么？”薄远随手把工具放在院子里，走过去看。

“山茶花。”

薄远凑近看，半晌道：“我看别人的山茶花都是红的，带一点点粉的，玫红还是什么红，我也说不清楚，反正是红的，还挺大一棵。我们这个怎么那么小一株？还是白的。”

“可能品种不一样。”

“你今天买回来的吗？”薄远一边走进屋，一边问。

“不是啊，它早就在了，只不过最近才开花。”

薄远对花卉和动物之类的没有兴趣。

这盆蕉萼白宝珠是顾绵给薄矜初的。

顾绵走的时间说长不长，说短不短。她是五月底办完退学手续的，她走的第二天去了趟薄矜初家，放了一盆山茶花在她家门口，花盆里塞了张字条，上面写着：小初，替我照顾一下，再见。

她和顾绵有七个月没见面了。

顾绵退学这件事很突然，没有和同学道别就走了。

顾绵长得乖乖的，性格温柔，在班上很受欢迎。

薄矜初回忆起和顾绵的第一次见面。

二〇〇六年的九月比二〇〇七年的九月凉爽，报到那天薄矜初去得早，她选了最后一排的位子坐下，进来的很多家长和同学会朝她看两眼，小声说着这个女孩子长得真好。可就是没人敢和她搭话，也没人坐到她旁边。

直到顾绵进来，她交完材料在班里扫视一圈，笑着走到薄矜初旁边：“我能坐这儿吗？”

薄矜初点头。

她记得那天顾绵说：“我想和你成为好朋友，可以吗？你看我穿白裙子，你穿红裙子，白色和红色就应该是好朋友。”

薄矜初不懂顾绵这是什么理论，但还是说了可以。

后来她才明白，她们就像山茶花，她是十八学士，顾绵是白宝珠，一个艳丽有毒，一个纯洁动人。

顾绵的笑容很有感染力。认识顾绵之前，薄矜初是个脾气很糟、没有耐心且讨厌和别人交流的人。长久如此，她的眼神中写着生疏，让人望而却步。

认识顾绵后，她学会了开玩笑，学会了忍耐。顾绵于她而言是一把钥匙，打开她心底的囚牢，释放出少女的本真。

顾绵在班上是团宠一般的存在，大家都喊她仙女班长。她长得好看，性格又好，不出一个月，整个年级都知道了仙女班长的存在。

她会笑着和陌生的同学打招呼，会给成绩差的男同学讲题，班上没有人愿意干的活她都会主动包揽。她明明是一个尊贵的小公主，却颇识人间烟火。

可是突然有一天，仙女班长不和他们打招呼了，仙女班长开始皱眉了，仙女班长不爱说话了，同学们开始意识到仙女班长有问题了。

那是二〇〇七年的二月。

王仁成总是借口找班长说事，把顾绵叫到办公室。顾绵连着几次从办公室回来，总是一副魂不守舍的样子。

薄矜初最初以为她只是被王仁成骂了，直到有一次发现顾绵在自习课上哭了，仅仅是因为她对答案的时候写错了地方，薄矜初察觉不妙。

又一次自习课，顾绵被王仁成叫走，薄矜初拿了包纸装作上厕所去了办公室，隔着门看不清里面发生了什么，她只听见王仁成说了句："我们棉花长得真好看啊。"

那时候还是木板门，不像现在的学校，全是防盗门。

薄矜初猛地踹了一脚，脚底发麻，门被踹开。

她越生气，就越平静。门大开着，寒风刺骨，她却浑然不觉。

她抄起门边的钢尺，一步一步走进去。

顾绵害怕得浑身颤抖，眼泪像豆子倒下来。

离王仁成还有一米的时候，薄矜初把钢尺甩过去，王仁成立马避开，钢尺砸在墙上，白色的墙皮大片脱落。

顾绵从角落里站起来，战战兢兢，双眼茫然。她拽了拽薄矜初的校服衣角，张了张嘴，却发不出声。

薄矜初两眼通红地瞪着王仁成。

王仁成没看她，而是坏笑地喊了声："顾绵。"

顾绵一抖。

薄矜初拽着顾绵跑了，两人逃学了，顾绵把王仁成平时有多猥琐都告诉了薄矜初。

薄矜初想举报上去，顾绵死活不肯。

要是事情闹大了，所有人都会避她如蛇蝎。

十几岁的少女禁不起这种刺激，特别是顾绵，跌下神坛，饱受折磨，还不如死掉痛快。

那天之后，王仁成没有再让顾绵去过办公室，但他并没有消停。

他是班主任，学生每天和他相处的机会最多，特别是班长，有不可避免的交集。他什么都不做，只是对着顾绵笑。顾绵有了心里阴影，每当看见王仁成的笑脸，耳边就会不受控制地嗡嗡直响，感觉脑袋下一秒就要爆炸。

三月的某一天，顾绵在体育馆自杀，被薄矜初及时发现送到医务室，自杀未遂。

薄矜初哭着问顾绵为什么。

顾绵说一想到王仁成就觉得恶心。

四月的时候，薄矜初拿着所有存款带顾绵去了医院，顾绵被诊断为重度抑郁。

两人走在桥上，下面是平静的江水，没有船只驶过。

薄矜初说："棉花，你走吧，离开这里。"

顾绵摇头。

"你走啊，让你妈妈带你走，你爸爸不是马上要调走了吗？"

顾绵还是摇头。

"棉花，你走好不好，求求你走吧。"薄矜初哭着求她走。

"我走了，他不会放过你的。"

顾绵何尝不想逃离。

"我不怕，他不敢拿我怎么样的，你相信我，你走好不好，你走，你走啊，顾绵！你走啊！"她推着顾绵，泪水被风吹干。

顾绵静静地看着江面，吃力地睁开眼睛，双眼失神，她说："小初，我很难再快乐了。"

薄矜初挡在她面前："顾绵你给我记好了，你没有错，从头到尾你一点儿错都没有！你要是放弃了自己，只会让王仁成更得意、更嚣张！他会变得无法无天。他凭什么好好活着！"

"好好活下去！"她拼命地摇着顾绵的肩膀，试图把她从死亡的边缘拉回来，她见不得死气沉沉的顾绵。

"十几岁没办法解决的事情，二十几岁、三十几岁总会有办法的，相信我，棉花！"她扳过顾绵的肩，两个人满脸泪水，她乞求顾绵，"你相信我，好不好？！"

薄矜初浑身颤抖，她都不知道自己说了句什么："就当被狗咬了一口，打完针就没事了。"

顾绵突然失控，甩开薄矜初："那是因为咬的不是你！一朝被蛇咬，十年怕井绳的不是你！"

薄矜初被顾绵吼愣了。

"顾绵，"薄矜初突然冷静下来，"如果你死了，我不会放过那个人。"

如果顾绵死了，她真的什么都敢做。

"如果南城看不到初雪，那就去北城；如果北城也看不到，那就再走远一点儿。"

总有一个地方，会给你重生的力量。

五月的第一个星期，顾绵没来学校。周五放学的时候，薄矜初在校门口看到了顾绵的妈妈，一位温婉知性的女士，她来找薄矜初。

薄矜初说了顾绵抑郁的事情，但是没说抑郁的原因。

五月底，顾绵妈妈来学校帮顾绵办了退学手续，顾绵离开了南城，无人知晓她的去向。

仙女班长的神话戛然而止。

蕉萼白宝珠被送来的时候已过了花期，薄矜初每天都会去看一眼那株山茶，今天偶然发现它开花了——它是不是和她一样想顾绵了？

顾绵有一句话说对了，她走了，王仁成不可能会放过薄矜初的。

薄远进屋一会儿，走出来问："你妈没回来吗？"

"没。"

"那我们要什么时候才有饭吃？"

"家里还有点儿冷饭。"

薄远点了支烟，摇头笑着说："冷饭怎么吃？"

薄矜初没笑也没说话，背对着他继续浇花。

"突然有点儿想吃苹果。"薄远自言自语，说着从兜里掏出一张二十元的纸币，"小初。"薄矜初回头，他甩了甩钱，"你去买几个苹果回来。"

她接过钱："买几个？"

薄远含着烟，拖了张矮板凳坐下："随便，你自己看着买。"

"到底买几个？"

"说了让你自己看着买啊，这么大的人了，买几个苹果都不会吗？"薄远一脸难以置信的表情。

薄矜初放下水壶，起身出去了。

水果店好像是梁远朝每天必去的地方，因为薄矜初又在水果店碰见他了。她今天兴致不高，看见他也没打招呼，直接走到苹果箱前面。

左边一筐苹果长相好看，色彩鲜红，右边的一筐明显较丑，还有歪七竖八的纹路。

薄矜初选了右边的，觉得风吹雨打后的果子才会更甘甜。

付完钱走到门口，袋子突然破了，苹果滚了一地，她手忙脚乱地蹲下去捡，苹果没捡起来，就摸到了一只手，又暖又大，触感还不错。

“不好意思。”

“有心事？”

“嗯？”她眼神涣散，好一会儿才聚焦到梁远朝身上，“没。”

梁远朝抽出手，重新拿了个袋子装好苹果后递给她。

“梁远朝，我想去你家吹空调。”薄矜初拉着他羽绒服的袖口。

袖管里的热气，也是梁远朝的温度，悄悄对上她的指尖传给她。

梁远朝往前走了一步，回头浅笑一声：“我家冬天不开空调。”

“那我可以和你在一起吗？”薄矜初重新拽上他的袖口。

见梁远朝沉默，薄矜初赶忙补了一句：“我是说高考完以后。”

省统测的座位是打乱后随机排的。

虽然只是一场模拟考试，但大家都很重视，通过这一次全省排名，可以让大家心里有个底，自己到底能上什么样的大学。

饶是陆铁功这样的学生也意外地认真，没有在考场上睡觉，哪怕题不会做，好歹抓抓头皮，咬咬笔杆，尽力写上几个牛头不对马嘴的答案，企图赢得阅卷老师的同情分。

而梁远朝，常年居于第一的学神，做完理综之余，顺带思考了下昨天发生的事。

冬日的晚霞夹着寒气铺散在水果摊上，昨天的水果摊像仙人下凡摆的摊，与周遭隔绝开来。

他回答薄矜初：“以后的事以后再说。”

他走远后又回头，看到了她失望的样子，像泄了气的皮球，耷拉着脑袋，没有一点儿神采。

苹果袋子没拿好，五六个苹果滚得比第一次还远。她哭了，泪水模糊了双眼，她用手背抹干，捡起一个苹果，眼泪又滚下来，她再抹，再捡。最后她低着头回了家。

梁远朝一直看着她消失在巷口。

考试结束的铃声响起，老师示意考生停笔。

一个监考老师在上面盯着，另一个监考老师下去收卷。

“把答题卡放到右手边，先收答题卡。”

良久，老师又说：“把试题卷放到右手边，现在收试题卷。”

梁远朝坐在第一列的最后一个位子。

模拟考的监考老师都是本校的，收卷老师知道梁远朝，收他卷子的时候忍不住看了一眼，卷子右下角有一幅黑色水笔画，是一个少女忧伤的背影。

老师在心里感叹，梁远朝果然名不虚传，别人在三个小时内题都做不完，他还有空闲时间画画——了不起。

薄矜初浑浑噩噩地在家过了两天，假期的最后一天，也是高三统测的最后一天。

周日街上的人不多，尤其是接近饭点的时候人更少，薄矜初从大道拐进后街口的时候感觉身后有人跟着她。那人跟得不紧，兴许只是刚好同路而已。

已经进入后街区域，邻里皆认识，随便一喊都有人回应。她没太在意，只是稍稍加快步子。她穿过很多条巷子，还差最后一个十字口就到家所在的那条街了，身后那人还在跟着。

本想着拐过去就跑，冲进家门就没事了，谁知刚跨出去，薄矜初就看到家门口站着一个许久不见的身影。

她还是喜欢穿白色，不过不再是裙子，而是一件白色的羽绒服。

五步之外的顾绵对着她笑，薄矜初发现嗓子干得说不出话来。

顾绵的出现太意外，也让薄矜初警铃大作。

她没忘了还有个人，薄矜初回头——跟着她的是王仁成。

一边是顾绵，一边是王仁成。

王仁成笑着从巷子深处走来。

薄矜初一步都没退，只是倚着凸出的墙角，那只王仁成看不见的左手一直在挥动，示意顾绵快走。顾绵看懂了她的动作，却愣在原地不明所以。

王仁成离薄矜初越来越近，一旦他走到薄矜初面前，便会发现顾绵。

突然一阵冷风袭来，吹散了王仁成额前的碎发，挨着他发际线的地方有一道触目惊心的疤痕。

顾绵还愣在原地，薄矜初紧张得用左手捶墙。

眼看着王仁成离自己只有三步之远，薄矜初心生一计，朝着顾绵的方向嘶吼一声："爸，班主任来家访了！"

顾绵的嘴角登时下沉，眼神布满恐惧，她双腿打战，躲进了薄矜初家。

幸好，舒心出门的时候没锁院门。

薄矜初喊得嗓子眼冒烟，巷子尾都能听见。

家里没人，薄矜初的话自然得不到回应，她这么做只不过是为了让顾绵快跑。

王仁成无声的笑被戳破。

见顾绵完全躲进去了，薄矜初开始往家退。

突然，一个中气十足的声音响起："你们班主任在哪儿呢？"说话的是王叔，他家和薄矜初家是邻居，中间只隔着一堵围墙。

王叔今天休息，坐在客厅里看电视，看得正入迷的时候听见外面传来一声喊，没听仔细，以为是自家女儿，赶忙跑出来。

等到薄矜初匆匆忙忙跑进自家院里，他才发现自己听错了。

"哟，是小初啊，我还以为是佳佳呢。"

薄矜初一边说着一边往他家里走："王叔，王婶今天做什么了？这么香！"

王叔和薄矜初一家关系极好，每次有好吃的，两家人都会踩着围墙互相送。

王婶在家，听见薄矜初的声音，赶紧从厨房里探出脑袋："小初来啦？快来快来，王婶给你尝个好东西！"王婶献宝似的掀开锅盖，是南瓜饼。

"快快快，尝一个！"王婶给她夹了一个，薄矜初直接用手接过。

她还担心自家院里的顾绵，心不在焉地咬了一口，笑道："好吃。"

"王婶，我还能拿一个吗？"

"拿吧拿吧，我这还没做完，等会儿做好了给你们再端几个过去。"

"谢谢王婶。"

薄矜初左手拿着一个咬了一小口的南瓜饼，右手拿了一个完整的，从王叔家后门走出去。

王婶纳闷地道："你怎么从后门走？"

"我家院门锁了。"

她从后门回到自己家，顾绵抱膝蹲在花架后面，王仁成还在她家门口晃悠。

"棉花。"

顾绵听到后轻轻回头，薄矜初从窗子里扔出一件她的衬衣："换上，我给你开门。”

她怕王仁成透过围墙看见顾绵，顾绵好不容易走到今天这一步，还能回来看看她。

她俩身形相似，顾绵穿上薄矜初的衬衣，光看背影难以分辨。

顾绵进去后，薄矜初锁上家门，还把一楼所有的窗子上好锁，带着顾绵跑到了前街的一家书店，里面有座位，供人看书交谈，以卖书为主，其他的比较随意。

顾绵坐在对面一声不吭，低着头。

薄矜初知道她状态不好：“棉花，这个给你。”

她把那个南瓜饼递给她。

“你哪儿来的？”

那么一会儿工夫，她家凭空变出两个热腾腾的南瓜饼。

“隔壁王婶给的。”

手边的窗帘遮住一半的光，两人坐在木椅上安静地吃着南瓜饼。

吃完后，薄矜初抽了张面巾纸递给她。

以前，一直是顾绵照顾她这个乖张的少女，现在恰好相反，薄矜初小心翼翼地保护着一件珍贵的易碎品。

“怎么回南城了？”她没问顾绵去哪儿了。

“妈妈回来办事。”

“她同意你跟着来？”

“我说想来看看你，她就答应了。”

两人盯着桌上为数不多的摆件，一问一答。

“我看到山茶花开了。”

“下次来，再带盆红的吧。”

关于红白配，是专属于她们的回忆。

“好。”

薄矜初话锋一转：“你都告诉她了吗？”她指的是顾绵的母亲。

“嗯。”

薄矜初松了一口气，至少现在能保护她的还有她妈妈。

“小初，他……”顾绵说这话的时候眼神迷离，手不停地颤抖，“王仁成是不是盯上你了？”

“嗯。”

薄矜初感受到了顾绵的变化。

“你别担心，”她握住顾绵冰凉的手，“他不敢把我怎么样的。”

薄矜初比顾绵刚强，顾绵遇事正如其名，软绵绵的，容易被人拿捏，而薄矜初正好和她相反。

她可以当众无视王仁成，不管王仁成下不下得来台，自然也因此收获了目中无人的标签。不过她不在意。

听完薄矜初的话，顾绵一个劲地摇头，眼泪像断线的珠子。

薄矜初安慰她：“王仁成是个欺软怕硬的人。”从他恭维领导，每次有奖金都上赶着拿就可以看出来，他挺在乎工作的。

“但是你不是他的对手。”顾绵说。

她确实不是，所以她在寻找能与他抗衡的力量。

后来薄矜初常常想，那几年灰暗时光里唯一的幸运，大概就是找到了梁远朝。

“你知道梁远朝吗？”

顾绵吸了吸鼻子，点点头：“他不是比我们高一级的学神学长吗？冲刺高考状元的那个。”

“你觉得他厉害吗？”

“厉害啊。”话题中莫名冒出一个不熟悉的人，顾绵的情绪得到缓冲，转向疑惑。

“那你觉得，是他厉害，还是王仁成厉害？”

王仁成说到底不过是南城十三中的一个无名小卒，一个毫不出彩的班主任，连班上那些不读书的男生都管不住。

而梁远朝是一个可以改写十三中历史的少年，十三中的人都在等着他拿下二〇〇八年的省状元，将十三中推上巅峰。

“应该是他吧？”毕竟校长上任后打出的第一个旗号就是超越一中。

梁远朝是关键。

顾绵疑惑：“你和梁远朝认识？”

她离开之前，薄矜初和梁远朝是两条平行线，没有任何交集。

“混得还挺熟。”

顾绵不希望薄矜初受到任何伤害，因为那种精神上的阴影，也许一辈子都治愈不了。

“所以顾绵，你别内疚也别自责，我会很好的，你放心。”

顾绵接到顾母的电话，问她在哪里，在薄矜初的提醒下顾绵报了位置。

“要走了吗？”薄矜初问。

“嗯，要赶在晚饭前回去。”

顾母自己开车来的，因为赶着回去，只是和薄矜初打了个招呼：“小初，阿姨今天比较忙，下次来的时候再请你吃饭，我们先走了。”

“路上注意安全。”

“小初，再见！”顾绵坐在车里跟她招手，小轿车扬尘而去。

薄矜初想，这样的小公主就应该住在城堡里，穿着公主裙，戴着皇冠，坐着南瓜马车，有漂亮的水晶鞋，人人都尊敬她。

为什么会遇上那个畜生？

书店是落地的玻璃窗，冬日阳光照射进来，穿着毛衣的读书人陶醉在书香馥郁的世界里。

薄矜初送走顾绵后，想回去把两人坐过的位子收拾干净再走，隔着一片玻璃墙，除了来来往往找书买书的顾客，有一个少年坐在沙发上。

玻璃窗边有三排沙发，她刚才坐的是中间那排，背对门边，而那个穿灰色毛衣的少年距离她只有两个椅背。

看他沉浸的模样，他应该在她出来之前就在了。

那个少年正是几分钟前的话题主人公——梁远朝。

此时，他手上拿着书，脸却转向窗外，饶有兴致地打量着双手无处安放的薄矜初。梁远朝还了书，拿起沙发扶手上的大衣穿上，然后走出书店，迎面向她走来。

薄矜初竟然想逃，脚却很不争气地抬不起来。

梁远朝只是经过她身旁，没说一句话。

薄矜初两只手绞在一起，想解释，但她和顾绵说的是事实，好像没什么可解释的。

那些话被本人听到以后，除了心虚，薄矜初更多的是心慌。

她追上去，拦在男生前面：“梁远朝，我有话要说。”

其实她真不知道说什么。

“我们很熟吗？”他听见了，也生气了。

梁远朝走得很快，薄矜初一路小跑跟上，寒风刮得脸颊生疼。

快到梁远朝住的小区后门时，她看到不远处人行道的红绿灯下赫然站着王仁成。

他看到她了，此时的马路空荡荡的，他在对她笑。

她终于明白为什么顾绵会崩溃，会抑郁，会寻死。王仁成的每一个眼神都在告诉她，只要她敢跑，他总有办法抓她回来。

那是十七岁的她不可能说服自己去坦然面对的事。

她收回视线，突然紧紧攥着梁远朝的袖子，随他走进小区。

“放手。”他停下。

“梁同学，要有恻隐之心。”她抿唇盯着自己的鞋尖。

梁远朝一个大力把她推到墙边，眼里迸出刀一样锋利的光：“恻隐之心拿来干吗？拿来被你利用吗？”

“抢我的水果，抢我的热水袋，还砸烂我的相框，都是为了吸引我的注意，是吗？”他语气冰冷，眸光骤然暗淡下来，说到相框的时候，拳头堪堪落在薄矜初耳边的墙上，最后冷笑一声，“薄矜初，你好聪明。”

一辆电瓶车驶进小区，过了个减速带，然后又对着两人按喇叭。

车过去留下一阵冷风，引得薄矜初一颤。

电瓶车车主戴着头盔回头看了一眼。

梁远朝的卧室，窗帘紧闭，灯也没开。

他一开始就知道她接近他的目的不纯，可真当确定她的目的时，怒火不可遏制地往上涌。

他在生气什么？连他自己也不清楚。

许久后，梁远朝才从卧室出来，高博睿的电话打进来，梁远朝接起：“喂？”

听他声音沙哑，高博睿以为他在午休。

“CMO 冬令营明天开始，明早八点举行开幕式，所以今晚你们就得过去。王老师说他开车带你们去，他之前应该跟你说过了。你提前准备好东西，晚点儿他会去接你。”

“知道了。”

南城到温城，走高速三个多小时。

一个领队老师加三个学生，刚好一辆车。

梁远朝拿出行李箱，把换洗的衣物装进去，又进浴室把牙刷、毛巾拿出来准备装箱，想了想又放回浴室，决定下楼买套新的。

走到玄关处，手刚握上门把，他就听到门口传来细碎的话语声。

“小黑，你是怎么爬上来的？这儿又没电梯，你也太有蜗牛精神了吧。”

“你就不怕梁远朝那个魔鬼出来的时候一脚踩死你吗？那你就完了。”

“……”

梁远朝透过猫眼看见薄矜初坐在老位置，光影交织下，她又在跟他家门口的小蚂蚁对话了。

“小黑，你不会一年四季都赖在他家门口吧，那我奉劝你趁早换个人家。”她用手碰了碰小蚂蚁，“我这么大一个人都赖不住，何况是你。”

她忽然仰头，叹了口气，一脸绝望：“我是真的需要他。”

薄矜初就这样坐在台阶上，一只手平放在腿上，一只手支着脑袋，定定地望着小蚂蚁四处爬。

王者遇上最强王者，她所有的锋芒都会下意识地敛藏起来，只剩下柔软，这是薄矜初。最强王者被王者所袭，他会将她所有的大招悉数奉还，除了她所释放的弱意，这是梁远朝。

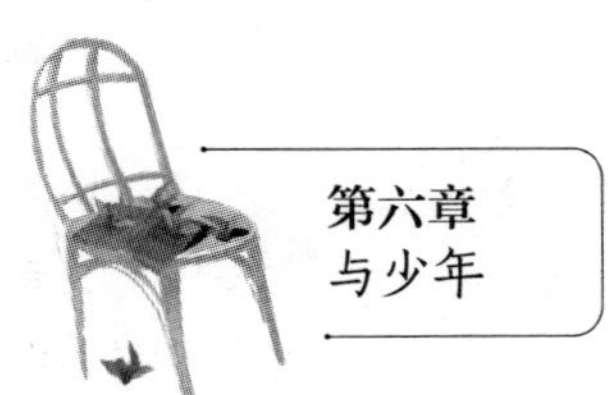

第六章 与少年

此次去温城中学参赛的，除了十三中的梁远朝，还有一中的两个学生。

一中是南城最好的高中，也是唯一一所不在区划范围内的学校，里面的每一个学生都是通过自考考进去的。

第三天下午考完试，梁远朝接到了傅钦的电话。

“考完了吗？”傅钦在周恒那儿，店里没客人，傅钦开了免提。

梁远朝低沉的声音传出：“刚考完，在吃饭。”

傅钦看了一眼周恒，对着话筒说：“你们学校现在是上课时间吗？”

“嗯。”

高三省统测结束的后一天，高一、高二的学生返校，高三回家休息了两天，今天早上刚返校，梁远朝要等冬令营结束再回去。

傅钦撞了一下周恒的胳膊，示意他说话，周恒蹙着眉不吭声。

他再撞，周恒就是不开口。

梁远朝：“有事？”

傅钦轻咳：“周恒说三天没见着你学妹了。”

梁远朝拿筷子的手一顿，把筷子架在餐盘上：“所以呢？”

傅钦索性接着说：“周恒说，以前她不来，都会提前一天跟他说。”

梁远朝重新拿起筷子，慢悠悠地说了句：“周恒想见她？”

正在喝水的周恒被呛了：“咯咯……”

傅钦：这人真是一点儿都不上套。

“没事就挂了。”

“等等。”傅钦不罢休。

上次那五块输得不明不白，不问出点儿什么，对不起他的钱。

“她不会是因为你们学校那个老师才不敢去上学吧？”傅钦只是想起和薄矜初的初次见面，随口一诌。

“嘟——嘟——嘟——”

周恒擦干桌上的水渍：“可能他们真的没什么。”

“没什么你上回还押十块！”

“我要是和你押一边，还有意义吗？”

不是押哪边的问题，是你押了十块！

第五天上午是闭幕式，要宣布成绩和颁奖。

南城的三位参赛者里，梁远朝成绩最好，是唯一一个拿了奖的，还是一等奖，各大高校的招生组皆向他伸出橄榄枝。

至于他到底选择哪所学校，也不是一朝一夕就能决定的。

回程路上，王老师一边打方向盘，一边对着后座的人说：“大家这次发挥得都很好，希望高考放红榜的时候能看见你们的名字。”

南城高考结束后，全省的前十名会被写在省教育厅门口的红榜上。

几天相处下来，三个人不再如去时一般沉默，返回南城的路上有一搭没一搭地聊着，时间过得很快。

下高速的时候，王老师问三人：“送你们回家还是送回学校啊？”

高个子和瘦子异口同声：“家！”

“原来好学生也不放过逃课的机会。”王老师调侃道，“梁远朝，你呢？”

“我也回家。”

王老师先把一中的两个人送回家，最后送的梁远朝。

车子驶进前街，路过水果摊的时候，他喊王老师停下。

“谢谢老师。”

“应该的，回去好好休息。”

梁远朝看着车子离去，他在水果店门口站了一会儿，然后抬脚往后街走去。后街巷子杂乱，不熟悉的人很容易绕晕。梁远朝倒是没绕晕，只不过没找到他想去的地方。

十二月末的南城，干燥的天气，阴风阵阵，少年于巷口驻足良久。

若不知故人处，方不见故人归。

左手的关节疼痛难忍，梁远朝捏了捏拳，转身离开了。

翌日是二〇〇七年的最后一天，梁远朝返校。

省统测由电脑阅卷，省里组织了一批老师专门去改卷，阵仗不亚于高考。

由于试卷回收，学生手里没有卷子，高三数学组的组长重新印了卷子，让各班数学老师发下去，让学生看着卷子对答案，顺便把题讲了。

梁远朝正好是数学课代表，被高博睿叫去办公室拿卷子。

他刚推开办公室的门，一个响亮又清脆的耳光落在少女脸上。

他才几天没见她，她瘦了好多，白皙的脸颊上掌印顿显。她站在原地一动不动，倔强地盯着对面的男人。

薄远的声音响彻办公室："我是不是告诉过你不能早恋？这么小就懂谈情说爱了，长大以后还了得？"

"我说了我没早恋，别冤枉我！"她吼回去。

薄矜初倔得像头牛，她没做过的事打死都不会认。

薄远冷哼一声："你没早恋？难道老师还会骗人？考试考那么两分，迟到就算了，还敢跟老师顶嘴。薄矜初，你长本事了，要不是老师给我打电话，我都不知道你在学校是这个鬼样子。"

薄远气得冒火，一把撕了薄矜初的数学试卷，扔到她身上，指着她鼻尖骂："满分一百五十分，你考四十八分？连个零头都考不到，你读个鬼啊！不想读早点儿跟我说，不要在这里浪费钱。我要是你考这么几分，坐在班里屁都不敢放，你倒是一点儿不觉得丢人。"

薄远自己读书也不行，念到四年级就退学了，操着一口不标准的普通话呵斥薄矜初。

"这四十八分是怎么考出来的？蒙的？"男人讽刺一笑，"薄矜初，我累死累活，花那么多钱送你去补习班，你就考这么两分？对得起我吗？你知道你补一次课我要晒多久太阳、流多少汗吗？"

狭小的办公室里只有两张办公桌，一张是王仁成的，另一张是高博睿的。

五个人挤在十几平方米的空间里，空气有些不够用。

梁远朝拿了试卷，数学老师却没让他回去，给他递了张凳子，让他坐下："这里有几个问题，我们讨论一下，我想听听你的想法。"

高老师从教没几年，是二十八九岁的小伙。他把写了问题的纸拿给梁远朝："你先看看题，我赶个报表，你看好了跟我说。"

另一边，那个老男人说："她只是基础比较薄弱，平时还是挺努力的一个孩子。"说着，他就以长辈的姿态去摸薄矜初的头，被薄矜初躲开了。

薄远瞪了她一眼。

男人缩回手，继续道："薄矜初爸爸啊。"

薄远忙点头："哎，老师您说。"

"我作为班主任，想提醒家长一点儿，女孩子在这个阶段还是不能太爱漂亮，不然真的耽误学习，像她这个头发啊，最好扎起来，我们校纪校规里其实都有写的，男孩子短发不能过耳，女孩子长发要扎马尾，你看她披散着头发，这个样子……啧，不太雅观。"

薄矜初方才被薄远甩了一巴掌，脸颊泛红，头发凌乱。

没有人听不懂王仁成话中的意思，就连梁远朝都转过来看了一眼，不过，他看的不是薄矜初，而是王仁成。

老男人一双手背在身后，粗粝发黄的指尖正搓捻着一条黑色的头绳，指尖的动作缓慢，有节奏，头绳一圈一圈地翻滚。

"十几岁的女孩子肯定是扎马尾辫更有朝气，你说对吧？"

"是，不过我看她每天早上出门的时候都是把头发扎好的。"

"女孩子嘛，学校里有那么多长得好看的男孩子，"王仁成还特意看了梁远朝一眼，"爱美之心人皆有之，这个我们也是可以理解的。"

"王仁成，我弄死你！"薄矜初突然像发了疯的野兽，对王仁成发起攻击，一边咒骂，一边拾起桌上的教案向他砸去。

王仁成躲开了，薄矜初被薄远钳住。

拇指盖宽厚的教案重重地砸在地上，薄矜初这回是下了狠手。

王仁成却一点儿也不生气，用长辈的口气教育她："女孩子不要说脏话。"

梁远朝拿笔的手顿住，侧眸发现薄矜初双眼猩红。她从薄远手里挣脱，一把拽过王仁成的衣领，死死地盯着他。

高老师早就注意到了这边的动静，薄矜初一出手他就站起来了，连忙上前劝阻，还顺带叫个帮手："远朝，赶紧。"

梁远朝坐着没动，他的视线刚好捕捉到王仁成把头绳装进了后裤袋。

高老师劝说薄矜初："你先别冲动，有什么事说出来，大家一起解决，没关系的，不要怕，别冲动。"

薄远用力掐着薄矜初的手臂，把她往外拽："给我松开！"

雄狮一旦发怒，谁都别想全身而退。

薄矜初什么也听不见，她的手紧攥着王仁成的衣领，用力到指节泛白，她咬牙切齿地喊："王仁成，你不得好死！"

薄远怒火冲天，他是个好面子的人，可偏偏薄矜初让他颜面扫地。

薄矜初就算力气再大，也抵不过薄远。

她被薄远拽开，脚下一滑，还没站稳，薄远扬手又是一巴掌。

薄矜初没躲，也知道躲不掉，清脆的巴掌声响起，意外的是火辣辣的痛感并没有降临。相反，她被另一股力道甩到了旁边，而那一巴掌落在了梁远朝的脸上。

所有人错愕不已，王仁成脸色铁青："高老师，你这学生不错啊，还懂得英雄救美。"

高博睿用手背拭了下额上的碎汗。

薄矜初想也没想拉起梁远朝就往外跑。

薄远没来得及追，一个劲地给王仁成道歉："王老师，不好意思，真的抱歉，是我教女无方，给您添麻烦了，我一定让她在家好好反省，回来给您道歉，该罚的就狠狠罚她，该打的要打。"

王仁成："这可不是我罚不罚的问题，她这种行为被学校知道是要被退学的。"

薄远慌了，十几岁的年纪被退学还了得。他赶忙从口袋里掏出刚发的工资，差不多三千块，塞在王仁成手里："那个，您看，您通融通融，孩子小不懂事，我替她给您道歉了。"

王仁成没收钱，薄远更不安了。

"这就不必了，你也不用让她回去反省，她成绩不理想，几天不上学更加跟不上了。她可能对我有什么误会，等她情绪稳定了，我找她谈谈。至于惩罚，写几千字检讨，你应该没意见吧？"

"没意见，没意见。"

"女孩子这样可不行，我就希望她能长个教训。至于退学，都是自己的学生，她要真被退学了，我面子上也过不去。"

"哎哎哎，好好好，麻烦您了，您辛苦了。"

薄远就差跪下来给王仁成磕头了。

"你们做家长的也不容易。"

薄矜初拉着梁远朝一直跑到小北门。

小北门破败不堪，薄矜初在一个块石头上坐下。

看着脚边的杂草，她忽然有点儿羡慕它们，野蛮生长，灵魂自在，最重要的是，纵使没有身份，依然有大自然的悉心呵护。

许是太阳太大，薄矜初被晒得两眼发酸。

鞋带上粘着一片撕碎的卷子，正好是分数中的那个“4”。薄远没说错，那四十八分也是她蒙的，她就是个垃圾，估计她妈知道，也会打她。

薄矜初到现在都觉得耳边嗡嗡作响，这是薄远第一次打她，也是她第一次挨耳光。她一个自尊心那么强的人，被自己的父亲在众人面前不分青红皂白地抡了一巴掌，委屈到崩溃，她的世界到底是什么颜色的?

云是纯白，天空是蔚蓝，教学楼是棕红，少年是琢磨不透的黑，而她的世界是了无生机的暗灰色。

梁远朝不动声色地往她身边挪了一步，挡住了烈日。

薄矜初没有像他预想的那样痛哭流涕、委屈抱怨，只是安安静静地低着头，梁远朝发现她白色的帆布鞋上有湿迹，才知道她哭了。

十几年的时光里，从来没有过这么漫长的十分钟。

梁远朝从校服裤袋里掏出一块手帕递给她，薄矜初脑袋动了动，没接。

后来，梁远朝又掏出几张皱巴巴的纸巾给她，薄矜初这才接了。

薄矜初声音很轻：“为什么帮我？”

“看见，就帮了。”

“那我们第一次见面，我都快热死了，想去你家吹空调，你怎么不帮我？”

那时和现在没有可比性，梁远朝淡淡地丢了三个字：“看心情。”

那天，薄矜初一回到教室就被王仁成叫了出去，后者手里拿着她的数学试卷。

“薄矜初，你出来。”

那明晃晃的分数就印在试卷上，周围好多同学看见了。王仁成把她叫到走廊尽头，教室里的同学看不见外面发生了什么。

“你这个卷子做得很不理想啊，选择题就对了前三道，填空题后面都没写出来。大题第一道的立体几何，直角坐标系都建错了。”

此时，教室后门被推开，吴生一脸颓靡地走出来，手还拽着门把，听见王仁成正在给薄矜初分析试卷，眼神在他身上停顿几秒。

就在王仁成要开口质问他“上课时间出来干吗”的时候，他一抬手道：“上个厕所，憋不住了。”王仁成的话卡住了。

吴生从两人面前拐弯进了厕所。

王仁成继续道："还有解析几何这题，这次考的是椭圆，焦点在X轴时，标准方程为 $\frac{x^2}{a^2}+\frac{y^2}{b^2}=1$，a > b > 0，最基本的公式都没写对。还有数列这道题，通项公式是很基础的，不难的，怎么第一小题都求不出来呢？"

吴生再次出现，走到王仁成面前时故意甩了甩手，水溅到两人身上。

薄矜初皱了下眉头，王仁成"啧"了一声："你小子到底想干吗？"

吴生停下，回头，缓缓开口道："上完厕所洗手甩手，有什么问题吗？还是说，您上厕所从来不洗手？"

薄矜初觉得王仁成极有可能是这样的人。

王仁成："你……"

吴生不给他驳斥的机会，甩了甩手走了。

薄矜初愣愣地盯着后门，忽然感觉到王仁成的手掠过她的马尾，把她的头绳扯下来了。

如丝绸般的秀发散乱飘扬在空中，最后在肩头落定，空气凝固。

薄矜初死死地盯着王仁成，而王仁成把玩着带有洗发水清香的头绳，对着她笑。想起刚才吴生说的话，薄矜初心里直犯恶心。

"王仁成，你迟早要完蛋。"

再后来就是一个小时后，第一节课上到一半，隔壁班的班主任过来传话，说王仁成让她去办公室，她爸也在办公室。薄矜初还以为是自己落了什么东西，她爸送过来，谁知道是王仁成打电话叫来的。

看见薄远的黑脸，她就猜到王仁成肯定没说好话。

月考成绩出来了，她考得很差，王仁成本来就想搞她，正好借此机会挫挫她的锐气。只是她怎么也没料到，薄远一开口就把莫须有的早恋罪名扣给她，她为自己辩解了两句，还招来薄远一巴掌。

碰上这样的老师，还有什么心思学习？

其实在水果摊门口，不算是她和梁远朝的第一次交锋。

薄矜初第一次注意到这位十三中的"大人物"是在二〇〇七年的春天。

南城十三中，薄矜初念高一，梁远朝念高二。

春天到来，桃花开得正盛，同学们脱下羽绒服，套上深蓝色的校服外套。

无奈春寒料峭，狂风压折桃枝，校园里鲜少有人停留。

学校有两个门，大门朝南，还有一个小北门，本来两边都通，后来因为北门外面的地被开发商买走盖楼了，小北门因此被封，没人再往那边走。

时日不胜从前，一大清早小北门那儿就聚集了一堆人，从实验楼顶向下望去，可以看到梁远朝和一个女生被人群包围着。

有个女生拿了一束厄瓜多尔的黑玫瑰向梁远朝告白，场面相当壮观，谁知道少年压根懒得看，直接把花丢进垃圾桶。

关于玫瑰花表白的舆论还没发酵完全，那个女生忽然消失了，紧接着，女生转学了，起先大家都猜测是因为梁远朝，后来才知道是女生全家移民了。

薄矜初第二次见梁远朝是在后街的云里巷。

薄矜初的姑姑住在云里巷，小巷子都一样，与繁华毫不沾边，却是格外热闹的市井小地。

姑姑让她去买酱油，从小店出来经过云里巷，恍然间好像听到一声闷哼，抬眼看见细细的电线上停着几只麻雀，薄矜初以为是自己幻听，吹着口哨往姑姑家走，还没走出三步，巷子里的滚打声愈渐清晰。

有人打架，这回她听清了，甚至能分辨出是群架。

薄矜初当时只有一个念头，那就是觉得晦气。帆布鞋踩过凹凸不平的水泥地，她一只手提着酱油，另一只手摁着诺基亚 N73 回信息。

“起来，继续。”这声音好像在哪里听过。

薄矜初忽然来了兴致，退回去藏在巷口看。

场面混乱，谁打谁都看不清楚，只是看见有个男生双手插兜，眼神如刀，站在一旁静静地看着眼前人胡乱扭作一团。

那不是众人皆知的梁远朝吗？

她悄悄打开手机的摄像头，录了一段长达一分二十秒的斗殴视频。

末了，薄矜初把酱油放在地上，手机放回兜里，做出了一个极为大胆的举动，她笑着拍起了手，一下又一下，煞有节奏，把所有人的目光都引了过去。前一秒还充斥着混乱号叫的小巷子，后一秒立马静了下来。

“这群架打得真精彩，特别是这位裁判，太称职了，一点儿都没扰乱选手。”

一群人当场蒙了，还从来没人敢讽刺梁远朝。

“走了，你们继续。”她拾起地上的酱油，拐进大道。

梁远朝的声音穿墙而来：“有本事站着别动。”

她还就真不动了，转了个身，颇有耐心地等着他来。

梁远朝从云里巷走出来，薄矜初本以为他身上多少会沾染一些血腥味，却没料到是医院的消毒水味，开口时也没了方才的狠气。

“视频。”

“什么视频？”她装作若无其事。

“刚才拍的。”

薄矜初假装思考：“我有把手机掏出来过吗？”

梁远朝冷冷地盯着她，两人对视，剑拔弩张：“没有最好。”

即使有，他也不怕。

男生转身欲走，薄矜初一时兴起叫住了他：“梁远朝。”

他转身：“有事？”

“高考后要和我在一起吗？”薄矜初和其他的告白者不一样，其他人认真、紧张、害羞，而她坦荡不羁，甚至会让人觉得她在玩弄他。

梁远朝半天没反应。

薄矜初还赶着把酱油送回去，扯出一抹得意的笑容，转身走了。

不过，梁远朝好像不记得她了。

小北门，少年如一棵松柏。

“梁远朝，你到底为什么帮我？”她又问了一遍，还说，“我欠你很多人情了。”

阳光穿过少年的发丝，是他鲜少的温柔时：“记得还就好了。”

一个让她滚了无数次的人都会站出来保护她，而她的父亲却连最起码的信任都给不了。

薄矜初是难过的，更多的是酸楚，要走的路还很长。她终于理解了顾绵说的那句，“一朝被蛇咬，十年怕井绳的人不是你”。

现在她是了。

“你怎么不问我为什么会那样？”还是说你们男人都这样，从来不喜欢去了解事情的原委，行动远比思想快。

梁远朝想，会哪样？在办公室里的那样吗？突然臭骂王仁成吗？

少年低头，沉声道：“那你想说吗？”

她想说，她憋得快爆炸了：“想。”

梁远朝突然冒出一句：“小心有蛇。”

薄矜初噌的一下从地上弹起，拽着他的衣袖，神色慌张：“别吓我。”

“没吓你。”

“哪里啊？”毫无防备的她暴露出一切，鼻音浓重，眼睛红肿。

他低声笑："骗你的。"

薄矜初没好气地瞪了他一眼。

那年冬天，是她度过的最痛苦却也最温暖的冬天。她始终坚信，木棉花开的时候，她会从灰暗中走出来。

梁远朝不习惯主动挑起话题，最后还是薄矜初问他："梁远朝，你逃过课吗？"

"没。"

"梁远朝，我好热，我想去你家吹空调。"

"好。"

梁远朝家，薄矜初坐在沙发上，一改以往的性子，变得沉默寡言。

她今天心情糟到了极点，她爸不仅向着老师，还当众给了她一巴掌。打孩子不打脸，这话是薄远对舒心说的。

"笃笃笃。"玻璃茶几被指节扣响。

薄矜初回过神来。

"跟我来。"

去哪儿？薄矜初心有疑惑，脚步却没有半分迟疑地跟了上去。深色的房门被推开，竟然是梁远朝的卧室。

薄矜初站在卧室门口问："为什么要去你房间？"

梁远朝先一步进去，从床头柜的第二个抽屉里拿出遥控器，又拿出两节五号电池装进去。梁远朝一边调模式和温度，一边对薄矜初说："进来，把门关上。"

梁远朝走到书桌前把窗子关上，又把椅子拖出来给她坐。

"谢谢。"

密闭的空间里，一个坐在床边，一个坐在椅子上，两人心照不宣地沉默。

她的房间是梁远朝房间的两倍大，却显得格外阴冷，只有一张床和两样舒心的嫁妆——梳妆台、一个破了门的衣柜。

空调的热风呼呼地吹，薄矜初头一次觉得，原来冬天也可以如此温暖。

"梁远朝，你家有几台空调？"

"两台。"

房子是两室一厅的格局，客厅没有空调，那么还有一台应该就在他爸妈房间里了。

梁远朝拿了本书看，薄矜初静静地望着窗外，不知不觉脸上慢慢浮起红晕，左脸的巴掌印混在其中，不那么明显了。

倒是梁远朝，他的皮肤比女孩子还要细腻，脸上的巴掌印没有半点儿褪去的迹象。

薄矜初想起那张照片，想起周恒说的话，忽然有点儿替面前的少年委屈，他那么优秀，估计从小没挨过打，何况是打脸。

“对不起。”她蓦然出声，说得很轻，很小心。

梁远朝双手往后撑在被子上，瞧她一眼：“如果实在觉得抱歉的话，说个秘密吧。”

薄矜初感到意外，他这样的人竟然会好奇别人的秘密。

要是刚才他不打断她，她肯定说了。现在那股劲儿过了，她又不想说了。她不希望别人用同情的目光看她。

眼下这一幕是美好的、温暖的，薄矜初私心希望时间慢一点再慢一点。

她窥视梁远朝，这人是帅的，剑眉星目、鼻若悬胆，还是特别帅的那种。她缠了他那么久，为了让他成为自己的利刃，而忽略了他是一个有棱有角的翩翩少年，是那个让年级第二的陈雅怡追着跑的男孩。

“你想听什么？”薄矜初问。

“看你想说什么。”梁远朝直勾勾地盯着她，等她开口，眼神里是鲜有的耐性。

“怦、怦怦……”薄矜初听到了自己剧烈的心跳声。

她以为心跳加速的原因无非是快跑、受到惊吓。

这种异样的感觉她还是第一次体会到。

窗外突然响起一阵清脆的车铃，“叮——叮叮——叮叮叮——”像某种暗号。

“喝水吗？”他给她拿了瓶矿泉水。

“谢谢。”她手心出汗，拧了半天，手都红了愣是没拧开，于是瞟了一眼梁远朝，“打不开。”

“拿好了。”梁远朝就着她的力，右手轻轻一拧就打开了。

她浅浅喝了一口：“你左手怎么回事？”

她还没说自己的秘密，反倒探听起他的秘密来。

下一秒，手机响了，是傅钦打来的，梁远朝接起来“喂”了一声。

薄矜初用眼神询问可不可以看下他桌上的书，梁远朝点头。

“你没上课？”傅钦惊讶。

“嗯。”知道他这个点儿有课，还打来干吗？

“你逃课了？”傅钦猜得八九不离十。

“不行吗？”

“你竟然会有逃课的一天？梁远朝你竟然逃课了？教育局局长知道南城的准高考状元逃课这件事吗？”

“逃课对我来说没影响。”

薄矜初翻书的手一顿，学神到底是学神，别人嘴里吹牛的话，到他这儿只有稳操胜券的意味。

傅钦好奇：“你为什么逃课？”

“回来吹空调。”

“这不像你。”

“你呢？你不用上课吗？”梁远朝懒懒地问他，顺便起身把窗帘拉上一半，光收敛了一点儿。

“今天我们学校有活动，我逃出来了，在阿恒这儿，一会儿去打球？”

“砰！”薄矜初的手肘不小心碰到桌边的字典，厚实的字典砸在地板上发出骇人的闷响，梁远朝看过去。

薄矜初蹲在地上，衣服领口落下去，露出一道若隐若现的沟，胸前那一片比她的脸更加雪白透亮。梁远朝脑海中不受控制地闪过一些画面。

他喉咙一紧，别开眼，回傅钦：“不打。”

薄矜初捡起字典走到他旁边，戳了戳他的手臂，用嘴型说：“破了。”

字典的书脊破了，梁远朝伸手接过放在一旁：“没事。”

傅钦愣了几秒：“什么没事？”

“没什么。”不一会儿，耳朵上传来细软的触感，梁远朝擒住她的手，用眼神警告她不要乱动。

“你耳朵红了。”她憋着笑。

梁远朝被她看得更热，喉咙更难受。

诺基亚虽然不高级，但音质还算可以，傅钦听得一清二楚，梁远朝和一女的在一起。

怎么还耳朵红了？

傅钦嘴巴张得像鸡蛋那么大：“你不是在家吗？你把女的带回家吹空调了？”半晌意识到什么，他又道，“这声音怎么有点儿耳熟？”

他一副被雷劈的样子看向周恒，虽然周恒没听到梁远朝那头的声音，但从傅钦的单方面描述，基本可以确定，梁远朝带女的回家了。

傅钦终于想起来了，一向沉稳的傅钦对着电话爆了句粗：“你把你学妹带回家吹空调了？”

周恒也不淡定了："薄矜初？"

"喂？"

周恒："他挂了？"

"嗯。"

"那还打球吗？"

这是重点吗？

薄矜初拿起遥控器，看着他通红的耳朵，装模作样地问："你很热吗？要不要把温度调低一点儿？"

梁远朝咬牙切齿："薄矜初，我、不、热。"

"那你为什么脸红了？哦，现在脖子也红了。"

"缺氧！"

薄矜初情不自禁在顺着视线往下看，梁远朝噌地站起来，越过她往外走。

她拽住他："你害羞了？"

梁远朝气得摔门。

薄矜初一个人坐在书桌前，越想越觉得好笑，不可一世的梁主席原来这么不禁逗。

她在梁远朝的书桌上看见两本台历，一本是二〇〇七年的，一本是二〇〇八年的。

对了，今天是十二月三十一号。

她掀开右边的新台历，从一月到十二月，每张上都有他用黑笔圈起来的几天，不是法定节假日，也不是西方节日，看起来就是很平常的几天，下面也没写标注。而在黑色的圈中，有一个红色的圈，藏在四月那张纸里，被圈起来的那天是四月二十二号。

薄矜初把左边的旧台历翻到四月，二十二号那天也用红笔圈了起来。

四月二十二号是什么日子？

她去客厅找他，看见他坐在沙发上不知道在想什么。

"梁远朝，今天是今年最后一天，你打算怎么过？要不，我们一起跨年吧，顺便说一个愿望，新年帮对方实现怎么样？"

她一脸欣喜地望着他，以往的跨年没有任何仪式感，因为根本没人陪她。舒心和薄远晚上大部分时间待在小店里打麻将或者摸牌，家里只有她一个人。

屋内陷入沉寂，梁远朝冷静下来，问："你不回家吗？"

“我爸妈很晚才回家。”

她可以肯定，即便发生了白天那样的事，依然不会影响他们打麻将的兴致。至于薄远会不会把今天的事告诉舒心，她心里没底。

梁远朝随手从茶几上拿了本书，翻了几页，漫不经心地问：“你想怎么跨年？”

薄矜初倏地抬头：“你答应了？我们去看星星吧！我上次看到有个地方简直是观星的绝妙之处。”梁远朝没反对，薄矜初就当他同意了。

过了一会儿，她又说：“不行！”

梁远朝下意识地“嗯”了一声。

“那地方在室外，你的手不行，晚上外面很冷。”

南方的数九寒天让人惧怕。

“拿个热水袋就好了。”

薄矜初发现的那个观星绝地，就是梁远朝一行人打球的球场，不过薄矜初并不知道，还一脸骄傲地跟梁远朝炫耀：“我发现的这个地方是不是特别棒？”

球场宽敞，月光不受阻挡肆意洒落，少女挨着少年在看台上坐下，身披银光。

薄矜初望着夜空：“有人和我说，如果星星繁多，第二天必是晌晴。”

“谁说的？”

“请关注重点。”

“天气不错。”

幸好晚上无风，不然两人估计就忙着颤抖，话都说不了。

薄矜初看了一眼手机，现在是十一点三十，还有半个小时就跨年了，她把手从口袋里掏出来，指着远处的篮筐，问：“你会打球吗？”

“会。”

“打得很好？”

“一般。”

“跟周恒还有你那个姓傅的朋友？”

“嗯，傅钦。”

“为什么你比傅钦厉害，却没去一中？”

梁远朝看过去：“你怎么知道我比他厉害？”

“也没听说准状元还有第二人选啊。”他的名字足够响亮。

他实话实说：“一中远。”

东北方的天空闪烁，薄矜初激动地拍了拍梁远朝的衣服口袋，梁远朝把手伸出来，她一把抓着他的右手指向夜空："北斗七星！看见了没！"

见梁远朝没反应，她还摇了摇他的手："那个跟勺子一样的，那边！"

"看见了吗？"她不舍的目光从天上挪到地上，最后停在梁远朝的脸上。

他没看见啊，因为他压根没看星星，而是在看她。

她想，她又不是北斗七星，有什么好看的？

他想，他又没有北斗七星那么好看，她干吗老盯着他？

各自心里都明了，却迟迟没有进展。

忽然，像是时间操控者按下快门，将那幅画面定格：女孩拉着男孩的手坐在球场的看台上，凝望着彼此。有颗星星溜到他们身边说了一句悄悄话：你看，他（她）眼中有你。

两人同时回神，薄矜初撒手，梁远朝的右手重新塞回兜里。

她看了一眼时间："还有五分钟。"

薄矜初裸露的双手撑着下巴，无惧寒冷，继续仰头看星星，企图猜测每一颗星星的心事。

耳朵突然一暖，梁远朝把热水袋给她了。

她不要："我不冷。"

"拿着。"他强扔进她怀里。

"那你呢？"

"我带了两个。"

薄矜初瞪了他一眼："那你不早给我，我快冻死了！"她拿着热水袋又是暖手，又是暖脸，说话间吐出来的气化成团团白雾。

寂静夜幕下，他浅笑："不是说不冷吗？"

这笑容被薄矜初捕捉到，她的心再一次不受控制地狂跳。

怎么回事？她拿暖水袋贴近心脏，她不会是得绝症了吧？难道是身体在提醒她注意心肌梗塞？薄矜初越想越觉得瘆得慌。

仔细回想，她还是第一次见他大方地笑，像他这样高冷的人笑起来竟然没有一丝棱角。

暗黄的手机屏幕上，时间显示为十一点五十九分。

梁远朝提醒她："还有一分钟。"

薄矜初屏息，这是她第一次跨年，与星星，与月亮，与少年。

屏幕上的数字动了，薄矜初两眼放光，对着身侧的少年喊："新年快乐！”

“新年快乐。”

一高一低的声音重叠。

薄矜初笑笑，从兜里掏出两张便笺，还有两支笔。

“说好的，每人说一个愿望，新年以后帮对方实现，现在就是新年了。”

她分了一张纸和一支笔给他。

梁远朝只觉得手上的东西有些眼熟：“你出门还带笔？”

“不带啊，从你那儿顺的。”

薄矜初埋头开始写愿望，她早想好了，就等这一刻。她写到一半，发现旁边的人没动静：“你怎么不写？”

“我没愿望。”

“怎么可能，哪有人没愿望的？”

不是没愿望，而是如今“愿望”两个字离他太遥远了。

小时候他考了满分，父母会问他想要什么，于是玩具有了，电脑有了，书有了，旅行也有了。父母走后，再涉及愿望便是每年傅钦的家人给他过生日，哪怕他不喜欢吃蛋糕，傅妈妈依然坚持买，让他吹蜡烛许愿。

他想想这些年许的愿望，翻来覆去就一个，成为和父亲一样的英雄。

薄矜初皱着眉，再一次问他：“你真的没有愿望吗？”

这一次他改口了，“有。”

“那赶紧写吧！”

薄矜初写完，梁远朝也写好了。

两张便笺被折叠成一个小方块，捏在不同的手里。

薄矜初手掌向上摊在梁远朝面前。月光照着她嫩白的手心，她四指屈了屈：“快点儿。”

“干吗？”

她催促：“把愿望给我啊！”

“为什么给你？”

间歇性失忆？薄矜初有点儿生气：“不是说好了，新年要帮对方实现愿望吗？你不让我知道，我怎么帮你实现？”

他那双墨色的眼睛里是平静无波的深潭：“我的愿望你实现不了。”

薄矜初左手撑在凳子上，身子突然往前倾，距离梁远朝只剩一根食指的宽度。

他竟然没躲。

许是凑得近，薄矜初的声音很轻：“你这是在质疑我的能力？”

黑曜石般的眼睛盯着她，他给出了一个肯定的答案：“没有质疑你，是难度系数太高了。”

估计是八卦给的力量，她又往前凑了凑，眼看着两人的鼻尖就要撞在一起了。

梁远朝愣是不躲，屏住呼吸。

左手猝然被侵袭，他反应过来的时候字条已经被她拿走了。

不过，薄矜初的脸上并没有得逞的笑容，而是神情凝重地看着字条上的字，眼里似乎有火星在攒动。

僵持片刻后，薄矜初把热水袋狠狠地砸在梁远朝的怀里，头也不回地走了。

梁远朝心一空，皱着眉追上去，从后面拉住她：“生气了？”

他以为薄矜初因为他的愿望生气了。

薄矜初侧头，骂一句：“滚开！”她挣开他的手继续往前。

凌晨的元旦，寒气柔和地席卷南城，梁远朝看着她负气的背影。

他赶紧解释：“薄矜初，我的愿望是认真的。”

字条上仅有一个字：家。

“我爸妈走了，在我十岁那年。我爸是个刑警，我妈被我爸要抓的嫌疑人杀了。”

看到她停下，他继续说：“嫌疑人的下一个目标是我，可惜他没得逞，就被我爸抓住了，我爸被他打伤了，没救回来。”

梁远朝一边说一边走向她，走到她身后的时候。

直到薄矜初吸了一下鼻子，他才发现她哭了。

是为他哭吗？心疼他？同情他？还是可怜他？

他说：“所以我的愿望是认真的。”

她知道他的愿望是认真的，周恒说过他爸妈去世的事，不过她不知道原因。

十岁成了孤儿，却还能一身荣光，这事也只有梁远朝能做到，换成她薄矜初，估计都活不到今天。她听到梁远朝平静地说出那些过往，她心疼他，她想自己为什么没能早点儿遇见他。

她吸了吸鼻子：“我生气不是因为觉得你写得不认真。你明明只有一个热水袋，为什么要给我，我的手又没事……”

她抢过字条的时候碰到了他的左手，比严冬的铁栏杆还冰，冻得她微微颤抖。他根本没有第二个热水袋，她生气他把热水袋给了她。

“梁远朝，你好好照顾自己，好不好？”她太心疼他了，为什么老天那么不公平，他那么优秀的人，就应该里里外外都令人艳羡才对。

梁远朝没出声。

“谁说我不能实现你的愿望？”薄矜初仰头说，“你先满足我的愿望，你的愿望就能实现了。”

她的字条上写的是：希望能和梁远朝考上同一所大学，一直在一起。

薄矜初：“我的愿望也是认真的。”

是认真地喜欢，还是认真地利用？

无论是前者还是后者，他都动摇了。

小区里认识梁远朝的人，每每提起他的遭遇都唏嘘不已。他不爱说话，见了人也不打招呼，邻里怜悯他的同时也会议论他心理是不是出了问题。

他长得好，小区里的小孩看见他都忍不住跑过去想跟他玩，无奈他永远冷着脸，吓哭了不少小孩。久而久之，也没人敢跟他玩了。他习惯了这样的生活，没料到薄矜初会出现，甚至一通搅和。

薄矜初双手扶着梁远朝的手臂，拼命踮脚，想凑到他耳边说话。

梁远朝看着一颗乌黑松软的脑袋一浮一沉，有些想笑，故意直起身。

薄矜初瞪了他一眼，沉声道：“低头。”

梁远朝直视她，眼底有亮意游动。

他的目光灼心，只一眼，薄矜初被烫得慌了神。

“那个，不早了，我先回去了。”

因为紧张而滋生的汗水将他的愿望和她的手心牢牢粘在一起。

前街路灯明亮，等步入后街，不见路灯，唯有万家灯火。

第七章 留齿印

傅钦约到梁远朝打球是在一个星期后，老地方，周恒下场休息走到球场边喝水，傅钦和梁远朝紧随其后。

好不容易逮到人，傅钦这回不问出点儿什么，他的傅字倒着写。

“上次什么情况？”

梁远朝仰头灌水，水顺着下颌流进衣领，一脸淡漠：“哪次？”

周恒帮他回忆：“薄矜初去你家吹空调那次。”

梁远朝从容不迫，丢下了三个字：“没情况。”

傅钦不信：“没情况你把人带回家？”

梁远朝一副无辜的样子：“她自己要来。”

傅钦坐着运球，一宗一宗摆出来跟他算：“那陈雅怡还想去你家呢，你怎么不让陈雅怡去？”

周恒思索了几秒：“你说的是初中的那个女生？”

梁远朝把水扔到地上，劫走傅钦手里的球投了个三分：“她没说过。”

“她要是说了想去，你就让她去？”

“不让。”说着，梁远朝拿起一条毛巾想擦汗。

傅钦一把夺过：“说清楚了再擦。”

梁远朝索性撩起衣服来擦，阳光像个偷窥狂往他腹肌上亲，他无奈地道：“你们要我说什么？说我和薄矜初？”

傅钦差点儿感动哭了，终于说到点子上了。

傅钦跟薄矜初不熟，于是选了前者："你对她不一样。"

"嗯。"

两人瞠目结舌好半天才回过神来。

"你对她……"周恒对薄矜初有些了解，毕竟认识快一年了。从欣赏女孩子的角度，薄矜初是极好看的，似带刺的玫瑰。

梁远朝从傅钦手里拿回毛巾，擦完脖子擦头发，边擦边说："我不这样讲，你们下次还问，不是吗？"

傅钦揪着他不放："那你对她到底是什么意思？真要一点儿意思没有，怕是她躺在地上哭，你也不会搭理她吧？"

陈雅怡天天和梁远朝坐在一起，照样什么都没发生，路上碰见，梁远朝连个眼神都不屑多给。

上次运动会，他之所以会抱陈雅怡去医务室，单纯是因为他顶着学生会主席外加同班同学的身份，以及周围同学的压迫，他不好见死不救。

对象切换成薄矜初，她三番五次从他手里抢东西，他还给她泡红糖水，帮她解围，暖水袋也给她，甚至替她挨了一耳光，还带她回家吹空调。

他对薄矜初早就不一样了，这一切始于什么原因，梁远朝没想过。

最后，梁远朝回了傅钦一句："咸吃萝卜淡操心。"

傅钦失宠了，薄矜初出现之前，梁远朝不是这样的。

现在呢？打球难约，电话被挂，还说他瞎操心。

傅钦套上厚外套，骑上自行车留下一个潇洒的背影："走了。兄弟良缘，断不可摧，哪天我也去寻一寻我的真命天女。"

剩下两人不同方向，在岔路口分道扬镳。

高二七班，英语课上有小组讨论，三个人一组，英语老师在黑板上写下今天的讨论主题：Environment（环境）。

"下面大家自由组合，五分钟的准备时间，五分钟后每组选一个代表发言，阐述一下你们小组的观点。"

英语老师布置完课堂作业就出去接电话了。

小组讨论说白了就是趁机叽叽喳喳地聊几句闲话。

钱可可自然和薄矜初一组，可是还少了一人。薄矜初往左边看去，吴生抖着腿，一副大爷看看你们在耍什么花招的样子，傲得不得了。

"喂。"吴生坐在最后一排，右边是薄矜初，他听到那一声没有称呼的"喂"，眸底闪过一丝微不可察的不耐烦。

“你要不要和我们一组？”

“帮你们拉高平均水平吗？”

钱可可成绩中等，而薄矜初这学期掉到了中下游。这次月考，钱可可正好在班里排第二十，薄矜初排第三十，而吴生年级第一。

他在王仁成面前甩下的那些话被他轻而易举一一实现。

吴生本事不小，只是平时懒得往上爬。

薄矜初总觉得有什么东西压着吴生，他明明应该像梁远朝那样熠熠发光才对，可他偏偏把自己泡在污水里。

钱可可红着脸道：“吴生，你是很优秀，但我们也不差。”

对于第一名的他来讲，第二名就是垃圾。

“好。”他把凳子挪到薄矜初桌边，二郎腿一跷，“讨论吧。”

班上的同学注意到这一幕，声音霎时向后门角落倒去。

“吴生和薄矜初？什么情况？”

“不是吧，估计只是随便组一下，免得被英语老师点名。”

“老师来了！”

“Let’s protect our environment!（一起保护环境）”英语老师靠近前门的时候，同学们说英语的音量顿时加大，更有甚者不知道说什么，大声念着毫不相干的内容。

好在声音杂，只有周围几个人听了偷笑，英语老师并没有察觉，一通电话打了十几分钟。

“好，下面我们请各小组来阐明一下自己的观点。”

“丁零零——下课了。”广播传出机械的女声，听起来有些滑稽。

英语老师尴尬地笑了笑，收起书本道：“那请同学们保留意见，我们下回课再讲。”

那时，最开心的莫过于这种“教学事故”，能混一堂是一堂。

下午体育课，操场上有三个年级在上课。

高二一群人走到操场上，打铃后还在叽叽喳喳，整个操场都能听见他们在嚷。

“体委，老师呢？”不知是谁问了一句。

体委也不清楚，只好去问高三的体育老师：“何老师，您看到我们体育老师了吗？”

“哦，你们老师出去开会了，今天我给你们班上课，把你们班队伍整过来了，排在九班旁边。”

高三的男生听见要和学弟学妹们一起上课，提了提校服衣领，气势瞬间起来，身为学长的优越感油然而生。

体委走回去传达："我们今天和高三一起上课，排好队走过去。"

"那不是九班吗？"

"快看，快看，梁远朝！"

一群人窃窃私语着往前走，快临近九班的时候默契噤声。

高二安静，高三开始狂躁。

体育老师拿起挂在脖子上的哨子，吹了声："那个小胖，你干吗呢？"

张冬瓜本名张俊杰，"冬瓜"是陆铁功给他的"爱称"，现在拜高三体育老师所赐，多了个"小胖"的外号，一群人顿时哄笑。

"还有那个瘦猴，你俩不能消停是吧？想跑圈就直说，好让学妹看看你们的速度。"

笑声更大了。

薄矜初随大家一起看过去，发现被点名的正是张冬瓜和李铁柱。

体育老师排的队形，左边四列男生，右边四列女生，从中间往两边分散，薄矜初站在女生第四列的最后一个，右边站的刚好是梁远朝。

薄矜初偷偷瞄了一眼，她只到他肩膀上面一点儿。

体育老师上课全靠吼："立——正！稍息！向右看齐！往中间靠拢！"

一群人赶紧往中间挪，薄矜初的袖子擦过梁远朝的手。

体育老师在队伍前讲这节课的安排，薄矜初心不在焉。

她抬头看了一眼天空，万里无云，算是个好天气，一只鸟因为尖锐的哨声振翅逃窜。她的右手悄悄抓住了梁远朝的左手。

他的左手一如既往地冰，独立于身体自成一派。

薄矜初上课前喝了一杯热水，今天来学校的时候特地多加了一件毛衣，加之室外有太阳，她的手很暖和。

薄矜初此刻正把源源不断的温暖传给梁远朝。

少年从头到尾目视前方，好像被抓住的手不是他的。

陆铁功排在男生第一列的第三个，他个子不高，薄矜初看不见他。

梁远朝终于动了，捏着薄矜初的手从裤缝边往后藏了藏。

薄矜初悄悄看了他一眼，入眼的是少年凸起的喉结，忽地，梁远朝喉结一动，薄矜初像发现了什么宝藏，心怦怦直跳，赶紧埋头看脚尖。

脉搏跳动剧烈，手心不知不觉渗出薄汗。

体育老师一句先跑两圈拯救了薄矜初。她一下放开手，跟着大部队左转。

跑完两圈，集体解散，开始自由活动。

钱可可拉着薄矜初去了小卖部，结账的时候，薄矜初看着她怀里的两大袋薯片："小可可，你不怕长胖吗？"

钱可可摇头："我也不胖啊，只是你太瘦。"

吴生刚打完球，穿着一件短袖，大汗淋漓，冬天硬生生被他过成了夏天。小卖部的门很窄，他站在外面等两人走出来。

薄矜初经过他身边的时候停下来看了一眼，他手臂内侧文了两个小字：人九。

吴生擦完汗抬头，对上了薄矜初赤裸裸的目光，她企图探寻什么。

那两个似江湖非江湖的字眼给吴生蒙上一层雾，更加让人猜不透。

钱可可戳了戳薄矜初："走了。"

薄矜初忍不住回头看，她看吴生，吴生也毫不避讳地回视。

薄矜初总觉得吴生知道什么她不知道的秘密，或者说吴生是这个秘密的所有者，她打探的目光无疑是在侵犯他。

自由活动时间不可以回教室，薄矜初和钱可可去器材室借了两个排球，选了一片树荫，把排球当凳子垫在屁股下。

天气晴朗，两人悠闲地吃着薯片。前方篮球场上高三和高二的男生正在打比赛，高三的男生一拿到球就往梁远朝手里传，每次球到他手中必定能投中。

就这水平也叫一般？完全是校队主力级别。

钱可可突然问她："梁远朝是不是喜欢你？"

薄矜初拿薯片的手一顿。

怎么可能？绝对不可能。

"你想多了。"

"他刚才看你了。"

薄矜初咬下薯片的一角，黄瓜味冲击味蕾，瞬间炸裂。

"你看错了。"

"当局者迷，旁观者清。"钱可可说得一本正经，像在讨论哲学问题。

"他图什么？"

话是这么说，但是，钱可可肯定地道："他刚才真的看了你一眼。"

薄矜初抬起眼皮看过去，梁远朝投了一个三分球，在欢呼声中转头，少年目光如炬，直通向心门。

“怦怦……”那种感觉又来了。

她完了。那种独特的心跳声，只能用“喜欢”来解释。

周恒再次见到薄矜初，是在一周后，还是老时间，但此番同以往有别，她是背了书包来的。

他刚给一个客人结完账，薄矜初进来毫不客气地拿了瓶水喝。

“我该给你结一下账了。”周恒说。

薄矜初拧好盖子，用力地把瓶子放在玻璃桌面上：“找梁远朝结去。”

周恒沉默，组织好语言后重新开口：“你和阿远发生什么了？”

“阿远”，薄矜初在心底默念这两个字，这个称呼还挺适合现在的梁远朝。

“男女之间，你觉得能发生什么？”她笑着挑眉，眉眼勾人，不过被勾住的不是周恒，而是刚到店门口的梁远朝。

“还走不走？”梁远朝开口。

周恒以为在问他：“去哪儿？”

哪知，薄矜初又从货架上顺了颗糖，指了指门口的人：“找他算哈。”然后她颠颠儿地跟着梁远朝走了。

敢情两人来就是为了顺点儿吃的？反正不可能是好心来看他的。周恒摸不透，只好给傅钦打电话：“刚才阿远来了。”

傅钦在外省参加一个比赛，刚和老师一起用完餐，回到宾馆，一边开门，一边道：“我已经很久没见到他了。”

周恒补充：“还有薄矜初，两人一起来的。”

一听两人一起，傅钦赶紧扔下手中的书包，竖起耳朵听周恒说，生怕错过任何蛛丝马迹。

“他俩好像不太对劲儿，阿远对她不是以前那种态度了。”

失了先前的冷漠。

三人一起长大，两人深知梁远朝最不缺桃花，给他送情书的人跟香飘飘奶茶一样，一年绕地球几圈。女孩子的表白五花八门，不管怎么说，梁远朝总能轻易赶走对方。

例如，最普通的：

“梁远朝，我喜欢你。”

“谢谢你的喜欢，我不喜欢你。”

还有矜持委婉型的：

“梁远朝，你是山间明月，我是潺潺溪流。”

“我只想好好做个人。”

还有靠称兄道弟来斩获美男的：

“梁远朝，我们以后就情同手足了。”

“我是我，你是你。”

……

周恒和傅钦皆认定，薄矜初绝对同那些女生不一样。

傅钦早就感受到了梁远朝的变化，只不过他不敢想象梁远朝会有喜欢的女孩子，更加无法想象他喜欢的女孩子会是什么样的类型。

“他们一起来找你吃饭？”

周恒在电话那头摇头：“不是，来了一会儿就走了，而且是阿远来叫她走的。”

“阿远叫她走的？”

周恒也想到了，上一次梁远朝叫走她，把她带去了周恒爷爷的老屋，用蛇吓了她，周恒敢断定：“这次不一样。”

傅钦打开一桶泡面，拿料包的手一顿，问：“他俩是不是在一起了？”

店里又来了客人，其中一个女生穿着十三中的校服，容貌姣好，眉眼带笑，举手投足间尽是温柔。

“我看到陈雅怡了。”

女生拿了东西走到柜台前，冲周恒一笑，看他在打电话，嘴唇努了努，无声地问他：“多少钱？”

周恒把电话稍稍挪开：“十块。”

女生给了一张二十元的纸币，周恒找了十块给她，问：“需要袋子吗？”

“不用了，谢谢。”她身后还跟着一个女生，应该是她同学。买好东西后，两人并没有离开，陈雅怡在柜台前站着，等他挂电话。

周恒又问：“有事吗？”

她指了指他的手机。

“没关系，你先说吧。”

“周恒，你还记得我吗？”

傅钦、陈雅怡和梁远朝，三个人是初中同学。

当时周恒在隔壁班，对陈雅怡的了解是在周围女生八卦的时候听来的。后来还听说她为了梁远朝没有去一中，跟着去了十三中。只可惜她太过炫目，以前，梁远朝的黑白世界不会允许有这种强烈色彩的存在。

周恒坦言道：“记得，陈雅怡。”

陈雅怡笑得更灿烂了，周恒觉得她放弃梁远朝，应该可以找到一个很温柔的少年，且对她好。她不好意思地笑笑，单刀直入："你知道梁远朝最近中午在哪儿吗？"

"我不知道。"周恒如实回答。

梁远朝以前中午经常来周恒这儿吃饭，但是肯定会在午休前回学校。就算不来，他也是坐在教室里看书，最近他一直都是午休结束才回来。

周恒其实也不知道他这一周去哪儿了，不过要在陈雅怡和薄矜初之间选一个站队，周恒铁定选薄矜初。半年多的相处里，薄矜初天天来，其实挺麻烦的，每次话多事多，偶尔还要打趣他。但他意外地不讨厌她，反而觉得她和梁远朝一起玩挺好的。

薄矜初是第一个能改变梁远朝的想法的人。

就这一点，陈雅怡怕是永远比不上了。

陈雅怡趴在玻璃柜台上，盯着周恒，双眼微眯，一副不信的样子："真的吗？"

周恒是个特别容易害羞的人，被陈雅怡这么盯着看，不自觉地红了耳朵："咯，真的。"

"真的？"

"嗯。"

陈雅怡拿起东西，走了。店内恢复清净，周恒坐在门边，寒风席卷，天色渐渐暗沉。他探头看了一眼天，云层厚重，灰蒙蒙的，昨天天气预报说今天有阵雨，看来这雨快来了。

十三中的午休铃响起。

大家把手中的作业丢进课桌，扫空桌面，一个接一个趴下。只要在学校，不论春夏秋冬，睡神总是缠身，大部分人逮到时间就趴下睡觉。

高三九班后门缺了一个人，高二七班的最后一排也有个空位。

前街的书店里，梁远朝和薄矜初相对而坐。薄矜初从书包里拿出数学练习册，问对面的人："今天讲什么？"

"解析几何。"

薄矜初摆着一张苦大仇深的脸。

梁远朝拿笔戳了戳她的脸："怎么，它虐你了？"

"嗯。"她原本没那么讨厌解析几何的，反正它和别的题型一样，都是她看不懂的。

"那也得学。"梁远朝手里变出一张卷子，上面全是解析几何的题，有圆，有双曲线，有抛物线，还有椭圆，他把卷子反过来推到她面前，“公式知道吗？”

薄矜初低着头抽出数学笔记本，低声应了句：“知道，笔记上有写。”

“翻开我看看。”

梁远朝扫了一眼，上面的公式记得很全，字和人一样：“挺好的。”

元旦后的第一天，梁远朝在水果摊等她，说要给她补课。于是每天中午，两人一起吃饭，再一起到书店。他出题，她做，做完了他分析，最后梁远朝给她总结。

午休时间不长，薄矜初基础薄弱，做一道题需要很长的时间，梁远朝看了一眼手表，说：“今天先做前三题。”

薄矜初点了点头，把卷子压在手肘下，埋着脑袋做题。三分钟后，她还在做第一道题，眼神飘浮，显然心不在焉。

梁远朝发现后，敲了敲桌面，声音带着威慑力：“薄矜初。”

她回过神，轻“嗯”一声，没抬头看他，瞥了一眼题目旁的图，是个圆，匆忙提笔写下一个圆的方程，然后把图中的数据代进去，各种计算，最后洋洋洒洒写了一大片，没得到结果。她眉头紧皱，直接跳到第二题。

第二题的图是椭圆，根据题目草草画了个图，焦点在X轴，她写下标准方程：$\frac{x^2}{a^2}+\frac{y^2}{b^2}=1$，$a>b>0$。

耳边突然响起王仁成的那句：“最基本的公式都没写对。”

薄矜初浑身一抖，用力地戳着纸面，扎穿试卷。

“薄矜初？”梁远朝神色紧张。

这回薄矜初没应，把头埋得更低，紧攥着笔开始写，笔尖触到卷面，发现什么也写不出来，手不停地抖，她还是害怕，哪怕梁远朝就坐在对面，她想起王仁成还是会怕。

“薄矜初。”梁远朝又叫了声，“你看着我。”

她这才缓缓抬头，眼眶泛红。

“怎么了？”他一开始就觉得她不对劲儿，一直观察她，十几分钟过去，眼前的书一页都没翻过。

眼泪不争气地掉在试卷上，把刚写上去的墨水晕染开，字迹糊成一片。

薄矜初赶紧用袖口抹掉：“没事。”又一滴眼泪掉落，她再擦。

空气异常安静，几乎是落针可闻，她没有抽泣，眼泪的掉落尤为明显。

梁远朝静静地看着她一边掉眼泪一边擦眼泪。无声的动作持续了一分钟，她泄气似的趴下，下巴磕在手肘上，眼泪不受控制地往下流，她也懒得擦了，就这样失态地看着窗外。

天空灰蒙蒙的，像快入夜的那会儿，空气也变得混浊，严寒刺骨的风扑打在人心上，路上行人脚步匆匆，压抑低沉的空气漫进书店。

视线因为泪水变得模糊，但薄矜初依稀看见梁远朝递了张纸巾过来。

薄矜初越过纸巾看向少年的手，宽大的手上青筋隆结，手指修长，骨节分明，任谁看了都想摸一摸。她拽过他的手，狠狠咬上他的手臂。

薄矜初对王仁成的恨意在这一刻全发泄在梁远朝身上，她咬得用力，牙齿颤抖也不肯松口，双眼通红地盯着梁远朝。

梁远朝似无痛觉，任凭她咬，直到薄矜初眼皮重得抬不起来，长长的睫羽上挂着沉重的珠子，眨了几回，那珠子晃悠悠地跌落在少年的手臂上，炽热滚烫。她双眼迷蒙，透过水汽，瞧见一张棱角生硬却深情柔和的脸。

梁远朝用纸巾替她擦干泪水，她缓缓卸力，垂头呢喃："我不想做了。"

梁远朝起身，收拾好桌上的书本，绕到薄矜初这一侧，轻唤她的名字："起来，我们走。"

薄矜初黛眉微蹙："题还没做完。"

前几天梁远朝布置的作业，她要是没做完，哪儿都不许去。他是个原则性很强的人，规定时间内该做的事必须做完。

"今天休息。"

"我没关系的。"

梁远朝脸色不好："我有关系。"

雨顺着屋檐滑下，像断了线的珠子。两人躲在屋檐下。昏沉沉的天忽然变亮，压抑的气息逐渐消散，雨势却不见小，豆大的雨点砸在水泥地上，溅起颗颗水珠。

书店里忽然传出歌声："冷咖啡离开了杯垫 / 我忍住的情绪在很后面 / 拼命想挽回的从前 / 在我脸上依旧清晰可见 / 最美的不是下雨天 / 是曾与你躲过雨的屋檐 / 回忆的画面 / 在荡着秋千 / 梦开始不甜……"

他仍是出来前那副凶狠的样子。

她问："你带伞了吗？"

他没回答。

薄矜初伸手拽了拽他的袖子，他依然冷冷地目视前方。她转而去碰他的手，左手透凉，还有着不可控制的微颤。

他那只手到底经历过什么？

风夹着雨斜打进屋檐下，两人的裤脚微湿。薄矜初忽然把书包卸下，顶在脑袋上冲进雨幕。

梁远朝被她的动作惊得愣了几秒，反应过来的时候，人已经跑到路中间了，他沉声喊："薄矜初！"

她回头对着他笑："你别过来！我一会儿就回来！"

这一幕似曾相识，情景相似，人物不变，唯一不同的是故事情节。

薄矜初记得前面拐角处有个杂货店，里面应该会有热水袋出售。

她从暴雨中窜出来，抖了抖身上的水才踏进店内。

老板娘看见一个湿淋淋的姑娘进来，惊呼道："下这么大雨，你连伞都不带就出门啊？这样会感冒的，小姑娘要爱惜自己的身体啊，搞不好会落下病根，蛮严重的。"老板娘好心地递了块干毛巾给她，继续喋喋不休，"你怎么都不知道躲一躲啊？有什么很重要的东西要买吗？"

薄矜初谢着接过毛巾，盖在头上胡乱擦了几下："阿姨，有没有热水袋？"

"有有有，你过来看一下喜欢哪种。"老板娘把各种款式的热水袋都给她拿出来。

有红色塑料，形状类似冰壶的；有纯色皮质，表面有粗糙纹路的。眼前的这些很俗，跟梁远朝平时用的不一样，和他放在一起，违和感强烈。

"冒这么大雨就是为了买个热水袋？你看看你需要哪个，被窝里用的还是怎么？"

薄矜初拿起一个翻看："用来暖手。"

"那就买这种扁的吧，方便。"

"扁的多少钱一个？"薄矜初问。

"大的八块，小的五块。"

那时薄矜初一个星期的零花钱只有十块，她从书包内袋里掏出那张叠得整整齐齐的纸币，挑了个最小号，深蓝色的。

"阿姨，能给我灌点热水吗？"

老板娘刚好烧开一壶水，看着小姑娘淋成这样实在于心不忍，立马给她灌了热水，热情地递给她："拿好。"

"谢谢阿姨。"她转身，看见梁远朝撑着一把黑伞站在门口。

老板娘问她需不需要伞，可以借给她。薄矜初拒绝了，抱着怀里一团热乎乎的东西冲进梁远朝的伞底下。

薄矜初献宝似的把手里的东西递过去："热的。"

梁远朝没接。

薄矜初拉起他的左手，把热水袋放上去，她衣袖上的水顺着他的袖口流进袖管。他抽回手，热水袋“啪”的一声掉在地上。

薄矜初怔了怔，梁远朝的脸色比刚才更难看。

“那么大雨你看不见吗？没伞你就往前冲，你当自己是铁人吗？”梁远朝的声音不小，夹着冷意。

一场大雨把气温瞬间拉至零下，裹着围巾的人出门还瑟瑟发抖，更别提她全身都湿了。

她没吭声，蹲下去把热水袋捡起来，用手指一点一点抹去上面的污泥，伞尖的雨水砸在她背上，冷得直打战。

蹲在地上的少女像一只流浪猫，挠得梁远朝心烦意躁：“起来。”

薄矜初继续擦着污渍。

“站起来。”

她身子颤得更厉害。

梁远朝伸手，使出一股大力，薄矜初一下就被他提起来了。

她侧对着他，看着空荡荡的巷口，东西往旁边递过去，不看他，闷声问：“你还要吗？”雨珠掷地有声，薄矜初等了十秒，他没反应。她把热水袋往他身上一丢，再次冲入雨中。

“薄矜初！”

她单手拎着书包往前跑，不顾地上的水坑。

梁远朝追上去拉住她，伞尽量往前倾，遮住她全身，自己半个身子在伞外。

薄矜初挣扎，梁远朝用力抓住她的手腕，蹙着眉，语气不耐烦：“下这么大雨，你跑什么？”

雨水涩得双眼泛红，薄矜初胸腔起伏，心里那股气压不下去，咬牙瞪着梁远朝，强制自己平静：“你凶什么？淋的是我又不是你。”

梁远朝气的就是她不顾惜自己，他的手出问题又不是一天两天了，他也不是每一个冬天都热水袋不离手，哪怕是任何取暖设备都没有，他也可以熬过去，顶多就是关节疼痛。

大雨瓢泼而下，像是助燃剂把情绪推至高潮，她大吼：“要不是担心你的手，谁冒雨给你去买热水袋？！梁远朝，我没病！”

眼泪顺着眼角滑到嘴边，流进嘴里，又咸又涩。

薄矜初从来没有这么狼狈过，因为一场暴雨，从头湿到脚，鞋子踩在地上还能听见水从脚底挤出的吧唧声。

看着她发丝胡乱地粘在脸上，嘴唇冻得发紫，梁远朝心疼了：“对不起。”

薄矜初的嘴角勉强扯开一抹弧度。给他买热水袋是她心甘情愿，他没什么好对不起她的。她是因为想到王仁成，有些喘不过气，才会情绪失控。

她一边转身一边说：“我先回学校了。”

梁远朝眼疾手快地拦下她：“想吹空调吗？”

薄矜初很不争气地说了“想”。

到小区的时候雨停了，梁远朝收了伞。

东边悄悄爬出彩虹，被薄矜初抓了个正着，梁远朝也看见了。

见她不动，梁远朝出声提醒：“不冷了吗？”

薄矜初回神，提脚跟上：“这是我第一次看到这么完整的彩虹。”

梁远朝垂眸瞥向那个只到他肩膀的头顶：“好看吗？”

“好看。”

陈雅怡回去的时候又没见到梁远朝。她整个午休都没睡，趴在桌上等梁远朝回来。谁知都上完一节课了，旁边还是冷冰冰的凳子。

十三中本就管得宽松，上课偶尔空一两个位子，老师就当看不见，特别是次次考第一的梁远朝，老师更加不会管了，只要他保持现在的优秀成绩，校长都能来给他倒水。

第二节是高博睿的数学课。高中最难的就是数学，特别是理科数学。高博睿又是个年轻教师，他的压力不亚于学生。

“二〇〇七年已然成为过去式，二〇〇八年的钟声早已敲响，时间真的比我们想象中溜得还要快。不知道你们记不记得，二〇〇一年七月十三日申奥成功，第二十九届奥运会将于二〇〇八年八月八日在北京举办，也就是今年，几个月以后，鸟巢将会是所有中国人的心之所向。当然，几个月以后，也是你们人生中第一个重要的转折点——高考。”

在那个条件简陋、朴实无华的年代，巷里巷外都是小商贩的叫卖声，偶尔还会有外地人牵着骆驼进城，赚十块钱一张的照片钱。

高博睿戴着眼镜，抛出了一句有力量的话：“你们想去北京看奥运会吗？”

那里有可以容纳八九万人的鸟巢体育馆，那里有绵延万里的长城，那里还有贝阙珠宫的紫禁城。

“我小时候有个愿望，就是去天安门看升国旗，你们呢？”

南城只是一座小城市，一座发展滞缓，和繁荣搭不上边的无名小城，这里没有北海公园，也没有黄浦江。

外面的世界无疑是闪耀的，是令人向往的。

底下有不同的声音窜出，大家都想出去看一看，他有他的金陵梦，我有我的长安梦。

“只要你们好好高考，就能去想去的城市，去追梦，去你们在作文里写了一遍又一遍的地方，去你们在书上看到的、梦里梦到的地方，去那个在等待你探索的未知世界。谁人不想仗剑走天涯，高考的通知书便是各位进入江湖的信函。你会有四年、五年，抑或是更久的时间拔剑出鞘，快意江湖。各位加油！”

教室里前所未有的安静，丝丝紧张混杂在空气中。

高博睿翻开书：“现在我们是第一轮复习。一模大概在三月初，二模在四月初，三模在五月初，四模在五月下旬，六月七日就高考了，时间真的很紧迫，希望你们提起精神。”

一番话把陆铁功激得拿出了笔记本。

暴雨席卷后的南城焕然一新。

阳光透过玻璃扑在沙发上，有的像细碎的金子散落在地毯上。

空调开至三十度，薄矜初穿着梁远朝的T恤，外面裹了条毛毯，校服外套摊在地上吹。梁远朝推门进来的时候，薄矜初打了个喷嚏。

他把姜茶放在桌上：“趁热喝了。”

薄矜初尝了一小口，味道刺激：“太辣了。”

上回是红糖姜茶，辣中还有点儿甜，眼睛一闭能喝下去，这回是彻彻底底的姜茶，全是辣味和姜味。

“那也得喝。”

她淋了这么一场大雨，不暖暖身子，隔天肯定会生病。

薄矜初抱着杯子望着他，眼里有什么亮晶晶的东西在打圈。

女孩子的眼泪真是说来就来，梁远朝没办法：“那先不喝。”

看他一脸无奈，薄矜初憋着笑放下杯子。

梁远朝：“有这么开心？”

她点头：“我很讨厌生姜。”

“过来。”梁远朝站在浴室门口喊她。

“干吗？”

吹风机呼呼响起，梁远朝撩起她的头发，暖风穿过发丝，亲吻头皮，她才惊觉他在干吗。

梁远朝在给她吹头发！未来的高考状元在给她吹头发！

洗脸池的镜子里，两人像依偎在一起的情侣。

薄矜初盯着镜子，少年动作轻柔，小心翼翼，把她的头发当珍宝对待。

梁远朝抬眸与镜中人对视。

“笑什么？”他一边问，一边继续帮她吹头发。

“我薄矜初何德何能，让梁主席您帮我吹头发，受不住啊受不住！”

“好好说话。”

“有点儿不真实。”

他拿着吹风机对着她头顶一处吹，薄矜初“哎哟”一声：“烫死了！”

“现在还觉得不真实吗？”

够真实，头皮都快烫掉了的真实。

她的头发有点儿自然卷，很好看的弧度，发量偏多。舒心没什么耐心，每次给她吹头发的时候总会用梳子使劲儿往下拉，扯得她眼泪汪汪。

相比于舒心，梁远朝明显温柔许多，他先用手指插入她发间往下顺，等顺不开的时候再轻轻把打结的地方一点一点解开。

镜面上暖气氤氲，模糊了身影。

钱可可说梁远朝喜欢她。那她呢？

关于爱情的喜欢是一种玄学，也许没有蓝天白云，没有恰到好处的暧昧氛围，早在某一个瞬间就喜欢上了。

梁远朝刚拿起梳子，薄矜初便抱着头往后退，语气慌张：“我不用梳子的，手梳一下就可以了。”

“过来。”

“不用了。”

那把梳子有些年岁了，中间还断了一根齿，估计是他妈妈生前用的，对他来说应该不比那相框分量轻。

梁远朝随她躲，兀自靠在墙上，若有所思：“今天在书店为什么哭？”

薄矜初敛神，走到他面前，伸手道：“那还是梳头吧。”

他把梳子往她手心送，她刚要握住，他噌的一下缩回去，她抓了个空。她还没来得及瞪他，就被一股力量冲撞，背后是冰冷的墙面，身前被大片阴影笼罩，梁远朝的鼻尖碰到她的，少年的气息像爆发的火山，滚烫滚烫的。

薄矜初竟然有点儿紧张，脸上开始发烫。

他下颌微抬，脖颈线条紧绷，垂眸问她：“为什么哭？不说？还是不想说？”

是不知道怎么说。

“因为王仁成？”

听到这个名字，她下意识一抖。那种恐惧是抽筋剥皮的。

“嗯。”

薄矜初素来不是软弱外露的人，在旁人心中，她甚至有超越男生的果敢和勇猛，就算伪装得再强大，她终究是个爱用眼泪发泄的女孩子。

“接近我就是想要我的保护？”

“嗯。”

梁远朝眉梢微扬，重复了她的单音节：“嗯？”

薄矜初才反应过来：“不是！”

“那是什么？”

是因为……喜欢你啊！

心底冒出一个前所未有的声音，兴奋且高昂。

两人离得太近了，呼吸交错，他的气息猛烈又温暖，薄矜初红了脸，单手支在洗脸台上佯装镇定，施施然道：“我的新年愿望，梁主席还记得吗？”

第八章 泡泡糖

陆铁功是第一个发现薄矜初和梁远朝一起上下学的人。

一月下旬，临近期末考试，学校里终于能嗅出几丝紧张的气息。七点刚过一刻钟，教室里坐满了人，没人迟到，也没人旷课。

寒假是痛并快乐着，考试成绩是一个经久不衰的话题。

钱可可转身，轻轻问道："你考差了会怎么样？"

薄矜初把课本找出来，不咸不淡地说："你见我考好过？"

钱可可低着头，一副说错话的表情。

薄矜初逗她："小可可，你也太胆小了。"

"才不是。"她是怕她难过。

虽然班上有不少不爱学习还瞎混的人，但并不代表他们放弃了自己，没有人能轻易狠下心来放弃自己，后排那群成天逃课打游戏的男生也会因为成绩倒数而伤神。

"薄矜初，你以前很优秀的。"钱可可很少对她直呼其名，大多时候用"你"代替。

很优秀是真的算不上，顶多混个钱可可现在的水平，中等，高考稳定发挥能考个二本，冲一冲可能会上一本线。而现在呢，按月考的排名，她只能读三本，上一个学费昂贵、前途未卜的院校。

"你不用安慰我。"她翻开英语书后的单词表，等会儿上课要听写。

"我没安慰你，上学期期末你还排在我前面好几名呢。"说着，钱可可指向窗外的大片晨光，“你长得漂亮又有个性，该是闪耀夺目的。”

是啊，她也觉得自己本该是一隅星光。如果生活如同幻想一样，那苟延残喘又从何而来。

薄矜初回神一笑：“小可可，你比看起来聪明多了啊！”

钱可可又脸红了，低声呢喃：“我本来就不笨。”

“你们真是天生一对。”薄矜初掩唇笑，“中午带你去个地方。”

钱可可蒙了，她没听懂薄矜初在说什么：“去哪儿啊？”

“去了就知道了。”

上午最后一节是自习课，一打铃，不出一分钟，教室全空了。薄矜初拉着钱可可往校门外跑。

跨出校门后，钱可可气喘吁吁地看着薄矜初：“我们……这是去哪儿啊？”

薄矜初拍了拍胸口，咳了两声：“吃饭。”

“不在食堂吃吗？”

“食堂的菜你吃不腻吗？”

“食堂还是蛮人性化的，每天的菜都不一样。”

薄矜初微微叹了一口气，摸了摸她的脑袋。

钱可可比她矮了半个头，她的动作活像在摸宠物。

“是不是不管什么东西对你来说都是好的？”薄矜初一边走一边扭头问她，“不会说坏话？”

前面窜过一条大黑狗，对着右边巷子狂吠。

钱可可难得板起脸，一字一句像石头砸在地上，坚硬有力：“王仁成，王八蛋。”

薄矜初面色一僵，随即恢复如常，再次摸了摸她的发顶：“小可可真是越来越聪明了。”

阳光透过枝丫，像一束聚光灯直指巷尾，少女结伴而行，背影泛着金光。

薄矜初吸了一口气，像是冰水入喉，不愧是严冬。

钱可可目视前方，双手交握，搓了又搓，最后放到嘴边哈了口气，原以为一瞬暖意会给足她勇气，可惜了。

她们到店里的时候，梁远朝一行人正好坐下吃饭。今天是傅钦去买的午饭，买了四个菜，两荤两素，量挺大的，刚好摆满了折叠小桌。

薄矜初敲了敲门框，三人闻声抬头，见薄矜初身后还跟着一个软软的女生，个子小小的，躲在薄矜初背后，害羞得紧。

傅钦放下筷子：“这位是？”

薄矜初喊身后的人进来：“钱可可，我朋友。”

周恒诧异，她什么时候有朋友了，于是问道：“同班同学？”

“嗯。”

看样子是新交的。

她们进来的时候梁远朝抬头看了一眼，之后一直闷头吃饭。

他餐盒里的饭吃了一半，薄矜初狡黠一笑：“梁远朝，我没吃饭。”

他抬眸，他的眼远望是星河，近探是深渊：“没饭了。”

“那你碗里的是什么？”

周恒和傅钦相视无言，看看薄矜初，又看看梁远朝。

梁远朝：“饭。”

“你不是说没饭了吗？”

梁远朝不算有洁癖，但他绝不会和别人分东西吃。

傅钦很想把周恒拖出去再打个赌，把之前那五块钱赢回来。

梁远朝从矮凳上站起来，他个子高，狭小的店里多了几分压迫感。

周恒不知道他在找什么，梁远朝开口问：“你家的筷子在哪儿？”

周恒指了指帘子，梁远朝掀开帘子进去，没一会儿拿着一双干净的筷子出来，摆在自己的一次性饭盒上：“过来吃。”

周恒：“……”

傅钦：“……”

钱可可看着薄矜初弃自己而去，只剩她孤零零地站在饭桌前，像在办公室挨训的小学生，大气不敢出。

薄矜初坐在方才梁远朝坐的位子上，凳面还是热的。

“周恒，”薄矜初开口，“来者是客，不招待一下我朋友？”

周恒无奈，给钱可可搬了张凳子放在薄矜初旁边。

“你是不是多买了份饭？”这话是周恒问傅钦的。

傅钦出声：“嗯，我买了四份。”

薄矜初的筷子刚碰到梁远朝剩下的半份饭，她似笑非笑地看着傅钦。

靠在一边的梁远朝也正盯着他，眼底的情绪不明。

傅钦的音色朗润，颇有风度翩翩的韵味。钱可可忍不住看了他一眼，被逮个正着，傅钦从容一笑，钱可可忽地脸红了。

梁远朝吃饭的习惯很好，一餐盒的饭从右端开始吃，剩下的左半边米饭规规整整地躺在盒子里，跟刚开盖时一样。

薄矜初的筷子掠过右边，停顿了会儿，落在最左边，撬起一块米饭送入嘴里。味道还不错。

钱可可不怎么动筷，薄矜初倒是吃得欢，一口接一口，抢了梁远朝的饭也没有半点儿不好意思。

全校人心中那个高冷的梁主席与传闻中不一样了。

钱可可再一次确定了自己的直觉，梁远朝喜欢薄矜初。

午饭时间，店里客人不多，薄矜初吃完，钱可可也吃饱了。

“小可可，给你介绍个人。”

钱可可下意识地瞄了一眼傅钦。

薄矜初靠在椅背上道：“周恒，认识一下，钱可可，可爱的可。”

几个人的目光投向钱可可，她忍着想低头的冲动，说了声：“你好。”

薄矜初指向周恒：“这是他家的店。”钱可可乖巧地点头。

傅钦不怀好意地笑笑：“我们阿恒有心上人的，对吧？”

后面那声“对吧”，他是看着梁远朝说的。

梁远朝的嗓音沁着淡淡的凉意：“嗯。”

薄矜初其实也没有撮合他们的意思，只不过觉得钱可可和周恒都是容易害羞的人，见了面一定很有意思，薄矜初问傅钦：“那你呢？”

梁远朝替他回答：“他没有。”

“那他喜欢什么样的女孩子？”

傅钦发出眼神警告，梁远朝直视无视：“他喜欢容易脸红的。”

此言一出，钱可可莫名脸红。

傅钦觉得梁远朝今天话太多了。

“那你呢？”薄矜初的话锋指向梁远朝。

傅钦得意，趁机报复：“他喜欢红玫瑰，娇艳欲滴、带刺的那种。”

他原以为梁远朝会否认或者置之不理。

“嗯。”

这一击报复，傅钦没有任何爽意。

几人刚收拾了饭桌，来了一群不速之客。陆铁功一行人堵着店门，气势汹汹，远处几个准备来买东西的客人不想惹上是非，掉头走了。

这次有六个人，其他三个薄矜初没见过。为首的除了陆铁功，还有一个叫赖鹏的，看着和他们一般大，六个人里，陆铁功带了两个，赖鹏带了两个。

陆铁功为爱剃头，改造后还算正常，除了身上一股子吊儿郎当气。赖鹏一头紫毛极为惹眼，大冷天他就穿了一件皮衣，下身是一条工装破洞裤，腰间挂着一条金色大粗铁链子，裤兜里揣着一部最新款诺基亚。

他身后的两个跟班，一个绿毛，一个黄毛，领口大敞，脖子下有文身，一只耳朵有四五个耳钉，混混的气息彰显无遗。

赖鹏走路七扭八歪，自以为威风凛凛："哟，这两个妹子长得不错啊！"

周恒眸光一敛，语气凶狠，像变了一个人："赖鹏，我只说一次，滚出去。"

赖鹏大笑："怎么？不欢迎我？你这破店还有门槛？我不能来买东西？"

他要是来买东西的，薄矜初把头给他。

"哟，梁主席不会还抽烟吧？别急着去和你爸妈团聚啊，我们的账还没算清呢。"

那包烟是梁远朝方才收拾桌子的时候从地上捡起来的，刚放到柜台上，就听见了赖鹏刺耳的话。赖鹏一句话，气氛霎时凝滞，周恒和傅钦气得青筋暴起，下一秒就想冲上去把他摁在地上。

"哪儿来的滚回哪儿去。"薄矜初冷着脸，不像钱可可，她眼里没有半点儿慌乱。

赖鹏眯着眼盯着薄矜初："听不得我说他啊？要不你陪我玩几次，我就放过他，怎么样？"

"啪！"一个响亮的耳光猝不及防地甩在赖鹏的脸上，赖鹏怔住，紧接着又是一耳光，薄矜初眼里有火。

要不是梁远朝抓住她的手，她还会继续打第三个、第四个，直到赖鹏跪下来给梁远朝磕头道歉为止。

事态发展成赖鹏挨两耳光，出人意料，身后的几个人全看呆了。

赖鹏啐了口痰，脸极黑，不爽地扭头对门口的人大喊："还愣着干吗？！"

绿毛和黄毛反应过来，欲往前冲，梁远朝轻抬眼皮，双眼如潭，潭底有暗器涌出，吓得几个人脚步生疑，不敢向前。

他们深知梁远朝不好惹，特别是他越平静，发作起来越不可控制。

赖鹏吃了亏，他今天死也要扳回来。

"陆铁功，你的人是吃素的？"

陆铁功是十三中的恶霸，赖鹏是职高的恶霸，两人认识也不奇怪。

还没等陆铁功出声，薄矜初率先开口，语气强硬："陆铁功，带着你的人滚。”

赖鹏仿佛听到了天大的笑话：“呵，你真当自己是个东西？还会下命令了。”

“陆铁功，你滚不滚？不滚一起打。”

陆铁功会滚？笑话，他看热闹不嫌事大，何况还是个喜欢啥事都掺一脚的主儿，满嘴骚话，脏话连篇，最恨别人的挑衅，动手多过动嘴，这才是陆铁功。

陆铁功头一回遇到这样强硬的女生，心中有暗门开启，光破势而出，劈头盖脸地砸下。

“冬瓜，铁柱，回府了。”

众人：“……”

连梁远朝都觉得意外，这样的场面，不应该是陆铁功最喜欢争面子的时候吗？他竟然真的抬脚走了。

赖鹏骂了句脏话，拦住他：“陆铁功，这女的给你下迷魂药了？

“滚。”薄矜初看着陆铁功说。

陆铁功真的带人走了，不过他们并没有离开，而是选了个较远的角落观望。

赖鹏重新看向梁远朝：“陆铁功好脏的这口我不意外，梁主席也好这口，我属实有些意外啊，哈哈哈！”

他身后几个男的跟着笑。

梁远朝手背青筋凸起，揪着赖鹏的衣领正准备挥拳，被周恒硬生生拦下了。

场面有些混乱，最开始发现薄矜初不对劲儿的是钱可可。

她扯了扯薄矜初的衣袖：“你还好吗？”

薄矜初失魂落魄，一动不动。

“你别理那种垃圾说的话，薄矜初，薄矜初！”钱可可摇了摇她的手。

薄矜初听到钱可可叫她了，但她无力回应，那个“脏”字像鬼一样，阴魂不散。

梁远朝发现后向她走来，赖鹏逮着机会准备突袭梁远朝，被周恒迎面踹在地上，平时看起来唯唯诺诺的周恒打起架来不比梁远朝弱。

警车的声音越来越近，赖鹏“呸”了一声：“梁远朝，今天算你小子走运。”

周围的一切开始消声，那句话像被贴了魔咒，死抓着她不放。

她走到哪儿，那句话就响到哪儿。

“薄矜初！”这回叫她的是个沉重的男声。

她没有回头，脚不受大脑控制，走进一个静谧无声的院落。

梁远朝上前拉住她，薄矜初忽然变得暴躁，甩开他的手，眼泪喷涌而出，她哑着嗓子喊：“我那么脏，你碰我干吗！你干吗要碰我，我脏！”

她蹲在梁远朝脚边，像在学校破旧北门的那次一样，滚烫的眼泪一颗接一颗地往下掉，压力像茧越缠越厚，直至密不透风。

金黄色散去，天色不再那么亮，稍有收敛。

“抬头。”梁远朝对着地上的人道。

薄矜初精神恍惚，情绪游走在失控的边缘，她听不进任何话。

突然，她被一股大力生生拽起。她蹲在地上略久，猛地起身双眼发黑，脚步虚浮，感觉马上要倒地的瞬间被一股热浪裹挟。

她的脑门抵着梁远朝的胸膛，少年清冽的气息涌入她鼻腔。天上的云以肉眼可见的速度在移动，薄矜初焦躁的情绪终于被安抚，趋于平缓。

“薄矜初，那些无关紧要的人说的话就是垃圾，不必听，更不必在意。”

她轻声回道：“没法不在意。”

你不是被蛇咬的人，你不能体会一看到井绳那种恐惧蔓延至四肢百骸的痛。

他和她微微拉开些距离，让她抬头看着自己：“你喜欢的是我，你只要在意我的想法就可以了，至于别人，无关紧要。”

突兀的一句话如雷贯耳，吓得薄矜初心跳骤停。

“谁说我喜欢你的？！”少女心事一下子被戳穿，耳尖顿时绯红。

“那你松手。”

“是你先的！”

“嗯。”梁远朝大方承认。

“薄矜初，”他的目光深邃且坚定，“别怕。”

如果你被困囚牢，我死也会给你凿个洞，让你窥见光亮，所以，别怕。

她终于等到了，不是通关的快感，而是漫天雪地遇到一抹金光。

她说：“好。”

王仁成的事有一年了，也许她是第二个受害者，也许是第N个，她接替了顾绵的位置，备受折磨，她不怕危险，只怕历经一切，却没有一个可以躲避的地方。

第一次有人跟她说别怕，他会给她光。这个人还是曾经厌恶她的少年。

“梁远朝，”她哭过后鼻音很重，两眼水汪汪的，些不满地道，“你还抱过谁？”

他的外套敞开着，薄矜初的侧脸蹭了蹭他柔软的毛衣：“嗯？还有谁？”

“就你。”

原来拥抱是这种感觉，心跳加速，欲罢不能，能让阴郁的情绪一扫而空。

“真的？”她满脸泪痕地看他，眼角有期待在闪烁。

原本搭在她后背的手转移到松软的发顶，梁远朝摸了摸她的头：“嗯。”

刹那间，薄矜初松开手往后退了一步，保持安全距离，他放下手臂环在胸前，心情不错，问她：“冷吗？”

薄矜初刚才没感觉，当下反应过来，打了个寒战：“有点儿。”

他张开双臂，薄矜初眼睛瞪大，这还是她认识的梁远朝吗？

“施舍我？”

梁远朝挑眉，纠正她：“是嘉奖。”

薄矜初撇了撇嘴，脸上看着不乐意，行动倒是快得很，飞扑上去：“啊！你身上怎么这么暖。”

那年冬日，少年少女的笑是打翻的蜜罐。

钱可可从小就乖，没见过这种场面，不过她知道遇事要保持冷静，然后报警。

傅钦走到第一排货架后面，小姑娘抱膝蹲在地上浑身发抖。

傅钦回到柜台向周恒要了个东西，再过去蹲下身，钱可可微微挪了下身子，打量他。

“害怕？”

钱可可点头。

她平时除了上学就是在家看书，很少出去玩，也不会交朋友，真算起来，薄矜初应该是她第一个朋友。

“没事了。”

钱可可乖乖地点头。

下层的货架上摆的是各种水果糖，还有不同口味的薯片和不同牌子的矿泉水、泡面。傅钦扫了一眼，拿过一卷软糖，利落地撕开，拿出一颗塞进钱可可嘴里。

蓝莓味的糖粉在舌尖化开，酸酸甜甜的，钱可可好半晌才反应过来，刚才傅钦的指尖好像碰到她的唇了。思及此，她脸颊泛上红晕。

眼前人已经起身，傅钦绕到她背后，她也跟着站起来，想转身的时候发尾被人捏住，有东西插入她的发间，温热拂过头皮。

傅钦："别动，头发乱了。"

刚才动静闹得大，钱可可东逃西窜，头发上的皮筋断了，傅钦找到她的时候，见她头发散乱。

钱可可不善交际，更别说是接触异性了，除了班里必要的小组合作，她从来没和哪个男生靠得这么近过。何况，他在给她扎头发。

"啊？我……我……自己来吧。"钱可可的手被傅钦挡回去。

"快好了。"

女孩子没有梳子都梳不好，何况他还是个男孩子，钱可可不知道他会扎成什么样，估计不会太好。

老式的八格玻璃窗上印着少女的侧脸，她偏头看了一眼，竟然扎得不错。她羞赧道："谢谢。"

傅钦把剩下的糖递给她。钱可可接过的同时弯腰看了一眼标价，一块五。她忙从书包里拿钱包。

傅钦让她把钱收回去："不用付。"

周恒穿风而来："她不用付，你付。"

他怎么记得薄矜初从来不付钱，到他这里一块五都得算清楚？傅钦只想翻白眼。

周恒定定地望着他们，钱可可像一个偷糖被抓包的小孩，双手无处安放。

"得，我付。"傅钦掏出一张五块的纸币，又拿了一支棒棒糖给她。

"够了，吃不完。"

"那就慢慢吃。"

钱可可回到班里的时候，正好打铃，铃声是莫扎特的《土耳其进行曲》。

薄矜初观察了她半节课，她既没有做笔记，也没有睡觉，就坐在那儿发愣。

化学老师的课氛围比较轻松，老头讲课幽默风趣，时常还会开个玩笑惹得全班哄笑。

薄矜初往前面丢了张字条，钱可可被吓了一跳，桌上的笔滚到地上，她慌忙看向讲台。

老头还沉浸在化学方程式中："这道有机推断题，我们首先从这个C红褐色沉淀入手，一看到这个红褐色沉淀，你们的第一反应是什么？"

底下有人答："氢氧化铁。"

"哎！对了，那什么和什么反应，产物是氢氧化铁？"

"氢氧化钠和氯化铁。"

"又对咯！"

"所以，C 物质必然是氢氧化铁，那么 B 物质加碱形成 C，所以 B 物质中必然有什么？"

"三价铁。"

"那么问题来了，下面一条线，B 物质和氯气反应了。"

同学们等着老头继续往下讲，老头的声音洪亮高昂。寒风也想听课，猛烈地冲撞着玻璃，企图破窗而入，没合拢的窗户哐啷直响，临窗同学的书页被吹起，又落下，而后又起。

老头擅长自我沉浸式教学，哪怕底下鸦雀无声，他在台上依然讲得酣畅。老头讲到兴头上，声音陡然拔高："那么，B 中还有什么？"

"二价铁。"

"又对啦，你们太聪明了！"

这种鼓励式教学，一半人喜欢，跟着老头一起嗨；另一半人觉得老头像把他们当傻子，吴生就是后一种人。

他二郎腿跷得老高，一脸不屑地看着讲台，书上压着的草稿纸上写着正确答案，字体龙飞凤舞。

薄矜初给钱可可扔字条的时候他看见了，懒散地瞥了一眼，然后嗤笑一声。

他好像在帮她，却又好像不怀好意。

钱可可小心翼翼地把字条扔回来，两人一直传到下课。

薄矜初：谁送你回来的？

钱可可：傅钦。

薄矜初：你不喜欢周恒？

钱可可：他不是有喜欢的人了吗？

薄矜初：那你喜欢傅钦？

那天吃饭，薄矜初发现钱可可三番五次地偷看傅钦，这里头准有点儿说不清道不明的东西。见她半天没回复，薄矜初用笔杆轻轻戳了下她的背。正好下课，钱可可索性转过去和她说话。

"真喜欢？"

"就是觉得他人挺好的。"

“见一面就能看出来？”

“他帮我扎头发了。”

“啧。”薄矜初摇了摇头，梁远朝这个兄弟不简单。

后门本来是关着的，吴生开门出去后，“嘭”的一声关上，力道大，风也足，两人桌上的纸张被掀起来，薄矜初看见了钱可可试卷下面的软糖。

“你买糖了？给我一颗。”

“你不是不喜欢吃甜的吗？”

“忽然就想吃了。”

钱可可一脸纠结，手摸着糖，迟迟没有动作。

薄矜初故意调侃她：“舍不得啊，傅钦买的？小可可还玩一见钟情呢？”

钱可可红着脸闷声不响。

周五高一、高二放学早，每次薄矜初都会在门卫室等梁远朝。今天梁远朝到门卫室的时候没看见人，问保安，说她已经走了。

放学后，薄矜初跟钱可可去了趟超市，买完东西后钱可可先回家了，薄矜初一边吹着泡泡糖，一边往前走。

行道树的叶子全落了，只剩光秃秃的枝干，梁远朝孤零零地走在街上。薄矜初拎起书包往前跑，耳边的风嗖嗖直响。她心里盘算着，趁着他不注意跳到他背上吓他。

梁远朝感知到有人，停下的瞬间有只手快要碰到他的肩，他突然转身，不料跟薄矜初撞了个满怀。梁远朝旋身和她并排：“老师拖堂了？”

薄矜初摇摇头说：“没有，收拾了下东西。”

夕阳折射下，空气中漂浮的尘埃漫无目的地盘旋在她头顶，少女脸红了。

回去的路上，薄矜初难得安静，走着走着落在了梁远朝后面。梁远朝以为是自己走太快，刻意放慢了脚步，发现她还是没跟上来，回头一看，问：“你掰手指算什么呢？”

薄矜初嘴里念念有词：“算还有几天放假。”

梁远朝问：“期末考试都准备好了？”

“当然……”她停顿，“还没有。”

街头有个穿橘色环卫服的阿姨推着垃圾箱走过，箱底的轱辘压在粗糙的水泥地面上，发出干涩的摩擦声。

“唉……”

梁远朝接过风卷过来的一片残叶：“要放假了不应该开心吗，你叹什么气？”

她耷拉着脑袋：“可是放假后就一个人了啊，平时大部分时间待在学校，还有同学陪着。”

梁远朝脚步停顿，嘴角微扬，声音缓缓流出：“那你有什么好的解决方案吗？”

其实梁远朝没想那么多，以前放假，他不是和傅钦、周恒打球，就是在家看书，时间过得比想象中快。

小半截路过去，她时不时瞥一眼梁远朝。

梁远朝看她欲言又止：“你想说什么？”

她还想着前一个话题：“我想到了一个绝妙的方案。”

少年挑眉：“嗯？”

周五的时候，学生会主席会和老师一起参加会议，总结一周的情况。每逢周五，梁远朝就会穿得特别正式，白衬衫加领带，像从日本动漫里走出来的少年。

梁远朝太高了，薄矜初想和他说悄悄话都不方便，她看中那条领带快一天了。

少年感受到拉扯，没有抵抗，反而顺着她弯腰，领带缠在少女干净细嫩的掌心。

她跟他咬耳朵：“你想不想跟我回家过年啊？”

空气凝滞，眼神中透着悄无声息的暧昧。

薄矜初像被审讯的犯人，梁远朝的一丝一毫都牵动着她的神经。

他低沉一笑，食指点在她脑门上，拉开距离：“我知道你在想什么。”

薄矜初拍掉他的手，笑着说了句没劲。

两人一起上下学后，来回的时间比原先延长了一倍。她走在前面，梁远朝紧随其后。

几条街外小贩的叫卖声一阵接一阵：“马季子锅啊，好洽的季子锅——（卖鸡蛋饼啦，好吃的鸡蛋饼——）”

“依洽季子锅伐？（你吃鸡蛋饼吗？）”从她嘴里冒出来的方言像一块红糖糍粑，软软糯糯，还是甜的。

她回头望他，那双眸子晶亮，灿若繁星。

梁远朝愣了一瞬，强压下那股想摘星的欲望：“不吃。”

“啧！”薄矜初不满，“你不会说方言吗？”

梁远朝说方言的时候少之又少：“会。”

“那我用方言问你，你就应该用方言回答我。”

路过下一棵行道树，梁远朝把残叶丢在树根旁，落叶该归根。

两人途经一家小面馆，店门只有房间门那么大，饭桌摆在店门口。

此时没什么客人，老板娘站在里头烧水，几个七八岁的小学生在店门口玩耍，为首的是一个小女生，扎着利落的高马尾，手上拿着细竹条。

小女生在店门边的墙上写了几个英语单词：“豆豆，过来，跟我学英语。”

“好。”叫豆豆的是个双马尾的小姑娘，比马尾辫小女生矮了半个头，乖巧得很。

马尾辫小女生有模有样地拿竹条指着一个英语单词，眼神比她的年龄多了几分沉稳与无畏：“古德猫宁。”

豆豆跟读：“古德毛宁。”

小女生的英文念得还不错，就是尾音有一股浓重的中式后鼻音，让人听了想笑，却又不禁觉得可爱。

“哈喽。”

隔壁包子铺走出来一个男生，看着比她们大几岁，定睛看着面前的两个女孩子。

小女生停下，转过头道：“你也过来跟我读英语。”

男生静静地看了小女生几秒，掉头走了。

“喂！”竹条被丢在地上，小女生追上去，张开手臂拦在他前面，“为什么不跟我读英语？”

男生没说话。

“我问你话呢，你是哑巴吗？豆豆都跟我读，你为什么不跟我读？”

这剧情还挺有意思，薄矜初索性停下来看看，想知道男生到底会不会跟她读。她看得专注，没注意到耳侧有道阴影。

男生绕过小女生往前走，她一把将他拽回来：“今天你必须跟我读！”

男生被拖到那块“黑板”前面。

细竹条被重新拾起，重重地敲在“黑板”上，小女生道：“古德猫宁！”

男生眼里透着不符合年纪的烦躁，他拒不开口。

豆豆站在后面，小声劝说：“你读一下吧，不难的，甜甜教得很好。”

男生板着脸，瞪了她一眼，豆豆被吓得往后退了一步。

而甜甜人不如其名，男生把她惹毛了，她提手招呼过去，细竹条落在男生的手臂上。

豆豆吓得尖叫，被男生看了一眼，立马捂住嘴。

甜甜怒气冲冲：“不读就得挨打！”

还好男生外套厚，小孩子力气也不大，否则这一抽很可能引战。

男生终于开口了，先是看着甜甜：“你真以为你是老师吗？自己都没学多少，还胡乱教别人，自不量力。”然后他看了一眼豆豆，视线又转回来，丢下一句“蠢货”，抬脚走人了。

能力受到了质疑，甜甜小脸拧巴，气得骂了句：“以后我见你一次，打你一次！”

气势到位，短剧收尾。

梁远朝站在薄矜初后面，她一边转头，一边发表观后感：“你说，她们哪个会是女主？”

“侬洽米伐？（你吃面吗？）”两道声音同时响起。

她几乎没听清梁远朝说什么，他离她太近了，从梁远朝背后看，像是他把她搂在怀里。

梁远朝什么时候离她这么近了？！

“你……你刚才说什么？”

梁远朝直起身：“没什么。”

薄矜初努力回想，他说方言的时候很温柔，很好听，瞬间感觉自己耳朵化了。她问：“你刚是不是问我要不要吃面来着？”

“嗯。”

“吃！”

面馆前，老板娘热情地询问：“帅哥美女，吃点儿什么？”

老板娘端着一大盆菜进来的时候，他把她往自己跟前拉，问：“你想吃什么面？”

薄矜初对着墙上的菜单来回探究，最后点了碗牛肉面，梁远朝跟她一样。

老板娘从篮子里拿出两份面：“美女都要辣椒和葱吗？”

“要！”

“帅哥呢？”

“一样。”

两人在门口挑了张干净的桌子坐下，面刚上桌，薄矜初拎起醋罐子贴着碗沿加了整整三圈醋，还往里加了两大勺辣酱。

原本寡淡的汤色瞬间红润起来。

对面的梁远朝眉头紧皱，接过她手中的醋罐和辣酱往自己碗里加了一点儿，然后把面推过去，语气强硬："换一碗。"

"干吗？"

"你的会很酸。"

薄矜初死死地抱着自己的碗："不酸！我喜欢加醋的。"

没有醋她吃不下，这个习惯她改不掉。

梁远朝又说："这个辣酱很辣。"

"不辣！我能吃辣。"反正死也不换。

梁远朝准备自己动手，薄矜初见机抄起筷子，赶紧吃一口，又酸又辣，味蕾得到双重享受。她仰起脸："我吃过了，不能换了。"

梁远朝看着她腮颊鼓动，像一只偷食的花栗鼠，才不管她愿不愿意，硬生生把两碗面对调。

薄矜初有点儿气，不跟她过年却要吃她的面，她狠狠地戳着碗里的牛肉，咬牙切齿地说："渣男！"

梁远朝抬头，面的热气模糊了视线，他眯着眼，带着几分威慑："再说一遍。"

不敢了。

薄矜初立马换了张笑脸："又酸又辣，你的胃会受不了的，要不我们还是换回来吧？"

"没门。"

得，她认栽。

另一边，傅钦下了课直奔周恒家，道："周叔。"

"唉，"男人朝屋里吼了声，"阿恒，小傅来找你了！"

"饿了没？你姨煮了几个地瓜，去拿着吃。"

"好嘞。"傅钦挑了个最小的地瓜，刚剥好皮，周恒就从屋里出来了。

"爸，我们去打球了。"

周父忙着理货，挥了挥手："去吧去吧。"

一出巷子，两人收起放松的表情。

傅钦问："赖鹏在哪儿？"

"东桥。"周恒找人打听过了。

"白天那个和他有关系？"傅钦说的是陆铁功。

学校周围的人没有不知道陆铁功的，周恒说："他跟赖鹏应该只是认识，不算一条船的，他应该喜欢薄矜初。"

周恒没顾得上八卦："阿远什么时候来？"

"我给他打了几个电话都没人接。"

傅钦掏出手机："短信呢？"

"也没回。"

赖鹏是个刺头，他们也不是好惹的，有些瘤子必须得早割。

周恒早找人打听了赖鹏的去向，搞完事就想跑，简直是天方夜谭。得知赖鹏今天在东桥打牌，三人准备过去。

"四个九，炸！"

"五个六压死！"赖鹏得意扬扬地把左边人的钱往自己跟前撸。

四个九被压死的中年男人心有不服，语气玩味："赖子是要赖了吧，今天手气这么好？"

赖鹏的对家帮腔："前些天一直连着输，也该让他赢一回了。"

赖鹏嘴上叼着烟，一边数钱，一边应承道："可不是吗，连输七天了。"

"还来吗？"有人问。

赖鹏把钱叠好，大钞揣进兜里，划痕斑斑的桌面上摆着几张十元、二十元的纸币："来啊！这才几点，怎么也得打到九十点吧。"

麻将馆老板娘推门而入，把浓茶端到桌上，问了句："嘿，谁赢了啊？"

中年男人抽了口烟："赖子呗。"

老板娘将手搭上赖鹏的肩，轻拍了下："不错啊，赖子好本事，三个老油条都打不过你。"

牌桌上四个人，除了赖鹏二十出头，其他三个皆是四十多岁的老赌鬼，因为他们输得起，所以赖鹏总喜欢和他们搭桌玩牌。

"赖子现在牌技越来越好了，都会算牌了。"抽烟的男人道。

老板娘笑了笑，问道："你们仨明天不干活？"

"叩叩叩——"门板被敲响，赖鹏喊了句"谁啊"，众人转头。

梁远朝隐在暗幕中，脸被白亮的节能灯映得煞白，像从地狱里出来的索命鬼。周恒和傅钦站在后面。

老板娘拦在前面："你哪位啊？"

梁远朝看了一眼跷脚数钱、满脸不屑的赖鹏："我找他。"

老板娘回头喊："赖子，找你的。"

"赖子惹祸了？"一个男人问。

“我惹个屁祸。”

梁远朝一脚踹翻门口的椅子。

“哎，我说小伙子，你踢我的东西几个意思啊？”老板娘推梁远朝，不让他进去。

梁远朝用看垃圾的眼神看了她一眼，嫌弃地绕开，大步走到赖鹏面前，坐着的人第一反应是把钱往口袋里塞，而后哼着小曲儿，靠在椅背上，一副大爷的招摇样：“找爷有事儿？有事说事，老子的时间就是金钱。”

其他三个男人事不关己，饶有兴致地看着这群年轻人。

老板娘眼尖，一眼就看出这群人跟赖鹏有仇，明摆着堵上门来报复，指不定下一秒就在这儿开打了，会把她的桌子椅子砸个稀烂。真要砸了，又是自己亏了。

她冲赖鹏使眼色，赖鹏完全没反应，她没办法，又对牌桌上的其他人暗示。男人一会儿就意会了，提议道：“要不今天到这儿吧，赖子还有事呢。”

赖鹏第一个不同意，他难得手气好，不得借机赢个小几百好好挥霍吗？

男人站起来准备拿东西走人。

赖鹏噌的一下起身，用劲儿太大，凳子被弹到墙边：“胜哥，再玩会儿啊！”

“不玩了不玩了，下回吧。”叫胜哥的男人看了一眼梁远朝，对赖鹏说，“你先把事处理了吧。”有一就有二，三个男人先后起身，不论赖鹏怎么劝阻，他们都没留下，估计赶去另一个地方找新的牌友继续了。

赖鹏的摇钱树被人生生折断，内心燃着一股火，抄起桌上的茶杯就向梁远朝砸去。梁远朝闪开，陶瓷杯飞向墙角，杯子碎裂的声音夸张刺耳。

老板娘心里一震：“赖子！”

赖鹏不听。

老板娘冷着脸，声音不低：“赖鹏，你再敢砸我这儿的东西，照价赔偿！”

他和梁远朝不对付，梁远朝坏了他的好事，就等于掐他赖鹏的脖子。这都能忍，他赖鹏的名声放出去可不好听。

“又想打架？”这话是赖鹏问的。

抛开这一次，每次都是赖鹏想打。赖鹏打架很菜，完全是靠钱收拢了一帮手下，整天无所事事，流窜在各个学校作威作福。

今天他过来打牌，没带人。眼下一对三，他倒是一点儿不怕，抄起旁边的方凳就朝梁远朝砸去。老板娘开麻将馆多年，见过不少打架的，但没遇到过这种莽撞青年，这个年纪的男生最可怕，他们发起疯来不计后果。她生怕这群人在她的地盘闹出人命，那她这场子也别想开了。

“赖鹏！”

今天麻将馆就这一桌人，老板娘离婚了，没对象，几个人散后，就剩她一个人对着眼前这一群。

凳腿被梁远朝截住，两人僵持着，少年眼含冰霜：“赖鹏，今天要么你从这儿出去，要么我从这儿出去。”

赖鹏冷哼：“是吗？来啊！”

拳风有力，掠过梁远朝的脸颊，他轻松避开。赖鹏出拳的同时，梁远朝伸脚绊住他的脚踝，用力往外勾，赖鹏身子一歪，梁远朝膝盖往他后膝窝顶，赖鹏毫无形象地被梁远朝摁在地上。光这一天受了两次屈辱，赖鹏发了疯似的，龇牙咧嘴，脏话夹着混话，骂他，骂他父母。

连老板娘都听不下去了：“赖鹏，要打架给我滚出去打！”

赖鹏压根听不进女人的话。

傅钦和周恒靠在墙边，老板娘不敢上去拦：“你们愣着干吗，上去拦啊！”

周恒掀了掀眼皮子，淡淡道：“不打死就好了。”

简直无可救药！

老板娘试图说服傅钦。

傅钦：“不拦。”

老板娘急得直跺脚，唯一的办法就是出去找人，她刚冲出门外，迎面撞上一个气喘吁吁的女孩。

薄矜初先开口：“阿姨，你有没有看见三个男生啊，有一个很帅，一个很……很……”她一时不知道该怎么描述，“有一个穿黑色外套的！”

“看见了看见了，就在里面！”老板娘像抓住一根救命稻草。

薄矜初几乎是被老板娘拽进去的。

地上一片狼藉，碎裂的杯子、断了半截的凳脚、散了一地的扑克牌、血迹斑斑的地面和脸着地的赖鹏，还有背对着门口的梁远朝。

赖鹏疼得眼睁不开，但还是看见了薄矜初，他突然笑了，忍着疼痛发出毛骨悚然的笑声，听得薄矜初起了一身鸡皮疙瘩，她蹙眉站在门口。

周恒偏头：“薄矜初？”傅钦也回头，一脸难以置信。

她带着寒风往里走，出门前明明穿了两件毛衣，这会儿人中和鼻尖沁满汗珠。

梁远朝脸色不好："你来干吗？"

薄矜初不喜欢满脸暴戾的梁远朝，那样的梁远朝会让她心疼。

她说："我来带你回家。"

梁远朝拽着赖鹏衣领的手一松，赖鹏瞅准机会反击，因为负伤，他出手的动作不快。

薄矜初最先察觉，她冲过去，侧身抱住单膝着地的梁远朝，那一拳落在她的背上。

周围人发现的时候已经晚了，赖鹏还打算继续，被周恒一脚踹在胸口，头重重磕在桌脚上。

空气凝滞，众人屏息。旋即，梁远朝松开赖鹏，抱住薄矜初。

他声音嘶哑："薄矜初！"

她疼得窝在他的颈侧，赖鹏那一拳是用了全力的，薄矜初没受过这种击打，眼泪几乎一秒喷出，整个背都麻了，冷汗直流，她对着梁远朝的脖颈咬了一口。

少年更是脊背僵硬，神经紧绷，感觉全身的血液在逆流。

薄矜初从牙缝里挤出最后一点儿力气："别打了……不要打架。"

"我们回家好不好？"最后一句近乎乞求，她想离开这儿，马上。

梁远朝虚拢在她后背的手发颤，声音不寒而栗："好。"

第九章 初雪

冬天的进度条拉了一半不到，薄矜初第二次吹到了梁远朝家的暖空调，还睡了梁远朝的床。屋外黑夜沉沉，薄矜初醒来的时候已经晚上九点了。

梁远朝给她倒了杯温水，她背还疼，被梁远朝撑扶着坐起来。

良久后他开口说："去医院。"

"不用去。"她的身体她清楚，赖鹏的拳头像铁锤一样抡过来的时候，她真的以为自己的骨头要被砸断了，一觉醒来，虽然痛意还在，但好了很多。

薄矜初说完，梁远朝立在床头，居高临下的姿态让她颇感压迫。

她想解释其实她的伤没他想象中的那么严重。

"你以为你是铁人吗？自己有几斤几两掂掂清楚，没本事上赶着凑什么热闹？"梁远朝的语气很冲，脸色比窗外的天还黑。

她要是不替他挡那一下，被抡的就是他的太阳穴了。

"我没有上赶着凑热闹。"她眼眶微红，仰着下巴，紧抿着唇盯着他。

他被打是大事，天大的事，不是热闹。她是来带他回家的，所以更不能让他出事。

气氛跌入冰窖，梁远朝气得说不出话。

"梁远朝，我救了你的。"薄矜初突然道，"作为报酬，我要享受一整晚的空调。"

她要吹一周都没问题，但前提是得先去医院。

"起来去医院。"梁远朝态度强硬。

薄矜初索性关了大灯，钻回被子里，脸偏向一边："我想睡觉了。"

梁远朝不想再讲第三遍，直接伸手拉她，房间昏暗，他凭感觉碰到了一道冰凉的液体，心瞬时一沉："哭了？"

薄矜初被他的举动弄得有些无措，头往被子里埋，手背胡乱地抹着眼泪。梁远朝去掀被子，没掀开，她死死地拽着被子。

"松手。"

两人僵持不下，最后他败下阵来，无奈地叹息："里面闷。"

细微的抽泣声在黑夜中被放大，梁远朝眉心挤出一道缝："不去医院，先出来。"

床是梁远朝的床，被子也是他昨晚睡过的被子，他的气息无孔不入。

薄矜初猛一下扯开被子，脸上挂着两行泪珠，从床的另一边下去。

"咚！"她的膝盖不小心磕到了床脚，听声音就知道撞得不轻。

梁远朝来不及开灯，赶紧跑过去把人扶起来，忍不住朝她低吼了句："你乱跑什么？！"

薄矜初也恼了，用力甩开他的手："我不要你扶！"

黑暗中，她寻到他阴冷的眼，哭着控诉："我去接你你不高兴，我救你你也不高兴，我害怕去医院，你还是不高兴。

她吸了一口气，恶狠狠地骂了句："梁远朝，你太难伺候。"

沙发上的外套被拿走，她连鞋带都没系。

夜里十点多，小城最深处仍一片繁闹，叼着烟打牌的男人、嗑着瓜子搓麻将的妇女、油烟飘散的烧烤摊，还有一群叽叽喳喳、八卦说三天三夜也说不完的老妈子。牌桌上不知谁喊了句："哟，外边下雪了。"

小雪粒落在玻璃上，其他好似没有异常，直到有个围观群众把窗打开，几缕刺骨寒风乘虚而入。

"快把窗关上，我的钱要被吹跑了。"

十二点半的时候，薄矜初从噩梦中惊醒。她梦到梁远朝把赖鹏狠狠揍了一顿，赖鹏那张丑恶的脸突然对着她笑，那种笑是恶心的，和王仁成的一样。

梦境最后，王仁成出现了，薄矜初被吓了一跳，突然想起什么，她借着月光爬起来，从书柜底层的铁盒里翻出一部旧的诺基亚手机，充上电开机。

卧室没开灯，黑漆漆的，手机老旧，虽然开机时间长，但功能还健全。

在静谧无声的卧室里，诺基亚的按键声一点一点侵蚀着薄矜初的神经。那段巷子斗殴的视频里，有梁远朝，有周恒，有傅钦，有赖鹏，还有两个她不认识的人。

被揍趴下的是赖鹏，视频的末尾，他突然笑了，吓得薄矜初无端冒出一股烦躁，她把手机砸进铁盒，扔回书柜。

二〇〇八年一月十九日，周六，南城落下初雪。

那年，薄矜初十七岁，梁远朝十八岁。

当时大家还用 QQ，杀马特的头像、非主流的昵称和个性签名。

知道下了初雪，大家纷纷登上 QQ，平时沉寂的班级群里热火朝天。于南方孩子而言，一场雪带来的兴奋堪比遇上稀世珍宝。

雪下了一夜，清晨才停，地上积起厚厚的一层。

薄矜初醒来后拉开窗帘，屋外一片雪白，她自告奋勇地出门买东西。

舒心让她把围巾戴上："记得穿雪地靴出去，手套别忘了戴上。"

"知道了，妈。"按她妈妈的说法穿，她现在就是一头熊。

舒心把兜里的钱塞给她："买点儿苹果，或者买点儿梨都行，看你自己想吃什么。"

"我能买包薯片吗？"

舒心翻了个白眼："你要吃，我还能拦着你不成？"

"这不是怕你回头又教育我吗？"

"偶尔吃几次没事。"

"好嘞！"薄矜初难掩激动。

院子里的雪已经被她妈踩过了，雪不大，一夜下来也没过鞋面，有的地方被她妈反复踩得稀烂。

薄矜初赶紧出门，生怕晚一点儿路上的雪也被人踩了。

她沿着围墙边走，留下细窄的脚印，离开自家的围墙，过个岔路口即是下一户人家。

一场雪给人们放了假，以往七点行人匆匆的巷口，今天一个老头老太太也见不着。

薄矜初刚踏出去，目光自然地先向左瞧，车没见着，倒是看见个熟悉的身影蹲在她家围墙根。

薄矜初被他注视得迈不动脚，她还在置气，捏着口袋里的钱走了。

他没跟上来，薄矜初更气，索性加快步子。

薄矜初买了一袋苹果，走出水果摊，超市方向走来一对情侣，雪地上留下两人的足迹——相爱的人连脚印都是依偎在一起的。

她心头忽然涌起一股酸涩的孤独感，一眼望去，周围人的脚印成双成对，唯有她的脚印，孤独地染上一点儿雪的白。

她突然狂奔，指节被塑料袋勒红，与风逆行，刮得脸颊生疼，刚拐进青山巷，便看到梁远朝靠在巷口的矮墙上。

薄矜初猛地顿住，耳边嗡嗡直响。

少年向她走去，看她鼻尖冻得通红，叮嘱道："天气冷，多穿点儿。"

近距离才发现他眼里布满血丝，疲态尽显，一身寒气，他像是在雪里趴了一夜，刚爬出来。

"什么时候来的？"

梁远朝没回答，伸手去拿她的袋子。

薄矜初甩开，袋口一倾，苹果掉了一地，嵌在雪里。

她生气的时候很执拗："什么时候来的？"

"早上。"

薄矜初摘掉手套，用力拽过他的衣领，拉开外套拉链，他的腰跟着弯了个角度，她手探进去，冷笑一声，说："早上来的身上一点儿热气都没有？看来除了手，别的地方也有问题。你也没有想象中那么厉害嘛，既然这样，我不需要你了，滚吧。"

一腔气话说得干脆，她刚蹲下去，眼泪不争气地滚下来，掉在苹果上。

梁远朝蹲下去帮她一起捡，心里不比她好受："昨晚来的，一晚上没睡。"

天寒地冻站了一晚上，他就是头牛也顶不住了，头抵在薄矜初肩上，两人像两个弃婴窝在墙角。

"今天是我妈的忌日。"

多年后，薄矜初还记得当时听到这句话后心颤的感觉，不是害怕，是心疼。

他粗粝的短发那一刻变得不扎手了，她一下又一下安抚着他。她贴在他耳边，轻声细语道："你妈妈一定很漂亮吧，不然今年的初雪怎么会这么温柔。"

梁远朝紧绷的弦因为她的一句话而松开，嘴角浮起笑意，他好想就这样靠着她，一辈子靠着。

后来又下起雪，薄矜初撑着伞蹲在地上，肩膀上的人裹着她的厚围巾睡着了。

梁远朝睡了半个小时，半个小时里薄矜初一动不动。周围无人经过，伞顶落了一层白。

他醒来后看着她空荡荡的脖子皱眉，把围巾摘下来给她戴回去。

“梁远朝，打个商量。”

“好。”

“还有五天就考试了，你帮我总复习，我陪你过年。”

梁远朝提起她那一袋苹果：“你这筹码会不会太大了？”

“有多少人上赶着求梁主席赏一眼，你这筹码也不小。”她不板脸的样子真可爱，像这白雪，让人忍不住想尝一口，看看是什么味道。

薄矜初拽着他的衣领把他往下拉的同时自己踮起脚往上凑，丝毫没觉得有什么不妥，很自然地问：“成交吗？”

他缓缓逼近她，薄矜初下意识地往后仰，最后碰到墙壁，退无可退，两人的鼻尖差一点儿碰到。

他说：“有没有人告诉过你，男孩子的衣领是不可以随便拽的？”

“还不是你太高了。”

他又往前凑：“是吗？”

她下意识地撇开脸，只听见他轻笑一声。

他用食指把她发梢的雪粘下来：“你刚才在想什么？”

他做出那么引人遐想的动作，她还能想什么？！

“你以为我干吗？”他说得很小声，嘴角噙着笑意。

薄矜初的脸爆红，她瞪他：“闭嘴！”

梁远朝不逗她了：“刚才说的，成交。”

“哼！自己过去吧，我回家了。”她气呼呼地走了，走到一半又折回来，把伞扔到他身上，“拿去，快滚。”

梁远朝单手握拳掩笑。

她把苹果放在桌上，舒心从房间出来：“怎么去了这么久？”

“刚在路上遇到个同学，说了会儿话。”

“男同学还是女同学？”

“女同学。”

“住我们家附近？”

“有点儿距离，水果摊还要过去点儿。”

舒心随口问了几句，接了个电话后开始穿鞋。

“妈，你要出去？”

“嗯，她们说缺人，喊我去搓麻将。”

“那我去同学家了，就刚才遇到的那个，她成绩好，我还有几道题让她给我讲讲。”

舒心欣慰地点头：“多向成绩好的同学学习，不懂就多问问，也可以向她请教请教学习方法。”

“知道了。”舒心走后五分钟，薄矜初才收拾东西出去。

雪比回来时大了，纷纷扬扬地飘落。

薄矜初跑出去的时候发现梁远朝没走，面露讶异：“你怎么还在？”

“等你。”

“我告诉过你我要出来吗？”

“没有。”

“那你还等？”

“你不会丢下我。”他肯定。

这话是从梁远朝嘴里说出来的吗？薄矜初掏了掏耳朵，以为自己幻听了。

一场初雪牵出万千情丝。

薄矜初没有想过，有一天她会彻底征服众星捧月的梁主席。

初雪那天，梁远朝什么都没教给薄矜初，两人一到家，薄矜初勒令他回房补觉，他睡醒的时候是下午。

薄矜初：“饿了吗？我去买吃的。”

梁远朝穿上外套下床：“家里有菜。”

他会做饭，薄矜初并不惊讶，一个人过了这么多年，生活技能肯定不是问题。

冰箱里有他昨天买的排骨和菠菜，他把排骨拿出来放在洗菜池里解冻。

他家的厨房是开放式的，薄矜初趴在沙发背上看他做饭，心思全在墙壁上，那张全家福不在了。

他回头问：“红烧排骨和菠菜汤，可以吗？”

“菠菜汤里会有蛋花吗？”

“有。”

她点了点头，那可以。

冰箱里刚好还有两个鸡蛋，梁远朝一并打了，锅子里的水还没沸，梁远朝倒了杯热水给她。薄矜初接过水，玻璃杯壁有点儿烫，不过握着暖和。

"上午去哪儿了？"

她抬头："你怎么知道我出去了？"

她早上来的时候，鞋子脱在玄关的左边，现在在右边。

"猜的。"

薄矜初不信。她上午去找了周恒，正巧傅钦也在，肯定是有人跟他通气了。她说："我去找周恒问了点儿事。"

茶几上的手机振动，两人同时看过去。

周恒：她来找我问你和赖鹏的事，我说了。

满室沉寂。

客厅的窗户没关紧，恍惚间有风窜入，六楼的风和一楼一样冷，她下意识地搓了搓手臂："当初你是不是也很想揍我？"

赖鹏和梁远朝的恩怨始于小学。

每个班级都有好学生和坏学生。梁远朝是好学生的代表，赖鹏是坏学生的代名词。两人一年级就是同学，梁远朝从小就招老师喜欢，被表扬的名单里他永远是第一个。班上只要一有坏事发生，主谋一定是赖鹏。久而久之，不论哪个老师批评赖鹏，总会带上一句，类似"你要是有梁远朝一半好，校长做梦都要乐醒了"的话。

赖鹏自然看不惯梁远朝，在学校里时常给他使绊子，好在梁远朝不和他一般见识，两人才相安无事地度过了近五年的同学生涯。

矛盾在六年级的时候爆发了。

语文老师准备上一堂作文课，作文的主题与亲情相关，当天布置的作业是让他们回家带一张全家福过来。那年是梁父梁母去世的第一年，当时梁远朝还住在傅钦家，他抗拒带全家福这个作业。

放学后，语文老师来找他，说要拿他的当范本。那时的梁远朝还是个小男孩，尽管内心极不情愿，但还是不想辜负语文老师的心意。

第二天，也是他担惊受怕的一天。

他上课很少会走神，那天意外的前两节课一点儿都没听，直到第三节课铃响，语文老师走进教室，他悬着的心落了大半，上课后又恢复先前的紧张。他在心底乞求这一天过得快一点儿，祈祷着让他把照片完好无损地带回家。

那堂作文课很顺利，甚至因为他爸爸是警察，班里的同学羡慕不已。

事情的转折发生在午饭时间。

梁远朝从食堂阿姨的餐车里拿过自己的铁饭盒，早晨放上的米已经蒸熟，菜是傅钦妈妈早起给他准备的。他刚打开盒盖，饭盒就被人抽走了。

赖鹏看了看手里的饭，又看了看脸色不好的梁远朝。

“班长，你这饭看起来好像比我的香啊，我能吃一口吗？”赖鹏直接掏出筷子往他的米饭里伸。

他冷着脸说：“不能。”

赖鹏抬起的手放下，落在他桌上，筷子充当支柱，他凑到他眼前，笑容玩味：“不吃也行，那你就让我看看你的照片，不是都说你爸爸很帅吗，我刚没看清，再看一眼呗！”

梁远朝把饭盒夺回来，看都没看他一眼：“让开，挡着光了。”

赖鹏舌尖抵了抵腮帮子，坏主意冒出。他再次夺走梁远朝的饭盒，往教室后面跑：“不给我看，你就别吃了。”

那是梁远朝最大意的一次，他被赖鹏引诱过去了。

人离开座位，赖鹏一个眼神，前面的男生收到信息，把梁远朝的书包从抽屉里扯出来，东西掉了一地，照片连带着相框被男生高举过头顶。

照片被掏出来的那一刻，梁远朝眼神凌厉，像一头沉睡已久的雄狮突然被惊醒：“给我放下！”

旁边的女生被吓了一跳，纷纷退至墙边。

他越是愤怒，赖鹏越是开心：“哎哎哎，传给我。”

举着相框的男生其实也没想怎么着，单纯就想再看一眼，没想到梁远朝勃然大怒，眼下这块烫手的山芋扔得越快越好。

男生扔得很准，相框砸在赖鹏手上，下一秒，谁也没想到，赖鹏松手倒退一步，相框应声而落，砸得稀烂。赖鹏是故意的，丝毫没觉得抱歉，一脸虚伪地说：“不好意思啊，没抓住。”

其他同学能感受到梁远朝的怒意，但是没想到他会打人。

赖鹏被一股不寻常的爆发力摁在墙上，拳头接二连三地落在他的腹部，脸也挨了一拳。女生的尖叫声此起彼伏，有人去喊了老师。

“梁远朝！住手！”

梁远朝不打了，转身捡起照片，相框的四个木边没断，他也捡起来，不过中间的玻璃碎了。

别人不敢靠近的危险品，他直接用手抓了一把，玻璃染上血，旁边的老师也看愣了：“梁远朝。”老师一时语塞，憋了半天说了句，“那是玻璃。”

那一刻的梁远朝太陌生，他的眼神里全是对赖鹏的怒气和恨意，听不见任何人说话。

梁远朝捏着一把碎玻璃，在赖鹏面前蹲下，语气完全不像一个十一岁的孩子，活像个魔鬼："如果再搞我，我一定让你把它们生吞下去。"

赖鹏是个有仇必报的人，那次却没有找机会还手，因为他用挨一顿打换来了一个惊天大秘密——梁远朝父母死了。

既然如此，他想报仇，也不急于一时。

没几个月，两人升入初中，还是同校，不过不同班。初中管得严，特别是对问题学生严惩不贷，恨不得将监控器绑在他们身上。

所以赖鹏在学校还算收敛，等放学一出校门，不知不觉就晃荡到梁远朝面前。他一次又一次挑衅，傅钦和周恒好几次想揍他，愣是被梁远朝拦下，任他像条疯狗一样乱吠，叫累了自然就回去了。

以赖鹏的成绩，撑死了完成九年义务教育，初三毕业各奔东西，以后赖鹏不过是同学会上那个众人鄙夷的角色，无关紧要。

后来事态的发展再一次失控。

初三最后一个学期，所有人都沉浸在中考的紧张氛围里，除了赖鹏。

赖鹏看上了梁远朝班上的一个女生，女生用梁远朝拒绝了赖鹏。她说："我只喜欢像梁远朝这样优秀的男生。"

赖鹏第一次追女孩子就被拒绝，心里极度不平衡。

那天下午，梁远朝一行三人在球场上打球，赖鹏气势汹汹地赶过来要和他单挑。梁远朝不屑地看了他一眼，投了个三分转身欲走。

赖鹏不善的话语响起："爹妈死得早，脾气还这么臭，你妈没在梦里教你做人吗？"

梁远朝垂着的手紧握成拳，六年级那一架，周恒和傅钦在场。周恒抢在梁远朝之前动了手。

"要不是不能割舌头，断的就不是你的手了。"

校园斗殴，赖鹏重伤，周恒被开除是学校下的最后通告。

事情并没有结束，赖鹏从医院出来的当天晚上，找了一帮人堵梁远朝，他的手就是那次受伤的，手筋断了，幸好处理得及时，恢复得不错，能提重物，但也留下了后遗症，那只手常年冰凉，不仅冷，而且疼。

她问他，她摔碎相框的时候，他是不是也想揍她，像揍赖鹏那样。

他说："我不打女生。"

此言一出，薄矜初噌的一下从沙发上起来，当即脱了厚重的羽绒服。

梁远朝一怔："你干吗？"

薄矜初撩起一边手臂的毛衣，露出细嫩光洁的小臂，伸到他面前，心底有气：“这儿，你打过的，忘记了？”

在教学楼前的花坛旁边，她快被王仁成恶心死的时候。

想起来了吗？

他不说话，她伸着的胳膊也不肯放下。

梁远朝替她把毛衣拉好，语气变得柔和：“生气了？”

“没。”

嘴都噘得能当挂钩了，还说没有生气，死鸭子嘴硬。

梁远朝握拳掩笑：“把外套穿上，我去看看锅。”

“你笑我？”

“不敢。”

“我看见了！”

他不承认：“没有。”

梁远朝往厨房走，没注意身后的人正在酝酿大招。等他反应过来的时候，人已经挂到他背上，梁远朝怕她摔下去，赶紧用手托住她的腿。

女孩子的身体异常柔软，尤其是胸前那两团，明显感觉到她发育得很好。梁远朝耳尖泛红，托着她的手不敢动，半僵在原地。

薄矜初死死地箍着他的脖子，怒斥道：“为什么要打我？！”

那会儿还是夏天，他和她根本不算认识，在周恒家莫名其妙被她骂禽兽，还被她用香烫了。这梁子说大不大，说小也不小，总之，当时他最不想看见的就是她。

锅里的水已经沸了，梁远朝身子往前倾，伸手关火，而后头一偏，问道：“要不，让你打回来？”

一秒的工夫，她咬在他肩头，力道不大，就留个牙印。

梁远朝偏头问她：“现在心里舒服了吗？”

薄矜初忽然觉得丧气，脑袋耷在他肩上，恹恹道：“没，所以你后来没有选择一中，是因为周恒吗？”

“嗯。”十三中离周恒家近。

周恒讲这件事的时候，薄矜初问了他一句话：“你上职校，你爸妈怪过梁远朝吗？”

周恒摇头，他说：“他要是被开除，一辈子就完了。”

真的有人会不顾生死，保护朋友。

“那我打碎的那个相框……”

梁远朝知道她想问什么：“拍全家福的时候，我妈让摄影师单独给我照了一张，你打碎的那个是我从单人照上换过去的。”

两个相框都是他妈妈准备的。

“对不起。”

又开始下雪了，雪花簌簌落下，暴雪不如暴雨急躁，不如狂风猛烈，温柔地铺天盖地而来。

“我重吗？”

“不重，”他加了句，“还可以多吃点儿。”

“那你给我做？”

“好。”

末了，她又问：“去过墓地了吗？”

“凌晨去的。”

薄矜初换了边肩头趴，看着窗外纷纷扬扬的大雪，手环得更紧。

“以前坐大巴车途经墓园的时候我会因为害怕闭上眼睛，可是现在好像……突然间就不怕了。”

“嗯，我也是。”

她用后脑勺轻轻撞了下他的脖子：“放我下来”

他把她放了下来，看着她笑得温柔。

至此多年，薄矜初都忘不了那场雪，那场把两人紧紧拴在一起的雪。

本来一个小时完成的菜，愣是磨蹭了两小时。算起来，两人是第一次正儿八经地坐在一起吃饭。一顿饭下来，梁远朝发现了薄矜初不少陋习。她一直吃蛋，菠菜一口都不吃，梁远朝夹了几根菠菜到她碗里，她顿时皱眉。

“多吃素菜，营养均衡。”

“我不喜欢吃菠菜。”

“那以后都不加蛋花了。”

薄矜初一听，赶紧塞了一根菠菜进嘴里，表情难以形容，像吃了口土。

梁远朝买的排骨肥瘦相间，薄矜初只咬瘦肉吃。

“一点儿肥肉都不吃？”

“肥肉太腻了，不好吃。”

“这个不腻，你试试？”

任凭梁远朝怎么劝说，她都坚决不吃。

雪是下午五点多停的，树枝上压了厚厚一层，从六楼望下去，一片银装素裹。

晚饭时分，梁远朝在厨房洗碗，手机放在茶几上。薄矜初裹着梁远朝的长羽绒服，趴在沙发上玩拼图。

茶几上的手机突然振动。

薄矜初凑过去看了一眼，对着厨房喊："有电话！"

水声掩盖了振动声，梁远朝关了水龙头，问她："你说什么？"

薄矜初拿起他的手机晃了晃："傅钦打电话给你。"

"你接吧，我手上都是泡沫。"

薄矜初一只手找拼图，一只手摁了接听。

"阿远，打雪仗去！我和阿恒六点去找你！"

"他不打。"

电话那头的傅钦愣了一会儿，随即反应过来："薄矜初？你又去他家吹空调了？"

拼图只差最后一块，薄矜初捡起来，摁进去，声线缓缓："还吃了他做的饭。"

"什么东西？"

周恒正在车棚里挪车，顺便给链条上了润滑油，脚蹬一转，嘎吱嘎吱的声音消失了。

"阿恒！"傅钦怒喊一嗓子。

周恒以为傅钦等得不耐烦了，赶紧推车出去。

"那女的在阿远家里。"

周恒一脸平静，问他："怎么了？"

"你早就知道她去他家吃饭了？"

"没有，刚知道。"

"你不觉得很可怕吗？今天是什么日子？阿远竟然在自己家给那女的做饭。"

"你……"周恒刚想提醒他注意措辞。

电话那头梁远朝冷声道："她有名字。"

"嘟嘟嘟……"电话挂断了。

傅钦扶着自行车愣在雪地里。

梁远朝沉着脸把电话挂断，薄矜初窝在沙发的角落里偷笑。

他微微皱眉："笑什么？"

"笑你。"

少年的眉头皱得更紧。

"梁主席这是替我鸣不平？心疼我？"

梁远朝睨她一眼，坐下和她一起找拼图。

见她没动静，梁远朝偏了偏头："不想玩了？"

她摇头："我发现你越看越帅。"

他轻笑一声，把找到的拼图放到她手里，一脸"这还用你说"的表情。

周恒和傅钦两人一路狂奔过来，冻成狗，站在门外不停地跺脚，时不时在掌心哈口气。傅钦喊："阿远，开门。"

按了门铃没反应，傅钦改为敲门，敲到第二下，门开了。两人毫不客气地脱了鞋就往里窜，暖气扑面而来。

薄矜初站在客厅中央，两人进来的时候，六目相对。

梁远朝随口问了句："吃了吗？"

周恒先答："吃了。"

傅钦说："本来想找你去打雪仗的。"南城少见大雪，这一场纷纷扬扬的雪振奋了一座城，连遛狗的老人都忍不住摘下手套摸一摸。

"他不去。"薄矜初再次强调。

周恒总觉得，薄矜初和傅钦之间好像有着敌意，不知道是不是他的错觉。

傅钦转而问梁远朝："阿远，去吗？"

众人把目光移向梁远朝。

他看了一眼窗外，道："今天挺晚了。"

傅钦还欲开口，薄矜初走到他面前，一把揪起他的衣领："你抢了我朋友，还想抢梁远朝？"

气氛霎时间微妙起来。

傅钦脸色难看，梁远朝握上薄矜初的手，轻声哄道："他的外套拉链很冰。"

薄矜初这才松手，但对傅钦的不爽没有削减："渣男。"

傅钦冤得很："我渣谁了？"

"你喜欢钱可可？"

"……"

"不喜欢她，你老撩她干吗？看她单纯好欺负吗？还给人送糖、扎头发，你要不要脸？"

旁边的周恒和梁远朝对视了一眼。

怎么就扎头发了？傅钦背地里都干了些什么勾当？

哪有人刚认识就说喜欢的？一见钟情还得观望呢。而且他喜不喜欢钱可可，她那么激动干吗？傅钦思及此，有些疑惑，难道她喜欢自己？

对于钱可可，傅钦见到的第一眼是惊喜的，她不像薄矜初那样出挑，也没有薄矜初那种锐利刺眼的光芒，是乖巧中带着些隐秘的光。

钱可可像一座宝藏，吸引着傅钦，以至于他不知不觉地接近她，送糖、扎头发，接连好几天去十三中门口等她，甚至他在去找周恒前刚和钱可可分别。

好感是有的，只是还没到喜欢的程度，他们才刚认识，钱可可性子温和，傅钦不敢操之过急，也就没敢往深了考虑。

何况，在此之前傅钦从来没喜欢过谁，喜欢到底是什么感觉，他还没摸清楚，只是时不时想见见那个乖乖的女孩。

对于傅钦的发问，薄矜初选择白眼相送。

周恒打断了两人："钱可可是那天跟你一起来吃饭的女生吗？"

薄矜初："嗯。"

周恒忍不住惊叹："这么快？"

才几天时间，听起来发生了很多事。

若遇顺水，便可推舟，傅钦就是顺着水流的那艘船。

梁远朝替薄矜初拢了拢外套，状似不经意地问："那你一中的粉丝团怎么办？"

傅钦："那些和我有什么关系？"

梁远朝眉峰向上，看来那个叫钱可可的女生走进傅钦的世界了，一中男神傅钦名花有主了。

傅钦的事才刚起头，他做了什么，几句话大家基本知道了。

炮火转移方向，到了薄矜初和梁远朝这儿，发言的还是周恒："你们什么情况？"

薄矜初没打算回他，盯着梁远朝的侧脸看。

"没情况。"

在他们看来，两人的亲密举止已经够了。他们只是难以置信，薄矜初居然有那么大的本事降服梁远朝，不对，应该是让梁远朝如此快地臣服于她，这才是薄矜初最厉害的地方。

从认识梁远朝的那天起，他身后的小姑娘就没断过，同级生、学姐、学妹，来撞墙的女生一个比一个有勇气，被拒绝了依然穷追不舍。

其中最猛的当属陈雅怡，陈雅怡也是梁远朝众多追求者中相貌和成绩最出色的一个。

陈雅怡出现在梁远朝身边的时候，众人惊呼，简直是才子配佳人的绝妙组合。从初中到现在，每次考试都是梁远朝第一，陈雅怡第二，就跟商量好了似的。

她是女神，家境好，成绩好，长得好。女神超神，岂是常人所能匹敌。

她的喜欢顺带替他赶走了不少桃花。

傅钦曾是“远程 CP”的拥趸，初中的时候默默帮了陈雅怡不少忙，谁料半路杀出个程咬金，他还为此输了五块钱，实在是不甘心。

今时不同往日，钱可可是薄矜初的人，这场战役，他要倒戈了，“朝今 CP”也不错。

“玩牌吗？”傅钦提议。

周恒没意见，梁远朝随便，看薄矜初的意思。

“要玩出去玩。”薄矜初俨然一副女主人的姿态，在赶人。

梁远朝也不管，算是默认了薄矜初的地位。

天完全暗了，雪仗打不了，牌也玩不了，两人只好告辞。临出门时，傅钦留了句祝福：“祝二位幸福。”

薄矜初毫不客气地呛回去：“黄鼠狼给鸡拜年。”

从窗户看下去，两人骑车从路灯下穿过，薄矜初换回自己的外套。

“要走了？我送你。”

薄矜初利落地穿好鞋子，看都不看他一眼：“不用。”

眼看着人要走了，梁远朝赶紧拉住她：“不高兴了？”

她低头：“没有。”

“那为什么不许他们在这儿玩？”

薄矜初眼一横：“今天不许，以后也不许。”

她生气的样子像极了长毛波斯猫，让人看了心疼又好笑。

寒风冲进楼道，薄矜初一哆嗦，偏头看了一眼，梁远朝还穿着毛衣。

“赶紧进去，我走了。”

门在她踏出去的前一刻关上了，寒气被隔绝，暖意回笼。

下一秒，梁远朝不依不饶地问：“为什么生气？为什么不许他们在这儿？”他合上眼，安静地等待她的回答。

薄矜初：“嗯？为什么？”

薄矜初受不了他这个样子，一声一声地挠着她的心肺，整个人都……太过温柔。今天是梁母的忌日，梁远朝肯定难受得要死，再多的开心也难以掩盖心底的难过。

“我怕他们走了，你会难过。”

热闹过后的沉寂，太酸涩了，仿若蜡烛被抽了烛芯。她舍不得梁远朝难过，所以只能赶走周恒和傅钦。

梁远朝做梦都不曾想到，会有那么一道光，冲破层层阻碍照向自己。明明是她乞求他的救助，却演变成她救赎他孤寂的灵魂。

“对不起。”

薄矜初心里咯噔一下，稍缓片刻：“那你说说错哪儿了。”

梁远朝沉默。

“没错道什么歉？”那三个字从他嘴里说出来，她会难过。

“你不开心了，就是我的错。”

“梁远朝，”她食指点在他眉心上，“这种话是男朋友对女朋友说的。”

梁远朝突然松开她，薄矜初下意识地蹙眉，梁远朝把她转了个身面对自己：“背还疼吗？不要骗人。”

薄矜初抬起头：“主席揉一揉就不疼了。”少女眼神魅惑，引人犯罪。

“阿远。”

梁远朝快疯了，以前怎么没觉得这两个字那么有冲击力？

薄矜初有点儿犯困，嘴里却嘟囔个不停。

“阿远，以前的今天，你是怎么过的？”

在遇到薄矜初之前，他都是把自己关在房间里，谁来了也不开门，不吃不睡，等着二十四小时过去，他才出去。

以前的这一天都是寒风猖獗的时候，无一例外，没想到今年下了雪，还是场大雪。梁母生前最喜欢的就是雪天，每逢下雪天，梁晋一定会推掉所有工作回家陪她。看来，他妈妈也是喜欢薄矜初的。

第十章 岁岁年年

没人发现薄矜初晚归，因为舒心和薄远又吵架了。

她回到了那条差点儿淡忘的阴沟。

第二天，薄矜初以生病为由，推了梁远朝帮忙复习的约定。

二十五日来得很快，是个阴天，气温是本周最低。薄矜初起晚了，没吃早饭直接去了学校，期末考这两天校门口没有值日生，只有一个值周老师。

“快点儿快点儿，磨蹭什么呢？”

“赶紧的，后面那个穿黑色棉袄的同学，你还考不考了？”

薄矜初无视值周老师的催促，慢悠悠地往教室走，后背猛然被人一撞，她一个趔趄，疼得倒吸一口凉气，骂道：“哪个不长眼的？”

她回头一看，竟然是补习班的一个男生。

男生抓了抓略长的黑发，十分抱歉：“对不起。”

她蹙着眉，双眸中的不耐烦显而易见。

马上要考试了，薄矜初懒得和他纠缠，抬脚就走，祁封颠颠儿地跟了她一路。前面是高二七班，薄矜初猝然停下，祁封差一点儿踩到她的鞋跟。

“你跟着我干吗？”

祁封说：“道歉。”

她更烦：“你已经说过了。”

“不是不是，我想请你喝奶茶。”

到底是想道歉，还是想借机搭讪?

薄矜初烦躁地回答：“不用。”

男生不依不饶：“好歹一起上过补习班，给个面子？”

“你叫祁封？”补课的时候，她听老师喊过。

他点头：“今天放学我来找你，请你喝奶茶，就这么说定了。”

没等薄矜初拒绝，祁封脚底抹油，溜得飞快。

“哎，那人……”

薄矜初闻声抬头，说话的是钱可可。

薄矜初：“早。”

钱可可把手里的两个包子分了一个给薄矜初，她没吃早饭，正饿得慌，接过来就往嘴里送。

“刚才那个是一班的祁封？”钱可可漫不经心地问。

薄矜初诧异，她竟然认识一班的人。她好像并不是两耳不闻窗外事，一心只读圣贤书的小白兔。联想起上次她说王仁成不是什么好东西，薄矜初发现钱可可这座宝藏真是越挖越令人惊喜。

她咬着包子，半眯着眼看钱可可，钱可可被她看得心里发毛。

钱可可：“怎么了？”

“钱可可，我忽然理解了一句话。”她拿下包子，正色直言，“人不可貌相，海水不可斗量。”

钱可可闻言一愣。

薄矜初搭上她的肩膀，微微低头凑到她耳边，肯定道：“小可可，你这乖乖羊的背后，不会是只大尾巴狼吧？”

钱可可突然脸红：“别打趣我，不然把包子还我！”

“哟！”薄矜初捏了捏她的脸蛋，“厉害了。”

两人笑着走进教室，这一幕被何之看在眼里。

第一天考语文和理综，第二天考英语和数学。下午考完理综是四点钟，教室里乱成一团，一半在讨论答案，一半在收拾东西急着回家。

薄矜初和钱可可属于后者。

马上是寒假，要收拾的东西比较多，薄矜初准备分两天背回去，她蹲在地上倒腾桌兜里的书，余光瞥见何之拿着试卷走到吴生的座位前。

吴生双脚放在桌上，脚尖对着何之：“有事？”

何之看了他一眼：“物理第五道题，你选了什么？”

吴生假装思索，顷之，语调平平地道："我选什么要你管？你是批卷老师？"

这话被不少人听见，何之下不了台，只好硬着头皮继续说："我就问问，看看我们选的是不是一样的，我对这题没把握。"

这话从何之嘴里说出来，够卑微了。可惜吴生不买账，反而破天荒地看了一眼薄矜初，继而放下脚，起身，双手撑在桌子上，俯视何之，颇具压迫感地说："那我告诉你，这题我非常有把握。"

何之正等着他说答案，吴生话锋一转："如果和我不一样，你打算去偷改答案？"

"吴生，你有什么了不起的！"何之被气得不轻，甩着卷子走了。

奇怪的是，何之拎着书包走出教室前瞪了一眼薄矜初。薄矜初最近心情不好，被何之这么一激，很想上去扯她头发，扇她耳光。

吴生把凳子踢到桌下，提着书包往外走，薄矜初伸腿拦住他。

"你也有事？"

"别给我树敌。"

吴生哂笑，眼神玩味："你长这么好看，看你一眼也有错？那人没脑子，你也没脑子？"

打着夸她的幌子骂她，够可以的。

走在学校的路上，风嗖嗖的，两人双手插在衣兜里，脖子缩在领子里面。

钱可可目视前方，话散在呼出的白气中："吴生故意的。"

"怎么说？"薄矜初特别喜欢听钱可可发表观点，她呆萌的背后有一颗极其睿智的心。

"他看你的眼神和梁远朝不一样，梁远朝那种眼神才是特别的。"末了，钱可可好奇地问，"你们有情况？"

"薄矜初！"谈话被来人打断。

祁封戴着一顶棒球帽，耳朵因为狂奔冻得发红。他气喘吁吁地说："不是说好了我去找你吗，你怎么先走了，我还在你们班门口等了好久。"

"我没答应你。"薄矜初说。

钱可可有人接，跟薄矜初挥了挥手先走了。

祁封主动带路："走吧，我知道有家店的奶茶特别好喝。"

"祁封，你想干吗？"

"请你喝奶茶啊！"他明知道薄矜初问的是什么，故意避而不谈。

补习班的四个男生中，只有祁封跟她是校友，加之他是典型的自来熟，对人热情好相处，薄矜初对他有几分印象。

其他学校还没放学，奶茶店里人不多，等了两个人就轮到他们了。

“你要喝什么？”

“我不喝。”

祁封笑笑，没再问她意见，擅自给她点了一杯热的珍珠奶茶。

“喏，给。”祁封递过来，薄矜初偏不接。

他索性迈出一大步，凑近她，把吸管插进去塞到她嘴里，动作迅速，薄矜初来不及推开。

热流从吸管底蔓延至口腔，最后到达胃部，一天里积蓄的寒意被驱散大半。

在远处的梁远朝看来，这一幕是祁封笑意盈盈地给女生买奶茶，顺带贴心地插好吸管，然后以半抱的姿势递给女生，她没拒绝。

薄矜初喝第二口的时候，旁边掠过一道熟悉的身影。

“我还有事，先走了。”

祁封拦住她：“哎，寒假你还去补习吗？”

薄矜初顿了一下：“不补了。”哪还有钱给她上补习班？

“那你住哪儿啊？”

“祁封。”薄矜初对上他的眼睛，“我们压根不熟，别来烦我。”

如果这就吃瘪了，那他就不叫祁封了。

“生米煮成熟饭就熟了。”祁封想表达的是两人慢慢交流，自然会熟悉的，可是脱口而出变成另一番意思。

气氛有些尴尬，薄矜初瞪了他两三秒，走了。

薄矜初一路狂奔，生怕梁远朝走得太快，迈进那条有石榴树的巷子，他人就靠在树下，低头看着脚边那只大懒猫。

大懒猫本来倚在他脚边，后来晃荡晃荡一屁股坐在他的运动鞋上，身子靠着他的腿。梁远朝挺着脊背，由它放肆。

薄矜初藏在巷尾盯着这一幕看了好久，干净的少年，慵懒的猫咪，还有等着来年抽新芽的石榴树，一幅简单却又不失暖意的画。少年的羽绒服敞开，里面是十三中的校服，他把头发剪短了，薄矜初摸过他的头发，和想象中男孩子又粗又硬的短发不一样，他的头发摸起来有些细软，估计是随了妈妈。

梁远朝站久了，动了动脚，猫还是压着不挪开，他一抬头，就看见巷尾探出的脑袋。

薄矜初嗖地缩回去。

突然有种做贼心虚的感觉，她连忙冲出去，梁远朝已经走了。

“梁远朝……”

他没停。

“等等我！”

他没停，倒是脚下步子放缓了些。

薄矜初跑得快，差点儿把手里的奶茶打翻了。

梁远朝侧头，看见她手上喝了大半杯的东西，心中莫名不爽：“今天怎么想起喝奶茶了？”

“啊？”薄矜初以为他没看见，“同学送的。”

“男同学？”

薄矜初摇头：“女的。”

梁远朝不揭穿她：“钱可可？”

“嗯。”薄矜初在心底感谢背锅侠小可可，小可可万岁。

后半截路梁远朝一言不发，薄矜初察觉到气氛不对劲儿，开始没话找话：“阿远，我冷。”

少年声音清冷：“抱着奶茶。”

“你今天怎么没带热水袋？”

“不想带。”

手上的奶茶没有之前那么热了，相对于他冻成铁块的手，还是暖的。

薄矜初把奶茶强塞给他，她刚一松手，梁远朝握拳，奶茶落了个空，摔在地上。奶茶顺着杯口的洞流出来，薄矜初赶紧捡起来，用纸擦掉流出来的一小摊液体。幸好没破，不然一地狼藉真不知道怎么收拾。

她以为梁远朝是不小心的，等她抬头对上他的眼睛，才知道他是故意的。

“心疼吗？”

一杯奶茶而已，有什么可心疼的？

下一秒，她被一股大力推到墙上，他质问：“那个给你买奶茶的人是谁？”

她以为他径直走过是因为没看到她，这下完了，梁远朝最不喜欢别人骗他。

梁远朝咬牙切齿道：“我问你，那个给你买奶茶的人是谁？”

“同学。”发现回答过简，她又补了一句，“补习班的同学，高二一班的，叫祁封。”这下说清楚了吧？

梁远朝生气的样子，让薄矜初发怵。

“他说要给我买奶茶，我拒绝了，后来我实在太冷了，他硬塞给我，我就接下了。”说到后面她越来越没底气。

“他是什么意思？”梁远朝的眉头没松半分。

补了那么久的课，祁封要真对她有意思，补习班应该是个最好接近她的地方，可是他没有。

薄矜初正欲回答，想到什么，眼尾一挑，撇去刚才畏惧的神色：“梁主席，你以什么身份干预我社交呢？”

他没回答，只是盯着她的眼睛。

“我回家了。”

梁远朝从后面拎住她的书包往上提。

“干吗！”

“书包取下来，帮你拎。”

“我背得动。”

梁远朝弯腰，和她对视，薄矜初的心跳咚咚直响。

一个眼神把她撩得方寸大乱，书包落到他手上也未曾察觉。

“回家了。”

薄矜初：“哦。”

他走在前头，薄矜初一边逗猫，一边跟着。快出巷子的时候，梁远朝转身看着一人一猫：“让它回去吧，等会儿它主人找不到该着急了。”

薄矜初把它肥嘟嘟的屁股往巷子里推：“快回去！”

大懒猫冲她喵了三声，傲娇地翘着尾巴走了。

天苍白，云层厚，四周的一切都冒着寒气，犹如置身冰窖。

“啊——好冷！”薄矜初喊完，偷瞄了一眼梁远朝，那人没什么动静，啊——”

梁远朝看过来，薄矜初大张的嘴立刻合上，凑到他身边。

梁远朝看穿了她的心思，立马道：“不可以。”

薄矜初晃晃他的手臂：“梁主席，我发誓以后再也不迟到了。”

梁远朝故作严肃：“不迟到，这不是应该的吗？”

薄矜初灵光一闪，声音放得更软，轻飘飘的风一吹就散的那种：“阿远，咱们商量商量？”

果不其然，这一招对梁远朝十分有用。

薄矜初看到他的喉结滚了一下，眼神从刚才的浅笑变成了幽邃。她以为机会来了，谁知面前的少年清清嗓子，说了句："没得商量。"

小姑娘生气了，推开他想走，却被拉了回来："等会儿。"

"干吗？时间不早了，再不回家，我妈该骂我了。"她一板一眼地说。

"我有个东西给你。"

她安静了一会儿，才问："什么东西？"

他从外套口袋里拿出一袋温酸奶，说："奶茶不健康，喝这个。"

其实薄矜初没有真的生气，这会儿，她忍着笑"哦"了一声。

少年特有的清朗气息混着寒气萦绕在她的周围。

薄矜初只顾着喝酸奶，没发现少年眼中阴鸷晦涩的冷光。

她全然不知道王仁成来了。

这一天的前后街暗流涌动，有东西试图破土而出，也有东西正在仓皇逃窜，电线杆上的麻雀突然振翅而逃。

薄矜初回到阴冷的卧室，舒心和薄远不在家。

她房间里的座机响了，薄矜初过去接听："喂？"

"姐姐。"打来电话的是李皓乐，她姑姑的小儿子。

薄矜初一向不喜欢弟弟妹妹，烦得很："干吗？"

"妈妈让你过来吃饭。"

云里巷，薄矜初姑姑家，薄远和舒心都在，还有爷爷奶奶，一大家子聚齐了。饭桌上，舒心问她今天考得怎么样。

"不怎么样。"

"过完年就高三了，用心点儿。"

舒心和薄远兴致不高，没怎么说话，薄矜初自然也高兴不起来。她不明白这顿饭的意义何在，而且听李可欣说，是舅舅——也就是薄远说要聚一聚的。那个平时滔滔不绝的男人，今天一言不发。

薄矜初吃得少，吃得快，几分钟解决了，躲到李皓乐的房间里陪他玩赛车。

那天晚上，李皓乐一定要让薄矜初留下来住，薄矜初一定要回去，他就开始大哭，大人拗不过他，只好让薄矜初在云里巷住了一晚。

第二天上午考英语，下午考数学，高一、高二下午三点就考完了，高三要到四点才结束。考前梁远朝跟薄矜初说好，让她考完在门卫室等他。铃声一响他就往校门跑，东西都来不及收拾，生怕让她等久了挨冻。

大道上只有他一个人，门卫室里空荡荡的，保安孤零零地站在门栏外。

梁远朝的心顿时一空。

“梁同学找谁啊？”梁远朝经常在门卫处值日，保安都认得他。

“您有没有看到一个皮肤很白，个子不是很高，挺瘦的，背着一个酒红色的书包，长得很好看的女生？”算起来，这是梁远朝第一次夸人。

保安摇摇头：“没看见有人在这儿等啊。”

自从上回她推掉复习计划以后，梁远朝总觉得心里空落落的，变得焦躁不安。他没回家，直接去了青山巷，这种小巷邻里街坊熟悉得很，家家户户都不锁院门，还有很多连家门都不锁。他到的时候，薄矜初家的院门落了锁，窗帘紧闭，看不到里面。

六点半，天完全黑了，小巷里灯火通明，唯有一处黑，便是薄矜初家。

深夜十二点，他回到前街，家门前的台阶上只有蚂蚁，没有人，门前的地毯没有人来过的痕迹，那声“你回来啦”毫无征兆地消失了。

夜里一点，梁远朝掏出手机想给薄矜初打电话，打开最近通话才发现她早就不用手机了。

凌晨四点，周恒接到梁远朝的电话，他以为梁远朝出什么事了，惊得从床上弹起：“阿远，怎么了？”

电话那头的人嗓子干涩，用力地挤出一句话：“你有薄矜初的联系方式吗？”

“啊？没有啊。”周恒半晌才缓过来，“她怎么了？”

“不见了。”

周恒听完梁远朝的话，有些无奈地道：“刚好期末考结束，兴许他们一家人出去玩了，没来得及跟你说。”

“我让她等我了，她说好。这是第二次了。”

临时爽约也挺常见的，但是周恒没敢这么说。这般模样的梁远朝，他没见过。

周恒：“你先睡吧，她可能明天就回来了。”

梁远朝知道，就算明天她没回来，开学也会回学校的，她总不至于连书都不念了吧。

可梁远朝还在等。他有多少年没期待过除夕了，久到他都快忘了这个节日的盛大。当薄矜初说要陪他过年的时候，他暗自雀跃了许久。

第二天，她没回来；第三天，还是没有；第四天、第五天……直到二月五日，整个南城的街道上挂满了红灯笼，家家户户都在置办最后一批年货，眼看着第二天就是除夕了，梁远朝还是没等到薄矜初。

周恒的猜测被推翻，梁远朝的心被灼了个洞，摧心剖肝地痛。

原本说好的，他帮她做考前最后的复习，她来陪他过年，复习被她推掉的时候，这场交易就中止了。他竟然兀自期盼着，以为薄矜初会可怜可怜他，至少过来看看他。

一晃十天，像过了十个月。

周恒跟傅钦说了这事，两人找上门，梁远朝不在家。

“最近你和钱可可联系了吗？”周恒以为这是目前找到薄矜初最快的方法。

“我问过她了，她说她们私底下不联系。”

线索中断。

彼时，南城最大的商场里，梁远朝面无表情地站在一家名牌女装店里，让人望而生畏。导购员观察他半天，不敢上前。

直到他拿起一条裙子，导购员才带笑迎上来：“您好，请问是买给女朋友吗？”

梁远朝刚触到衣架的手触电般收回，眉头竖起：“不是。”

少顷，他折身出去，导购员一脸蒙，想着自己到底说错了什么。

眼看着他快要走出店门了，导购还没想出补救的话，梁远朝又折返，在导购面前站定，问：“刚才那条裙子多少钱？”

商场的衣服按吊牌价售卖，导购翻出吊牌，回复梁远朝：“原价六百九十九，年终打九八折。”

导购去柜台拿计算器，最终报价：“六百八十五。”

没省几块钱，不过梁远朝不关心这个。

“最小是S码还是XS码？”

“这款最小就是S码，如果您需要XS码的，我再给您介绍一下别的款式，虽然年末了，但是我们家的款式还是很新很齐全的。”

梁远朝不想听她废话：“就这条了，拿S码。”

明天就是除夕，工作最后一天还能出单，导购笑得合不拢嘴。

“请问您还需要看下别的吗？我们店里还有……”

“不用。”这家店里他唯一看中的就是这条长袖红裙，薄矜初穿应该到小腿左右，领口处有一条黑色丝带。

他提着裙子去了楼下的鞋店，挑了一双黑色小皮靴。整套下来花了一千多，梁远朝付钱的时候眼睛都没眨一下。二〇〇八年的物价，十多张百元人民币能买彩电了。就是放到现在，还有好多人舍不得用一千多元买条裙子和一双鞋。

午夜十二点的钟声敲响，大年三十到了。

梁远朝合眼睡了四个多小时，六点多在鞭炮声中醒来。

辞旧迎新之际也是团圆之时，硝烟味直上六楼，伴随着家家户户的爽朗笑声。

梁远朝把所有窗子上了锁，隔绝了扰人心烦的喧嚣。他置于空寂无声的最高处，俯视低层的言笑晏晏，背靠着寂寥孤傲的苍穹，面对的是万丈深渊的孤独。

七点一刻，天光乍亮，他穿好外套下楼丢垃圾。

南城的传统，大年三十这天家里的垃圾不能往外扫，得往家里送，等到大年初一才能清出去。

可这与梁远朝有什么关系?

这些年的除夕于梁远朝而言不过是平常的一天，唯一与往日不同的便是外面平添几分热闹。

他下去的时候垃圾桶已经被挪了位置，物业为了方便业主们放鞭炮，把所有的垃圾桶移到了小区后门。梁远朝绕了一圈过去，回来的时候碰上几个隔壁楼的小学生，正在互相炫耀自己的新衣裳。

他也给她准备了新衣裳。

看着他们欢呼雀跃，梁远朝冷了几天的脸色这一秒稍有松动。

走到楼梯最后半段，他低头看着台阶，头顶响起久违的少女的声音："你回来啦！"

梁远朝蓦然抬头，看到了不远处的薄矜初。

有一种叫薄矜初的毒，沾上一次，这辈子都戒不掉了。

这毒瘾，他心甘情愿沾染。

一件他视若珍宝的东西突然不见了，他找了好久，找遍所有可能出现的地方，依然未果，就在他准备放弃的时候，它突然冒出来，这种感觉用欣喜来形容太过草率，应该用惊喜——又惊又喜。

少年直直地看着她，红了眼睛。

他过往的近十八年里，失去了最亲的家人，他最懂得思念的酸楚，他以为他学会了排解。直到遇上她，她两次失约后一声不吭地消失，把他的神经磨碎。

“我来陪你过年了。”

“嗯。”

“梁远朝！”薄矜初气急败坏，站在比他高一级的台阶上，不用仰头，气势十足，“你只会说一个字吗？以前是‘滚’，现在是‘嗯’。‘嗯嗯嗯’，‘嗯’什么！再‘嗯’一次，我马上走。”

她有胆凶他，没胆看他。

梁远朝的语气十分冷淡：“还走吗？”

“我没说要走，我的意思是你再敷衍地回我一个‘嗯’，我就走！”

“嗯。”

薄矜初擅长“变脸”：“阿远，我怕。”刚才的气焰消失殆尽。

梁远朝接着问她：“去哪儿了？”

该来的总会来，躲不掉。

“去哪儿了？”梁远朝又问了一遍。

“去姑姑家了，她一直加班到昨天，我帮忙带弟弟。我们今年在奶奶家吃团圆饭的。”

“那几点回去？”

“四点开始，差不多五点结束吧，晚上他们有活动，我还能出来，就是要委屈你年夜饭晚点儿吃了。”

她头发上有一点儿墙皮屑，梁远朝替她拨下来，恰好瞧见门口的地毯上放着好多纸袋：“带东西了？”

“嗯。”她跑上去把东西拎起来，“快开门，外面好冷。”

梁远朝把门打开，给她拿了双棉拖鞋：“带了那么多，都是什么？”

“暂时保密！”她蹦跶到沙发上躺下，不愿再起来。

外面有碗勺碰撞的声音，她连续三天只睡了三个小时，疲倦放大，困意突袭。

恍惚中，梁远朝好像来过，给她开空调、盖毯子。

她睡了四十分钟，浑身散架了一样，眼睛像被胶水粘住了，费了好大劲儿只能撑开一条细缝。

好累，如果可以，她想一直躺下去，不吃饭，不读书……就这样躺到闭眼离世的那一天。

她迷迷糊糊地翻身，起身去厕所洗了把冷水脸，半清醒着回来了。

餐桌上的白煮蛋凉了，梁远朝不在，旁边留了张字条：我去买菜，电饭煲里有粥。

薄矜初的肚子应景地叫了两声。

电饭煲里的小米粥冒着热气，闻起来超有食欲，她盛了一大碗，就着一个冷的鸡蛋，咕噜咕噜喝完。

梁远朝还没回来，她把带过来的东西拎到客厅。

门铃响起，她从沙发上弹起飞奔过去，两人隔着猫眼对视。

她开门。他说："忘带钥匙了，吵醒你了？"

"没，醒了有一会儿了。"她揉揉眼睛，"买了什么菜？"

"鱼、虾、排骨，还有几种素菜。"

"这么多我们哪儿吃得完？"

"留到明年吃。"这是南城老人在年夜饭的时候最常对孩子说的一句话。

南城经济落后，传统习俗却很丰富。年夜饭的时候不能把饭全吃完，必须剩一口留给明年。大年初一除了祭祖，不可以外出进行任何活动，走亲访友从年初二开始。烟花要在午夜十二点准时放。

"那我们中午随便吃点儿吧，叫上周恒和傅钦？"

梁远朝把手机递给她："那你给他们发个信息。"

周恒和傅钦刚进门就被吓得不敢往里走，几天前，在这儿赶走他们的人正在厨房里做饭。

傅钦："这饭里不会有毒吧……"

薄矜初白了他一眼："不是饭，是面。"她只会煮面。梁远朝说他简单炒几个菜就好了，薄矜初偏不，一定要让他们尝尝她煮的面。

一盘简单到不能再简单的葱油拌面，上桌后，满室葱油香，卖相顶好。

傅钦和周恒开吃，眼看着面即将被送进嘴里，只听"啪啪"两下，梁远朝的筷子打在他们的筷子上，两人手一抖，面滑回盘中。

梁远朝盯着两人："说谢谢了吗？"

周恒和傅钦："……"

薄矜初说："没事，快尝。"

葱油拌面是薄矜初的招牌，每一次做她都无比期待对方的认可。

梁远朝执意要两人道谢，板着脸道："快点儿。"

周恒只要不打架就听话得不得了，他差点儿给薄矜初鞠躬："谢谢。"

傅钦："谢谢。"

两人突然觉得盘子里的面不香了，甚至觉得有点儿魔幻，好端端的一盘面变成了狗粮。

面的口感很赞，她煮了一整袋，几人吃光了。饭后，四个人坐在客厅里打双扣，玩的死局，对家不换，薄矜初和梁远朝对家，周恒和傅钦对家。

周恒：“56789。”

薄矜初压死他：“10JQKA。”

傅钦炸：“四个三。”

梁远朝也炸：“四个K。”

傅钦就这一炸，被梁远朝堵得心塞：“阿远，我手上还有这么多牌，过一次我也跑不了啊。”

梁远朝看着手里的牌，漫不经心地道：“她也还有很多牌。”

你都不给她出牌的机会，我为什么要给你机会？

傅钦觉得今天过来就是个错误。

一个小时下来，薄矜初好几次第一。梁远朝就算自己走不了，也一定会把左右两人精心设计好的牌拆乱。玩到后面，大家已经对输赢失去了兴趣，索性聊起天来，手上的牌摸到什么出什么。

薄矜初对傅钦说：“我第一眼见到你的时候，觉得你是那种清风霁月、温润如玉的翩翩少年郎。”

这个评价太高了，周恒听了不禁咋舌。

梁远朝丢完手上最后一张牌，说：“他是人前衣冠楚楚，人后衣冠禽兽。”

傅钦捡起抱枕扔了过去：“小心我告你诽谤。”

梁远朝无所谓地耸肩，这一次，周恒也站在了梁远朝这边：“他，确实。”

傅钦不怕别的，就怕这话传到钱可可耳朵里。

每个人的性格都是一个多面体，不同的对象，不同的正面。

二人走后，薄矜初把那堆袋子再次从卧室抱出来：“这是我送你的新年礼物。”

“我也有礼物给你。”梁远朝指了指茶几上摆放的精美包装盒。

薄矜初把袋子拿掉，将纸盒推到梁远朝面前：“拆开看看。”

他收到的礼物，第一个盒子里是一套黑西装和一个暖手袋，第二个盒子里是一双黑皮鞋。

“喜欢吗？”

“喜欢。”

“我们阿远这么帅，过年也要有新衣服才对。”

旧年的最后一个拥抱，有湿凉的东西不小心触到薄矜初的耳尖。太阳来东方过节了，金灿灿的热意把湿意抹去，让人以为是幻觉。

她打开梁远朝送给她的礼物，是一条红色长裙和一双黑色小皮靴。

她终于知道，那个众人眼中铁石心肠的少年为什么会流泪了。

下午三点半，她回到云里巷，薄芳正在准备食材，忙得不可开交，除了李可欣和李皓乐，没人发现她消失了大半天。

往常的年夜饭都是九个人，那年只剩七个。本该合家欢的时候，除了不懂事的弟弟，他们都在强颜欢笑，强忍着给予春节一个苦涩的祝福。

薄矜初没吃几口，也没人关心她吃了几口。

李皓乐坐不住，吃饱了收完红包就想下桌，大人们允了，李可欣和薄矜初下桌去照看弟弟。她跟李可欣打了声招呼，溜了。

薄矜初一路狂奔，到前街的时候实在跑不动了，停下来喘了好久，拉开外套拉链，风迎个满怀。她继续往前冲，一口气上了六楼。

“有人追你？跑那么急。”

“没，怕你等急了。”

梁远朝喜上眉梢：“缓缓，喝口水。”

外面的鞭炮声此起彼伏，梁远朝俯身在案板前切菜，薄矜初坐在沙发上玩拼图。这次来，她发现茶几的抽屉里多了好几幅新的拼图，她挑了一幅最难的。还是两个人，做饭的还是他，玩拼图的还是她，看似一切没变，实则翻天覆地。

梁远朝把早上买的菜全烧了，他吃了几口，开始帮她剥虾。

一会儿，半盘虾被她吃完了，薄矜初给梁远朝也剥了一只。

“我们来许愿吧。”她酷爱许愿，每次许愿的时候总觉得未来很美好，当下的酸涩悲凉压根不算什么。

“这次就在心里许好了，这样才会灵验。”

她闭眼面对着虾许愿，许好后发现梁远朝还睁着眼：“你许了吗？”

“许了。”

“许了什么？”

“你不是说不能说吗？”

“哦，对。”

薄矜初吃饭一向专心，今天异常话多。

“你听过手指斗和簸箕吗？一斗穷二斗富，三斗四斗卖豆腐，五斗六斗开当铺，七斗八斗把官做，九斗十斗享清福。”

梁远朝摇头："没有。"

"就是手指指纹如果是有规律的圈，那就叫斗，如果是无规则图案就是簸箕。"薄矜初把梁远朝的手拿过来看，十个全是斗，"恭喜啊梁主席，你知不知道还有一种说法叫'十罗全，中状元'？"

梁远朝重新拿起筷子："不要迷信这些，不过就是基因自由组合得到的结果。"

常言道，宁可信其有，不可信其无。

她笑着继续说："有人解读过，说十个斗的人啊，通常是重情重义、情痴型人格。你是吗？"

少年薄如蝉翼的睫毛轻颤，他肯定地道："这句话可信。"

自恋！

"你是几个？"梁远朝问她。

"六个。"

"那关于六个是怎么说的？"

薄矜初眉梢稍扬："有野心，喜欢想入非非。"

梁远朝不畏惧她赤裸裸的目光，对上去："那你现在在想什么？"

她在想后面的半句：少时不顺，青年之后好运一路飙升，令周围人羡慕。故乡之外为理想发展地。

她故意道："反正没有想你。"

话落，她才发现桌对面不知何时多了个红包。

她想废了自己的舌头。

"吃我煮的饭、我剥的虾，喝我煲的汤，你告诉我你在想别人？薄矜初，你能耐了。"言毕，他把红包收回去，手背突然盖上一双嫩手，手指纤长，指甲粉嫩。

"哪有送出来还收回去的道理？"

他一只手锢住她双手，毫不留情地把红包塞回口袋里："这不还没送出去，幸好缓了缓，不然亏大了。"

她刚才摸到红包了，里面肯定有好几张："君子一言，驷马难追！"

"我可什么都没说。"

"你！"

他起身回房，再出来的时候，薄矜初闷闷地啃着排骨。

落针可闻的客厅里有指骨敲击桐木门框的声音。薄矜初回首，梁远朝穿着她送的西服和皮鞋靠在门框上，一只手插兜，一只手举着红包扬了扬。

生怕他反悔，她忽地起身冲过去，椅子在地砖上划出一道刺耳的声音。她扒下他的手臂，抢过红包，笑得飞扬跋扈："新年快乐，恭喜发财！"

路灯打亮飞舞的雪花，爆竹震天响。

梁远朝回房的时候往红包里又装了一千，塞得鼓鼓囊囊，统共两千。

"你干吗给这么多？"那可是他父母留给他的钱。

吃完年夜饭要换新衣裳，梁远朝把红裙子递给她，回道："因为我高兴。"

她换上红裙，长发披肩，缓缓朝他走来，他被眼前人吸引，眼里全是惊艳，她像一束白玫瑰，外面是娇艳欲滴的红色包装纸。

梁远朝递给她一件民国风的大衣外套。大衣很沉，面料讲究，质感细腻，一看就价值不菲，不像是现在市面上买得到的。

薄矜初没问，只是顺着他的动作穿上。

大年三十要守岁，南城今晚是不眠之夜。薄矜初说要带梁远朝去个地方，他什么也没问就跟着走了。

月光照进后街的一家小店，院门半开，里头有人搓麻将，几块麻将搓在一块儿发出清脆的声响。小店在侧房，和院墙连成一片。货物拥挤但摆放得整齐，薄矜初记得原本这区域堆放的是饮料，今天全换成了爆竹。从门口吊挂的QQ糖，到柜台上的泡泡糖、鸡爪、薯片、香烟，此刻无一例外镀上了一层银光。

老板娘斜着趴在柜台上看春晚，薄矜初和梁远朝经过的时候，老板娘扭头看了几眼，以为是哪家城里的亲戚来过年的。

途经小店，往左拐，仍是巷子，天太黑，看不清巷口写的巷名，不过地上的砖是横着铺的。巷子的砖竖着铺说明此路通顺，若横着铺则说明此路不通。这是一条死胡同，只住了两户人家，薄矜初带着梁远朝走向第一家。

院门顶上挂了两个大红灯笼，家里所有的灯亮着。

"陈师傅！"薄矜初扯着嗓子喊了一声。

老陈到了花甲之年，有点儿耳背，薄矜初喊第三声的时候他才听到，声如洪钟地喊道："谁啊？"

"来拍照的！"

老陈坐在屋里没出来："回吧回吧，大年三十不营业！"

薄矜初闯进院子，老陈坐在铺了厚毯的躺椅上，电视机里放着春晚，他正砌着茶。

“陈师傅，您就通融一下吧。”

老陈“啧”了一声：“我可没忘，你好意思让我通融吗？”

薄矜初和老陈的渊源得从她揍了老陈的孙子陈舫讲起。

老陈是个旧时代的摄影迷，妻子是人民教师，一个搞艺术，一个搞文化，两人的思想境界都不低，且很独立。在同个屋檐下自顾自地过了大半辈子，老陈越来越沉迷于摄影，为了寻找灵感和素材奔波于各方。

最后，老陈的妻子提出了离婚，二十世纪八十年代末，离婚的人不多。妻子带着两个儿子走了，听说去了一个大城市。老陈变成了离异人士，之后独自过了三十年，也被四邻当作笑话和饭后谈资议论了三十年。

幸好老陈不为世俗所困，不然早死在非议中了。毕竟，薄矜初第一次知道“摄影师老陈”就是在巷头一群大妈八卦的时候听见的。

后来，老陈的大儿子陈景带着妻子和孩子回到南城发展。陈景的膝下有一双儿女，男孩叫陈昉，是薄矜初小学二年级时的同学，两人还当了一个学期的同桌。

陈舫是个高傲的调皮捣蛋鬼，薄矜初从小就好看，班里的男孩子总喜欢挑着她烦，陈舫也不例外。

说起来，陈舫和老陈还有七分像，心高气傲，喜欢摄影。

有次画画课，陈舫抢了薄矜初的画，威胁她说，让她做模特，他给她拍照，不然就撕了她的画。薄矜初不同意，男生撕了画纸的一个角。薄矜初当即一个耳光把男生打哭了。画抢回来后，她开始惴惴不安，要是他告诉老师，老师找了她妈，她就完了。

为了止住同桌的哭声，她又被胁迫了，男生让她帮忙跑个腿，这事才能翻篇。

薄矜初只好答应。

那个跑腿的活就是替陈舫送一张照片给老陈。

陈昉打小喜欢摄影，知道自己未曾谋面的爷爷是个摄影迷以后，陈舫一直在期待和他切磋。但这事儿不能让奶奶知道，所以，当他知道薄矜初住在后街的时候，立马动了心思。

薄矜初也是送完照片才知道他们的关系。

老陈虽然没见过陈昉，但听说那小子也喜欢摄影的时候，他生出了一种后继有人、死不足惜的快感。

对于薄矜初打了他孙子一耳光的事，他耿耿于怀了好多年，哪怕薄矜初替爷孙俩当了数年的跑腿小妹，他依然不肯忘。

老陈沏好了茶，斟了一杯小酌一口。

“你这老头太记仇了，我可帮你俩传了那么久的信！”

老头微微摇头，对着杯口吹气，还不忘看一眼薄矜初身后的少年：“这位是？”

“我带来的。”

“两年没见，你都能带人来了？”

这老头还那么八卦，薄矜初岔开话题：“老头，给我们拍张照。”

“穿成这样，我可不是什么照片都拍，两位请回吧。”

薄矜初上前，一脚踩在他晃悠的躺椅脚上，老头晃得尽兴，椅子突然停下，惯性使然人往前使劲儿。

“哎，你！”

老头突然看清了薄矜初身上的外套，瞄了一眼她身后的少年，又看了看她。

“就拍一张，耽误不了多久。”

“哪有大年三十把人拖起来工作的？何况我还是个老头子，你得尊老，初二再来。”老头心中一团乱麻，他现在不想拍照，只想探究点儿奥秘。

薄矜初脸一横：“你今天要是不给我拍，我再也不来了，你的相机永远也拍不到这么好看的人。”

身后的梁远朝被她这波“王婆卖瓜自卖自夸”的操作逗笑了。

“得得得，来吧。”老头起身去拿相机，“想怎么拍？”

“随便，只要我们俩同框就行了。”

“你别侮辱我的职业素养。”

老陈的房子是民国时期留下来的，他一直没重装过，房子被几棵郁郁葱葱的大树包围，成了后街不起眼的一隅，里面的装修却叫人生羡。

两人的照片在老陈书房里拍的，旁边是棕色高级木书架和琉璃台灯。

薄矜初一定要让老陈当晚就把照片洗出来。

十一点，她拿着照片回到后街，这个春节别开生面。

十一点五十，薄矜初躺在云里巷的床上。

除夕，辞旧年，也在告别。

告别仪式没有薄矜初预想的完美，还差了一项——一起放烟花。

初一，薄矜初跟着奶奶去祭祖。梁远朝独自去了墓园，他以为正月里她要出去拜年，便没去找她，实际上薄矜初哪儿也没去，一个人住在云里巷。

二月二十一日元宵节，南城又热闹了一把。正月十六，该上学的上学，该上班的上班。

钱可可和薄矜初一个多月没见。

“小可可，你圆润了。”

钱可可摸了摸自己的脸：“是有点儿。”

“看来最近过得不错啊。”

二〇〇八年的前半段，是个节点。南城十三中发生了很多事，那个学期也是后来同学会必提的一段。

高三恶霸陆铁功突然消失，开学没来报到，传闻他举家搬迁了，李铁柱和张冬瓜改过自新开始学习了。

全校都知道高二有个叫薄矜初的女生和梁主席走得很近，大家都觉得他们之间不简单，却没人知道究竟如何。

新学期进行了新一轮的校花校草投票，薄矜初和祁封榜上有名。

同年六月，梁主席要参加高考了。

还有一些只有一部分人知道的事。

傅钦每天都会先把钱可可送去十三中，然后再去一中。

薄矜初和梁远朝不再一起上下学了。

王仁成很久没找过薄矜初了。

一切看似趋于平静，实则波谲云诡。

三月十九日，天文学会报道：十九日夜幕降临后，苍穹上演“双星伴月”的奇特天象。届时，只要天气晴朗，公众便可欣赏到土星、轩辕十四与一轮明月相依相伴的美妙情景。

薄矜初绕路去买了几包卫生棉，路上耽搁了一会儿，回到云里巷的时候天黑了。快到小区门口的时候，她远远地看见门卫大爷跟小区一个大妈在唠嗑。

小区对面的路灯坏了，借着门卫室漏出来的微弱灯光，她看到一个熟悉的人影，像是梁远朝。薄矜初想去看看，忽然一辆汽车擦身而过，阻滞了她的脚步。

“薄矜初！”从黑暗中跳出来的人喊了她一声，朝她跑过来。

祁封递给她一袋面包：“刚买的，你喜欢吃的奶香味。”

原来是他。

“谢谢。”

“那个，你还好吗？”

祁封父母在外经商，他跟着奶奶住在云里巷，他奶奶家跟薄矜初姑姑家正好在同一栋，平时上下楼经常碰见，所以薄矜初住过来的事他也知道了。

关于薄矜初家里的事，他从奶奶那儿全听说了。

怎么可能好呢，薄矜初勉强一笑：“这么晚你还在外面？”

“等你啊，路灯坏了，黑黢黢的你一个女孩子怪不安全的。”

“你跑出来，你奶奶不揍你？”

祁封和梁远朝不同，他不耍宝的时候是标准的阳光男神。热血和仗义是祁封的标签。

“她老人家巴不得我把你拐回家给她当孙女呢！”祁封这话说得很响，门卫大爷都回头了。两人往小区走，祁封继续说，“真的，我奶奶自打看见你，每天都念叨着让我把你喊去吃饭，还说要是我有你一半好，她就谢天谢地了。”

薄矜初笑了：“你奶奶可能不知道我的成绩还没你一半好吧。”

被点破后，祁封尴尬地挠头：“她真的觉得你挺好的。”

薄矜初抄起面包棍砸了下他的头：“你少回去乱说。”

“得得得，大侠饶命！”他抱拳讨饶。

冬夜凉薄，唯今晚略有温度。

“你看天上！”祁封吼了一嗓子，薄矜初下意识抬头。

深蓝发黑的夜空，月牙横卧其中，两侧各镶嵌一颗星星，不知是守卫还是月亮的追求者。

薄矜初不自觉地勾起嘴角，“银河系”真是一个美好的词，比起人类，她更愿意成为一颗星星，不用最亮，不用最快，也不用最热，可以隐没在浩瀚宇宙中，感受周围的光和热。

“我看新闻了，这叫‘双星伴月’，百年难遇啊！”祁封屈着腿用肩膀撞了一下薄矜初的肩膀，“您面子够大啊！”

薄矜初轻笑：“跟我没有半毛钱关系。”

听到她这种语气，祁封才放了心。

走到小区门口，他再次回到之前的话题：“我奶奶真的让你去我家吃饭，给个面子？”他大跨一步，转身倒着走。

薄矜初：“我挑食。”

“谁不挑食啊，我也挑食。”

“我吃饭喜欢剩一口。”

“我平时可都剩两口的。”

“有空再说吧。”

“那你什么时候有空？”祁封猛地停下，凑到她面前，微光中寻到她的瞳孔，里面是一湾看不见底的深潭。

她轻声缓言：“祁封，你好端端来招惹我干吗？”

祁封没心没肺，直接把头上的帽子拿下来扣到她头上，帽檐往下一压，还故意用手摁住。

“祁封！”

祁封乐不可支。

这一幕在旁人看来是别样的嬉戏。

“薄矜初。”

薄矜初身子一僵，祁封扣帽子的手也僵住了。

那道喑哑的声音出自梁远朝。

祁封认得梁远朝，整个学校就那么大，随便一个八卦都能传到食堂大妈耳朵里，梁远朝和薄矜初的故事，祁封有所耳闻。

祁封识相，溜之大吉：“我先回去了！”

从对视的那秒起，平淡无波的两双眼底情绪翻涌。

“阿远。”

梁远朝仿佛没听见她在说话，转身走了。

“梁远朝，我和他只是同学。”

他步子微顿，没回头：“嗯。”

一个不敢多问，一个不敢多说。

一定要熬过冬天，一定要，一定，然后去见春天。

四月，天气终于回暖，学生们脱下累赘的羽绒服，换上春季校服外套。

距离高考仅剩六十多天，高三进入半封闭冲刺阶段，就餐提前，放学延后，撤掉体育课和出操，晚上回家继续挑灯夜战。下课有班主任坐班，偶有一些调皮捣蛋、自暴自弃的学生被班主任控制在身前，免得他们打扰好学生学习。

钱可可为了让傅钦好好备考，强烈拒绝见他。

教学楼外挂了新的横幅，公告栏上贴了新的大字，无一例外，全是激励语。

两片教学区泾渭分明，高三那边看似一片死气，实则住满了斗志昂扬的灵魂。高一、高二好不热闹，上课时频频发出爆笑，隔了三层楼都能听见，引得整栋楼的人一块儿笑。

数学课，王仁成拿着教案进来，同学们瞬间收起笑脸，正襟危坐。

“今天讲一下上周做的卷子。”

讲台下一大半人弯腰去找卷子，慌张的神色遮掩不住。

“没找到的快点儿！”王仁成站在讲台上看得一清二楚，“上周的卷子，最高分是吴生一百四，第二是何之一百三十二，第三是课代表一百二十七，除了他们三个，其他人的卷子都没法看，平时不懂的多问问他们。”

“或者来办公室问我也可以。”他说这句话的时候看了一眼后门位置的薄矜初，“卷子找到了没？没找到的给我站着听课！”

后排接二连三站起来七八个，全是男生，手插裤兜毫不在意；前排有两三个女生，因羞愧脸爆红。

“薄矜初，你不站起来？”

其他人的目光转移到她身上，薄矜初眼睫扇动，和他对视：“我可以和钱可可看一张。”

何之来了一句：“其他同学没有卷子都站着，你凭什么搞特殊？”

她这句话给薄矜初招来了公愤，站着的几个女生眼神幽怨。

王仁成：“我说了，找不到卷子的站着听。”

吴生对着桌腿蹬了一脚，装了几十本教科书的桌子往前动了动，和水泥地摩擦发出难听的声音。

一张写满了草稿的试卷落在薄矜初桌上，同时，左边有人站起来。

周围响起唏嘘声。

“吴生，你干吗？”

“坐久了怕长痔疮，站起来放松放松。”

下课后，吴生被王仁成请去办公室喝茶。

何之一脸尖酸刻薄样，嘲讽薄矜初：“考那么几分还来博眼球，恶心。”

薄矜初权当没听见。

本以为何之说几句就算了，没想到她还没完了。

过几天有领导来视察，学校安排最后一节自习课全校大扫除。何之在女生里个子算高的，她自告奋勇去清除蜘蛛网。薄矜初在教室里扫地。其余人各司其职。

薄矜初快扫完的时候，何之拿着一根细长的竹竿进来了。

风扇顶、墙角全是蜘蛛网，她清扫下来直接抖落在地上。同是扫教室的男生皱眉："你能不能别直接抖地上？我们已经扫干净了。"

何之轻蔑一笑："谁让你们不等我搞干净再扫的？"

男生是那种平日里毫无存在感的人，薄矜初甚至一时想不起来他叫什么，只听他又说："我刚跟你说了让你进来先弄，走廊比教室好扫，可以最后清理。"

"我凭什么听你的？"

何之这人恶心就恶心在特别猖狂，不知道什么人该惹什么人不该惹。

被男生说了后，她没有再把脏东西抖在地上，清理完一圈，污垢全积在竹竿顶部，厚厚一层。

薄矜初扫到自己座位边上时，隐约感觉头顶掠过一抹阴影。

她没当一回事，谁知那抹阴影是何之手上的细竹竿，那些脏东西如数从她头顶洒落，她避之不及，落了一身。

"啊，对不起噢，我不是故意的。"肇事者站得远远的，眉眼间有藏不住的得意。

薄矜初头上和肩上全是粘着蜘蛛网的灰色不明物，上亿的细菌。

男生急忙给她递了一包纸巾："没事吧？有没有落到眼睛里？"

前后门、窗台上挤满了脑袋，所有人都在期待薄矜初的反击。她用纸草草擦了落在脸上的脏东西，何之一副事不关己的样子，站在离她六尺远的地方。

"何之，"薄矜初几步走到她面前，"我哪儿招惹你了，嗯？"

何之说不出个所以然，气势全无，咬着牙道："你！"

薄矜初懒得跟她废话，眼神犀利地看着她。

何之被吓得连连后退，可惜身后是课桌，没有退路。

"薄矜初，你干吗？！"

何之想逃，薄矜初一把揪住她的衣领，狠狠把她推进靠墙的两排桌子中间。她把何之抵在墙上，何之被吓得不敢动弹，连呼吸也合二为一不敢多喘。

何之深陷在恐惧中，突然，薄矜初的手松了，她惊慌地抱胸蹲下。

“啊——”一声带着哭腔的哀号响起。

前后不到一分钟，没人看见薄矜初究竟对何之做了什么。

薄矜初慢悠悠地蹲下身，使劲抬起何之的下巴，强迫她和自己对视，慢条斯理地说：“如果我真的动手，今天你就死定了。”

何之一个寒战。

“外面那些人，看清楚了吗？你刚才帮着说话的那几个，现在都在外面看热闹呢。”

这就是人性。

“最后送你一句话，虚荣心作祟的背后是自我的迷失。蠢货。”薄矜初把自己头上的脏东西全薅下来，往她的胸口塞去。

“啊——”何之再次崩溃。

薄矜初拎起书包，在众目睽睽之下逃离“犯罪现场”。

“她疯了吧？”

“她是不是精神有问题？”

“不会是因为她这里有病，所以班主任才特别关照她吧？”说话的人指了指自己的脑子。

“你说转走的那个顾绵，会不会……是因为她才走的啊？”

“有可能！我记得特别清楚，顾绵走之前像变了个人，明显就是精神出了问题。”

钱可可听到消息后去了趟高三。梁远朝赶到高二七班时，薄矜初刚走。他一路狂奔，在校门口拦下她：“她把你怎么了？”

他没有问她做了什么，而是问何之对她做了什么。

薄矜初笑笑：“没怎么。”

她走了，梁远朝连书包都不要了，紧跟着她。

进了没人的巷子，他把她堵住，眼里是按捺不住的火气和心疼，他说：“她干什么了你告诉我，我帮你讨回来。”

数个月里积聚的委屈差一点儿就爆发了，她不敢抬头看他，只要一眼，所有的忍耐就会功亏一篑。

“大扫除的时候，我扫干净的地被她弄脏了，她把蜘蛛网都倒在我的头上。我吓了吓她，把我头上的东西扔进了她的衣服里。”

“你别跟着我了，回学校去拿书包吧，晚上还要复习，再晚一点儿校门就关了。对了，我现在住云里巷，和你不顺路，以后就不一起上学了。”

不用看也知道，他现在眉头紧皱。

薄矜初深吸了一口气，笑了笑，说："你一定要是状元啊，我会很骄傲的。"

见到她笑，梁远朝心里紧绷的弦才松了下来："好。"

梁远朝意识到他们之间出问题了，只是想不明白为什么，更没想到她最后会做得那么残忍。

新学期开学半个月左右，陈雅怡找过一次薄矜初，这件事薄矜初没跟任何人提起。

"他在 CMO 中拿了很好的成绩，去年十二月，他申请了 IMO 中国国家队集训，进了集训营，以他的实力完全可以脱颖而出代表国家队出战。从六十人的集训队到十九人的预备队，再到最后的六人代表队，他本该是那六分之一，可是他放弃了。集训从今年三月份开始，他没去。那个比赛只有未满二十周岁的中学生才能参加，他没机会了。"

"去年他填申请表的时候，我问他有没有想过今年七月份出现在西班牙的赛场上，他说想过。薄矜初，你说，到底是什么让他放弃这个大好的机会？我想你知道得肯定比我多。"

"他已经取得了 A 大的保送资格，A 大在北城，一线城市，离我们南城一千多公里。那么远，你说，他最后会不会连保送都不要了？能让梁远朝做出这些事的人，只有你。他这样优秀的男孩子，谁不喜欢呢？我也喜欢。可是我不会拖累他，谁都没有资格拖累他，不说感情，至少在前途上他值得最好的。"

"我挺讨厌你的，你一个成绩那么差，脾气那么不好，对同学也不友善，除了长得好看，一无是处的人，到底哪里值得他喜欢？我甚至想过，不惜一切也要把他从你手上抢过来，后来发现他只认你。"

"薄矜初，我可以祝你们幸福，但我不忍心看着他自毁前程。次次第一不是那么好考的，打进 CMO 也不是人人都可以的，哪怕是天才，也需要用百分之九十九的汗水去浇灌那百分之一的灵感。"

"像我们这样的人，心中是有信仰的，你别毁了他。"

陈雅怡不需要薄矜初的回复，自顾自说了一堆，薄矜初也给不了回复，缄默不语。

陈雅怡说得对，她在摧毁梁远朝。

什么 CMO，什么 IMO，她根本就不懂，她和他之间的距离太远了。

以前的她配不上他，现在的她更应该离他远一点儿，她不能拖着他一起变臭。

“春天啊春天，你可不可以稍微再暖和点儿。”石榴树新抽的嫩芽没有回应，薄矜初叹了口气。

“可以啊。”一道粗犷的男声刻意的柔软，听得人头皮发麻。

王仁成赫然立在离她一尺不到的地方，对着她笑，像一个毒瘾发作的精神失常的人。

薄矜初心中警铃大作，急速后退。

王仁成脸上坑坑洼洼的，加上中年发福，胡子拉碴，瞳孔涣散，身上散发着一股特殊的臭味，多看一秒薄矜初能立马吐出来。

他又说：“你比顾绵有趣多了，顾绵太胆小了，我喜欢你这样的。”

薄矜初浑身冰凉，血流不畅。

“之前梁远朝在，我确实不敢怎样，小姑娘还挺有本事的，前半局你赌赢了，那么后半局呢？还有两个月他就要高考了，他走了，也就没人护着你了。”

“王仁成，你不怕吗？”

王仁成像听了个笑话：“我什么都没干，怕什么？”

王仁成步步紧逼，薄矜初手心渗出黏腻的冷汗，散乱的发丝被风吹到唇边，她顾不得其他的，一心想着如何逃离，直到后脚跟踢到墙，她意识到自己没有退路了，她以为那天会是她生命的终点。

谁知突然有人揪住了王仁成的后衣领，他回头之际，祁封对着他的脸撒了一大把细沙，男人捂着眼嗷嗷大叫，祁封往他嘴里又塞了一把，王仁成滚到地上。

祁封拉着薄矜初的手臂撒腿就跑，他从来没有这么紧张过，比小时候看到同伴落水还紧张：“薄矜初，你怎么样？”他一边跑一边询问。

薄矜初虎口脱险，还处于半蒙的状态。

祁封把她带到一个安全的地方，他一松手，她就瘫软在地上。

“哎哎哎……”他想扶她起来。

“别动我。”

祁封从书包里拿出一瓶农夫山泉：“喝吗？刚买的，我没喝过。”怕她不信，他拧开的时候故意动作夸张，让她听到瓶盖连着环断开的声音。

“不喝。”

“那洗洗手吧，不然这水怪浪费的。”

薄矜初猝然抬头，祁封撞进她凌厉的眼神中，她说："你看到了。"

看到了她害怕的样子。

"对不起。"

他用不着道歉，该她谢他才对。

那天之后，祁封更加频繁地出现在她面前，几乎每节课下课都会来找她，早餐祁奶奶做好两人份的，祁封在楼下等她，放学到教室门口接她。

这届高三的教导主任不知道哪根筋搭错了，说要赶超一中。别说短短几个月，就是三年，也赶不上。高三学生被迫进行魔鬼训练，一天八张卷子，早上六点到教室，晚上十点半放学，下课除了上厕所，哪儿都不许去，如果不配合，那就回家待着。

高一、高二的同学不敢往高三教学区那边靠，生怕被撵。

梁远朝听到薄矜初和祁封的八卦消息已是五月初，刚考完三模。

见面的那天阳光明媚，梁远朝去小卖部买笔，正好碰见祁封、薄矜初还有钱可可三人在小卖部买零食。

薄矜初还是以前的样子，手搭在钱可可的肩上，笑着说："小可可多挑点儿，这顿祁老板请客，可千万不要手下留情。"

祁封大手一挥："随便挑，随便挑。"

买完东西，钱可可边走边跟薄矜初说悄悄话。

祁封一个劲儿从后往前凑："哎，我说，小爷付的账单还不抵你们一个小秘密吗？"

钱可可摇头："不是小秘密，是大秘密。"

祁封："那你还我！"

薄矜初："祁封你要点儿脸，送出去还收回来？"

两人斗嘴的时候，钱可可用力戳她。

梁远朝站在前方的树底下，手心捏着笔，手背青筋暴起，表情和身上细碎的阳光判若云泥。

上课铃响后，小北门站着两个人，周围的杂草往上蹿了，风一吹，向两边摇曳。

上一次出现在这里，他对她一改往日的冷漠，替她遮阳拭泪。分明是昨日温情，却好像过去了很久，久到害怕回忆。

"为什么？"

薄矜初沉默良久，回了一句最没营养的话："什么为什么？"

“祁封。”

两人只是同学，为什么会有那么多人误会？

“他追我。”

“你答应了？”

“没。”

梁远朝松了一口气。

“放学后等我。”

“你不用上晚自习吗？”

“我能请假。”别人不行，他可以。

“梁远朝。”她很久没叫他名字了，这一声叫得梁远朝心一紧，她鼓起勇气和他对视，“要不，我们算了吧。”

“咔嚓”，是玻璃盏子碎地的声音。

“你再说一遍。”

“我说我们算了吧，当初我纠缠你就是因为我知道王仁成怕你，因为有你在他不敢对我做什么。现在你要毕业了，他不怕了。你看，其实你只能治标，不能治本。”

梁远朝气得发抖，双目猩红，手上的那支铅笔生生被拧断：“所以我没用了，你要把我踹了，是这个意思吗？”

“是。”

他声音低沉沙哑：“薄矜初，我当你今天在说胡话，等你清醒了，有胆再来跟我说一遍。”

梁远朝不记得他是怎么回家的。

傅钦妈妈接到梁远朝班主任的电话时正在医院加班，傅钦和周恒匆匆赶过去，到他家才知道他已经在床上躺了三天了，空调开到三十度，门窗紧闭。

他指关节上全是伤，应该是砸东西留下的，额头滚烫，分不清是太热还是发烧。

三人到医院，医生检查后庆幸地道，如果再晚几个小时，他真的就烧死了。

往常寂静又躁动的校园，近来看不出任何变化，没人探究王仁成突然请假的缘由，他们高兴还来不及。

梁远朝返校的时候，王仁成还在病房里。

五月接近中旬，薄矜初去了高三。

上完厕所回来的陈雅怡瞪了她一眼："你来干吗？"

"找他。"

"一定要毁了他，你才甘心吗？"

薄矜初没理她，往教室里看。

陈雅怡"嘭"的一声关上后门："他去办公室了。"

梁远朝在班主任的桌前填完一张表，班主任痛心疾首地说："你想清楚了吗？确定不后悔？"

"不会。"

"校长不一定会同意。"

"您签字就好了。"

班主任还是不忍心签下自己的名字："就算要这样的结果，过程也不是非得这样，其实可以……唉，算了，一周时间吧，一周后你如果还是这个决定，我立马签字。"

办公室的门从里面打开，梁远朝出来朝她走去："什么时候来的？"

"半分钟前。"

"喝牛奶吗？"

饮料机在高三教学楼西侧，梁远朝投了币，弯腰取牛奶的时候听见她说："我答应祁封了，不再和你来往。"

刚捡起的牛奶"咚"的一声滑回去，梁远朝满身火气，喉结滚动却喊不出来："你骗我。"

薄矜初的语气不容置喙："我要是骗你，出门被车撞死。"

他手上力道加重："为什么？"

"因为他妈妈是律师，他爸爸很有钱，真正能救我的是他，不是你。"

梁远朝眼中仅剩的一簇光灭了，一字一句像从冰里挖出来的："薄矜初，有本事这辈子都别再见面，否则我一定弄死你。"

他放她走了，她没哭。天黑的时候，她哭了。

谁都有无法告人的秘密，把能说的、不能说的都藏好，再宣告成人。

同年六月，梁远朝以省状元身份进了 A 大，南城十三中奖励了他一笔巨额奖学金。

同年十月，王仁成不知为何被捕入狱。

翌年六月，王仁成在牢里自杀，钱可可南下，祁封被父母送出国，薄矜初高考落榜去了北方一座不知名的小城。

疲乏终会带走期待。

她删了所有人的联系方式，她不想再回南城，也不想再回忆。

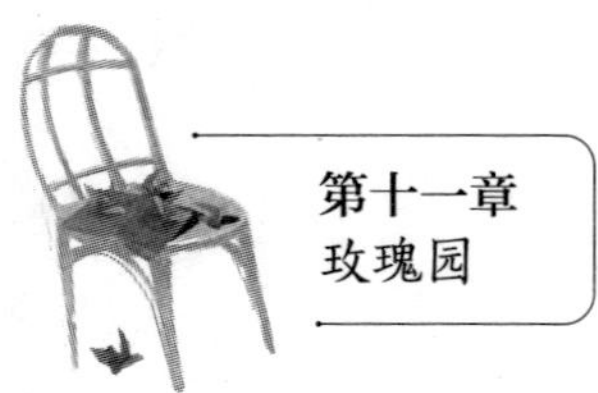

第十一章 玫瑰园

九点，日上三竿，薄矜初被一个越洋电话吵醒，心中烦乱，语气不善：“喂？”

“早上好，我要回国了，正在收拾行李。”

薄矜初愣了一会儿，眼神迷蒙地看了一眼来电显示：“你哪位？”

对面那位继续说：“我今天早上的飞机，明晚十二点到，来机场接我，我要住你家。”

“我明天上班。”

“明天周日。”

“研究狗没有周末。”

“你放屁。”

“祁封，你的脸盘子要是有太阳那么大，我就去接你。”

“嘟嘟嘟……”祁封被挂电话了。

他把手机往沙发上一砸，弹得有半尺高。

校庆那天，陈伯生收到薄矜初要辞职的重磅消息后一夜没睡。

研究所调休，把周日的假调到了周五，一群人正好去参加了 A 大的校庆，好好的双休调着调着变成了单休。

周日，薄矜初是踩着点儿到的研究所。

陈伯生正好从办公室出来看到她在门口签到：“这还没辞职呢，就开始迟到了？”

薄矜初看了一眼手表，离八点还差一分钟。

“这不是还没迟到吗？”

陈伯生只是表达一下对她要走的不满，抖了抖水杯里残留的茶渍：“铁了心要走？你这才刚调回来一个月就辞职，我怎么跟上头交代？”

薄矜初是陈伯生的硕士研究生，毕业后加入陈伯生的研究团队。当时西边有个国家重点研究项目，全封闭式，要签保密协议。上头让陈伯生选两个人过去，最后选了薄矜初和路迟。

两个月前，项目刚结束。路迟是北城人，回来后走亲访友在家休息了半个月便回研究所报到了。薄矜初自西边回来后花了一个月时间跑了大半个中国，上个月刚回研究所。

陈伯生问：“研究所不好？”

她口是心非：“不好。”

“因为加班？”

现在哪个行业不加班，何况还是搞科研的，薄矜初摇头。

陈伯生再问：“工资低？”

她实话说：“不低了。”

那个项目，陈伯生之所以选她，一方面是觉得她可以胜任，另一方面是知道她缺钱。三年的工资除去吃喝拉撒，在南城全款买套房子绰绰有余了，像梁远朝家那样的。

“那就是因为男人了。”陈伯生很坚定。

这话从一个老学究嘴里冒出来有点儿违和，薄矜初笑道：“您怎么就那么肯定我是为了男人？”

“女人都这样。”老头说这话的时候，带着点儿委屈的意味。

别人怎样她不知道，但她自己确实就是这样，如果现在梁远朝要她去死，她立马从楼上跳下去。

十一年了，好不容易再见面，她做不到擦肩而过。

从研究所辞职不容易，哪怕陈伯生批准了，她也得等到手上的项目结束后才可以离开。薄矜初刚接手一个半吊子项目，前期团队做了三个月，距离结果出来大概还需要两个月，算了算两个半月左右她才能脱身。

晚上十一点，薄矜初从实验室出来，换了衣服去车库开车，车驶出大门，门卫大爷没放行，薄矜初降下车窗，大爷从门卫室出来。

“小薄，宋沉那小子托我给你的。”隔着纸袋都能闻到香味的糖炒栗子。

上回她嚷嚷着要吃栗子，被那小子听见了，算他有良心。

车滑出大学路，等红灯的时候薄矜初给祁封发了条信息："在路上了，候着。"

发完信息抬头看了眼，红灯还剩三十秒，她切到另一个对话框："栗子收到了，周三有篇论文记得准时上交。"

祁封还在飞机上，没回。

宋沉回得快："我千里迢迢去买栗子就是为了收买您的，我跟教授请了假，周一去看女朋友，周二回来。"

这小子什么时候有的女朋友？！

"我管你去干吗，既然要交到我手上，就得按时，十斤栗子也不管用。"

宋沉发了个"跪地求饶"的表情包。

薄矜初直接无视。

忙着谈恋爱？这事没得商量，她自己还没对象呢。

也不知道今天是什么日子，深更半夜去机场的人颇多。本来一个小时的车程，薄矜初硬是开了一个半小时。

北城国际机场，祁封推着两个三十寸的大行李箱，箱子上还摞了两个大旅行包，这小子一身正装，打扮得人模狗样。

四月的北城花开得越发艳俏，气温却丝毫没有上升的趋势。

薄矜初刚从车上下来，就看见祁封围着行李箱蹦跶。

"再跺土地公要蹦出来了。"

祁封一听声音就知道是她："谁知道你会迟到这么久，我等了十五分钟了，以为你要我呢。你要再不来，我就打车走了，刚才好几个师傅问我走不走。"

钥匙串在食指上，薄矜初食指转起来，钥匙跟着一起转，她说："听这语气，你在抱怨我？"

"哪儿敢！"祁封突然张开手臂，敞开怀抱，"来，走一个。"

薄矜初睨了他一眼："干吗？"

"啧，你看看人家来接机的还带花呢，你这空手来的，稍微拥抱一下走个形式。"

"你准备进军娱乐圈了？"

祁封愣了一瞬："没啊。"

那你戏这么多，神经病！

她做了一天实验腰酸背痛，还开了那么久的车过来，她就是不困也快累倒了，这该死的男人自己在飞机上睡饱了，净整些幺蛾子搞她。

她耐心耗尽，撂了句话："你到底走不走？"

"走走走！"该退让的时候就得退让。

回去时祁封开的车，薄矜初一上车就把椅背调低，躺下去闭眼问他："你回国你爸妈知道吗？"

"暂时不知道。"

"你来北城干吗？"薄矜初昨天就想问了。

他出去那么多年，很少回来，就算回来也是直接回南城。

"当然是看你。"

"说人话。"

"真是看你。"

薄矜初笑了，两人清清白白十几年，她算什么。

薄矜初侧头，看向窗外，隧道里昏黄的灯光特别适合睡觉，她快睡着的时候，祁封一句话把她惊醒了："我准备在这儿创业。"

薄矜初蹙着眉有气无力地道："你不回去继承家产了？"

"我可不想成天被我爸盯着。"

"有钱不就行了。"

这些年薄矜初深谙此道，没钱垮起来如山倒。

"我自己能赚到钱。"

薄矜初动了动，换了个舒服的姿势，没吱声。这就是真实的生活，有钱人赚钱，钱生钱，没钱人赚钱，命换钱。

开进城区，薄矜初往导航里输入地址："寒舍，嫌弃的话去住酒店。"

祁封铁了心要住她家。

离家越近，薄矜初越清醒，夜晚的北城安静的地方落叶可闻，热闹的地方歌舞升平。

从机场回去会经过市中心的CBD，薄矜初透过玻璃看到林立的大厦上四个闪闪发光的大字——"朝今集团"。

第一次听到"朝今"是在财经频道上，那个狂之崛起的集团，令多少商界大佬闻风丧胆。校庆那天，薄矜初才知道原来这个集团是梁远朝的。

"祁封。"薄矜初突然唤他，"当年的事，一直欠你一声谢谢。"

她会跟他一本正经提的，也只有王仁成入狱的那件事了。

"这都过去多少年了，还提它干吗？"

薄矜初拆了片口香糖放进嘴里，薄荷味在口腔里弥散开来："我在校庆上见到梁远朝了。”

祁封轻踩刹车，疑惑地道：“他不是在国外吗？”

“估计刚回来。”不然怎么可能现在才见面？

祁封像只蛀虫，赖在薄矜初家这个米缸里不走了。她每天早出深夜归，他就趴在家里点外卖，打游戏。

周五薄矜初下班早，回来的时候祁封还在睡午觉，她一脚把人踹醒：“你这样糜烂的生活打算持续多久？”

“大小姐，我才刚睡一会儿，饶了我吧。”

薄矜初不喜欢在房间里抽烟，眼下却点起一支，吸一口，白烟喷向祁封的床头，祁封不抽烟，被呛得直咳嗽

他用被子捂住鼻子：“你是老烟枪吗？！”

她两指夹着细烟，语气听不出任何情绪：“起来。”

人在屋檐下不得不低头，祁封无奈起身：“干吗？”

“滚去做饭。”

祁封在厨房里倒腾，薄矜初坐在沙发上抽烟，整间客厅烟雾缭绕，开放式的厨房也难以幸免。

“薄矜初，你这佐料多久没用了？都积灰了。你买来干吗？”

“看。”

祁封想哭：“要不叫外卖吧，这些东西都太脏了，洗好都饿死了。”

“不叫。”

这大小姐今天又发病了？祁封做完三菜一汤已经七点多了，他晚上还约了人，草草吃了几口，向薄矜初借车。

“去哪儿？”她干脆地问。

“见个老同学，我不是准备创业吗，他刚好在北城发展。”

薄矜初把车钥匙甩给他：“送我一程。”

晏家茶四层，五光十色，人头攒动，完全不似楼下的典雅别致。

薄矜初从侧门上了二楼，门侍领她去换衣服：“薄小姐这边请，先生已经在里间等您了。”

厚重的金属门从外面推开，震耳的音乐趁机溜进包厢，暗处的男人摁了摁眉心：“来了？”

“嗯。”薄矜初关上门，开了角落里的一盏黄色照明灯，两人暴露在对方的视野里。晏寔先开口：“瘦了。”

“西边可不比北城。”

“你回北城一个月了。”一个月还补不回来？

薄矜初给自己倒了杯水：“研究所很忙。”

“再忙也不能不吃饭。”

薄矜初端到嘴边的水又放下：“我为了来见你都没有吃晚饭。”

男人拿出手机：“下去吃还是让人送上来？”

“送上来吧。”

晏寔今天心情不好，一直坐在薄矜初旁边喝酒。薄矜初看着酒红色的液体随着男人的手腕在高脚杯中轻晃，像钟摆，有规律地摆动。她心中突然很烦躁。晏寔似乎感受到她的情绪，晃得更慢，细细研磨她的神经。

薄矜初撂下筷子，擒住他的手腕：“别晃了。”

晏寔看出她不对劲儿：“又焦虑了？”

“嗯。”她最近烟瘾还特别重。

晏寔似是不满：“回来一个月，去看过王敛吗？”

“没。”

红酒入喉，他道：“又不去看医生，又不来看我，是准备为科研事业献身？”

“去了趟新疆，回来后接了一个半吊子的项目，没来得及。”

“晚上跟我回去。”

“晏寔，我们到此为止吧。”

薄矜初第一次喊这个名字，是六年前求他救自己的时候。

男人捏着酒杯的手背青筋暴起。

她从包里拿出一张卡，放在桌上推到晏寔面前：“卡里有三百万，还有七百万让我慢慢还吧。”

她第一次走得这么干脆，完全不顾脸色苍白的晏寔。

酒杯砸在墙上碎成小粒，桌上的酒瓶全被扫到地上，保安闻声赶来，这是他第一次见晏寔如此失态。

月中，薄矜初把贷款还进去，银行卡里只剩三百块。拮据的窘境并没有扼喉抚背，相反，她很轻松。她欠晏寔太多了，是时候还了，不然一辈子都算不清了。

她睡在露台的躺椅上，薄毯半盖在小腹上，细细柔柔的春光像渔网，死死地罩住她。金光薄雾下，发丝冒着若有似无的烟，这阳光可算是有温度了。

舒心的电话进来，她立即接起：“妈，这么早有事吗？”

"起床了吗？"这是舒心一贯的通话习惯，客套地寒暄几句，然后切入正题，"可欣的爷爷病情恶化了，你姑姑想把他带到北城来看，想让你帮忙联系一下医院。"

薄矜初脸色骤变，语气冷淡地说："病情恶化不是应该准备后事吗？"

舒心顿时拔高音调："你怎么这样说话？你姑姑对你那么好，你帮她公公安排一下医院有那么困难吗？我告诉你，人要懂得感恩，一个人一旦不懂得感恩就完了。你忘了当初爸妈逃出来，是谁收留的你吗？如果没有你姑姑，你能……"

"我不认识医生。"薄矜初打断她，她不想听后面的话。

舒心气不打一处来："找你办个事，这个不行那个不行，这么点儿小事你都办不好，你这些年混出什么名堂了？亏我还供你读了两年多研究生，最后进个生物研究所屁用没有，要我说，当初听我的学医多好！"

薄矜初的声音沁着冷意："就算我学了医，我也不会救他。"

说完，她就把电话挂了。

舒心所谓的供了她两年多，就是出了她第一年的八千元学费，以及研一上学期每个月的一千块生活费。此后的学费和生活费都是她自己赚的。

毕业三年，她给舒心和薄远在南城买了套两居室，给爷爷奶奶造了新楼，为了报薄芳的恩，她还在南城给李皓乐交了一套房子的首付。就这样，她的母亲依然觉得她做得不够好，依然觉得她没用。

这种感觉宛如刀尖刺穿她的心，拔出来，又捅进去搅两下再拔出来。

露台设计得很温暖，有躺椅，有秋千，有花架。

她自小就不喜欢花店的味道，亦不喜欢花瓣里的小虫，她一个向来不喜花的人，现在养了一阳台的花。祁封笑她偏执，花都养死了还养。

她根本就不爱这些花，只是习惯了用美好的假象去掩盖腐烂的自己。

卧室通向露台的门装了一层薄纱帘，风一吹，纱帘向两边飘动，状似一切很美好的样子。

这就是薄矜初近几年的状态，外人看来她是骄傲美丽的孔雀，实则是一只随便撒一把秕谷子就能捕走的麻雀。

就像晏寔给她钱，她陪晏寔一样。

薄矜初在露台坐了一上午，下午一点半的时候才感到饥饿，家里只有祁封前一天做的剩菜，这小子的手艺看起来不错，不过，薄矜初看着这些剩菜毫无食欲，想起宋沉提过的一家餐馆，叫"温·食"，网上的好评率还挺高，她打算去尝尝。

祁封急匆匆地跟着老同学出差了，车子被他停在了机场，薄矜初只好坐地铁过去。到温食的时候，正好两点半，不是饭点，餐厅里人不多。

“欢迎光临，小姐您好，请问一位吗？”

薄矜初点头，服务生领她去了一张双人桌：“可以扫码点餐，也可以用菜单。请问您需要白开水、柠檬水，还是大麦茶？”

“大麦茶。”

“好的，您稍等。”

薄矜初点了两荤一素，等待的过程中有几个男客人进来，脖子上还挂着工牌。

薄矜初猜测老板一定是个超级有钱的人，能在市中心 CBD 的最中央开一家价格公道的中餐厅，除了有钱，实在想不到别的理由。

几个男人挑了薄矜初对面的四人桌坐下，其中一个男人一直往薄矜初这里瞟，眼神过于赤裸，令她心里不爽。薄矜初掀起眼皮子看回去，男人对她一笑，她狭长的眼尾上挑，当即收回视线，像看一团空气，毫无波澜。

平心而论，男人长得还算端正，但是跟梁远朝比起来就差得远了。

菜上桌，薄矜初拍了张照片，打开短信点击右上角，手动输了一串新背的号码，发了条带图的短信过去：“我没钱了，给我报销。”

她的通讯录里只有屈指可数的几个号码，她爸妈、奶奶、陈伯生。其他人联系基本靠微信，她更是很少主动打电话给对方。

朝今集团三号会议室里，主持会议的是梁远朝，PPT 里放着公司这个季度的新计划，有几个大型收购案，新增了几个投资项目，还有慈善事业。

朝今原本是家风投公司，后来越做越好，业务也跟着相应扩展。

男人解开西装外套的扣子，准备起身，会议桌上的手机倏然亮了，是两条陌生短信，他直接忽视，锁屏后看着一众高管说：“这个季度最重要的就是华奇电子的收购案。”

手机再次亮起，还是刚才那个号码发来的短信。

“五分钟了，有时间发朋友圈，没时间回信息？皮痒了？”

梁远朝把手机翻了个面，继续道：“人事部门招人的时候请记住一个标准，朝今要的是才，不是菜。香饽饽谁都想吃，啃得太快小心胃受不住。”

古人诚不我欺，世上没有不透风的墙。

底下有几个刚带了空降兵到朝今的高管额间布满一层密汗，明知道梁远朝不会当众指名道姓，却还是控制不住地紧张。

会议结束后，傅钦等他一起走：“去温食？”

“随你。”梁远朝反复看那个号码，确定是自己不认识的。

傅钦去摁电梯：“陈雅怡给你发信息了？”

“不是，骗子。”

从朝今到温食步行大概八分钟，梁远朝这厮偏要开车，等个红灯两分钟，停车花了十分钟。温食的店长看见傅钦，忙不迭迎上去问：“傅先生今天要包厢吗？”

这个点儿人少，坐外面更透气，傅钦便没要包厢。

薄矜初吃了一个小时，也才吃了一半不到的菜，汤倒是喝了不少。

刚才的短信没有收到回复，她有点儿烦躁，祁封这小子明知道她的性子还敢不回消息，真是反了天了。思前想后，薄矜初直接拨了个电话过去。

彼时，五米开外的地方，傅钦指了指梁远朝的手机：“阿远，电话。”

梁远朝没反应，眼神冷飕飕地盯着窗边，傅钦顺势望去，那张脸像块璞玉，在岁月的打磨下更为精致，从前就觉得薄矜初明艳动人，转眼间从少女变成了女人，更娇艳欲滴。

难怪对面桌的男人都快把菜盘子戳穿了，还盯着她看不肯走。

“电话。”傅钦再次提醒。

梁远朝收回目光，是刚才那个发错信息的号码，他接起来还没说话，对方劈头盖脸一顿骂。

“牛啊，拐了我的车，在我家蹭吃蹭喝，还敢不回我信息？有本事滚回南城去啃老！”薄矜初烦躁到极点，“喂？”

她把筷子往桌上一杵，发出一声闷响：“祁封，你哑巴了？”

薄矜初一抬眸就看见了梁远朝，他也在看她。

听筒里传来魂牵梦萦的男声：“你打错了。”

他不留一丝情面，掐了电话就和傅钦移步包厢。

外面，服务员撤了门口的午餐推荐单，换成了下午茶，隔壁桌飘来的面包奶香和清茶香混在一起，吸一口，像是被打通了任督二脉。

她喊来服务员埋单。

“小姐您好，这边是可以直接扫码埋单的。您看您是选择扫码还是柜台支付？”

“柜台。”她掏出一张信用卡递过去，“把刚才那位包厢客人的账单一起结了。”

服务员面露难色：“要不要……通知一下包厢里的两位先生？”

“不用，前男友。”

服务员先是错愕，几秒后恢复平静，露出了个“懂了”的表情，然后带着她去结账。

祁封接到薄矜初的微信电话时，正在泡温泉。

“大小姐，什么事？”

“你的手机号后两位是多少？”

“啊？”祁封蒙了一下，“你说美国的还是北城的？”

“北城。”

“后两位我想想……是七二，怎么了？”

薄矜初跟祁封通话，一向是说完就挂。

祁封气得把手机往水里一砸，溅了满脸水花，几秒后又急匆匆地去水底捞上来，得亏这手机的防水性能还不错，没坏。

所以，祁封手机号末尾的二改成六就是梁远朝的号码。

那天以后，薄矜初的通讯录里多了个号码。

傅钦吃完饭准备结账，被告知已经有人埋过单了，是两位先生其中一位的前女友。

看着梁远朝蹙起的眉头，傅钦忍不住漾起笑意：“她这是做什么？引你上钩吗？”

梁远朝不满：“我是鱼吗？”

“对她来说，你是的。”

这么说好像也没错。她把他当鱼，初次垂钓寻到他这个目标，便引上钩，养了一阵子又觉得不够大不够鲜美，遂两手一撒，扔回海里。等到合适的时候，她又回来钓他。

人不可能在同一条河里栽两次，他不会再上钩了。

祁封赶在薄矜初双休的时候回来了，她内心无比绝望，因为祁封一回家就拖着她讲了这几天的经历，听起来狗血又刺激。

祁封想起什么问：“你那天问我手机号，是你打错了还是干吗？”

薄矜初慢条斯理地剥着橘子，橘香四溢，她心情还算不错：“嗯，打错了，人家瞪了我一眼。”

祁封刚想骂她是猪，转而一想，不对啊！

“你不是打电话吗，还能看到人家瞪你？”

“嗯。我在餐厅吃饭，我打错的那个人正好也在那家餐厅。”

祁封激动地道：“是爱情啊！”他贱兮兮地说，“长得有我帅吗？”

薄矜初意味深长地看了他一眼，实话实说："比你帅多了。"

祁封赶紧跑到她面前："那你赶紧打回去啊，说请人吃个饭道个歉啥的，这不就有后续了吗？你说你单身二十八年图什么？图梁远朝会颠颠儿回来求你在一起吗？当初可是你踹了他，还让我背那么大一个锅，我一想到毕业典礼那天他看我的眼神，嗯……毛骨悚然！"

薄矜初把橘子塞进嘴里，把橘子皮狠狠地扣在他头上："你管我！"

她这一生做的后悔事太多了，不过踹了梁远朝这件事，她不后悔。再来一次，她依然会这么做。

"你跟晏寔怎么样了？"

"掰了。"

祁封错愕，片刻后恢复镇定。

午间下了会儿小雨，就一阵，乌云飘走后瞬间放晴。

晏寔给薄矜初发了条信息："晚上陪我去吃饭。"

像是怕她拒绝，他又加了一条："外公的生日宴。"

"你来接我。"

她和晏寔之间牵扯了太多，短时间内根本无法割断。

晏寔携薄矜初进去的时候，薛老爷子正在和人说话。

"傅钦托我给您带了礼物。"

"他啊，唉。"老爷子摇了摇头。

"外公。"晏寔叫他。

老爷子拄着拐杖，脸上立刻堆满笑容："来啦，哟，是小初啊！"

"外公好。"薄矜初走近才发现老爷子旁边站着的人竟然是梁远朝。男人肩宽腰窄，他穿西装简直犯规。

梁远朝一只手端着酒杯，一只手插兜，好似对薄矜初的到来并不惊讶。

老爷子眉开眼笑，问她："西边还去吗？"

"不去了，那边的工作已经结束了。"

"那就留在北城了呗？"

薄矜初点头："嗯。"

"那太好了，以后经常来玩，外婆会做好多好吃的，想吃什么直接跟外婆说，或者跟小晏说，别客气！"

薄矜初配合着笑："谢谢外公。"

她的一颦一笑像是穿越时空的风，把梁远朝带回到二〇〇七年，那个有空调却没有冰西瓜的夏天。西瓜被她抢走了，空调借给她吹了，房子也给她住了，附带把心都掏给她了，最后她跟着别的男人见家长去了。

梁远朝晃着杯中的红酒，忽然觉得刺目，抬手一饮而尽。

薛老爷子冷不防拍了拍身旁人的肩，得意地问：“远朝，我这未来外孙媳妇好看吗？”

三双眼睛一起看向他，薄矜初比任何一个人都想听梁远朝的答案，以至于一时间忘了纠正“外孙媳妇”这个词。

两人目光交汇，梁远朝只看了一眼就移开了，假装不认识她，回答老爷子：“好看。”

“我就说嘛，小晏还偏不让我夸！”

晏寔故意揉了揉薄矜初的脑袋：“她这人不能夸，一夸就飘。”

薄矜初忘了躲开，瞪了他一眼：“哪有！你要听外公的，以后多夸我！”

“这句话外公可没说。”

薛老爷子看着两人打趣，哈哈大笑，开心得不得了。

一旁的梁远朝手里的酒杯空了好几回，他借口上洗手间脱身而去。保洁阿姨刚打扫完洗手间，台面上的水珠被擦拭干净，透亮的镜面映出男人浓密的发顶。

他在洗手，身后飘来阵阵烟味，不呛鼻，但也不好闻。烟味散去的时候，洗手池旁多了个人，挨着他，甚至想挤开他。

“旁边还有。”

“可我就想用你这个。”

梁远朝往里迈了一步，换了个洗手池。

水声停止，两人在镜子里打了个照面，女人又点了支烟，深吸一口，吐出的烟雾喷在镜子上，模糊了人脸，变得邪魅狂狷：“梁远朝，我好看吗？”

“小心抽死。”梁远朝把擦手纸丢进垃圾桶，绕过她出去了。

薄矜初拿下烟，嗓子又苦又哑：“我抽死了，你会在我坟前哭吗？”

“薄矜初，”他回头，一声揶揄，“你太看得起自己了。”

他现在是朝今集团的总裁，身价以亿计算，他不再是那个“手无缚鸡之力”的少年了。她在他面前什么都不是。

烟火猩红，颇有点儿头破血流的意味，喝酒的是他，而醉的是她。

薄矜初冷不防地来了句：“谈恋爱了没？”

梁远朝转向她：“对我很好奇？”

薄矜初摇头：“不是好奇，是关心。”

男人冷嗤："滚远点儿。"

薄矜初拦住他的去路："我发现你现在的脾气比以前还臭。"

男人沉默半晌后开口说："你现在也比以前有本事。"

他走了，她一个人在厕所里又抽了一支烟。

宴会中场，晏寔和梁远朝又碰了次面。

"外公逢人就说，梁先生是他最得意的学生。"

"不敢当。"

"梁先生今天没带女伴吗？"

晏寔此话一出，正好有个女人走过来，和梁远朝附耳一语，然后对晏寔礼貌一笑，走了。

刚才的问题被冲掉，晏寔另起一句，没了刚才的耐心："她辞了研究所的工作去朝今是为了你吧？"

梁远朝把空的酒杯放到桌上，重新拿起一杯："那你得问她。"

"我知道你们的关系。"

酒杯挡住梁远朝嘲讽的笑："你们之间还挺坦诚。"

别墅外的一溜豪车渐渐散去，老爷子留晏寔和薄矜初住下，薄矜初第二天正好有事，顺理成章地推辞了。

薛景山："那让小晏送你回去。"

薄矜初："他喝酒了，找个司机送我就行。"

最后，晏寔派车送她回去。车刚开出别墅，薄矜初就叫司机停车。

"薄小姐，怎么了？"司机侧身问。

"我在这里下车，你先回家吧。"

"晏先生让我负责送您到家，如果您执意要下车，我需要打个电话给晏先生。"这个司机是晏家新来的，模样看上去比薄矜初还小三四岁，不敢贸然定夺。

薄矜初趴在副驾驶座的椅背上，凑近司机道："你打给晏寔也改变不了我要下车的想法，反而会让晏寔觉得你办事不力。你别看晏寔平时温温和和，但他一生气，可能你明天就要另谋出路了，何必呢？"

司机不受她的蛊惑，坚定地道："我还是需要请示一下晏先生。"

行吧，薄矜初也懒得废话，打开车门下了车。司机急忙跟着下车："薄小姐，太晚了，你一个人不安全。"

"谁跟你说我一个人？"

别墅大门里驶出一辆迈巴赫，车上的女人说："你喝酒了，还是我来开吧。”

迈巴赫的车灯刺眼，男人压根不听她说什么，开车的人看清前方是谁，偏是开着远光灯：“你要是害怕，我放你下去。”

女人讪讪地闭嘴。

薄矜初就站在路中间，方才的司机被吓了一跳，去拉她：“薄小姐，危险！”薄矜初冲向那辆迈巴赫，迈巴赫丝毫没有减速的迹象。

“梁远朝，停车！”副驾驶座上的女人大喊。

迈巴赫急停，后车门被打开，上来个人，副驾驶座上的女人惊魂未定，大喘着去开灯，光亮中扭头：“哎，你干……”

看清女人脸的那刻，她足足愣了半分钟，震惊又疑虑：“薄矜初？”

薄矜初不知道副驾驶座上还坐了人，而且这人还是陈雅怡。

灯光如昼，逼仄的空间一时让人喘不过气，薄矜初看了一眼梁远朝，男人手搭在方向盘上，右手戴着一块百达翡丽的黑色手表，副驾驶位上的女人左手同样戴了一块，乍一看款式相差无几，她的是玫瑰金。看来还是情侣表。

想起她同晏寔站在一起说笑，而他一副云淡风轻的样子，薄矜初心中有什么秘密破土而出。她一把掐住陈雅怡的脖子，把她按在车门上，落针可闻的车厢里响起“咚”的一声，是脑袋磕上玻璃的闷声。

“阿远……阿……救……我……”

阿远是她能叫的？薄矜初收紧手指，掐得更狠。她疯了，她此刻只有一个念头，叫陈雅怡去死。

陈雅怡被掐得喉咙发疼，甚至能听到喉咙底冒出的滋滋响声，她咳了几声，再也发不出声了，大脑缺氧，嘴巴大张。

“薄矜初！”梁远朝没料到她会做出这种动作，声音骤然拔高，“放手！”

薄矜初无视他，再次加重了手上的力道：“陈雅怡，你敢玩我。”

是她说的会祝福他们，是她说的要让梁远朝有更好的未来。

薄矜初放手了，她却伺机而上？

梁远朝直接上手去拉薄矜初，她下了死手，掐着陈雅怡的脖子不放，他费了些力才把两人分开。陈雅怡面色通红，大口喘着气，两只手护着自己的脖子缩在座位下，眼泪糊了一脸，眼睫颤抖，双目无神，看起来楚楚可怜。

梁远朝愠怒：“薄矜初，你有病就滚下去，别在我车上发作！”

他说对了，她就是有病。瞬间，薄矜初又做回了那只高傲的孔雀，揉着发红的虎口，用漫不经心的语气问：“心疼了？心疼就好好安慰她，她看起来被吓得不轻。”

晏家的司机还在车内着急，犹豫着到底要不要打电话，车窗被人敲响，司机下车，薄矜初钻进驾驶位：“我开，你坐副驾驶。”

“哦哦，好。”人回来就好，起码他现在不用纠结要不要打电话了。

可下一秒，他就后悔了。

他还没系好安全带，薄矜初一脚油门飙出去，他猛地往前扑，幸好抓住了上面的扶手，不然已经撞破挡风玻璃飞出去了。

“薄小姐，您能不能稍微减一下速，虽然晚上没什么车，但是不安全。”

薄矜初连闯三个红灯超速到家，司机一身冷汗，心里默念了无数遍阿弥陀佛，感谢佛祖显灵，救了他一命。

薄矜初下车前说：“今晚的事，敢给晏寔透露一个字……”

“我不说我不说，我保证烂在心里！”什么都比不上命重要。

祁封出去蹦迪了，家里没人。她蹲在楼下抽烟，抽到第七支的时候，灌木丛里窜出来一只猫，摇着尾巴在她左腿边坐下。

小时候总听别人说，如果夜晚有繁星，明天必是晌晴。

今晚没有星星。

蓝曜石的猫眼，是黑暗中唯一一抹超越薄矜初指尖猩红一点的光。

“你还不回去吗？”她突然开口，猫好像听懂了，摇了摇尾巴。

“我要抽第八支了，你吸二手烟有问题吗？”

猫起来，往右边走了两步再坐下，离她更近些。

它都这么给面子了，她也不能不识趣，掐了烟，没再点第八支。薄矜初没想到，这只猫会是支撑她的最后一股力量，不然估计她会在楼下抽死，毕竟她买了二十包烟，准备抽一夜的。

薄矜初一个人在家，晚上很少开吊灯，她喜欢拥抱冰冷的黑暗，像被世界厌恶的遗孤。

快十二点的时候，电话一个接一个打进来，号码全是南城的。

她挑了薄远的接：“爸。”

“小初，可欣的爷爷吐血了。”

人到了胃癌晚期吐血不是很正常的事吗？

“你看看医院里有没有认识的人，把他爷爷转过去看看吧，好吗？”

说来说去还是这件事，她妈，她爸，没一个关心她的死活。

“唉，其实我们都知道的，他现在就是在死拖，南城这边的医生说最多六个月了，但是能拖一天是一天，没比这更好的办法了。”

“南城现在的医学也挺发达的。”薄矜初说。

薄远头疼，她这个女儿的性子越来越冷了，和她说话都要斟酌再三：“她爷爷在病房里听隔壁床的家属说，北城人民医院治肺癌特别厉害。”

“我没有认识的人，如果要来的话，只能照常挂号。”

薄远深深叹了一口气：“那也行，他们可能下周就过来了，你的空房间稍微收拾一下。”

“我这儿没有空房间了，我朋友住在我这儿。”

薄矜初听到电话那端传来一句方言，说话的是薄芳的婆婆，意思是：没有房间也没关系，在她房间打个地铺就好了。

“爸，我不想。”

最后，薄远说他出钱给他们在医院附近的宾馆开房间。

仅有的睡意被驱散，薄矜初挂了电话，趿着拖鞋出去倒水，水壶里没有水，她抬手用力抓了抓头发，想发火，却没有发泄口，强忍着不适去烧水。

薄矜初坐在沙发上往外看，十二点的北城五光十色，高架桥上车水马龙，夜生活才刚刚开始。她羡慕酒吧舞池里那些激情的男女，更羡慕那些为了梦想挑灯夜战的人。她薄矜初近三十年的人生，好像从没为梦想二字奋斗过。她所做的一切都是为了活着，然后好好活着，继续好好活着。

水壶的咕噜声响起，沙发旁的垃圾桶没套垃圾袋，她从茶几的抽屉里拿出一卷黑色垃圾袋，撕了一个，破的，重新撕下一个，还是破的，又撕了一个，仍然是破的。不知道是不是沸水的水汽弥漫过来了，视线突然一片模糊，泪水顺着眼角淌下。

舒心骂她的时候她没哭，梁远朝让她滚远点儿的时候她没哭，看见陈雅怡坐在梁远朝副驾驶的时候她也没哭，此刻却因为一卷劣质垃圾袋泪流满面。

她好久没出现这样糟糕的状态了，久到她都快忘了上一次是几年前，回忆是猛兽，把她啃得遍体鳞伤。

夜里两点的时候，情绪逐渐平稳，敲门声响起，薄矜初以为祁封回来了，没多想，直接开了门：“你不会输密码吗？”尾音淹没在惊愕中。

男式皮鞋直接踩着地毯进来，梁远朝反手合上门，步步紧逼，薄矜初退了一小步，他紧实有力的手臂迅速抬起，掌心抵住她的咽喉，动作跟她对陈雅怡做的一样。

她没有反抗，亦没有求救。他恨她，应该的，毕竟她伤害了他的女朋友。

梁远朝卸了力，但没放手，声音是摸不透的清冷：“薄矜初，陈雅怡要告你故意伤害。”

“是吗？那你记得帮她请个好点儿的律师，不然输给晏寔的律师，我会逍遥法外的。”

薄矜初以为他会重新掐上来，男人突然松了手：“给我支烟。”

“我的是女式香烟。”

嘴上这样说，她还是不由自主地去给他拿了一支，顺带点上火。

梁远朝伸手的同时她抽了回来，放进自己嘴里吸一口再拿出来，喷着白烟问他：“还要吗？”梁远朝接过来，含着她抽过的地方。

她打开了玄关处的一盏小灯：“这几年你应该过得还不错吧？”

十八岁喜欢的裙子，二十八岁翻出来，还是会忍不住想穿起来照照镜子；十八岁喜欢的少年，二十八岁再重逢，依然想凑上去问一句，你过得还好吗。

梁远朝沉默不语。

倏然间，薄矜初察觉到异样，眼看着他手里的烟头要触到她手背的时候，她猛地扑了上去，他手一抖，半截烟掉在地板上，烟头被薄矜初踩灭，留下一片乌黑。

她声音中夹着怒意：“你想用烟头烫我？”

男人阴鸷的双眼紧盯着她：“还你的。”

她把不爽的情绪发泄在他身上，用唇瓣贴着他的喉结，不停地啃咬。她身上很热，冲击着梁远朝，使他神志不清。

他第一次体会这种感觉，全身像被火烧一样。

男人往后退了一步，薄矜初两只手攀上他的脖子，继续进攻。他说话的时候喉结上下滚动，薄矜初的舌尖跟着上下游走。

男人青筋暴起，咬牙切齿：“薄矜初，你是不是喝多了？”

梁远朝想推开她，她却自己退开了：“没醉，想你很多年了，怕错过这次，以后没机会。”

她就是想亲自证实，到底是她的魅力大，还是陈雅怡，就算被骂，她也认了。有些事情，去证实从而得到一个结果并没有太大意义，但过程能使人快乐。

男人长手一伸，玄关的灯灭了。他把她压在墙上，唇瓣相触，一点一点吮着她的下唇。两人呼吸交缠，薄矜初只管享受，绝不回应。

迟到了十一年的吻，没有任何吻技，只有恨。

灯再亮起的时候，只剩他的背影，最后一丝门缝消失，薄矜初从酣然大梦中惊醒。

黑夜最容易烧人心智，天一亮，一切归于原位。有些爱恨情仇，不是零星几次平静相处就能释怀的。

五月初，街上陆续有人换上短袖，商场里开了空调。祁封的生意总算有了些眉目。他的餐厅和花店正在筹备中，店铺的合约签了五年，装修公司也已经到位。

薄矜初打量着他的店铺："你这有点儿拉低富二代的水准了。"

"啧，瞧不起花店还是怎么的？"

"小说里的富二代可都是开公司、开跑车的，怎么到你这儿就变成了开花店、骑共享单车了？"

"得了，闭上您的樱桃小嘴。"

为了庆祝他成功地迈出了第一步，薄矜初说要带他感受不一样的北城风光。

"我想吃火锅。"

正好薄矜初也想吃："海底捞？"

"可以！"

两人一拍即合，祁封开车，薄矜初指路。

晚高峰的北城堪比坦克大战，高架桥上水泄不通。市中心的公交车开一圈要花上四五个小时。满地的辅警依然是一个字，堵。

祁封这人最大的优点就是有耐心，即便堵上几个小时，他也不会暴跳如雷，更不会拍着方向盘破口大骂。要是换成薄矜初，要么撞上前面的车屁股以示不满，要么直接弃车一走了之，所以她从不在高峰期开车出门。

六点半的海底捞人满为患，门口折千纸鹤的排到了电梯口。

祁封取了号，前面还有四十桌。祁封怕她等不住，问："要不换别的？"

薄矜初从他手里拿过号码往队伍中走。

第一桌的两个小姑娘看到她过来，赶紧低下头。

她轻叩桌面，两个小姑娘被迫抬头，其中一个红着脸支支吾吾地说："姐姐，我……那个……我不是故意看你男朋友的。"

高中的时候，祁封就因为阳光大男孩的形象被一众女生追捧，长大以后越发清秀，小姑娘盯着他看也正常。

薄矜初把自己的号码往桌上一放："我们只是朋友，你把号换给我，我把他微信推给你。"

薄矜初点头："真的？"

女生的朋友比较警惕："你们真的不是情侣？"

"姐姐二十八了，你见过我这个年纪的女人把自己的男朋友推给年轻小姑娘吗？"引狼入室是蠢货才会干的事。

"那他也二十八吗？"

"换号，给你微信自己问。"

女生的朋友又说："我们怎么知道你给的是不是真的？"

薄矜初收回桌上的号，脸红的女孩子急了。

祁封正好开了盘小游戏，打得不亦乐乎，薄矜初喊了三遍他才听见。

"怎么了？"祁封看看薄矜初，又看看两个小姑娘，刚想问她是不是以大欺小，薄矜初却让他把微信打开。

"啊？打开微信干吗？"祁封一边疑惑，一边点开微信。

薄矜初抢过他的手机，找到二维码递到小姑娘面前："赶紧扫。"

小姑娘一顿操作猛如虎，祁封还没反应过来，微信里就多了个叫"糖糖不吃糖"的新好友。

祁封全程被薄矜初牵着走，直到菜上齐，他还处于蒙的状态。

"我被你卖了？"

薄矜初烫了一片毛肚："物尽其用而已。"祁封刚想说什么，被薄矜初一句话堵了回去，"你要是想赶上夜场活动，就得跟刚才那小姑娘换号。"

论祁封和薄矜初的友谊是如何维持的，很大一部分原因是两人都喜欢泡吧。

十点，西城郊，Rose。

西城郊这家酒吧只做老客生意，不是普通人一时兴起想买醉随随便便就能进来的地方，不张扬却也绝不低调。新客全要老客带，薄矜初就是晏寔带进来的，不过她去了西边以后再也没来过。

门侍换了好几批，今天上班的恰好是一位老员工，一眼就认出了薄矜初："薄小姐，好久不见。"

薄矜初冲他一笑："带个朋友，麻烦安排一下。"

"好的，薄小姐，先生里面请。"

祁封从一进去就开始惊叹："我断定这家酒吧的老板非富即贵。"

Rose 的老板到底是谁，传闻有很多，但没一个确切的。

"你看这楼梯扶手，烫金的啊！"

“还有这个花盆，绝对是上好的玉，他也不怕被偷？”

薄矜初瞟了他一眼：“你好歹也算半个富家公子，能不能擦擦你的口水？”

“你都说了，半个而已。何况我爸那点儿钱也就在南城算有钱，到了北城，还不是淹死在泱泱人潮中。”

能这么蔑视自家老子的，祁封排第二，没有人敢抢第一。

这家酒吧乍一看和普通的酒吧没什么区别，一楼，DJ把氛围搞得火热，这里没有气氛组，全是真嗨。台子上跳舞的男男女女尽情释放，墙上的射灯打在脚边，男人的皮鞋锃亮，女人的高跟闪眼，尖叫声和欢呼声不绝于耳。

小二层是卡座，上面与下面截然不同，幽暗的灯光下人和人低语呢喃，每个人都穿得高贵矜持。几乎看不见痛饮失态的人，一杯酒足矣。

舞池里有人出来，回到二层落座，刚才的甩头狂魔瞬间变回高傲自持的姿态。来这个酒吧的人懂得释放、纵情，皆张弛有度。

祁封喜欢湮于热闹，成为活跃因子。薄矜初喜欢在热闹中寻觅一丝寂静，她享受独处的安宁，却需要排解孤独。

祁封在舞池里扭动，薄矜初顺手拍了几张他乱舞的照片。

二楼今天来了位公子哥儿，专门搅局的那种，听说Rose的二楼素以清净闻名，他偏爱打破传统。

从他上来起，目光就开始游走于各桌间，落座的同时也锁定了目标。

很巧，他的目标是薄矜初。

公子哥儿端着酒杯朝她走来，薄矜初猝然起身，往反方向走去。公子哥儿见状，吹了声听起来很得意的口哨，吸引了一众目光。

薄矜初没回头，往右迈了一步，坐进别人的卡座里。

公子哥儿三五步来到桌前，一双眼钉子似的钉在女人脸上，对其他人说：“都是兄弟，不介意一起玩吧？”

他特意挨着她坐下，薄矜初目不斜视地往里挪了挪。

一群人饶有兴致，沈修看了一眼最里面埋头看手机的某人，心里疑惑，什么时候Rose也兴这种土味玩法了？

今天的局是沈修组的，在座的几位是他本科时的室友，六个人关系很好。毕业后戴眼镜的瘦高个去了英国，硕士毕业后娶了一位女博士，现定居在牛津。当年的篮球队队长回上海开了个篮球俱乐部，刚和谈了三年的女友订婚，年底举办婚礼。寝室长硕士跨考了C大的量子力学，博士毕业后留校任教。剩下三个，沈修一直没离开过北城，梁远朝和傅钦兜兜转转也还是回到了这里。

他们六人好多年没聚齐过了，每次见面都会缺几个。这次正好六人都在北城，沈修赶紧招呼大家出来聚一聚。

几个人聊得正欢，沙发上突然多了位美女。

卡座深处的男人在黑暗中抬眸，被酒润过的嗓音分外迷人："看来我们这桌挺招人喜欢的，既然都想玩，谁喝赢了谁留下来，怎么样？"

听到这个声音，薄矜初猝然抬头，对上一双幽深宁静的眼。

她没想到会在这里碰到梁远朝，更没想到自己一屁股坐下去的会是他的地盘。

"喝"这个字正中公子哥儿下怀，他盯着薄矜初，问她意见。

薄矜初对上那抹意味不明的笑，说："可以。"

周围人惊讶，梁远朝竟然会撺掇人喝酒？

靠外侧的男人喊来了酒保。

"沈先生您好，请问需要什么？"

男人看了一眼薄矜初，又看向梁远朝："哥，扎啤？"

梁远朝把手上的酒杯放到桌上，启唇："伏特加。"

众人："……"

沈修让酒保上了十瓶伏特加，四十度的。

梁远朝淡淡地道："喝吧，先一人一瓶。"

公子哥儿常年混迹于各大夜店，区区几瓶伏特加还真难不倒他。他开了两瓶，一瓶递给薄矜初，一瓶给自己，就连递酒他都想揩油。

薄矜初刚握住瓶身，公子哥儿的手便盖上来，他道："要是不能喝了，可以随时喊停。"

薄矜初抽出手，一言不发，对着瓶口直灌。

四十度的酒算不上特别烈，但这伏特加不兑任何东西，入口像"火熨"一般，不甜不苦不涩，只有烈焰般的刺激。

她连眉头都没皱一下。

公子哥儿明显好酒量，也有技巧，不像薄矜初这样猛灌。

梁远朝："下一瓶。"

傅钦："算了吧。"

梁远朝："不喝就滚。"

薄矜初二话不说又开了一瓶，喝到一半，她砸了酒瓶，"哐当"一声。

除了梁远朝，其他人都被吓得后仰。

晶莹澄澈的酒液溅了男人们一脸，鞋子旁、桌面上全是碎玻璃。

她拎起包走了，公子哥儿想追上去，梁远朝一个眼神，沈修把他扣住："赢的人留下来玩，一开始就说好的。"

梁远朝跟出去，卡座里的其他几位男士除了傅钦都面面相觑。

处理掉那位公子哥儿，沈修一脸坏笑："喀喀，大瓜，买吗？"

"先验货。"

"那女的，我见过。"

"嘁。"

"在咱梁总的钱包里！"沈修看着傅钦，"是不是？"

大学的时候，他们就知道梁远朝高中有个小初恋，毕业的时候掰了，那根刺一直扎在他心里死都拔不掉。

傅钦是唯一可能知道这个故事的人，可惜不论他们怎么威逼利诱，他就一句话：不同校，不清楚。这回他却说："是。"

"我就说！我就说你知道！"

沈修："瓜分享完了，快打钱！"

众人："滚！"

薄矜初面不改色心不跳地出了 Rose 的大门，她给祁封发了一条信息："我困了，先回去。"

马路比酒吧亮堂，她漫无目的地走着，脚步挺稳。

醉了吗？醉了吧。心醉了，连痛都感受不到了。

梁远朝找到她的时候，她蹲在路灯下，手机停在晏寔的号码上。

她没注意到他来了。

男人夺过手机，狠狠地砸在地上，屏幕碎得像张蜘蛛网，他把她从地上拖起来压在柱子上，火气从眼眶中冒出来。

梁远朝晚上喝了不少酒，情绪失控："薄矜初，在你眼里，我梁远朝算什么？从前不如祁封，现在不如晏寔，在你面前，我连条狗都不如！"

梁远朝沉声一吼："你真让我恶心！"

薄矜初对着他的脖子咬下去，往死里咬，一嘴的血腥味都不肯松口。

梁远朝也咬她，活脱脱就是两个疯子。

她在他开的玫瑰园门前哭了。

那朵色泽黯淡的玫瑰花逃跑了。

第十二章 屋河镇

醉酒梦醒一场空，工作日的朝今鸡飞狗跳。

季风刚处理完 Rose 的黑名单，从西郊赶回朝今，进电梯刚好碰见傅钦的秘书苏木。

老板们走得近，底下的员工也亲。

苏木抱着一大摞文件，季风帮她分担了一大半："你去哪儿？"

"六楼财务部。上半个月的账务出了点儿问题，傅总让我全部核对一遍，我刚把这些打印出来，准备看不完晚上带回去。"

"楼上不是有打印机吗？"

"都有人在用，除了梁总办公室的，我可不敢去他那儿打印，就去借了广告部的。"

"哎？"苏木忽然凑近，"梁总最近……"

电梯门开了，苏木自觉噤声。没人进来，苏木拍了拍胸口，虚惊一场："我昨天路过总裁办，那个气压也太低了。"

六楼到了，苏木拿回东西去找财务总监。

朝今顶楼。

"昨天那位是华奇的小公子，已经交代 Rose 的人把他拉进黑名单了。"

"传达下去，这个月必须完成对华奇的收购，而且价格比原先谈好的往下压一个点。"

梁远朝在商场上向来一诺千金，也正是因为如此，他才能在商界迅速立足。这还是梁远朝第一次出尔反尔。

“如果对方不同意，就把那位公子哥儿最近干的好事放出去。”

“好。”季风汇报完准备出去。

“等等，买部手机寄去这里。”

梁远朝随手撕了张纸，用钢笔写了个地址给季风。

“梁总。”季风思索了半天，还是决定现在告诉梁远朝，“晏先生和薄小姐之前有利益往来。”

梁远朝蹙眉：“查清楚了吗？”

“目前只查到一笔，二〇一三年十二月，薄小姐读研一的时候，晏先生的账户走了两百万元给薄小姐。其他的还在查，不过……”

“说。”他倒是要听听这两人在背后进行了什么交易。

“那些钱好像是薄小姐陪晏先生睡觉的报酬。”季风不认识薄矜初，但从第一天跟梁远朝起，他就知道这个人的存在，并且知道，只有薄矜初可以要梁远朝的命。

总裁办传出一声巨响，随后，办公室的门被打开，梁远朝提着外套走出来，一身怒火无处发泄，一群人没一个敢打招呼。

门半敞着，电脑显示屏躺在地上，七零八碎。

夜幕降临后的北城灯光旖旎，无人机飞过，拍下市中心 CBD 的重重光影。

今天研究所聚餐，难得有这种闲暇时刻，薄矜初要跟陈伯生拼酒，为的是加快辞职的进度。陈伯生稀里糊涂地答应了。

一桌人连连碰杯，桌上的菜没动多少。

十点散场，陈伯生喝醉了，小老头东倒西晃，最后路迟叫了代驾把他送回去，其余人自行解决。薄矜初没醉，自己打了车回家。

她住六楼，电梯在三楼的时候停了，有个女孩拎着两袋垃圾进来。

“哎？上去的啊？”女孩手忙脚乱地按了开门键，又跑了出去。

薄矜初所住的小区是一层两户的，她隔壁那户一直没人，不知道是没卖出去，还是人家还有别的房产。

电梯门打开，门口的声控灯坏了，电梯门合上后漆黑一片，手机还没电了，她摸到门锁，幸好是密码锁，数字是荧光的。

输完六位数字，隐隐约约地感觉黑暗中有人站了起来，薄矜初脊背发凉。

她冲进去的时候，微敞开的门被一股力量推开，有人闯进来，但不是祁封。薄矜初的心提到了嗓子眼，随后一声巨响，门被合上。

她的手绕到背后去摸开关，那人反应迅速，一把抓住她的手腕，整个人压上去，把她摁在墙上亲，她的背抵着鞋柜，硌得疼。

男人身上充满酒精味，薄矜初正打算用膝盖顶对方下面，男人放开她的唇，转而换成用手去扯她的衣服。

拼命想忘记的那段肮脏记忆忽然如浪潮翻滚，她想一枪崩了面前的狗男人。薄矜初一巴掌招呼上去。

男人闷哼一声。

这声音耳熟，薄矜初怒火攻心："梁远朝，你喝了多少！"

梁远朝的脸火辣辣的疼，胃比脸疼，心比胃疼。

他疯了，把薄矜初的衬衫撕烂，不管薄矜初怎么哭喊，他都置之不理，埋着头吻她全身，压着她的手臂，不许她反抗。

梁远朝做足了前戏，进去时却没有预想中那么顺利，两人都难受。

"梁远朝，滚出去！"泪从她眼角滑落，一半是痛，一半是难过。

梁远朝突然往前一挺，薄矜初不争气地叫出了声。

梁远朝把薄矜初压在身下，含了含她的耳垂，她浑身一颤，他继续探寻她的敏感点："你这些敏感点，晏寔都找到了吗？"

"梁远朝，你有病！"

"怎么，晏寔五万一晚买的不是你？"愤怒混着欲望，把薄矜初吞入腹中，梁远朝恶狠狠地道，"他出五万一晚，你就上赶着做晏家人了？薄矜初，你不是最怕自己脏了吗？"

话到嘴边，薄矜初又咽了回去，心突然空了，一瞬间自己好像变成了一具空壳。

整个房间都浸泡在浓墨中，看不清彼此的脸，只能感受到梁远朝凶猛的动作和咬牙切齿的声音："薄矜初，你陪他睡了几晚？"

薄矜初不想说。

她的身体开始回应他，梁远朝禁了十一年的欲望得到释放。

她激他："具体几晚我也不记得了，按你说的五万一晚，他一共给了我一千万。梁主席数学那么好，自己算算？"

最后，两个人都疯了，从沙发到卧室，再到浴室。

天蒙蒙亮的时候，梁远朝酒醒了，头痛欲裂，喉咙干得说不出话。

他怎么会和薄矜初睡在一起？还是在她家。

身旁人发出细碎的呜咽，薄矜初身上大片的瘀青控诉着梁远朝昨晚非人的行为。

梁远朝从衣柜里找了套衣服给她穿上，她还没醒，趴在他怀里扭动。

闹剧也不过如此。

一夜春光过后，两人再无联系。

六月北城入夏，出门一件短袖，不冷也不热。

陈伯生派薄矜初去代课。

薄矜初夹着烟，靠在陈伯生的办公室门口，烟灰掉在地上。陈伯生狠狠瞪了她一眼："什么毛病！年纪轻轻，老烟枪一个。"

薄矜初不以为意，说："干吗找我去代课？"

"临时通知我去开会，来不及调课了。"

"路迟呢？"

陈伯生走出来，在她头上狠狠敲了一记："成天路迟长路迟短的，喊师兄能要你命？"

"人家都不介意，您老提个什么劲儿？"

薄矜初把烟抽完，在水池里摁灭，去陈伯生的办公室拿了教材，往医学院走去。

研究所也在A大里面，不过离教学A区有点儿远，步行半个多小时。她扫了一辆共享单车，混在一群学生里，毫无违和感。

教室在闵晨楼306，陈伯生的课，同学们都会提前到教室。

"大家好，我叫薄矜初。你们陈教授临时有事，我来替他给大家上课，临危受命，没有什么准备，讲得不好请大家多多包涵。"

"好！"底下冒出个响亮的声音，有人带头鼓掌。

"老师研几了？"

薄矜初微微扬眉，心情大好，话语间流露出难以掩藏的笑意："我毕业三年了。"

"哇！"

"是因为我太漂亮了，所以看不出来吗？"

"是！"

"啊啊啊！你是校庆上的那个漂亮小姐姐！"

闵晨楼去年新种的芍药开花了，薄矜初路过一楼的时候特地闻了一下，很淡很淡的清香，就像这帮学生。

薄矜初把U盘里的PPT打开，多媒体卡了一下，薄矜初边等边问他们：“你们也是这么跟陈教授说话的？”

“不敢不敢。”

薄矜初：“他很凶吗？”

“嗯！”底下学生狂点头。

老师这个职业，相对来说，还是快乐和惊喜更多一些。王医生早年建议她去当一段时间老师，她拒绝了，她觉得学生等于麻烦。

第二节快下课的时候，讲台上的手机响了。

她正打算挂断，下面的同学都让她接。

“你好，哪位？”

“我。”电话是梁远朝打来的。

“有事吗？”她发现底下一群人捂着嘴，压抑着尖叫。

薄矜初忘了话筒的存在，梁远朝的声音透过听筒传到每个人的耳朵里：“中午有时间吗？”

她上完课要赶回研究所做报告。何况，她现在不想见他。

底下有个男生替她回答了：“有！薄老师她有时间！”

那个男生说完匆匆忙忙立起衣领，缩在书本后面。

满室窃笑。

“在上课？在哪里？”

又有个男生替她回答：“A区闵晨楼，306！”

下课铃一响，有个男生冲上去帮薄矜初关了多媒体：“老师，你快去约会！”

后门被一个男生用脚踹上，前门站着一个一米九的壮汉，前后压制，教室里的人一个都别想走，都给薄老师让路。

薄矜初又气又好笑，这些男孩子太可爱了。

迈巴赫停在闵晨楼对面，男人还是老样子，一身黑西装。

路过的人都以为他们是男女朋友。

梁远朝下车，手上拿着一个文件袋，摸着鼓鼓的一沓。

“什么东西？”

“钱可可让我转交给你的。”

“她人呢？”

“走了。”

"什么时候？"

"冬天。"

薄矜初蹙眉，一年一个冬，到底哪个冬天？

"她和傅钦还在一起吗？"

"没有。"

你以为真的只是你以为。

她以为她会和梁远朝在一起的，保不齐现在都有孩子了，可是没有。

她以为钱可可会和傅钦在一起的，也没有。

两人只字不提那天晚上。

薄矜初："为什么现在才给我？"

梁远朝："她说一定要在你生日的时候给你。"

她差点儿忘了今天是她的阳历生日。

"她现在在哪儿？"

"殷城。"

"具体地址。"

"淮海园。"他故意的。

自始至终，梁远朝的语气都很平淡，好像跟人叙述午餐吃了什么菜一样平常。

芍药花突然不香了。

旁边的梧桐树莫名落下两片绿叶，一片被走过去的女生踩碎了，另一片被男生的自行车轮碾碎了。车铃叮当响，美好仿佛是假象。

阳光暴戾地撕开绿荫，直刺薄矜初的双目，又痛又涩。

淮海园是墓园。

"小可可，你听说过屋河镇吗？以后我要是不想活了，就死在那里。"

"呸呸呸！你瞎说什么啊，我还等着参加你和梁主席的婚礼呢！"

回忆像光影，一闪而过。

薄矜初向陈伯生请了三天假，去了一趟殷城。十个小时的高铁，两个小时的绿皮火车，一个小时的城乡大巴。

她的生日是在列车上度过的。

淮海园在殷城的边陲小镇——屋河镇。薄矜初到屋河的时候是晚上八点，镇上少有光亮，却让人安心，像是入睡的婴儿，薄矜初不敢多扰。

她拖着行李箱走在街道上，轮子经常被地上的碎石卡住。

这地方薄矜初是第二次来，因为黑夜，她分不清方向。手机信号不好，她绕着电线杆转了好几圈才勉强打开高德地图，往钱可可给的地址走。

晚上十一点，她到达渔村，找到那个最偏、最靠近海的房子。

钱可可把房子收拾得很干净，装饰得很温馨，薄矜初在沙发上呆坐了五分钟，差点儿忘了钱可可已经死了，差点儿以为她还会回来。

她坐在窗边吹海风，听海浪的声音，把钱可可写的信又拿出来看了一遍。

我拜托梁远朝把这封信转交给你，在你生日那天。别怪我，我只是想给你过个生日，生日快乐。

我这辈子大概也就你这一个好朋友了，如果傅钦算男朋友的话。

明天晚上还有一场手术，医生说他们会尽力的。

有个秘密，我一直没告诉你，你去办公室救顾绵的时候，我看见了，所以我一直知道王仁成的丑恶嘴脸。不过他已经死了，这些都不重要了。

重要的是，梁远朝是真的真的很喜欢你。

不过将来无论你和谁在一起，我都祝你幸福。

薄矜初，做你的朋友很快乐，我很幸运。

信纸上的字迹歪歪扭扭，看起来毫无力量，跟薄矜初印象中的完全不一样。

海风吹开窗，让月光溜进来，钱可可挂的风铃响了，梁远朝的电话适时进来。

她现在心情沉重，需要有温度的声音。

他开口就是一句彻骨寒凉的话："想知道她怎么了吗？"

薄矜初不吭声。

"薄矜初，我说过的，要是再见面，我一定弄死你。"他继续说，"你当初消失得那么决绝，我还以为你谁都不在乎呢。"

从前她难过的时候就会告诉自己，撑下去，撑到春天，花开了，一切就都好了。她撑了一年又一年，终于在今年春天见到了她朝思暮想的男人。

可怎么还是那么难过？

"我在乎。"她第一次正面回应。

对面一声讥笑，挂断电话，剩她低声呢喃："我在乎的，梁远朝。"

深夜的朝今，灯火通明。公司上下都在为了最近的收购案加班。梁远朝对着报表看了五分钟，一个字都没看进去，连傅钦什么时候进来的都不知道。

傅钦："早点儿回去休息。"

"嗯。"梁远朝捏了捏眉心，"你打算什么时候走？"

"下个星期吧。"

"那么赶？"

"日子快到了。到时我走了，让沈修来顶我的职位吧，那小子虽然平时看着不着调，但能力还是有的。"

"位置我给你留着，当带薪休假好了。"

"不用了，我一时半会儿回不来。那地方有海有山挺好的，还适合养老，这些年赚的钱也够了。"

傅钦要辞职，公司上下只有梁远朝知道，所以周五苏木哭哭啼啼地捧着纸箱跟在傅钦身后的时候，所有人都吓了一跳。

"傅副总辞职了？为什么？"

有人小心翼翼地去扯苏木的衣袖："苏木苏木，怎么啦……"

苏木哭道："老板要走了。"

"为什么啊？"

"不知道。"

傅钦站在格子间，颔首道："天下没有不散的筵席，谢谢大家。"

薄矜初是被傅钦的邮件召回北城的，朝今的回绝信上面有一封未读的新邮件，只有一行字，简洁明了：傅钦，微信号 ×××××。

她加了，不出两分钟，对方就通过了好友申请。

"薄小姐，明天下午有时间吗，可否赏脸喝个下午茶？"

"傅先生找我喝茶，梁先生知道吗？"

一束刺眼的光打进来，落在餐桌白格的桌布上，细微的粉尘在空气中飘浮。年与时驰，失去了那个侃天侃地的少年时代，大家开始直呼小姐、先生。

他们都长大了。

何为长大？长大就是很多事用"对不起"三个字已经无法解决了。小时候不小心碰伤别人，一句对不起可以求得原谅，长大后剐蹭了别人的车，就得赔钱承担责任。要是伤了别人的心，得用一辈子赎罪。

"薄小姐想让梁先生知道吗？"

"傅先生随意，把时间和地址发给我就好。"

傅钦是偷偷给薄矜初发的邮件，找她喝下午茶的事，自然也不会让梁远朝知晓。

地点定在盛广广场的Harrods茶室，英园。傅钦问需不需要发定位给她，薄矜初说不用，那地方晏寔带她去过很多次。

薄矜初买了张机票急匆匆地返回北城。

翌日下午，傅钦坐在茶室靠窗的位子，薄矜初一进门就看见了。

“久等了。”

傅钦笑了笑说：“是我来早了。”

茶点上桌，傅钦给她点了传统英式红茶加奶，他自己是茉莉花茶。

她眼光毒辣，看人准，打年少时见第一眼就猜准了傅钦，如今他成熟稳重、温润如玉，颇有绅士风度。

薄矜初把小滤网架在茶杯上滤了下茶，慢慢地说：“我研究生在 A 大读的，毕业后直接进了导师的研究所。你呢？”

“我本科填了 A 大，研究生和阿远一起在美国读的。”

“那周恒呢？”十一年没提过这个名字，再次说出口竟这么自然。

她本想问钱可可的事，几番挣扎之后，还是算了。

“留在南城。”

薄矜初忽然想起萨冈的一句话：所有漂泊的人生都梦想着平静、童年、杜鹃花，正如所有平静的人生都幻想伏特加、乐队和醉生梦死。

按周恒从前的性子，他留在小地方和父母待在一起不足为奇。但是薄矜初见过他打架时的那股狠劲儿，忽然一阵惋惜，他的力量终无处释放。

“他结婚了，和他年少时的白月光。”

幸得以拨开黑暗见天光，果然，一眼能参透的便不叫生活。

好人是一个烂俗到极致的词，但薄矜初只对两个人用过，一个是周恒，一个是祁封。

“没想到他竟然是第一个结婚的。”

傅钦直截了当：“我们当初都以为你和阿远才是。”

她自嘲一笑，其实她也曾这样以为。

“你甩了他以后，他把自己关在房间里三天，发烧还开着空调，我们把他送到医院，医生说再晚一步他就烧死了。后来你说你和祁封在一起了，他把房间里能砸的东西都砸了，那些东西都是他妈妈买给他的。”

“他说，他可以接受薄矜初因为不喜欢他而离开他，但是他接受不了‘因为祁封可以，而他不可以’这个理由。他最难过的就是薄矜初不愿意相信他可以护她周全。他失去双亲，没有背景，但不代表他护不了她。”

“薄矜初，你应该相信他的。他想保护你，为了你填了复读申请，甚至连高考都不想参加。十几岁的我们什么都做不了，但他愿意为了你放弃自己的前途。在认识你之前，我以为梁远朝会需要我陪伴一辈子，直到后来他把自己家的空调借给你吹，我就知道，他不需要我了。他爸爸是为国捐躯，他从小的梦想是当一名警察。忽然有一天，他说他不想再当警察了，而是想做一个有钱有权的人，因为那样你就不会跟别人跑了。薄矜初，他是真的想给你幸福。”

傅钦一股脑儿说了很多她不知道的事。她没想到梁远朝会为了她选择复读，更没想过他因为她而改变了人生轨迹。

“我知道。”她有多喜欢梁远朝，梁远朝就有多喜欢她。

薄矜初往茶里加了块糖，问：“今天你找我来单纯是为了叙旧？”

“你的简历是阿远让我拒绝的。”

“我猜到了。”

“那你还打算再投吗？”

“你觉得我再投一次……”她还没说完。

“他肯定要你。”

薄矜初嘴角上扬，但她现在想知道钱可可发生了什么。

傅钦不提，她不敢问。

晚上，梁远朝送傅钦去机场，傅钦登机前问他：“真不打算继续吗？可可总说，她是一个好姑娘，值得。”

梁远朝指了指他的登机牌：“你该走了。”

飞机凌晨落地殷城，傅钦连上网后收到一条银行短信，来自朝今的工资卡。财务部给他结了三倍的年薪，是梁远朝的意思。

副总职位一空，定然掀起千层浪花，这块香饽饽抢手得很。傅钦走之前已经联系了沈修，那小子答应了要来接替的，结果一周过去不见人来。

梁远朝一个电话打过去。

沈修掐断了，反应过来，慌里慌张地拨了回去：“喂，哥，刚不小心按错了。”

“你说我是不是该给你妈打个电话，告诉她你打游戏的事？”

“别！哥，求你了，我明天就去上班！保证！”

一家上下，沈修唯一怕的就是他妈。毕业后，他进了一家游戏公司做测试员，说白了他就是奔着打游戏去的。他向他妈谎称自己在朝今跟着梁远朝干，这些年多亏梁远朝兜着，才没被发现。

“周一看不到你的话……”

“绝对能看到我！一定！”

周一早晨气象局发布雾霾黄色预警，薄矜初在上周五递交了辞职报告，现在就等着办离职手续，最近闲人一个。

她住在春江明月，祁封把房子买在了她隔壁的玫瑰园。

北城冬夏两个季节的雾霾特别严重，出行的人无一例外都戴着口罩，薄矜初跟着导航到了市中心CBD。九点一刻，朝今地下停车场还有空位，她的“爱驹”侧方停车的时候不小心刮到了那辆熟悉的迈巴赫，黑色的车门上有一道突兀的划痕。

薄矜初发誓，她绝对不是故意的。

集团前台的小姐姐一身正装，利落的盘发，见到薄矜初微笑示意。

“您好，我找梁总。”

前台一愣，整个朝今上下姓梁的只有一位——梁远朝。

“请问您有预约吗？”

“没有。”

“那抱歉，没有预约不行。”

“麻烦你通报一下，告诉你们梁总，就说有位薄小姐找他讨债。”

前台用看智障的眼神看她，整个朝今都是梁远朝的，说梁远朝欠她？她这一身行头加起来还不如梁远朝一件衬衫贵。

“薄小姐，对不起。”

后背被人拍了一下，薄矜初回头。

“嗨，漂亮姐姐。”是上回在Rose见过的那个男人，梁远朝的朋友。

薄矜初一向不喜欢这种小奶狗长相的男人，语气不耐烦，甚至想点支烟：“有事？”

“我带你上去。”

薄矜初挑眉，掏了支烟给他。

沈修忙摆手：“姐，我不抽，你自己收好。”

电梯里，沈修噼里啪啦地给梁远朝发信息：“哥，敌军还有五秒抵达战场！”

“你叫什么名字？”逼仄的电梯间里，薄矜初突然开口，打断了沈修打字的动作。

“沈修，修身养性的修。姐姐你真漂亮。”近距离欣赏薄矜初，她肤质白净细腻没有毛孔，下巴到脖子的线条紧实。

怪不得梁远朝对她念念不忘。

薄矜初比他矮一个头，沈修却感觉她在俯视自己。

她不屑他的夸奖，自然也没理他。

电梯在顶层停下，沈修伸出手示意她先走。

季风看到两人，对沈修颔首：“沈副总，薄小姐。”

“我带她上来的。”沈修抢先说。

季风看了他一眼，他真的能做好副总吗？

梁远朝正在办公室开视频会议，门突然被人拧开，眉间立刻皱成“川”字。

“薄小姐，梁总在开会，现在不方便。”季风观察梁远朝的神色，最后道，“您继续，我带她去会客厅等您。”

“不用，让她进来，你去把下午要用的合同整理好，顺便把沈修安排了。”

“是。”季风退出去，顺带关上门。

百叶窗紧闭，办公室内的景色完全独立。

梁远朝继续开会，沉缓的音调像大提琴，悦耳动听。薄矜初自顾自瞎溜达，总裁办是她研究所办公室的六七倍大。

窗户旁放了许多盆栽，清一色全是绿色，唯有一抹红——十八学士。

薄矜初对着窗外忽然笑了，笑得很轻，惹来梁远朝的目光。

视频里的人开始道别：“那梁总合作愉快，改天我到北城，咱们桌上聊。”

梁远朝浅笑：“好。”

她穿一条吊带丝绸黑裙，靠在窗子上，嘴里叼着烟，魅惑众生。梁远朝突然想起那晚，她身材很好，手感亦然。

忽然有点儿燥热，他背对着她轻扯了下领带，端起水杯喝了口茶。

“谈妥了？”薄矜初从窗边移到沙发上，“多少的单子？”

梁远朝直言：“七千万。”

“你能赚多少？”

“一千万。”

不知道他说的是真是假，薄矜初眯了眯眼：“借给我。”

梁远朝在她对面坐下：“怎么还？”

“男人是不是都这样？穿上裤子就翻脸不认人了。”

梁远朝微微掀了一下眼皮：“成年人酒后乱性很正常，你不也很享受吗？”

他的话像一记响亮的耳光打在她脸上。

薄矜初吞云吐雾，办公室里烟雾缭绕，梁远朝不适地皱眉。

“这花被你养得挺好。”

“傅钦买的，净化空气。”

薄矜初捻了烟头，语气平平地问：“我送你的那盆呢？”

“砸了。”

薄矜初和梁远朝彻底闹掰的那一晚，她回了趟青山巷，只把院子里的十八学士和白宝珠搬了出来，家门都没进。

白宝珠她带去了云里巷，十八学士被她偷偷放在了梁远朝家门口。

她又想抽烟了，去摸烟盒。梁远朝眉头紧锁：“要抽的话出去。”

薄矜初把刚摸出的打火机塞回包里，没了耐心：“要么借我一千万，要么让我留在朝今。”

梁远朝靠在沙发上，眉尾轻挑：“凭什么？”

“凭我陪晏寔睡一晚他给我五万，而你却想白嫖我。”

梁远朝登时黑脸，给季风打了个电话：“我给你发个账户，转一千万过去。”

薄矜初拿到钱，想起沈修的话，问他：“为什么不让我留在朝今？梁总裁钱多没地方花？”

不给她钱不好，给了也不好。

“朝今只要人才，你是吗？”

薄矜初笑笑，食指穿过吊带，整了整裙子，踩着高跟鞋走了。

沈修见薄矜初出来，忙跟上去：“哎，姐，你跟我哥什么关系啊？”

“你是他亲弟？”

沈修摇头：“大学室友。”

“那你一口一个哥喊得那么亲切。”

“他比我大三岁，叫声哥应该的。”

薄矜初挑眉，难怪这小子见到她就叫姐：“天才儿童？跳级了？”

“天才不敢当，小学跳了两级。”

薄矜初把话题扯回来：“你觉得我们俩是什么关系？”

“初恋。”沈修笃定地回答。

“没在一起过算吗？”

“啊？”电梯门即将合上，沈修伸手，门重新打开，“姐，我刚才听见你们的对话了，我哥骗你了，那盆花不是，嗯……”

“薄小姐慢走。”季风把沈修拖进办公室。

下午朝今官宣，新上任的副总是沈修，公司一片沸沸扬扬，策划部的几个女同事聚在一起，七嘴八舌。

“哎，听说楼上的新副总已经来了，是个超级好看还年轻的男人。”

“什么来路啊？不是说新副总从底下选吗？怎么突然空降了？”

“哎，小鹿，你不是跟苏木关系很好吗，她是副总秘书，你去问问啊！”角落里新来的女孩突然被点名，有些尴尬，不知道怎么回答。

叫小鹿的女孩子神色紧张，她本就觉得这样明目张胆地讨论别人不太好，现在还叫她去问，这刀架在她脖子上，她动弹不得，支支吾吾地说了一句：“我去趟厕所。”

苏木仍旧是副总秘书，第一眼见到自己的新老板，愣了许久，还挺年轻，后知后觉地反应过来，他应该比傅钦更好相处。

果不其然，沈修才在办公室坐了五分钟就叫道：“苏木！”

苏木慌慌张张地放下手上的工作，跑进去：“沈副总。”

沈修勾了勾手：“我们公司有论坛吗？”

“啊？没有吧。”

这又不是大学，是个大公司！

“那我要怎么知道他们是如何议论我的？”

苏木以为自己听错了：“您说什么？”

沈修斜眼看她，嘴角不自然地抽了一下，指了指自己的耳朵：“你是……耳朵不好使？”

苏木只是觉得他好歹是个副总，一人之下万人之上，怎么没有半点儿副总的样子，跟惯了傅钦，一下子换成沈修这种性子的老板，一时间难以适应。

真正令苏木咋舌的是，沈修竟然用公司的电脑打游戏，办公室外都能听见噼里啪啦的键盘声。

陈雅怡过来的时候，苏木差点儿叫出声，赶紧挡在办公室门前：“雅怡姐，您不是在香港出差吗？”

“沈修来了？”

“啊，对，那个沈副总在里面打合同。”她实在编不出更好的理由了。

“打合同需要他亲自动手？”

苏木提心吊胆：“他非要自己来，说为了更好地融入朝今。”

此时，一道女音响起：“Double kill（双杀），Triple kill（三杀）。”

苏木忍不住在心里骂了句“笨蛋”。

陈雅怡面色一沉：“让开。”苏木灰溜溜地退到一旁。

“ACE（团灭）！”沈修激动得弹起来，双手握拳，庆祝自己团灭对方。

陈雅怡推门而入时，沈修没听见，还沉浸在赢了游戏的喜悦中。

“公司给你配的装备那么好？”

冷不防听到一道女声，沈修惊了一下，跌回皮椅双眼一合，静了一秒随即睁开，变了模样和语调：“班花小姐，别来无恙。”

陈雅怡大学时是班花，打从第一天入学起，班里人就知道她是追着梁远朝来的，所有女生都想打进沈修他们寝室的队伍里，可惜只有陈雅怡成功了。沈修是寝室里唯一一个对陈雅怡有明显敌意的人，两人极不对付。

“你上任第一天就在公司里大张旗鼓地打游戏，影响不太好吧？”

“我记得班花小姐以前说过我是天才来着，那么天才做事，一般人怎么能理解呢？”

“不管你怎么样，你别影响阿远就行。”

沈修讽刺地说：“陈小姐，请看清楚自己的身份，你还不是我嫂子。”

办公室门“嘭”的一声关上，陈雅怡越气，沈修越舒心。

苏木觉得这个副总好像比傅钦更好，起码他们有共同讨厌的对象。

陈雅怡是产品设计部的总监，整天一副女主人的架势，动不动就使唤苏木，这回总算有人敢杠她了。

沈修：“干吗盯着我看，我脸上有花？”

苏木给他比了个赞：“不是花，是一股大义凛然的正气！”

沈修走到她旁边，拍了拍她的肩膀，语气刻意亲昵：“谢谢你，小苏木。”

男人的侧脸闪过，苏木在心里狂叫：这是什么神仙变态老板！她决定路转粉了！

“您去哪儿？”

“下班。”

“才四点，五点才下班！”

“那我去梁总办公室待一个小时。”

梁远朝忙得很，有十几份文件需要他签。

从陈雅怡进来到现在，他连头都没抬过一次。

“你为什么让沈修来接替傅钦？你知道的，他志不在此。”

梁远朝拿起钢笔在甲方的冒号后面签上自己的名字，说道：“他有这个能力。”

“可他……”

男人缓缓抬眸：“那你觉得，谁应该坐这个位置？你吗？”

她承认她有这个想法，但都只是为了能离他更近。

他说：“陈雅怡，我答应让你继续留在朝今，只是因为你对朝今有用。”没有半点儿其他意思。

“我追了你整整十二年，”陈雅怡眼眶红了，“梁远朝，我的青春都献给你了。”

办公室里只剩下纸页翻动的声音。

梁远朝放下手中的合同站起来，手撑在办公桌上，平视她，语气淡如水：“所以呢？我得对你的青春负责？你抢我志愿表的时候我就告诉过你，没用的，我以为你明白。”

陈雅怡心底有一万个声音，可她不敢说，一旦把梁远朝激怒了，她便再没有一点儿可能：“晚上部门聚餐，我先走了。”

沈修没去梁远朝办公室，折身下了电梯，提前下班了。

季风跟梁远朝报告了沈修的动向，梁远朝说了句“知道了”，便随他去了。

晚上，梁远朝习惯性失眠，半夜三更起来喝水，耳边忽然响起陈雅怡的那句话，她的青春都耗在他身上了。

听起来很可悲，说白了却也是心甘情愿的。

就像梁远朝等了十一年，薄矜初身边的人换了又换，偏就不是他。

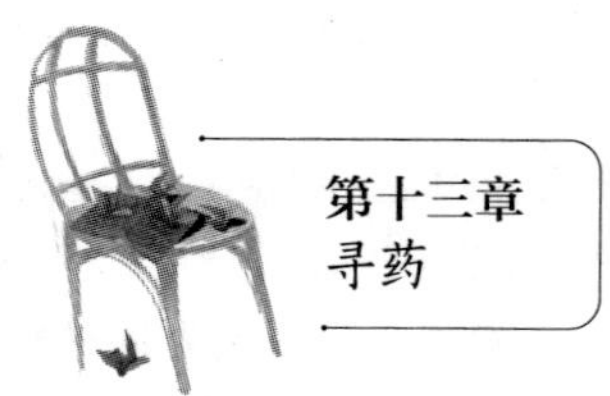

第十三章 寻药

六月的第三个星期六，碧空如洗，天上没有一丝浮絮，滤去一切杂色。

祁封带薄矜初去了北城最大的鲜花市场，鲜花市场人头攒动，脚底时不时踩到花农修剪的枝叶，混着地上的水，黏腻不已。

祁封兴致勃勃：“这还挺像南城的，你说呢？”

薄矜初扫了一眼：“嗯。”

在她眼里只有两种地方，一是繁华都市，二是穷乡僻壤。薄矜初毅然决然选择前者。从她离开南城的那天起，她就发誓，宁做大城市的鬼，也不当小城市的神。

“你有喜欢的花吗？”祁封问她。

“把我喜欢的花当镇店之花，我就告诉你。”

“要是你喜欢狗尾巴花，我拿狗尾巴花当店花，那我这店也太低级了。”

两人拌了几句嘴，祁封要去找供货商，薄矜初打算回车里等着。

这地方杂乱无章，让薄矜初觉得压抑。

铃声打断她的思绪，来电显示是薄芳，他们已经抵达北城，刚入住宾馆，准备先玩一天，周一再去医院。

“你们几个人来的？”

“四个，我、可欣和她爷爷奶奶。”

祁封很快回来，他跳上驾驶座给薄矜初打了个“好”的手势。

“合同搞定了，一会儿想吃什么？哥带你去潇洒。”

“吃人。”

“……”

回去的路上有点儿堵，薄矜初心烦意乱，摸了摸口袋，空的。

祁封问她：“找烟？前面应该有家超市，你再忍忍。”

“别人都劝我别抽，你怎么反倒支持我抽？”上回她去王敛那儿，王敛强烈要求她戒烟，换成其他任何一种解压方式都可以。

路终于通了，祁封右脚挂上油门，无奈地道：“除了抽烟，你有别的解压方式吗？”

“没有。”

祁封昨晚跟奶奶通电话，听说了薄芳公公要来北城看病的事，那对老夫妻也真够不要脸的。

沉默片刻，薄矜初问：“你爸妈怎么看待你开花店和餐厅的事？”

“他们无所谓，知道我不安生，已经习惯了。”

窗外响起此起彼伏的喇叭声，车流量越来越大，交通电台播报前面路段发生了追尾事故，交警正在处理，后面的车彻底动不了。

薄矜初难得有耐心，第一次觉得堵到天黑也挺好。

她掏出手机拍了张照片，发了条短信给梁远朝：“堵车了。”

堵了两个小时，两人饿得肚子咕咕叫，到市区的时候正好下午两点。

下车前薄矜初看了一眼手机，没有动静。吃得差不多了，她扔下祁封自己走了，祁封匆忙结账追上去：“你去哪儿？”

薄矜初手一挥：“泡男人。”

祁封扭头走了。

朝今前台换人了，看上去比上回那位严肃，其行事作风验证了薄矜初的直觉：“小姐，如果没有预约的话请回吧。”

上回那位顶多不让她进去，这次这位直接赶人。

“麻烦你帮我把东西送上去。”她把半道打包的糕点递过去。

前台不接，任她尴尬地伸着：“对不起，您请回吧。”

放在平时，她铁定跟这一板一眼的前台杠上，但今天她心情不好，内心极度烦躁又死压着不爆发。

前台面无表情地把糕点递还给她。

一出大楼，热气扑面而来，下午三点多的太阳毒辣，她在门口站了会儿，有些挨不住，但她不想走，不想去见那对老夫妻，只想见梁远朝。

她又给他发了一条短信：“我来给你送糕点。”

房檐下有一处阴凉，她就站在那儿等。

保安好几次过来想问她在等谁，看到她阴沉的表情后又讪讪地走开了。

梁远朝下午接连开了两个会，一直到五点才结束，正好下班时间，公司陆陆续续有人离开。薄矜初站在墙角，没人看见，六点左右人去楼空，只剩几个部门的员工留下加班。

梁远朝中午开会的时候手机就没电了，一直没时间充，去参加饭局的路上在车上充了会儿，到地方后季风拔下来递给他，开机后，有三个未接来电和两条知短信，电话全是沈修打来的，他懒得回。短信来自没有备注的号码，历史记录是上回她发错人的信息。

然后是最新的两条。

13：17，“堵车了。”

15：09，“我来给你送糕点。”

现在已经六点四十，他正犹豫着回不回，季风接了个电话。

“她现在还在公司楼下吗？”

“好，我知道了。”

季风把车靠边停下，侧头问：“保安说，有位小姐在公司楼下等您。”

两人心照不宣，这位小姐是薄矜初。

“你先打车去饭局。”

“好。”季风下了车。

回公司的路上，梁远朝压着车速开，刚好卡在超速边缘。

从六点开始，薄芳连着打了四个电话给薄矜初，问她回市区了没，可欣的爷爷奶奶说想出去吃饭，让她找个地方。

七点的时候，电话又来了，薄芳问：“小初，你到哪儿了？”

“路上。”

“还要多久啊？”

“堵车，起码半个小时，你们先吃吧，让可欣上网搜个餐厅，然后导航过去。”

薄矜初说话的同时，电话里传来一道方言，声音有距离，但很清晰：“一天了都还没回来吗？中午就说要回来了，现在还在路上，不想请我们吃饭就算了，家还舍不得给我们住，她以前可是死皮赖脸地在我们家住了一年。”

李可欣打断老婆子的话：“你别讲了！”

“怎么我别讲了？我说错了啊？你那是个什么姐姐，帮过你一点儿忙吗？她这么没良心，你看不见啊！”

老婆子愤愤说完，老头子接了一句：“确实太不懂事了。”

这一唱一和真让薄矜初恶心。

薄芳出声：“别理他们，你路上小心点儿，今天就别过来了。”

一晃十年了，被说了十年，按理说早该麻木了，可再次听见这样的话，她还是会气得想打人。

站了数小时，她精疲力竭，准备打道回府。迈巴赫在眼前停下，梁远朝下车，看到她正在揉脚，糕点被她随意地放在地上。

“你来了。”这话传到梁远朝耳朵里，他心头一震。

十七岁的薄矜初会坐在他家门口逗小蚂蚁玩，等他回家。

恍惚间差点儿以为他们真的回到了过去，他问：“等了多久？”

“三个半小时。”

她靠在墙边，长发落在胸前，指尖的烟刚点燃，眼神同烟雾一样飘忽不定。

一切早已变味。

梁远朝被拉回现实，声音没有温度：“找我有事？”

薄矜初把东西递过去：“这个糕点挺好吃的，你尝尝，不喜欢就丢了。”

梁远朝接过袋子，走了几步把糕点丢进垃圾箱。

薄矜初压了一天的火气噌的一下上来了。

高跟鞋发出有节律的敲击声，她右手捻着烟嘴垂在裤缝边，左手拾起梁远朝的领带，咬牙一拽，梁远朝往前扑了一下：“尝都不肯尝，我能毒死你？”

男人附在她耳畔，声音沁着冷意：“因为不喜欢。”

不喜欢而已。

薄矜初像是走在马路上被人兜头浇了一脸盆水。

春江明月，薄矜初光脚盘腿坐在露台的地上，脚边是她捡回来的糕点，她没吃晚饭，随便抓了几块放进嘴里，对食之无味这个词有了深刻的理解。

她今天极度讨厌听电话，刚把手机调成静音，舒心便打进来，劈头盖脸一顿骂：“你怎么回事啊？连顿饭都不带他们吃，你忘了当初我们家求了你姑姑多少事吗？你姑姑毫无怨言地帮我们，你还有什么不满意的？”

这话怎么听怎么不对。

原来她有家的啊？那个一下大雨，天花板就漏水，一到夜晚就只剩她一个人的破房子就是她家。明明是父母不作为她才需要寄人篱下，而这一切倒成了她的错。

“明天带他们去吃饭，然后去景点玩一玩，听见了没？”

薄矜初半晌没吭声。

“薄矜初，你才赚几个钱，尾巴就翘到天上去了？”

薄矜初嗤笑一声：“谁都有资格说我，就你没资格。”

“你说什么？你再说一遍！喂……喂！”舒心捏着手机被气了个半死。

一旁的薄远听不下去，说了舒心几句：“你好好地说她干吗？北城能和南城这种小地方比吗？一堵堵几个小时正常得很。她又不是成天游手好闲的人，一个女孩子在外面打拼哪儿那么容易？”

舒心的怒气不降反升，手指着窗户，气势汹汹：“就她不容易，这世上活着的人哪个容易啊？”

薄远叹了一口气。

以前薄矜初听到这种话会偷偷躲起来哭，自从买了房，单独成户后，她和他们十天半个月都见不上一面，最后只剩无所谓。

舒心爱怎么说怎么说，反正她不会按她说的做。

薄矜初给李可欣转了五百块钱，李可欣退了回来：“姐，你别理我奶奶，她神经病，我都懒得听她讲。你哪天休息，我们一起去逛街。”

薄矜初：“好。”

晏寔今天不值班，坐在书房里看书，桌上的手机振动不止，他看了一眼来电提醒，接起就问：“晚饭吃了吗？”

“吃了。”薄矜初捏碎手上那块咬了一半的糕点，“晏寔，帮我个忙。”

晏寔合上书：“你说。”

“帮我查个人。”

薄矜初天亮才合上眼，等醒来的时候已经下午了，还是被客厅的声音吵醒的。她以为祁封带人来了，出去一看，薄芳的公公婆婆大大咧咧地坐在自家的客厅里，玄关处放了三个行李箱。

祁封：“醒啦？”

薄矜初瞥了一眼沙发上的人：“嗯。”

饭桌上，薄芳说起前几天住的那个宾馆，明明是个连锁酒店，结果环境一般，隔音效果极差，害得她好几晚没睡好。

薄矜初看着对面牙尖嘴利的老太婆说：“小区门口的酒店环境还挺不错的。”

老太婆用蹩脚的普通话回她：“在你这儿将就两晚就好了嘛。”

祁封放下筷子，一本正经地道："让爷爷奶奶睡我房间好了，刚好这两天我……"

他话没说完，薄矜初给了他一个"是不是想死"的眼神。

"我去买点儿东西。"薄矜初抓起手机往外走。

"哎……你饭还没……"

薄芳的声音被关门声覆盖。

便利店的收银员认出薄矜初："您又买烟？"

"嗯。"

收银员是个男孩子，二十出头的年纪："一共一百，请问支付宝还是微信？"

"支付宝。"薄矜初调出二维码递给他扫。

"今天天气挺好的。"

薄矜初静默几秒，面无表情地看了一眼门外的天，视线落回到男生蓦然泛红的耳朵上："你上周几的班？"

男生道："我上一三五的班。"

"好。"便利店外，薄矜初一边拆烟，一边打探着头顶的乌云，轻笑一声，"行，那我以后二四六来买。"

祁封不知道什么时候跑出来的："买什么？"

薄矜初含着烟，毫不留情地踹了他一脚："买你的肾。"

"哦吼吼，你真踹啊！"

薄矜初抽着烟质问他的样子像极了女流氓："给我个解释。"

"我知道那老头老太太不好，就是觉得你姑姑夹在中间很难做，而且我能感受到你姑姑是真心实意想来看你，给你做顿好吃的。"

薄矜初把烟从嘴里拿出来，正了正身子，态度坚决："我知道，所以我姑可以留下，那两人不行。还有你，这两天要是敢出去住，我撕了你。"薄矜初手一摊，"车钥匙给我。"

祁封拍了拍扁平的口袋："我没带，你要去哪儿？"

"研究所。"陈伯生说离职手续彻底办好前她还是得去上班，今天是工作日，她旷工半天，陈伯生快把她手机打爆了。

"那我上去给你拿。"

"不用了，我打车去。"

宋沉早就等在研究所门口了，看见她，飞也似的冲过去："师姐，荣生送来的新药安评结果出来了。"

薄矜初看了一眼日历，确实是今天。

看宋沉的表情就知道，结果不理想，她问："出什么问题了？"

薄矜初半道接手的是一个新药安全测评的项目，她的研究方向不是这个，奈何荣生医药公司价格开得高，而且指定要找陈伯生的团队做。

前期工作是路迟负责的，后来因为研究所新开了另一个项目，路迟刚好是那方面的专家，他调过去后，这个项目就由薄矜初接了下来。

宋沉说："猴全死了。"

薄矜初瞬间皱眉："全死了？毒性作用还是什么？"

"不是。"宋沉打断她，"给药剂量错了。"

给药剂量怎么可能会错？明明是提前算好的数值。

"负责给药的是谁？"

"新来的实习生，蒋茗。"

宋沉亦步亦趋地跟在薄矜初后面，一走近办公区就听见了陈伯生的骂声。

"你知不知因为你的粗心造成了多大的损失！我们耗费了那么多的人力物力，到头来功亏一篑！一个实验人员最基本的职业素养你都没有！跟人家公司定好了这周出结果，两周后进入一期临床试验，人家志愿者都找好了，你倒好，瞎整一通，大家跟着白忙活大半年！以后别人怎么看我们所，谁还愿意和我们合作？"

在薄矜初的印象里，陈伯生没发过这么大的火。

她推门进去的时候，陈伯生转过来就想对着她骂，看清楚是她后，硬生生憋了回去。

那个叫蒋茗的实习生眼泪糊了一脸。

薄矜初给她递了张纸巾，小声道："你先出去。"

"对不起。"

待门关上，薄矜初给陈伯生倒了杯水："荣生那边怎么说？"

陈伯生挠了挠稀松的发顶："还没告诉他们。"

初步估计单实验动物方面的经济损失大约在八万元，人力物力以及后续工作的停滞亏损严重。薄矜初是直接负责人，她得去一趟荣生药业。

下午三点，宋沉给薄矜初发信息："师姐，你在哪儿？"

"动物房。"

蒋茗就坐在薄矜初对面，眼睛哭肿了："薄老师，对不起，是我太粗心了，对不起，对不起。"

"你觉得我应该怎么处理？"薄矜初的语气听不出任何情绪。

蒋茗沉默，泪眼婆娑。

“你给了十倍的剂量，这种错误和你粗心与否没有任何关系，作为一个实验员，不同动物不同途径分别给药量是多少，这不应该是一个实验人员必备的基础知识吗？你的上岗证是怎么考出来的？”

蒋茗突然抓住薄矜初的手，异常激动：“薄老师，我知道错了，求求你了，我的实习期还剩一个月了，我必须得拿到优秀毕业生，求求你了。”

宋沉的电话恰好进来：“师姐，我约到了荣生的负责人，时间和地点微信上发给你了。”

“好。”薄矜初挂断电话直接往外走，先前对蒋茗仅有的一丝同情在她刚刚那句话说完后消失殆尽。

薄矜初这辈子最讨厌不为自己的错误负责的人。

蒋茗以为自己还是小孩子吗？一句道歉就可以解决问题。

她从君宴庭会所出来的时候，陈伯生给她打电话：“谈得怎么样？”

“具体的赔偿金额等荣生那边派律师来谈，几万块肯定解决不了，姜茗的实习报告打零分，还有我被开除。”

“轰隆”一声巨响，天色以肉眼可见的速度变暗，马路上的车辆驶入远端的黑墨中。

薄矜初没带伞，又不想回家，也不知道祁封把人赶走了没。她跑到对面的咖啡馆里买了杯热可可，外面开始下雨，咖啡馆里的人越来越多。

“停车！停车！”沈修坐在后座猛拍驾驶位的椅背。

季风靠边停下。

梁远朝看了他一眼，没说话，低头继续看手机。

沈修跟疯子一样，拍着窗户：“那个！那个！”他脑子一时短路，想不起那人名字，“哥，我嫂子！”

梁远朝这才慢慢抬起头，季风跟着看出去，车窗被雨水冲刷，看得不真切，但也能一眼辨认出站在咖啡馆外的女人是薄矜初。

“她是你哪门子的嫂子？”梁远朝淡淡地回了句。

“不是就不是呗。”沈修嘟囔，迟早的事。

“雨那么大，她好像没带伞。”沈修看着旁边的男人，“要不，我们顺路捎她一程吧。”

“你顺哪门子路？”

沈修突然绅士风度爆棚，不管不顾，夺门而去。

薄矜初正准备把包盖在头上冲出去，眼前多了个人，还是个熟人。

“姐，你去哪儿？”沈修指了指身后的车，“我刚好路过看到你，你是不是没带伞？要不要一起走？”

薄矜初没想好要去哪儿，不过她确实没带伞，思考的过程中，沈修把伞挪了一半给她：“先上车吧，雨挺大的。”

待落座后，薄矜初才发现车上还有人，男人望着窗外，丝毫没有搭理她的意思。

沈修这个机灵鬼坐到了副驾驶位置：“姐，你没看天气预报吗？”

“没。”

他侧身朝后面说：“唉，这下雨天真够烦的，感觉浑身上下黏糊糊的，扰人心烦……是吧？”

后面两人没一个应他的，沈修又问一遍：“是不是？”

“还行。”薄矜初说，“下雨天挺好的。”

梁远朝拿起手机看了一眼。

类似的话，年少的薄矜初说过。

那时候的她不喜欢下雨天，每次一下雨就赖在梁远朝家里不肯走，梁远朝写作业，她就一个劲地在他耳边念叨：“阿远，这雨什么时候停啊？滴答滴答烦死了！阿远，你摸摸我的衣服，看是不是湿的，我总感觉黏糊糊的，一点儿都不舒服。”

一天的破事，薄矜初有些疲倦，靠在车窗上，听沈修叨叨不停，偶尔回应他几句。

“姐，我哥高中的时候是不是有很多人追？”

窗外闪过一抹黄色，外卖小哥在雨幕中飞驰，薄矜初收回视线：“那得问你哥。”

问梁远朝还不如问石头。

“姐，你有男朋友了吗？”沈修转而换了个问题。

“没有。”

沈修问这个问题前特意瞄了一眼梁远朝，生怕被削，不过他想了想，梁远朝应该也好奇薄矜初的答案：“那你谈过几次？”

“一次。”

沈修震惊：“就那次？”

“哪次？”

他冲着梁远朝的方向挑眉，薄矜初轻笑一声：“你问问他承不承认。”

沈修的眼睛瞪得像铜铃。

梁远朝蓦然开口，透着十分不耐烦，对沈修说：“你很啰唆。”

薄矜初和梁远朝的那段感情没头没尾，猝不及防地开始，又戛然而止。少年不早恋，遂也不算在一起。

薄矜初心里一直把梁远朝视为初恋，永远的初恋，永远的爱人。梁远朝想的却是，那个人究竟是不是晏寔。

“哥？”沈修轻声唤他。

梁远朝掀起眼皮，还未开口，左边车道的凯迪拉克突然超车越至迈巴赫前，随后立马减速。“砰！”季风猛踩刹车，但还是撞上了。

薄矜初正走神，事故发生得突然，她来不及做出任何反应，只记得意识丧失的前一秒有一只手托住了她重重的脑袋。

薄芳叫了辆出租，送二老去宾馆，上车没多久，城市交通的广播电台播出最新消息。

“今天下午四点五十分，阳江路发生了一起五车追尾的交通事故。其中，一人重伤、一人昏迷、两人轻伤，现警方正在事故现场进行调查。阳江路目前堵车严重，原需经阳江高架桥的朋友，尽量绕路而行。”

薄矜初是第二天的晚上醒来的。

同一时间，梁远朝接到季风的电话：“她几点醒的？”

季风站在病房的窗户边：“刚醒。”

“问问她饿不饿。”话说完，梁远朝愣了一瞬。

朝今上下只剩下梁远朝办公室的灯还亮着，男人桌前放着一沓没翻开的合同，季风顿了两秒：“晏先生在照顾她。”

晏寔下午准备交班的时候听说薄矜初受伤进了医院，他白大褂都没脱就直奔急诊。

梁远朝：“那你下班吧。”

季风：“我现在过去接您。”

“不用了，你直接把车开回去。”落地窗外灯光旖旎，北城的夜生活刚刚开始。

季风想，梁远朝估计又住在公司了。

病房里，薄矜初昏昏沉沉，偏头正好撞上晏寔的目光，看到他还穿着白大褂，耳边是救护车的声音，这一觉好像睡了一个世纪之久。

她喉咙干涩，咽了口口水，开口问：“你今天值班？”

最后一瓶点滴正好输完，晏寔给她拔了：“嗯，饿不饿？”

薄矜初摇头：“我手机呢？”

晏寔递给她，说："昨天的几项检查都没什么问题，但是要住院观察一周，明天早上我去给你拿住院用的东西。"

手机里有两个未接来电和十五条微信，薄矜初光顾着回信息了，手背突然被摁住。

他皱眉道："流血了。"

薄矜初后知后觉："你刚说什么？"

"我说我回去给你拿日用品。"

"不用了，我让祁封给我带过来。你先回去吧，我再睡会儿。"

晏寔正想说其实今天不是他值班，一个护士急匆匆地跑进来，上气不接下气地道："晏医生……晏医生，刚接了一个患者，脑出血，王医生在给另一个患者做手术，需要你……"

护士还没说完，晏寔一边往外走，一边交代薄矜初："你先睡，饿了或者有其他事情记得按铃。"

"知道了，你快去吧。"

深夜的急诊室跟白天的门诊无异，排队、奔跑、喘息、啼哭……门隔绝了外面的喧闹，薄矜初靠在病床上，拿起手机，拨给了梁远朝。

"嘟——嘟——"

"我答应祁封了，不再和你来往。"

"你骗我。"

"我要是骗你，出门被车撞死。"

"为什么是他？"

"因为他妈妈是律师，他爸爸很有钱，真正能救我的是他，不是你。"

"薄矜初，有本事这辈子都别再见面，否则我一定弄死你。"

她想起了他们最后一次对话。那时候的梁远朝肯定难过得发疯。

最后一声"嘟"之后，电话被挂断了。他对她失望透顶了。

薄矜初的心酸涨得难受，她明明应该庆幸自己没有一语成谶，否则她现在躺的地方不是病房，而是殡仪馆。

不知道为什么，这一刻，她就想听到他的声音。薄矜初再次拨过去，这次"嘟"了一声，电话通了，对面传来一声干哑的"喂"。

"睡了吗？"

梁远朝走到沙发上坐下，声音听不出任何情绪："什么事？"

薄矜初不急不缓地说："我想了想，我们也算是一起经历过生死的人了，要不索性谈个恋爱？"

梁远朝冷冰冰地回了一句："怎么没把你撞死？"

对面传来一声轻笑："梁远朝，我死了，哭得最惨的一定是你。"

"你有臆想症？"

"阿远，你要不要吃点儿东西？"

另一道女声同时响起，薄矜初听出来了，电话那头猝然闯入的人是陈雅怡。

梁远朝凝眉，他不知道陈雅怡还在公司，此时已凌晨三点多。

陈雅怡端着吃的走向他："怎么还不睡，还在谈工作？"

薄矜初压着一股无名火把电话挂了。

狭小的病房里，月光透过玻璃打在惨白的床单上，她换下病服逃离医院，一个人魂不守舍地沿着街道往家走。

路边的早餐店已经开门了，老夫妻一个揉面，一个拌馅，准备做包子。

路过B大独立学院的荆山校区，南门边有几个染着红毛、紫毛、蓝毛，手里夹着烟，吞云吐雾的男生正在翻墙，这生疏的操作加上杀马特的造型，一看就是大一新生，而且薄矜初断定，他们本人绝对不如那发色张扬跋扈。

"喂！"薄矜初掀起沉重的眼皮，瞥了一眼少年们。

几个人回头，愣住，黄毛爆出一声："好漂亮的姐姐。"

薄矜初伸手一指："从小西门那儿爬。"

紫毛从墙头上收回手，站直："这是遇上学姐了？"

薄矜初没说话，三人当她默认了，红毛问："学姐大几了？"

薄矜初伸手："有烟吗？借一支。"

黄毛忙从兜里掏出烟盒递过去，还给她点上。

"我毕业了。"

"毕业多久了？"紫毛好奇。

"五六年了吧。"

"完全看不出来啊！"

几个不谙世事的少年对眼前这个皎若秋月的女人充满了好奇。

红毛继续问："学姐现在在哪儿高就？"

薄矜初煞有耐心："A大研究所。"

三人同时发出惊愕的质疑："A大？"

薄矜初扬了扬眉，掐了烟，吐出最后一口白烟："我研究生在A大读的。"

三个人的表情更加错愕，随即肃然起敬。

南门相对宽阔，对面巷口出了一个烧烤摊，三轮车上挂了一个白炽灯，昏黄的光晕在幽暗中显得格外醒目。

黄毛掏出手机："学姐吃烧烤吗？"

凌晨四点的小巷口，距烧烤摊五十米远的墙边坐了四个人，三个模样不正的少年蹲在地上撸着烤串，女人坐在三人中间的石头上。

她今晚太需要倾诉了，所以遇到三个对她充满敬意的陌生少年，她开始讲起了自己的故事。

月亮还高悬在空中，繁星闪烁，今天又是晴天。

黄毛像个孩子，推了推薄矜初："后来呢后来呢？"

"后来，我去了B大的学院，前两年在林顺校区，大三才搬到荆山校区。"

"那他呢？"红毛直接坐在地上，盯着对面的墙问。

"他啊，他去了A大。"薄矜初抬头，天上那颗最亮的星星就像是人群中的梁远朝，引人瞩目。

"那你填志愿的时候是知道会搬来北城才填的吗？"开口的是黄毛。

薄矜初揪起他一搓糙黄糙黄的头发，淡笑道："我当时离开的时候就做好了这辈子都不再相见的打算。"

红毛起身，去烧烤摊买了四瓶水，递给薄矜初一瓶："他没来找过你吗？"

"大二夏天，七月初，我们刚搬到荆山校区，他来过一次，我不知道他怎么找到我的。"

说起那天，薄矜初记得自己搬了很多东西，手都快断了，倒在新寝室的床上起不来。

林顺是六人寝，荆山是四人，和薄矜初同寝的另外三个正好是前室友。

林仪搬了一个大纸箱，老远就听到了她的声音："哎哟哎哟，薄矜初……"她跌跌撞撞地进了门，薄矜初躺在上铺的床上，鞋子也没脱，双腿垂下来，整个人毫无生气："干吗？"

林仪抄起桌上那瓶薄矜初喝了一半的矿泉水，直灌入喉，舒爽地"啊"了一声，继续说："楼下有个惊天美人。"

薄矜初有气无力地"嗯"了一声，林仪是出了名的花痴，几乎每天都能听到她说发现了一个"惊天美人"。

薄矜初闭上眼准备睡一会儿，林仪又开口了："那男的真的……我的小学语文水平不容许我想出一个精准的词来形容他惊为天人的外表，那张脸就是扔到娱乐圈里也是数一数二的，但凡有个人说他长得一般，我能当场把那人打成筛子。”

“喂，薄矜初你在听吗？”林仪使劲摇栏杆，床咯吱咯吱响。

“听见了！”薄矜初无奈又无语，“你生来就是为帅哥开道的。”

林仪反而觉得自豪：“虽然我的确很花痴，但是你必须承认，我对美好事物的鉴赏能力是非常不错的。”

这点薄矜初认同，林仪在大课上指的那几个男孩子，确实长得还不错。

“哎。”林仪碰了碰她的腿，“你为什么不谈恋爱啊？”

薄矜初年年都是校花排行榜的首位，跟她写情书告白的男孩子数不胜数，偏偏没一个能入得了她的眼。

“不想谈。”她望着白净的天花板。

“嗬，这个年纪的女孩子哪有不想谈恋爱的啊！怎么？受过情伤？”林仪拖了个凳子坐下，一脸坏笑，“看来我们校花还玩过早恋啊。”

薄矜初回道：“没早恋，没情伤，没故事，没兴趣。”

“啧。”林仪摇了摇头，扯回话题，“楼下那个男的真的好帅啊，呜呜呜，我从来没见过这样的精品，就凭那一张脸，我什么都愿意。”

薄矜初：“……”

“真的！你起来看一眼，他就站在公寓门口，手上还拎着一个西瓜，肯定是来找女朋友的，这是什么神仙男友啊！啊啊啊！”

“你垂涎别人对象？”

“那又怎样！看看又不犯法，我又不去撬！不过说真的，但凡他看我一眼，我宁愿被人骂一辈子小三，也要争取上位。”

“你的思想很有问题。”

薄矜初从床上下来，拿起桌上的空瓶晃了晃：“你把我的水喝了？”

林仪从床底的箱子里拿出一瓶新的扔给她。

荆山是新校区，新寝室最令人满意的地方就是有空调。那天太阳格外烈，薄矜初对着窗户仰头喝水，问林仪：“要吃冰西瓜吗？”

林仪：“走啊！”顺便还能看一眼帅哥。

她们住一楼，水顺着喉咙滑下去，光影下有个人正盯着她。视线相撞的那一秒，天旋地转，像是时空静止，心脏停止跳动。

寝室的窗户离他站的地方不到三十米，可以很清晰地看见对方的脸，甚至包括彼此的一举一动。他手里拎着个大西瓜，白色短袖印出汗迹。

三分钟后，林仪穿好鞋子，关了空调，拿上钥匙准备往外走，见薄矜初还愣在窗边，叫道："走不走啊，不是说去买西瓜吗？"

薄矜初走到寝室中间的长桌前坐下，一连喝了三口水："林仪，玩个游戏吧。"

"什么？"林仪一脸蒙，"玩什么？"

薄矜初从抽屉里拿出一盒扑克牌："比大小，来不来？"

"来啊，谁怕谁，输的怎样？"

"输的去买西瓜。"

林仪咬牙道："好。"

薄矜初把牌打乱翻扣在桌上："你先。"

林仪东挑西拣选了一张："到你了。"

薄矜初随手顺过最右边的那张，拿到桌下看了看。

"我是小王！"林仪高喊。

薄矜初缓缓翻开："大王。"

林仪没发现她出老千，认命地揣着钱包出去了，临走前脑袋挤在门缝中说："等会儿给你看照片哈，那个帅哥绝对叫你神魂颠倒。"

那天薄矜初没离开过寝室，林仪一直在她耳边嚷嚷，门外那个帅哥拒绝了多少美女的搭讪，门外那个帅哥失恋了。天黑了，帅哥还在，林仪想上去问问他到底找谁，被他一个眼神吓退了。

翌日七点，帅哥不见了，林仪感慨自己错失了几千万的大奖。

不过林仪真的偷拍了照片，而且拍了一百张，发在寝室的 QQ 群里，薄矜初专门建了一个文档存那一百张照片。

红毛是三个人中听得最入戏的："他站了一晚上，你为什么不见他？"

"就因为他站了一晚上，我就得见他？"这话说得薄情寡义。

"你没有心。"这是红毛得出的结论。

薄矜初并不生气："我也觉得。"

黄毛挠头："所以你为什么不肯见他？"

"我小时候看的童话书里告诉我，有情人终成眷属，但我的生活不是童话。"极少人的生活能过得像童话，但凡她的遭遇能好一点，她也不至于向生活低头。

环卫工人出来工作了，薄矜初拍了拍裤子起身："走了。"

她走了几步又停下："对了，忘记告诉你了，"她看着红毛，"高处见，不失为一个好的选择。"

深渊露苦痛，高处见光明。

夏天的五点，天边透着一点儿白。

祁封已经搬进玫瑰园了，那套公寓是前房主四年前买的，前房主此前一直在澳大利亚工作，去年刚移民，玫瑰园的房子装修好后一天没住过，薄矜初去看过里面的装修，祁封算是捡了个大便宜。

薄矜初走到公寓楼下，有只猫突然窜出来，她没发现远处那辆保时捷的车主正在看她。

男人坐在车里抽烟，一晚上没睡，眼里布满血丝。迈巴赫放在4S店，他今天换了辆车。

“你怎么又来了？”

“喵——”

“你这只野猫怎么还没被物业抓起来？”

“喵——”

“又想陪我抽烟？”

“喵喵——”

薄矜初趁机摸了摸它的脑袋：“让开哦，我今天心情很糟糕。”

谁知道猫咪死缠着薄矜初的腿不放，最后她只好给物业打电话。

“薄小姐，这只猫在这儿晃了快两个月了，前几天我就调查过了，还通知了小区各位业主，一直没人认领。您看它也怪可怜的，这么好看的小猫，成天趴在这单元楼门口，要不您先抱回去养着？这几天我再调查一下，实在不行，我们再送去流浪猫救助中心。”

物业的人也一直头疼这事儿，这公寓楼里有好几家住户怕猫，向他投诉了不知多少次。

生怕薄矜初拒绝，男人赶忙又道：“您看它这么喜欢您，您也不忍心看着它这样吧，它肯定吃了上顿没下顿。”

她连自己都照顾不好，怎么照顾一只猫，道：“我养不了。”

“喵喵喵——喵——喵喵——”小猫一直叫，抓着薄矜初的裤脚，像在说“你带我回去，我很好照顾的，求你了，带我回去”。

“我真的养不了。”

什么猫砂猫粮，这些东西她都不了解，还要专门做功课，麻烦。

“您看它。”物业指了指她脚边的小猫，蓝宝石般的双眼可怜兮兮地望着她。

最后，猫躺在她家的沙发上，一副旁若无人的样子。

都说猫有灵性，薄矜初这回切身体会到了，她甚至怀疑这不是猫，而是只狐狸，这么狡猾，成功打入她家后，先前的那点儿可怜巴巴全然消失，变成了一只鸠占鹊巢的猫。

薄矜初这一觉睡得死沉死沉的，隐隐约约听到隔壁有大动静。

手机调了静音，十几个未接来电。

晏寔早上从手术室出来，正打算去病房看她，结果他主治的一个病人有突发情况，他立马又进了手术室。

祁封昨晚去蹦迪了，早上回家倒头就睡，下午醒来才收到薄矜初的微信，听说她出车祸了，他打不到车，一路疯跑去了医院，结果护士说人出院了，他又马不停蹄地往春江明月赶，一路上心怦怦直跳。

电梯升到薄矜初住的楼层，祁封跨出去，右边的电梯门也开了。春江明月是一层两户，祁封在薄矜初家借宿的时候一直见右边那户没有人住，他还想买来着，结果售楼中心告诉他，房子已售出。

他扭头，随即愣住了，这是什么旷世奇缘？

两个男人站在电梯口对视，梁远朝今天看他的眼神没有毕业那次那么凶狠了，但也好不到哪儿去。

“喀喀，”祁封心虚，“你住这儿？”

“嗯。”他看起来很累。

“今天刚搬来的吗？”以前一直没见过他。

“嗯。”

他怎么会搬到这里，按梁总裁的身价不应该住春江明月的，又想了想门内的人，他好像确实应该住这儿。

梁远朝不动，祁封也不好意思走，任由尴尬弥漫。

后来祁封实在顶不住了，出声道：“我先进去看看她。”

祁封正在按密码，背后传来一道低哑的声音：“祁封，谈谈？”

谈什么谈，薄矜初没发话，他哪敢跟梁远朝谈那些事儿。门开了，他溜之大吉，假装没听见梁远朝的话。

他心虚什么！

“你干吗？被追杀了？”薄矜初头发凌乱，手上端着一杯水，莫名其妙地看着靠在门上面色凝重的祁封。

祁封回神：“你刚睡醒？医生怎么说？”

“没什么大碍，休息一周就好。”

祁封拿了个苹果，开始给她削：“没有创伤后应激障碍什么的吧？要不要去做个检查？”

薄矜初抄起抱枕砸过去："滚。"

祁封连忙躲开："我认真的。不过话说回来，你怎么在他车上？要不是我看了新闻知道车上还有别人，我还以为你俩打算殉情。"

薄矜初瞪他一眼，夺过刚削好的苹果说："他也配？"

听这语气，估计两人闹不愉快了。

祁封打开外卖网："给你点份虾仁粥吧，还要什么？"

薄矜初刷着手机："两份虾仁粥吧，其他不要了。"

祁封刚点完外卖，微信电话来了，头像是个粉色的卡通小人。

薄矜初饶有兴致地看着他："接啊。"

"不接。"

祁封挂断，小姑娘又打进来，再挂，再打，后来索性改成视频通话。

薄矜初靠在沙发上一脸姨母笑："这个舒糖糖有点儿意思。"

祁封气得跳脚："还不是你，上次吃火锅把我卖了！"

原来是那个小姑娘。

薄矜初踹了他一脚："很明显，小姑娘想你了，你可以滚了，外卖我自己拿。"

祁封气得跳脚："薄矜初，你是狗吧？"

薄矜初耸肩，指了指卧室门边："我家没有狗，只有一个美女、一只猫。"

"你哪儿来的猫？"祁封怕猫，说什么也不待了，贴着墙壁往玄关处挪，蹲下身换鞋时还不忘关注猫的走位。

"祁封。"

"干吗？"

薄矜初单手转着水果刀，话中带着几丝不明的笑意："刚在门口，你看见谁了？"

他还是不掺和了，怎么溜进来的怎么溜出去，躲避回答的最好办法就是假装听不见。

幸好梁远朝没有在门口等他，不然他这小心脏真受不了。

半个小时后，外卖送到，薄矜初开门去拿。

"您好，薄小姐是吗？"

"是。"

"这是您的外卖，可以麻烦您帮我点个五星好评吗？"小哥殷切地期盼着。

“好。”

“谢谢谢谢。”

外卖小哥乘电梯下去了，薄矜初在门口站了会儿，隔壁那户门口放了两个大纸箱，人估计在家。

两份虾仁粥，一份自己喝，一份给猫喝。

“先将就着吧，等会儿去给你买猫粮。”她打开粥放在地上。

猫好像听得懂她的话，虽然不情愿但还是吃了一点儿。

这家店的虾仁粥味道相当不错，虾仁不仅嫩，而且量多。

“哎，给你取个什么名字？”

猫抬头，一猫一人隔桌相望。

“你要是不满意就‘喵’一声，满意就‘喵’两声，叫你儿子怎么样？”

“喵——”它是母的！这一声叫得响，发泄了它心中的不满。

“算了，不逗你了。”薄矜初想了想，“月亮怎么样？要不就叫月亮吧，我们正好是晚上认识的。你说呢，月亮？”

“喵——喵——”

薄矜初逗了一下午猫，赶在研究所下班前给陈伯生发了消息：“麻烦您老尽快帮我把手续办理一下。”

不知道陈伯生在忙什么，一直没回她，倒是师兄路迟迅速来电。

“这件事是我的问题，项目是从我手上移交给你的，蒋茗这个人也是从我手里出去的，有你什么事儿？明天回来上班。”

她第一次听路迟用这种半生气半命令式的语气跟她说话。

薄矜初笑了笑：“哟，那看来今天得叫你一声师兄了。”

“别跟我皮。”

“我本来就打算辞职，而且蒋茗怎么样，跟我关系不大。你让老头赶紧把我开了，我累了，要休息。”

死活就两个结局，开除和辞职，不管哪一种，薄矜初都无所谓。只不过因为这种低级错误被开除以后，她很难再进好的研究所了。

她突然很想抽支烟，家里没烟了，她换了套衣服下楼去买。便利店今天上班的是那个男孩子，薄矜初一进门就发现了，还对着他挑眉，男孩子当场脸红了：“您今天又买烟吗？”

啧，被猜中的感觉一点儿也不爽。

小区公园里，薄矜初坐在秋千上喝酸奶，吸管叼在嘴里，百无聊赖地看着几个小姑娘玩沙子。突然，一个扎双马尾的小女孩起身走向她，义正词严地说：“阿姨，这是我们小朋友玩的秋千。”

“哦。”

毛都没长齐的小丫头片子还敢跟她叫嚣，二十八岁怎么了？二十八也得叫姐姐。

“那你还不快点儿站起来，我们想玩了。”

这语气真是怎么听怎么不爽，本来薄矜初只是想逗逗她，再把秋千让给她玩，现在不想了。

小丫头很矮，薄矜初坐在秋千上俯视她：“旁边不是还有一架空着吗？”

“我们都要玩。”

“你们？”薄矜初看了一眼蹲在地上的几个小孩，今天就跟这小丫头杠上了，“你会数数吗？我站起来你们就够玩了？”

小丫头半分不虚，伸手就往薄矜初手上抓，薄矜初扔了牛奶，一把将她提起来。

沙池里的几个小孩子被吓哭了，越哭越响，家长闻声赶过来。小丫头见自己奶奶来了，收起瞪得铜铃般的眼睛，跟着大家一起哭。

“你谁啊你！”一个五十多岁的中年女人一掌招呼在薄矜初的手臂上，把孙女抱了回去。

“奶奶，这阿姨欺负我，呜呜呜……”小丫头又是擦鼻涕，又是擦眼泪。

小丫头哭起来那叫一个惊天地泣鬼神，不知道的还以为薄矜初把她挠了。老妖婆瞬间恼火，指着薄矜初的鼻子道：“你对我家诺诺做什么了？”

薄矜初挑眉：“手放下。”

“哟，指你怎么了，不能指啊？我偏指你，有贼心没贼胆啊？”

“奶奶，这阿姨不让我玩秋千。”小丫头眼泪汪汪地跟老妖婆告状，“还说我不会数数。”

哟，记性还挺好。

老妖婆嘲讽地说：“我说，你都多大的人了，还这么不要脸，欺负一个小孩？跟一个小孩抢玩具？这是小公园，小孩子玩的地方，你有本事自己生一个带过来玩啊。不过看你这脸，就跟不少男人扯不清楚吧，像你这样的女人估计也没人愿意娶。”老妖婆说罢，一脸嫌弃地在鼻尖前挥了挥手，好像面前的人是一堆臭物。

“噢，这样啊。”薄矜初直接拽过小丫头，毫不留情地把她扔进旁边的沙坑里。小丫头被吓了一跳，哭得更响了。

老妖婆火冒三丈，一记耳光甩过去，薄矜初一把擒住她："动手打人，你确定你能打过我吗？奶奶，您倚老卖老，也没比我好到哪儿去。"

"真是反了天了。"老妖婆从地上爬起来，趁人不备，一把拽住薄矜初的头发。

薄矜初恶心这个老妖婆，但同时又羡慕被她丢进沙坑里的小丫头。她受欺负的时候，英雄从来都是她自己。

她像一具木偶，任由身后人蛮横霸道地牵扯和侮辱。

头上的那股蛮力突然消失了，老妖婆嗷嗷叫唤，同时伴着一道淬着冷意的声音："谁说没人愿意娶她？"

他低头看了一眼她，她低着头不知道在想什么。

"旁边还有两架秋千空着，你家小孩怎么不去玩？这小公园写'小孩专属'四个大字了吗？还是说，我家姑娘坐的这架秋千上写了你家小孩的名字？小区的每一个住户都有权享受小区内的所有公共设施，请问你对这点有什么疑义吗？"

不对，英雄应该是梁远朝。

在那个本该无忧无虑的年纪，他把自己淬炼成剑戟去迎战王仁成。

梁远朝眼神阴鸷，冷冷地丢了两个字："道歉。"

"我道什么歉？"老妖婆梗着脖子道。

"再说一次，道歉。"

"我凭什么道歉？你们两个年轻人欺负我们一老一小，算什么本事？"

梁远朝松手，老妖婆抬手就想招呼薄矜初，他及时站过去，半空中的手堪堪落了下来。

"你现在可以不道歉，但一会儿就不是站着能解决的了。"

旁边有几个围观者在窃窃私语。

梁远朝站过来的时候与薄矜初靠得太近了，不仔细看，以为她贴在他背上。

老妖婆赖在地上撒泼打滚："欺负人啦，欺负人啦！打人了！恐吓啊，还有没有天理啦！大家快来评评理啊，年轻人欺负我一个老太婆哟……"

梁远朝不以为意，转身看向身后的人："你们小区入住没有门槛吗？"

薄矜初看了他一眼，说什么废话，又不是半山腰别墅区。

生活索然无味，何必和蠢货一争高下。她兴致索然，捡起地上的牛奶盒准备离开战场，却被梁远朝拉住。

"嘶——"手臂火辣辣地疼。

她白皙水嫩的皮肤上多了好几道刺目惊心的血痕。

梁远朝看向沙坑里的小丫头，语气不容反驳："你，过来。"

小丫头估计也是看到薄矜初的伤，害怕得不行，战战兢兢地从沙坑里爬出来，乖乖地挪到男人跟前。她两只手拽着裤缝，眼泪吧嗒吧嗒地往下掉，还没等梁远朝说下一句，她立马说："哥哥，对不起。"

嗯？薄矜初心中存疑，这小丫头的眼睛是有什么问题吗？

梁远朝一米八几，小丫头的个子还不及他腿长。偏偏这小丫头刚才的行为太不可爱，打破了一幅萌萌的画面。

老妖婆赶紧从地上起来护住小丫头，旁人都以为梁远朝会就此算了。

男人往后顺过一只细软的手，拉到身旁："不必向我道歉，你该道歉的对象是她。"

夕阳西下，余晖穿过枝丫，洒在两人相握的手上，薄矜初竟觉得热得发烫。

"姐姐，对不起。"

这小丫头片子的脑袋瓜聪明得很，见人说人话见鬼说鬼话。

薄矜初还未开口，梁远朝说："不接受。"

老妖婆气得手直指梁远朝："你！哼，瞧瞧，长得人模人样的男人也不怎么样，蛇鼠一窝。哎哎哎，那些小姑娘看好了啊。"老妖婆开始招呼周围几个看戏的女孩子，"以后别找这种人模狗样的男人，看看，看看，人渣，社会败类。"

被争吵声吸引过来的看客本来觉得薄矜初小题大做，谁料老妖婆的嘴脸那么脏，纷纷倒戈薄矜初。

有个中年男子看不下去了："人小姑娘也没犯事儿吧，这秋千怎么不能坐了，我平时吃完晚饭下来也会来这儿坐一下，有什么问题吗？倒是你不讲道理，满嘴脏话，一个活了五六十岁的人说这种话，你有什么脸皮？那你算什么东西啊？"

梁远朝向中年男子微微颔首，以表谢意。

"你刚才说的每一句话我都录音了，关于我有没有打人，以及你的孙女有没有对我的姑娘动手，相关视频证据我会向物业调取。既然讲道理行不通，那只好走法律程序。希望你的律师也可以尽快到位，我不喜欢一拖再拖。"

他牵着她的手走了，剩下那群人，有的怒不可遏，有的欢声叫好，还有的则羡慕不已。

电梯门关上，她才反应过来，这是梁远朝啊，是她朝思暮想的梁远朝，不是那个重逢要弄死他的男人，只是少年气的梁远朝。

少女曾在月光下发誓，要给少年一个家，少年信了，后来少年被少女放逐。可是刚刚，他说她是他的姑娘——他家的。

思及此，薄矜初勾唇一笑，梁远朝从电梯的影子里察觉到她的眼神："想说什么？"

"君子一言，驷马难追。"

"我回去就联系律师。"

"不是。你说我是你的，还说你要娶我，还作数吗？"

梁远朝脑子里有什么炸开，裂得稀碎，一时间神经错乱，说了句这辈子最后悔的话："薄矜初，我看着还像以前那么好骗吗？有人会娶你，晏寔不是人吗？"

两人站在家门外对峙。薄矜初面无表情，她不再是那个一受委屈就掉眼泪的小姑娘了，悲苦全在悄无声息中。

梁远朝心里极其难受，他想回去静一静，偏偏有只手死拽着他的衣角，不肯放。

"我病了，你是我的药。"薄矜初说。

梁远朝眉间的川字更显："你在说什么？"

"你还要我吗？"

什么陈雅怡、王雅怡的，她都不在乎了，她只想和他在一起。

梁远朝愣了很久。

薄矜初慢慢松开手，走到自己家门前，梁远朝还站在原地。

她忍不住了，自与他重逢后，她对任何事情的忍耐度都降低了，包括对他的感情，压不住了。她突然转身，怒斥他："梁远朝，你都搬到我隔壁了，有种你就娶了我！"

他还是不说话，也没动作。

"话我放这儿了，你要是不愿意跟我结婚，下周一十点，我就跟晏寔去领证。"

第十四章 酸涩

季风接到老板电话，第一时间联系了律师后，接到一条通知，明天放假，苏木同样收获一天假期。

飞机落地南城正好晚上八点，周恒接上梁远朝往市区开。

“怎么就你一个人回来？”

“傅钦去那边了。”

周恒把车里的广播关了：“我是说薄矜初。”

梁远朝降下一半窗户，热风涌入，空调的凉意瞬间被冲散，他点了支烟。

周恒疑惑：“不是说戒了？”

“最近抽了几支。”

周恒笑了笑，看来薄矜初的魅力一点不减当年。

很久没回来了，窗外的风景陌生又熟悉，行道树比以前更枝繁叶茂。

中途周恒接了个电话。

“怎么了？已经接到了，我们在回来的路上。你害怕的话就把窗户都关好，躲在被窝里，我马上就到家了。”

梁远朝高度怀疑周恒背着他生娃了。

直到电话那端响起一个软软的女声：“老公，路上注意安全。”

“你老婆？”梁远朝在他挂了电话后问。

“嗯。”

梁远朝将手肘支在窗上，语气别扭：“我还以为半年没见，你孩子都会说话了。”

“阿远，你嫉妒了。”

他坐直：“我嫉妒什么，谁要和薄矜初生孩子？”

周恒憋笑失败：“我又没说让你和薄矜初生孩子，你急什么。”

他今天脑子混沌了。

“她怎么样？”

“好得很。”

周恒顿了顿，正色道：“阿远，我觉得她不好。”

车里恢复安静，周恒又说：“她太坚强了，不可能过得好。”

梁远朝今天真的累了：“你想说什么？”

周恒拐了个弯：“到我家了。”

他结婚后在市中心买了套两居室。开门进去的时候，顾萤月抱膝缩在沙发上，听到声音立马起身冲向男人：“你回来啦！”

周恒只脱了一只鞋子，连忙抱住她，摸了摸她的头发：“教案补好了吗？”顾萤月点点头。

“真乖。”

梁远朝站在一旁不说话，看他们你侬我侬到什么时候。

周恒温香软玉在怀，故意激他：“羡慕吗？”

梁远朝瞥了一眼：“快点儿。”

他飞那么远回南城不是上赶着找虐的。

周恒说了句“别急”，从书房里拿出一张照片给他：“当初你可是铁了心要撕掉的，萤月昨天收拾东西时找到了，刚好还你。”

那是一张合照，那年在周恒家门口拍的，背景是他家小店。两人掰了以后，梁远朝毁了不少东西，这张照片还是周恒悄悄捡走替他存着的。

顾萤月说：“我见过她，很漂亮。”

梁远朝看了一眼周恒，周恒无视。

读书那会儿，周恒暗恋顾萤月，顾萤月连他和傅钦都不认识，怎么会见过薄矜初？

顾萤月看着他手上的照片，问：“是你女朋友？”

周恒故意替他答：“他不要她。”

南城的酒吧虽小，但也热闹。两个男人打一进来就成了全场女人的焦点，梁远朝一个劲地猛喝，四杯下去眼睛红了：“追尾那天我一夜没睡，知道她没事了还是害怕。”

梁远朝端起酒杯灌了下去："她说她要跟我结婚。"

"那你呢？"周恒看着他，"你怎么想的？"

梁远朝弓着背，手肘撑在腿上，用力搓了把脸："不知道。"

"你能接受她嫁给别的男人吗？"

"帅哥，加个微信吗？"旁边冒出个女人。

女人穿着一条黑色的裙子，弯腰的时候屁股都快露出来了，化了一个梁远朝最不能接受的烟熏妆，散发出来的劣质香水味熏得人头晕。

男人一脸不爽，蹙着眉头不说话。

女人想去拉梁远朝的手，他躲开了："滚。"

"帅哥，加不加好友没关系，一起喝杯酒嘛。"女人声音变嗲，"我酒量很好的，不信的话，我们比比看嘛。"

周恒看不下去了："这位小姐，不好意思，他已婚。"

女人压根不在意："已婚怎么了，哪个男人不偷腥？现在的男人没一个管得住自己的第三条腿，在外面养个女人那都是常规操作。"

周恒笑笑，不打算同她辩驳。

桌上的手机亮了，来电显示是老陈。

老头听到嘈杂的声音，问："你小子去哪儿鬼混了？"

"酒吧。"

"啧。"老陈一边关窗一边问，"隔壁王太太说给我介绍个孙媳妇，你要不要？"

"不要。"

老陈："随你。"说完，老陈就挂了电话，比他还快。

女人饶有兴致地盯着梁远朝："看来你老婆拿不出手啊，哥哥，你要不要看看我？"

梁远朝抬手，问女人："看到我这对袖扣了吗？"

"真好看。"女人想摸，被梁远朝躲开了。

"这袖扣五万一对。"

女人明显愣了一下，笑了笑说："哥哥的品位果然不一般。"

梁远朝懒散地靠在沙发上，点了一支烟："所以你凭什么认为我会糟践自己和你这种人玩？"

女人看得出来梁远朝是个有钱人，但没想到他这么有钱，一来二去更想赖上他了："哥哥，真不玩吗？我可以一整套的，你老婆不会的我都可以。"

梁远朝："你好像比我更了解我老婆？"

周恒坐在对面莫名想笑："喀喀……"

软的不行来硬的，女人拉低衣领露出两个半圆向梁远朝靠去。

男人立马起身："走了。"

女人还打算跟着，周恒打了个响指，酒吧的黑暗处走出来两个男人，把女人拦在后面。

梁远朝一边往外走一边问："你带了人？"

"嗯。"

他开门的手顿住："那你刚才干吗去了？"

"你又不是真的已婚人士，忌讳什么？怎么，还装上瘾了？"

"……"

前街俨然成了沉寂的老小区，梁远朝坐在沙发上心如乱麻。

十二点的时候，他给周恒打了个电话。

"喂？"那头的人压着嗓子。

"你是不是知道什么？"

周恒起身，往窗边走，回头看了一眼顾萤月，女人睡得安稳："我能知道什么。时间不早了，明天说，我怕吵醒她。"

梁远朝扔了手机，已婚男人有什么了不起的。

第二天中午，两个男人坐在包厢里相顾无言。

顾萤月不让周恒去酒吧了，两人只好换了场地。梁远朝一杯接一杯，三杯下肚，胃里空荡荡的，有点儿难受。

周恒拦住他："少喝点儿，毕竟你没有老婆为你煮醒酒汤。"

梁远朝紧紧地捏着酒杯："别激我。"

周恒："她拿别的男人激你的时候，你都沉得住气，我这么激一下就受不了了？"

他没说话。

"她要是真的和别的男人结婚了，你准备怎么办？"

梁远朝摇着杯子，冰块撞到杯壁，"哐当哐当"，他的声音很轻："不知道。"

他说了两次不知道了。

周恒得出结论："你还在恨她。"

"她挺可怜的。"周恒又说了句。

梁远朝本来就烦躁："什么叫她挺可怜的，她可怜，那我呢？"

"啪——"是酒瓶子摔碎的声音，刚才拿酒瓶的那只手青筋暴起。

下午三点的天像是六点，阴沉得不像话，风吹起行人的长发和衣角。

临走前，周恒最后问了一遍："你这婚还结吗？"

"不知道。"

周恒摇了摇头走了，走了两步，又回头："我回去陪老婆了，今晚下暴雨，打雷她会害怕的。"

"跟我说这个干吗？"

"我老婆比薄矜初大一岁。"

"周恒，你有病吧。"

周恒走了，没再回头。

气象台昨天发布暴雨橙色预警，薄矜初从研究所出来时已经晚上八点了，在小区便利店买了两个饭团，回家锁好门窗。咬了一口的饭团被扔在茶几上，薄矜初去洗澡了，月亮趴在旁边帮她守着两个饭团。

头发吹得半干，茶几上的手机不停地振动。

"月亮，给我叼过来。"它的蓝眸转了转，趴着没动。

薄矜初走过去，顺带撸了一把它的脑袋："给你买那么贵的猫粮，吃了好歹出点儿力吧。"

"喂，姑。"

"小初，睡了吗？"

"还没，怎么了？"

"唉——"薄芳叹了口气，在病房外的椅子上坐下，"陪床真的累。"

"嗯。这几天下雨了，你就别跑出去买饭了，吃医院食堂好了。"

"你这几天上班路上注意安全，新闻上说了这次暴雨要下一个星期，估计有些路段会被淹掉，你就不要开车了。"

"嗯，知道了。"两人又简单聊了几句。

风像一头困兽，在高楼间穿梭，呜呜地嗷叫，听着怪瘆人的。

薄矜初看了一眼钟表，时针正对数字九，手机屏幕倏地亮了，同外面哗哗雨声一起响的还有舒心的声音："这么晚，还没睡吗？"

"什么事？"

她讨厌这种方式，所有的问候都只是例行铺垫。

"你姑姑今天打电话给我说，想问你借点儿钱。"

她猜到了薄芳有求于她，但没料到是借钱。

"那老头看病钱不够了吗？"薄矜初能想到的理由只有这一个。

"你姑姑说她公公想换治疗方案，新的治疗方案能拖得久一点儿。"

还真是。

“不是说他情况不好，就这几个月了吗？那还有什么必要浪费钱？”

舒心严肃地喊她的名字：“薄矜初，你现在说话太刻薄了，女孩子这样不好的。”

舒心从来只教训她。

“我没钱。”

“十万块你都没有吗？”

“别说十万，一万我都没有。”她现在穷困潦倒。

舒心不相信：“你在研究所待了那么多年，逢年过节的都在加班，还一点儿存款都没有？你的钱去哪儿了？”

“赚的速度赶不上花的，而且，我辞职了。”

窗外夜色沉沉，骤雨如幕，冰冷的黑暗正在发酵。

“你辞职，然后呢？准备做什么？”

“卖花。”

“开花店？”

“帮别人卖花。”雇主是祁大爷。

舒心彻底怒了：“薄矜初，你有病是吗？脑子拎不清吗？从研究所辞职去给别人打工，脑子被驴踢了？”

“你上回不是还说我进个生物研究所屁用没有吗？”

“那能一样吗！薄矜初，我看你是疯了。”

她早疯了。

片刻后，舒心恢复平静，问她：“你是不是不喜欢研究所的工作？”

“不是。”

谈不上喜欢，也谈不上不喜欢。

大多人在一个岗位坚守数十年，只是因为不甘愿去一个陌生的地方从头开始，又或者说没有更好的去处，并非真的热爱，但人总是说得比唱得好听。

高铁在昏暗的铁轨上飞驰，梁远朝右边坐了一对年轻的母女。小女孩扎着哪吒头，摇头晃脑可爱极了。他想，如果当初没有发生那些事，他和薄矜初的小孩估计也有这么大了。

列车前方到站北城南，三百多千米的时速不断下降，最后趋于零。

梁远朝下楼出站，排队上了出租车。

“先生去哪儿？”

“春江明月。”

“我们从南浦路走可以吗？”生怕梁远朝误会他绕路，司机连忙解释，“刚才交通播报说淮山路已经被淹了，估计过不去了。”

“可以。”

出租车驶出地下停车场，豆大的雨点噼里啪啦地砸在挡风玻璃上，雨刮器都来不及工作。暴雨天出行人少，没有堵车，回到春江明月正好十点。

电梯门一开，迎面遇上了“新邻居”，女人穿着睡衣，头发随意盘着，踩着拖鞋懒散地靠在他家门上：“去哪儿了？这么晚才回来。”

梁远朝走过去：“有必要跟你报备吗？”

他想开门，薄矜初偏挡着门锁不让他按指纹。

梁远朝一只手撑着门，一只手插兜，居高临下地看着她：“有事吗？”

“借一下微波炉。”她提了提身侧的袋子，里面装着两个饭团，其中一个还咬了两口。

“不借。”

她欲言又止，强扯了个笑，那算了。

狂风咆哮着，猛地把门掀开，摔在墙上，烟囱发出低沉的呜呜声，犹如在黑夜中抽泣。没有月光的铺洒，溪水黑漆漆的，像是玉帝打翻的墨汁瓶。

梁远朝洗完澡出来，把毛巾盖在头上，准备去关阳台的门，忽然听到隔壁阳台传来说话声。

两套房子主卧的阳台紧挨着，薄矜初那边装了防雨设施，她躺在躺椅上，手机扔在桌上外放。老太婆说：“住那么好的房子还那么小气。”

“说完了吗？”薄矜初咬了一口冷饭团，食之无味，弃之可惜，心里更烦。

薄远出声劝道：“小初，你就先帮帮姑姑，姑姑对你那么好，或者你就当这钱是借给爸爸的行不行？”她不知道薄远什么时候来的北城。

“我没钱。”

“那你就借五万凑一下，还有五万我来想办法，这样可不可以？”

“没钱。”

薄远瞬间没了耐心，冷哼两声，用南城的方言说：“你这个孩子……算了，掉钱眼里了，打小就这样，钱跟命似的，也不知道你像了谁。”

钱当然是命，现在可不就是找她借钱救那老头子的命吗？

薄矜初舌尖顶了顶上颚，关了免提拿起手机，直言不讳地说：“我没你这么菩萨心肠，别人给你一巴掌，你还摸着脸说算了，也不是很痛。我就是不借给他，那老头说我是条癞皮狗，想方设法让我滚蛋的时候，有没有想过有一天会有求于我？话我放这儿了，也不怕他们听见，就算那老头给我跪下，我都不可能借钱给他。早死晚死都是死，他多活一天能创造多少价值？还是说能给这个社会带来什么贡献？”

“薄矜初！”薄远恨不得给她一耳光。

她不想再听一个字，直接关了机，往卧室的大床上一扔。

梁远朝蹙眉站在阳台的玻璃门边，雨水冲进来，卧室的地板湿了一大片，包括他刚换的睡裤也淋湿了。

她好像没有他预想中过得好。

须臾，隔壁安静下来，随即传来猫叫声。

女人说话带着鼻音：“你来干吗，这么晚了还不睡，当夜猫子？”

“喵！”

“哦，你本来就是夜猫子。”

“喵喵！”你才是夜猫子！你全家都是夜猫子！

薄矜初将手搭在它的脑袋上：“一群浑蛋是不是？特别是梁远朝，就一王八蛋！”

月亮狂摇脑袋，试图摆脱她的魔爪。

梁远朝拿毛巾的手一顿，侧了一半的身子又转回来。

“干吗？你不赞同？今天就是天王老子来了，梁远朝也不是个好东西！”

“喵——呜——”

她喃喃自语：“渣男，连微波炉都不肯借。”

她一天没吃东西了，要不是这瓢泼大雨，也不至于就买两个饭团应付。

“去把床头柜上的半包烟给我叼来。”

月亮感知到薄矜初的情绪，虽然很不情愿，但还是乖乖地去叼了。

湿润的烟草味飘到梁远朝这边。

地方台的新闻里播报的全是这次暴雨，上一次洪灾是一九九八年，连下了两个星期的暴雨，不知道这次会怎样。

顷刻间，一道紫色的电光划破天际，发出一阵轰鸣，使人恐悸。

“啪。”床头的台灯猝然暗了。

薄矜初闷得发慌，黑暗中呼吸声加重，吊灯也没反应，连上充电器，电池颜色还是红的，显示百分之一的电量——竟然停电了。

物业反应迅速，立马发通知给业主。

薄矜初收到物业小哥发来的信息："薄小姐，不好意思，小区的电缆坏了，出于安全考虑，明天才让电工过来检修。"对方还在输入中。

薄矜初所有的怒气都发泄在键盘上："均价九万一平方米的房子，连避雷针都没有？天气预报早说了这几天会有特大暴雨，你们物业的人用的都是诺基亚？"

"没有付天气预报的短信费是吗？"

"需不需要我帮你们包月，或者包年？"

对面好半天才发了一句："对不起，薄小姐，给您添麻烦了。"

手机黑了，最后百分之一的电耗尽。

薄矜初的心沉到谷底，坏事全堆在一起上赶着勒死她。

卧室一隅，猫窝里空空如也。

"月亮？"薄矜初试探性地叫了一声，没有得到回应。

"月亮？"她起身去客厅。

"嘶——"她不小心踢到了沙发，脚趾痛得发麻。

狂风卷着暴雨像无数条鞭子，毫无章法地、恶狠狠地抽在玻璃窗上，大树被狂风吹得东倒西歪。

背后好像有人拿刀对着她，有人要捅她，她不敢动，他好像要走过来了。

这是她家，她的家，这个时候没有人会出现在她家的。

不对，他们可以非法入室的，后面一定有人拿着刀。

……

"砰砰砰！"急促的敲门声惊落了梁远朝手上的菜刀。

"梁远朝！"是薄矜初的声音。

他快步移至玄关开了门，薄矜初是跌撞进来的，瘫坐在地上，看到开放式的厨房里，一盏烛火摇曳，男人的影子印满了整面墙。

恐惧消失。

梁远朝倚靠在墙上，视线落在她头顶。女人眼神空洞，头发乱糟糟的。

"我能借一下你家的主卧吗？"

他抬手指向主卧的方向，她拖着疲惫的身躯走进去，那个鲜活韧性、刁钻古怪的灵魂不见了，只剩空壳。

他心疼了。

灰色被单的大床上鼓起小小的一团。梁远朝轻轻推门，她一抖，瞬间惊醒，这得多缺乏安全感才会如此敏感。

听到他走近，她实在是困得睁不开眼睛，合着眼呢喃："我就睡一会儿，睡一会儿我就走。”

他拍了拍被子：“起来。”

她死拽着被子不放，半个头缩在里面：“我就睡一会儿，求求你了，就一会儿。”

梁远朝硬是扯下被子：“先起来。”

忽然，有什么滚烫的东西沾到他手背上。他愣了一会儿，人已经从床上下去了。

“薄矜初。”

她往外走。

“薄矜初！”

她听不见似的。

他跑出去看到她躺在沙发上，松了一口气。

“阿远，我好累啊。”她说得迷迷糊糊的，不知是梦呓还是对话，“我以前总是想，是不是有一天我死了，他们也会说是因为我不够坚强。”

活得很累，过得很辛苦，周围有各种声音，有好有坏，有质疑有斥责，看起来光鲜的生活却是碾碎她的最后一点儿火星。她趴在地上浑身是血，有一个声音叫她站起来反抗，于是她起来了，可是又一次被踹翻，重重地跪了下去。反复几次，她好像学会了认输和低头。

“对不起。”梁远朝的心像被人握在手里用力地掐，难受得要命。

他伸手摸了摸她的头：“我煮了面，你吃不吃？”

“西红柿鸡蛋面吗？”

“嗯。”

“吃了还能睡你家吗？”

“可以。”

“阿远，你还喜欢我吗？”薄矜初拿筷子戳番茄，“你不说的话，我就去跟晏寔结婚了。”

男人半天没说话，雷声停了，他突然开口说：“吃我的面，睡我的床，你跟我说你要嫁给晏寔？”

薄矜初笑了，他以前也说过类似的话，她的少年好像慢慢回来了。

一场暴雨足足持续了两周，放晴的这天整个城市都活了过来。

这两周里，薄矜初窝在家里，哪儿也没去，一日三餐全靠外卖，垃圾都是外卖小哥带下去的。所有的电话都拒接，所有的信息都拒回，除了王敛的。

两周里她唯一联系的人是国内权威的心理医生王敛。

王敛最后给出的建议是："你可以试着去爱一个人，我说的是爱情，这是最简单有效的方法，转移你的注意力和情感，重新建立远近亲疏的关系塔。放不下的不用逼着自己摘出去，往下放就行。"

这是她精神上最配合的一次，她也的的确确很渴望爱情。

这天，沈修自告奋勇地组了个局，约了几个人上莲雾山庄玩。梁远朝是第二个到的，除了沈修，一个人影也看不见："人呢？"

沈修跷着二郎腿靠在躺椅上，点了点下巴："喏，来了。"

季风："老板。"

苏木跟在季风后面，她很害怕这位大老板，战战兢兢地喊了一声："梁总好。"

那位大爷不可一世地"嗯"了一声。

"哎，坐坐坐。"沈修一本正经地道，"哥，我这入职也没个欢迎会什么的，小范围团建一下总不过分吧？"

梁远朝喝了口水，漫不经心地说："随你。"

苏木默默地举起了手。

沈修挑眉："说。"

"不会就我一个女人吧？"

"如果你算女人的话，那么是两个。"

苏木的火气值增加百分之二十。

"还有一位漂亮姐姐。"沈修刚说完，那位漂亮姐姐就来电了。

"我开错路了，导航出故障了打不开，我不知道具体位置，而且车没油了。"女人的声音从听筒里传出来，除了苏木，其他人都听出来那位漂亮姐姐是谁了。

"你开到哪儿了？"沈修看了一眼梁远朝，男人不动声色地盯着手机。

"桥洞这里。"

沈修蒙了："哪儿来的桥洞？"

薄矜初："所以我才说我开错了。"

沈修拿开手机："哥，咋办？"

梁远朝拿起车钥匙："让她靠边等着。"

薄矜初要是知道沈修也叫了梁远朝，她就不会自己开车来了，坐他的车不香吗？

不到半个小时，一辆迈巴赫停在她后面，女人叼着烟拿上东西，锁好车门，向迈巴赫走去，拉开后座的门："需要我抽完再上来吗？"

她穿了校庆那天穿的裙子，高跟鞋换了一双矮跟的，长卷发没遮住她性感的锁骨。薄矜初今天手痒，化了个全妆，这会儿妖精似的盯着他。

"坐前面。"

她二话不说把烟掐了上车，关上后座的门："我不坐陈雅怡坐过的地方。"

梁远朝嘴角上扬："你现在坐的地方也是她坐过的。"

"……"

女人绕过车头走向驾驶座，手扒着车门："下来给我开，你坐过去。"

梁远朝手搭在方向盘上，气定神闲地看着她："这是我的车。"

"你现在下来，将来我的孩子还有姓梁的可能。"

梁远朝搭在方向盘上的手指轻轻点了几下，心情颇好："威胁我？"

"那你怕吗？"

他轻笑一声，说："不逗你了，这车是新买的，今天第一次开。"

薄矜初系好安全带，手撑在窗上斜着身子看他："梁总裁现在身价不得了了，这顶配的迈巴赫说换就换。"

阳光穿过玻璃洒落在车里，薄矜初懒洋洋地靠着，眼睛因为光线眯成缝："干吗不说话？"

"你这是讽刺还是赞美？"

"当然是赞美，我就知道我的眼光不可能会错，我薄矜初看上的男人必须优秀。"

梁远朝打了个方向，拐进右侧的山路，看了她一眼："所以晏寔和祁封都很优秀，是吧？"

"你要听真话还是假话？"

莲雾山庄到了。

薄矜初诧异："这么近？那你刚才为什么开了那么久才过来？"

梁远朝："因为我坐在车里考虑了十五分钟，到底要不要去接你。"

"嗯？"

"思考一下这么做有多少价值，价值体现在哪儿。"

"资本家的丑陋面孔。"薄矜初下车，关门前挑挑眉，又说了一句，"不过我坚信最后还是底层老百姓获胜。"

梁远朝笑笑，没反驳。

沈修带季风和苏木去办理入住手续了，梁远朝和薄矜初找到他们的时候，三人正好在领房卡。沈修拿着四张房卡，一脸坏笑地说："哥，只剩四间大床房了。"

梁远朝看向前台，前台解释道："所有的房间在两个星期前就被预订完了，今天仅有的六间房还是前几天一位顾客打电话来退的，前面一个顾客订走了两间。抱歉先生，除此以外真的没有房间了。"

放眼望去半个山头都是莲雾山庄的，梁远朝掏出手机准备打电话，沈修眼疾手快地拦了下来："哎哥，蒋从明现在在瑞士度蜜月呢，你这个时候打电话过去多耽误事儿啊！蒋兄今年三十有余，好不容易找着个老婆，你放过他吧，我们将就将就得了。不过我睡相差，再大的床都阻止不了我三百六十度旋转外加旋风无影腿，所以我只能一个人睡。"

沈修说着，把一张房卡塞进自己裤兜里："还有三张了。"

薄矜初两个手肘往后搭在柜台上，看着这位天才弟弟表演。

这时，苏木欲开口，被沈修狠狠瞪了一眼，到嘴的话憋了回去。

"季风说他带了工作来的，肯定要加班到深夜，不可能和你睡一间，所以季风也要单独一间。"沈修递了一张房卡给季风，季风接也不是，不接也不是。

"据我所知，苏木洁癖很严重，估计一晚上都得擦东西喷酒精，她跟漂亮姐姐住也不行，所以……"

梁远朝淡淡地扫了一眼站在角落里的苏木。

苏木连忙摆手："不是，我……那个……"

沈修咬了咬牙："苏、木。"

苏木蒙了，都到这一步了，傻子也看得出来她这个不着调的老板想让大老板和小姐姐住一间，这是什么剧情啊？！为什么还会有这种十八禁的操作啊？！老天，她还是个孩子，一个没有洁癖的孩子啊！

梁远朝"噢"了一声，趁沈修不注意，从他手里抽了两张房卡："我和薄矜初一人一间，剩下的我管你怎么分配，你睡大厅都可以。"

沈修：这哥们儿是有什么疾病吗，这么好的机会都抓不住！要不是为了他的终身大事，谁操红娘这心啊！

梁远朝随意递了一张给薄矜初："走了。"

薄矜初翻看了一下房卡的正反面，整体看起来设计得很不错，不过不是她喜欢的风格，她随手一丢，踩着高跟鞋跟上前面的男人。

接到房卡的苏木怔住了，看着薄矜初远去的背影，忍不住发出感叹："太帅了！小姐姐杀我，我死了。"

沈修也惊了："这漂亮姐姐是个高级玩家啊。"

梁远朝回车里拿了东西，然后带着薄矜初往里走。莲雾山庄的客房有东西南北四幢，沈修抢到的这四间房都在南秀园。

男人轻车熟路地走到南秀园的楼下，看了一眼手上的房卡，A322，薄矜初跟着他进了电梯。

梁远朝问："你几楼？"

"三楼。"

A322门口，梁远朝把她的东西递给她："我到了。"

薄矜初没接："我也到了。"

梁远朝以为她是对面房间，谁知下一秒，对面A302房间的门开了，走出来一个年轻男人，注意到两人的目光，点了点头走了。

梁远朝看着她空空如也的双手，了然于心，倚在门上看她，一副懒洋洋的姿态盘问她："卡呢？"

"太丑了，扔了。"

他转了转手上那张黑色的房卡："那我的好看？"

薄矜初瞟了一眼："更丑。"

梁远朝轻声笑笑，对上她那双勾人的眼："就那么想跟我住？"

"不是。"她忽然扑上去，一只手拽着男人胸前的衬衣，另一只手抓着他手里的房卡，整个人贴在他怀里，"是想跟你睡。"

薄矜初是个妖精，妖起来一个眼神足以摄人心魄；但她装委屈的时候，也是真的要命，上一秒还是媚眼如丝，下一秒便是盈盈秋水。

她说："你睡了我一次，我要睡回来。"

梁远朝用舌尖顶了顶上颚，流露出几丝危险的气息："睡回来？我那一千万是喂狗了吗？"

薄矜初有板有眼地解释："那一千万就当是我跟你借的。"

一旁电梯的数字一直往上跳，到三楼的时候电梯停了，眼看里面有人要出来，梁远朝动作迅速，刷了房卡进门，女人被他推进去反压在门上："那你倒是跟我说说这一千万你打算怎么还，我再考虑考虑你的提议。"

薄矜初双手环上他的脖子，两人的鼻尖差一点儿就碰上了："不如我们结个婚？跟我结婚很便宜的。我不需要彩礼，房子车子我自己也有，你要是不嫌弃，我的房产证上还可以加上你的名字。不过车子不行，车贷我还没还完，舍不得让你跟我一起背贷款。"

梁远朝哭笑不得。

“所以那一千万具体怎么还？嗯？”最后一个字尾音上扬，像一阵风闯进她心里，吹得她全身都酥了。薄矜初这一次彻底栽了，再也不想放弃了，就算死她也要拖着梁远朝一起死。来一个陈雅怡杀一个，来两个杀一双。

眼前的男人五官越来越立体，在他身上看不到半点儿岁月的痕迹，他还是和以前一样出众，甚至比以前更加深得她心。

她摸了摸男人刀刻般挺而直的鼻梁：“我们结了婚以后呢，你的财产就有一半是我的，到时候别说一千万，十个一千万也不在话下。”

男人眼底有一丝笑意：“我为什么要做这种赔了夫人又折兵的事？”

薄矜初没回答，反问他：“那天都让我跟你睡了，为什么今天不可以？”

“那天情况特殊。”

“怎么特殊？知道我怕打雷所以心疼我，同情我，大发慈悲地收留我一晚？那你抱我抱得那么紧干吗？”

那天晚上，梁远朝几乎没怎么睡，时不时地睁眼看看她，生怕她有什么不舒服。他手臂给她枕了一晚，好几个小时才缓过来。

梁远朝松手，把属于自己的东西拎进去：“薄矜初，去把房卡捡回来。”

地上仅剩一只小行李袋孤零零地被搁在门边，她没了刚才的情绪，冷着脸道：“不捡。”

“那你就睡沙发。”

她走了，房门“砰”的一声被关上。

沈修告诉梁远朝中午不一起吃饭，他订了午餐送到他们房间里。下午他去租个烤架，顺便和苏木、季风一起把晚上烧烤的食材准备好。

莲雾山庄建在半山腰，空气质量比市中心好了不只一星半点儿，南秀园的客房是中西合并的装修风格。梁远朝住的这间客房是中式风格，他开了木窗，山风裹着花的清香飘进来，像房里点了熏香。

他坐在窗边的躺椅上，脑海里不断地重复薄矜初刚才说的话。

“叩叩叩——”这时，敲门声响起。

“梁先生您好，您的午餐。”

梁远朝去开门，男服务生把小推车推进来：“这是沈先生给您和您的太太点的，如有问题，请随时拨打餐盒上的服务电话。”

“好，谢谢。”

“不用谢，祝您和您太太用餐愉快。”

梁远朝给薄矜初发了条信息：“回来吃饭。”

她没回。

小推车最下层放了一包东西，梁远朝打开一看，里面是二十个避孕套，款式各不相同，想都不用想肯定是沈修那家伙准备的。

夏季的山里开了很多无名的小花，阳光在深棕色的地板上肆意蔓延，房子下面有一条人工沟渠，在三楼能听见浅浅的流水声，窗框上停着一只鸟，这样的场景确实适合做点儿什么，不像黑夜的横冲直撞，像一首舒缓的钢琴曲慢慢推进。

梁远朝喉底有火在烧，他随手把那包东西丢在了沙发上，然后拨了个电话给沈修："你们在哪儿？"

"在花园，你下来吗？"

"嗯。"

薄矜初手里拎着两大袋东西，沈修挂了电话凑上去，看清东西后震惊了："我的妈！全是肉？"

"你不是说要烧烤吗，就你买的这点儿肉怎么够？"

沈修既佩服又好奇："你哪里搞来这么多肉？山庄里又没有超市，我本来想让人送些食材过来，结果因为山庄满客，导致没有停车位，车辆只出不进。"

薄矜初："我向厨房买的。"

沈修给她竖了个大拇指："果然，这是一个靠脸的时代，我前后去了三次他都不肯卖给我。"

后厨大叔人还是不错的，特意把解冻好的肉卖给她。季风和苏木接过肉后很自觉地开始闷头干活，一个洗一个切，剩下两人找了个地方闲聊。

薄矜初问他："你给我当助攻，梁远朝答应吗？"

沈修主动找上薄矜初，就是铁了心要跟她组战队，还取了个土到爆炸的队名——"漂亮姐姐今天求婚了吗"。

梁远朝答不答应，他都已经像倒黄豆一样把事情说出来了。梁远朝不喜欢陈雅怡，陈雅怡追了他十几年，他连一个笑脸都不给她。还有办公室里的那盆花，就是他从南城带来的，花盆破了他都舍不得换，愣是自己用胶水粘了起来。

沈修切了个西瓜，递给她一块，说了句大实话："他要是不答应，早揍我了。"

红瓜瓤诱人，沈修啃了一大口："姐，我说句你不爱听的话，你别生气。其实明眼人都看得出来他还喜欢你，根本放不下你。但如果我是他，我也不可能因为你回来了就颠颠儿又跟你在一起，那被你抛弃的这十一年算什么？”

薄矜初专心地啃着西瓜，好像沈修说的是别人的事：“然后呢？”

“有件事情他可能这辈子都不会告诉你，大学时他先做了二十份不同的工作，除了上课学习，其余的时间都在兼职，赚来的钱全捐给你们学校当奖学金了。”

薄矜初大四那年除了获得学校的一等奖学金，还拿到了一万元的社会赠予个人奖学金，那次奖学金的总额是二十万。

“大学前两年，他经常一个人出去喝得烂醉如泥，我接他回去的路上，他每次都重复一句话：只要她回来看看我，我立马就原谅她。”

她睫毛扑扇，坐在草坪上一动不动，厚厚的云层触手可及。

梁远朝来的时候，薄矜初正蹲在地上处理辣椒，季风和沈修在处理肉类，苏木在一边洗菜。

谁能想到含着金汤匙出生，从小锦衣玉食，住豪宅开豪车的小少爷是个穿羊肉串的高手。

薄矜初忍不住发问：“你卖过烤串？”

“没有啊。”沈修把串好的羊肉放到一边，开始切五花肉，“上大学的时候，我们经常半夜起来看球赛，那个点儿正好容易饿，有个室友特别喜欢吃烧烤，每次看球赛他都要提前点几百串，再买很多啤酒。唉，现在还能回忆起那时的味道。”

薄矜初扭头，耳后的一撮头发落在脸颊旁，她问对面的男人：“你会跟他们一起吃吗？”

梁远朝：“会。”

薄矜初眯了眯眼，心里暗暗不爽：“以前让你吃路边的糯米饭团你都嫌脏，跟他们撸串倒是不嫌弃，看来那会儿你也没多喜欢我。”

说完，她把苏木刚洗完的娃娃菜重新扔回脸盆里，一顿猛搓。

几个人竖起耳朵听。

梁远朝没否认：“那时候确实，喜欢你是后来的事。”

“哦。”她垂落的发丝正好挡住了梁远朝的视线，他没看见她失落的眼神。

日落西山，远处的山尖隐在火红的天际中，烧烤架搭在泛着绿意的草坪上。

沈修拍了拍手："终于好了！"

所有食材和工具都准备好了，苏木问："现在烤吗？"

沈修轻拍了一下她的脑袋："你是吃货吗？大菠萝。"

苏木瞪他，愤愤不平地道："你叫谁大菠萝呢！我怎么就是吃货了，现在是北京时间五点四十四分，中国人的黄金晚餐时间段。"

苏木的火气值达百分之六十。

"哟，苏木你能耐了，竟敢公然冲撞你的顶头上司，这个月的奖金还要不要了？再说了，你一口气能吃三个凤梨，你不是大菠萝是什么？大凤梨？那还是大菠萝好听。"

苏木抬手想指着他骂，又觉得不好，讪讪地收了回来："大猪蹄！你应该反思一下，为什么同一个老师教出来的，人家当总裁，而你只是个副总！"

"你叫谁猪蹄呢？"

"一个星期给你买四次猪蹄，你不叫猪蹄谁叫猪蹄？"

"你个大菠萝，给我站住！"

薄矜初眼底的笑意藏不住，女人的直觉告诉她，这两人迟早得有一腿。

沈修回来的时候手里抱着一箱酒，身后的小姑娘怀里抱了两瓶果汁，亦步亦趋地跟在他身后。

薄矜初发现小姑娘脸红得跟夕阳一般，刚才的冲劲浑然不见。沈修倒是一副悠然自得的模样，看来这家伙干坏事了。

梁远朝和季风站在烤架前，一个负责烤肉，一个负责烤蔬菜。

两个女孩子摆盘子、倒饮料。

临时起意的团建活动慢慢成形，沈修作为一个倡议者，自然地做起了气氛担当。他从兜里掏了副牌出来："比大小，真心话大冒险。"

薄矜初有点儿想抽烟，刚摸到烟盒，又放了回去。光落在她脸上，衬得她越发白皙，她浅笑道："目的性那么强？不如每个人轮着来？"

"漂亮姐姐害怕了？"

薄矜初像听了个笑话："谁害怕谁是孙子。"

四个人围坐在一起，沈修把牌摊成一条直线："谁最小谁受罚，由最大的人提问，没意见吧？"

第一轮，沈修最大，拿到了仅此一张的大鬼，梁远朝是K，季风是二，苏木翻了个九。沈修催促薄矜初："姐，快翻开看看。"

原本以为大概率就是苏木了，结果薄矜初翻了个最小。

桌子有一处不平整，风一吹黑桃三在桌上转了圈，像个禁欲女郎。

"准备准备！"沈修蓄势待发，像起点线的一头猎豹，"漂亮姐姐的初夜在几岁？跟谁？"

沈修绝对是个老手，第一轮就扔了这么一个重磅炸弹。

梁远朝坐在薄矜初右侧，餐桌布是天蓝色的，和他白色的衬衫很搭。他没有制止沈修提问，任由沈修眼巴巴地等着薄矜初回答。

薄矜初沉默片刻后，红色的唇瓣一张一合："我输了一次，只回答一个问题。"

"关于初夜，"薄矜初端起面前的葡萄汁喝了一口，不紧不慢地道，"是跟你哥。"

梁远朝插在裤兜里的手下意识地握起，神色看不出任何变化。在座的几位都听说过薄矜初跟晏家那位的传闻。

沈修一听，比任何人都激动："快快快，下一轮。"

天色渐灰，山庄各个角落的灯被点亮，桌上的手机骤然亮起。

晏寔："钱可可的事查到了，你现在有空吗？有空的话电话聊。"

薄矜初拿起手机，从椅子上起来："不玩了。"

沈修拦住她："再玩几局啊，现在还早着呢。"

薄矜初急着给晏寔回电话。

嘴边的数字没蹦出来，梁远朝也起来了："我回去了。"

好不容易活跃起来的气氛，一瞬间全跑光了，沈修皱着眉，手里还捏着张小鬼，极不甘心。剩下三个人摸不着头脑，你看看我，我看看你。

梁远朝洗完澡出来的时候天已经黑了，山里的夜晚有此起彼伏的虫鸣，窗子外挂了一盏灯，灯罩下一群小虫你追我赶。梁远朝走过去关窗，薄矜初坐在楼下的长椅上打电话，两人隔得远，那个身影看上去越发单薄。

"你说钱可可没死？"

晏寔还在国外，酒店的书桌上放着厚厚的一本全英文的医学书："嗯，她人的确在殷城，不过现在不在屋河镇。"

薄矜初搭在腿上的那只手控制不住地颤抖："那她在哪儿？"

"殷城有个很有名的康复中心。"

"她在康复中心？"

"五年前，她去殷城的路上出了车祸，当时的医学到底比现在差点儿，医生建议截肢，否则可能会挺不过去。"

薄矜初嗓子很干、很疼："手还是腿？"

"两条腿。"

前方的树下有两只萤火虫，树前面有个喷泉，喷泉旁边停了一辆观光车，观光车的轮子旁有一簇无名花，花旁边是什么？她的眼神失去了焦点。

说好的生日许的愿望不告诉别人就会实现的，为什么她许了二十多年的愿，一个都没实现？

晏寔从一个医生的角度安慰薄矜初："她挺幸运的，没截肢也活下来了，虽然不能走路，但是康复的希望还是有的。"

薄矜初没有说话，晏寔知道她还在："梁远朝帮她联系了美国一个很好的康复医生，傅钦订了后天的机票带她过去。"

薄矜初想不通："她去殷城干吗？"

钱可可在殷城没有亲戚，甚至在她第一次跟钱可可提起殷城的时候，钱可可都不知道殷城在哪里。晏寔既然能查出傅钦订了机票，就肯定知道钱可可为什么去殷城。

晏寔没打算瞒她："找你。"

背后刮过一阵风，手上一空，薄矜初下意识回头，梁远朝扫了她一眼，顺便帮她把电话挂了。薄矜初正准备发火，听到他冷冷地说："晏寔讲得比我好是吗？以前那么多睡前故事白给你讲了？"

她现在没心思回忆过去："行，那你讲。"

梁远朝还真接过话茬："钱可可是单亲家庭，她爸妈在她初三时离了婚，这你应该知道。"

梁远朝走到她旁边坐下，继续说："她爸妈离婚的原因是钱可可妈妈一直生不出儿子。钱可可高一那年她妈改嫁了，嫁过去的第二年生了个儿子，她爸和奶奶知道后气疯了，两人没处发泄，把矛头指向了钱可可。她遭受了长达两年的家庭暴力，上了大学才从家暴中脱离出来。"

薄矜初耳边"嗡"的一声，她以为那个畏畏缩缩地躲在墙角的钱可可只是内向，最多就是母爱缺失："后来呢？"

"她上大学以后再也没回过南城，她读的小学教育专业，毕业后留在那边教书了。有一天她爸托人联系到她，说自己病了躺在医院里，让她回去一趟。钱可可虽然恨他们，但法律上还是父女关系。她回去了，但她爸压根没病，把她叫回来是想用她的卵子生个儿子。"

"这是个畜生！"薄矜初没忍住点了支烟，蹲在地上拼命地吸。

她抽得太猛了，一支烟一会儿工夫就没了，她立马点了第二支，打火机和烟盒随意地丢在地上。

"把烟掐了。"

薄矜初没听见似的，问：“然后呢？”

梁远朝还是那句：“先把烟掐了。”

薄矜初扯着嗓子喊：“你说不说？不说滚！我去问晏寔！”

她把烟捻在地上，准备走。

她倔起来九头牛都拉不回来，梁远朝继续说：“后来她趁机跑了，当时她和傅钦还没在一起。傅钦知道这些事的时候，她已经躺在医院里了。她跟傅钦说她觉得你可能躲在殷城，她想去殷城找你。”

“那你为什么骗我？”为什么骗她说钱可可在淮海园？！

薄矜初坐在长椅上，双手合十放在膝盖上，脊背微微弓着：“我给她安排了医生，他们后天去美国，你等她回来再见她吧。”

薄矜初心里烦躁：“我凭什么听你的？梁远朝你恨我，想弄死我，我没意见，但你告诉我钱可可在淮海园，你知道淮海园是什么地方吗！”

最后一句她是吼出来的。

梁远朝平静地看着她，自嘲地笑笑：“我知道啊，如果你不想活了，就死在那儿的地方。薄矜初，你看你当初连死在哪儿都想好了，就是没想过怎么安顿我。你就是买把刀，帮你杀了人，你也得给它洗洗吧。先是祁封，后是晏寔，最后说要嫁给我，我梁远朝脸上写着‘任你摆布’四个字是吗？”

薄矜初心一抽，这样的梁远朝有点儿陌生。

“你很委屈吗？”

他平静下来：“委不委屈不都过来了。”

薄矜初看着他站起来。那个宽阔的肩膀上架的是整个朝今，薄矜初无法想象他一个人是怎么爬到今天这个位置的，惊觉曾经那个少年已经死了。

“沈修说你给我们学校捐过钱？”

梁远朝从地上捡起她的烟盒，抽了一支出来，背着风点上：“闵晨楼后面的图书馆就是我捐钱建的。”

“我说的不是这个。”她抢过他嘴里的烟，抽了一口重新塞回他嘴里，“我说的是我本科阶段的学校。”

男人含着烟说：“你不提还好，你一提我又感觉那二十万喂狗了。”

这男人变了。

薄矜初转过身，两只手撑在他大腿两侧，逼着他与自己对视：“我是狗的话，那你是什么？”

梁远朝把烟吐在她脸上：“狗的主人。”

她想抬手打他，不小心碰到他的左手，比以前更冰了，她转而凑到他耳边细声细语地说了句："那主人带我回去睡觉吗？"

梁远朝笑着拒绝她："做梦。"

山庄陷入沉寂，梁远朝在客房里看季风刚发来的合同。

薄矜初换了个地方坐。

生活的一大特点，就是喜忧参半。

她接到了薄远的电话，电话那头很吵，薄芳在哭，舒心也在。

薄远声音凝重："小初，可欣爷爷病情恶化了，医生说还有最后一次手术的机会。"

她忍着挂电话的冲动："哦。"

"手术费需要四十万，姑姑这里只凑到二十万，还差二十万，姑姑想从你那儿先借一下。"

薄矜初生气之余还很想笑："他这个情况又不是一天两天了，你们为什么不早做打算？该贷款还是卖房不应该早就处理好吗，为什么要在紧要关头来找我？我是擦屁股的，还是我有印钞机？上一次问我借十万我就说了，我没钱。"

薄远火气上头："我生了你这么个狼心狗肺的东西真是倒了八辈子霉，我现在看你就是一个白眼狼，我就是养一条狗都比你忠诚！"

如果她在现场，薄远肯定指着她鼻子骂。

"我最后说一遍，我没钱。"

舒心这次倒是没吭声，一直是她爸在逼她："那你有多少？"

夏风吹得她发冷，眼里一阵酸涩，和他们的每一次对话都让她精疲力竭："你们是不是觉得我赚钱特别容易？天上掉下来，我拿个盆在下面接就好了？你们需要钱就想起我，这个毛病真的是十年如一日。我今年二十八了，如果我现在想结婚，你们有嫁妆给我吗？你们能给我置办点儿婚前财产吗？"

薄远："你不缺胳膊不缺腿，这些东西还要父母准备，那你有什么用？现在这种危急关头不是讨论这些的时候。你有多少钱先拿来，手术要紧。"

"那要我去卖一晚给你们凑点儿钱吗？"

薄远显然没料到她会说这话，愣了几秒，气得五脏六腑都快炸了："薄矜初，我供你读了这么多年书，就是听你跟我说这种话的？"

"爸。"薄矜初冷冷地叫了他一声，"你知道吗，那老头死了我才高兴。"

薄矜初出了山庄，往山下走，电话里的对象已经不是薄远了，而是心理医生王敛。

王敛去隔壁市的高校做讲座，刚从学校礼堂出来坐上车，助理给他买了杯咖啡，他没喝，放在杯架上，问薄矜初："你现在在哪儿？"

王敛听她那边有风声，还有她轻微的喘息声，便问："在走路？"

"去山下买点儿东西。"

"买烟？"

王敛跟同事去过莲雾山庄，山庄里面没有卖烟的地方，倒是山脚有家小店有。王敛示意助理开车："你上回不是答应我戒烟吗？"

"已经比以前抽得少了。"

"你很讨厌那个老头吗？"王敛问她。

她沿着公路一直往下走，路灯照射的范围外黑漆漆的，像深不见底的窟窿，她随手折了一根草："其实也没有，相反，他做的那些事、说的那些话完全在我可以忍受的范围内，毕竟落井下石是人的本性。"

"那如果你有二十万，会借给他吗？"

"如果第一次就是我姑开口，应该会的。"

王敛指了指前面的服务区："其实你的讨厌不是针对那个老头，而是你爸妈，他们的轮番施压让你觉得，你甚至没有一个不相干的外人来得重要，是吗？"

她把捏得稀巴烂的草丢了，轻轻地"嗯"了一声。

"那你现在还愿不愿意让他们知道你得过抑郁症，并且可能没有痊愈这件事？"

今天是农历十五，她停下来，抬头望着圆月，眼前闪过梁远朝的影子，她还是那两个字："不想。"

"这次的理由还是跟以前一样吗？"

薄矜初摇了摇头，继续往前走："不一样。幸运的话，他们会承认自己错了，那样我会更难受，因为我知道我会原谅他们的。不幸的话，他们会觉得问题的根本还是出在我身上。这个世界上，真的没有感同身受，撑死了就是理解，体会这两个字太沉重了。包括你这个心理医生，你也只不过是比普通人多了几分职业道德。"

王敛笑道："坦白来讲，我的确做不到感同身受，但你这样想我可就太不厚道了。"

薄矜初看到了小店的灯光，再走几步路就到了，她问王敛："你今晚还回北城吗？"

“已经在高速上了。”

“好。我到了，先不跟你聊了，明后天有时间一起吃饭。”

“好，那你回去的路上注意安全，最好让你朋友下来接你。”

“嗯。”

老板娘正准备关门，看见薄矜初，又把门打开，问：“买什么？”

“烟。”

老板娘打量着她，心怀疑虑，这女人穿得那么好，多半是从山庄下来的，但是这么晚就她一个人，老板娘觉得不对劲，摸索了半天，跟她说：“你要的那种没有。”

薄矜初扫了一眼货架：“那就两包软利群。”

老板娘拿烟的空当，她绕着货架看了一圈，在角落里发现了热水袋。因为是夏天，这货还是去年冬天剩下的，上面积了一层灰。

薄矜初拎起来吹了吹：“老板娘，这个多少钱？”

“十五块。”老板娘忍不住发问，“姑娘，你这大夏天的买什么热水袋啊？”

薄矜初看出她眼神里的困惑和害怕：“我有个朋友关节痛，要用热水敷一敷，我正好下来买烟，顺带看看有没有热水袋。”

老板娘这才松了一口气：“关节痛最麻烦了，我老伴就是这样，痛起来可真难受。”

薄矜初付完钱打算走，老板娘拦住她：“姑娘你等等。”

老板娘去屋后头提了一小包草药出来：“我现在就是煎这个草药给他敷的，他说会减缓很多，是之前一个很有名气的老中医来村里问诊时给开的，你拿一小袋回去试试。”

薄矜初不好意思白拿人家的东西，拿了一百块钱给她，老板娘硬是给她塞回去：“我这一小包草药不值几个钱，送你了，别给钱！能让你大半夜出来还想着他的，肯定是个很重要的人吧？”

电话铃声打断了两人的对话。

梁远朝结束工作后很晚了，他把微信联系人翻了个遍，找到了苏木。

苏木刚好在看剧，躺在床上捧腹大笑，屏幕上方弹出来一个绿色的框，她顺手点进去，看清楚发信息的人是谁，她噌地坐起来。

梁远朝：“她睡了吗？”

苏木一脸蒙，在想这位老板是不是发错人了，可是转念一想又不对，他们不是在一个房间吗，难道大老板跑去跟大猪蹄睡了？

她正打算装死，对方又发来了信息：“薄矜初有没有和你在一起？”

“没有啊，她不是和您一个房间吗？”苏木战战兢兢地点了发送。

发完之后，她又觉得太刺激了。

梁远朝换了衣服出去找薄矜初，一路上给她打了十个电话全是无人接听，发的短信一条也不回。他找了大半个山庄，打算去找工作人员调监控，电话忽然接通了。

“喂？”她嗓子哑了。

“你在哪儿？”

那边没声音，安静得可怕。梁远朝急了：“薄矜初，你能听见我说话吗？”

她报了地址。

梁远朝赶到医院的时候，薄矜初蹲在医院的天台上抽烟，地上一堆烟头：“喀喀……喀……你来了。”

她还在吞云吐雾，不管地上多脏，直接坐了下去，抽完最后一口，靠着他的腿：“我姑姑的公公癌症晚期，本来打算明天早上做最后一次手术。他们来找我借钱，我没借。刚刚老人走了，走之前撑着最后一口气骂我狼心狗肺。”

她像一条被人抛弃的丧家犬。

梁远朝发现她手上有伤，黑着脸问：“谁弄的？”

第十五章 旧伤疤

老人的遗体从病房里推出来，病床边围了一群痛哭的家属，老太婆哭得最凶。

梁远朝从天台下来的时候，老太婆一眼就瞧见了他身后的薄矜初，拨开人群朝她冲去，一副要把她撕碎吞入腹中的样子："你个白眼狼，死的怎么不是你！"

老太婆一边哭一边指着薄矜初："以前你住在我们家，吃我们的，用我们的，现在我们有求于你，你就翻脸不认人了，有你这样报恩的吗？！你表弟有什么好吃的都献宝似的第一个拿给你，我们哪里对不起你了？你都买得起北城的房子，却连二十万都不肯借给我们，你这种人就该下地狱！"

围观群众开始对薄矜初指指点点。

梁远朝挡在薄矜初前面，质问尖酸刻薄的老太婆："她的手是你抓伤的？"

"你谁啊，给我滚开！"老太婆把梁远朝往一边扯。

护士长拦在中间，提醒道："这里是医院！"

老太婆劲儿大，直接把护士长搡在地上，护士长的头磕到墙角，痛得睁不开眼。

"王护士长！"

"小夏，去叫保安！"

薄芳刚刚哭完，用袖子胡乱抹了把眼泪和鼻涕，连忙拉住老太婆："妈！"

老太婆抄起手里剩下的药砸过去，梁远朝下意识地去挡，薄矜初用力把他推了出去，一袋沉甸甸的黑色的药水从她耳边刮过，太阳穴上方被划了一道五厘米长的血痕。

薄芳拖都拖不住老太婆，只有李可欣上来帮忙，李可欣对着老太太吼了一句："爷爷是癌症晚期，去世是迟早的事情，跟姐姐有什么关系！你清醒点儿！"

李可欣的大姑姑给了她一巴掌："李可欣，你是你爷爷带大的，你怎么能说出这种话？"

李可欣笑得眼泪流下来："我姐给李皓乐交了房子首付，这还不够报恩吗？你们是吸血鬼吗？你们当初怎么说她的都忘了是吗？"

小姑姑站出来，指着薄矜初，一个字一个字铿锵有力："李可欣你别忘了你姓李，小姑告诉你，就凭你们收留了她，她就是下半辈子给你们家做牛做马都是应该的！"

李可欣摇摇头："你们都是疯子。"

祁封赶到的时候，薄矜初冷冷地盯着站在墙角的薄远和舒心，她的父母竟然一句话都不帮她说。

薄矜初站出来的时候，祁封强烈地感受到，这一次她彻底放下了。

她走到李可欣的小姑面前，笑了下："一辈子做牛做马？你在做什么春秋大梦？四十万不够一年的房费是吗？你口气那么大，倒是跟我说说你要打几年工才能存起这四十万？你爸病了，你这个当女儿的怎么不知道卖房给你爸治病？"

她凑到女人的耳边，说得很小声但足以让在场的所有人听见："听说你老公上个星期刚换了辆新车是吧，你九泉之下的爸知道吗？"

"你！"女人吹胡子瞪眼。

老太婆也愣了一下，她昨天给两个女儿打电话的时候，一个个都说没钱。

"自己养了几十年的宝贝闺女都弃你于不顾，你还在指望喂了一年的狗给你送终？"薄矜初嘲讽道，"你的想法听起来真可笑。"

晏寔和老头的主治医生匆匆赶来，两人刚出手术室，就听护士说这边出事了。现场一片混乱，几个护士帮忙拉着病人家属。

林主任厉声呵斥："怎么回事？"

老太婆哭得更响了：“就是你害死了我老头子，你个杀人凶手！你去死！”

薄矜初抬眸，发现晏寔正忧心忡忡地看着她。

护士长捂着额头把今晚的情况大致说了一遍，老头的病情再次恶化，其实在林主任的预料之中。林主任皱着眉，气势十足，挑了个看起来最冷静的人：“患者儿子是吧？我建议你先把家人的情绪安抚好。”

恢复安静的长廊上，林主任手上拿着患者的报告：“作为一个晚期的病人，能拖这么多年已经是一件很幸运的事情了，但这病毕竟是癌。我昨天就跟你们聊过了，做这个手术可以，但意义并不是很大。何况要在病人身上再开一刀，病人不一定受得住。而且我也说了手术未必能成功。现在看来，他的身体状况撑到现在已经是极限了，就算手术成功，后面他只会越来越难受。癌细胞很猖狂的，你越猛它越狠。”

但是显然，老太婆是听不进去的，反而换了对象，往林主任身上扑：“我不信！别人都能活那么久，凭什么就我家老头子救不回来？”

薄矜初发誓，从此这群人和她再无半点儿关系。

晏寔在住院部的大厅找到她，她直愣愣地看着跑来跑去的护士，旁边坐下个人她才回过神来。他问：“以前那张卡还用吗？”

“哪张？”她忽然反应过来，“不用给我打钱，自己用足够了。”

晏寔知道他们交易的那些钱很大一部分她花在那群人身上了：“王敛说给你打电话你没接，问你明天有没有空，他找了家很不错的中餐馆。”

“明天没空。”

晏寔顿了顿，想问她明天有什么事，话到嘴边却发现问不出口了。

“我送你回去。”

“不用了，我等梁远朝。”

气氛彻底僵住，两人安静地坐着。直到梁远朝出现，她像活过来的枯井颓巢，今天第一次冲他笑：“他来了，我先走了。”

两个人并排走出去，没牵手，甚至保持着安全距离，但晏寔还是嫉妒得要死。

车子往春江明月开去，等红绿灯的时候梁远朝一只手搭在车窗上，一只手点着方向盘，从后视镜里打量着她。

薄矜初勾唇一笑：“你这样的眼神，我会以为你想要我。”

幸好关着窗，否则这话溜到别的男人耳朵里，梁远朝会疯。

红灯还有六十秒，梁远朝顺着她挑逗的话语问下去：“那你给吗？”

薄矜初倏地凑近，手不知不觉伸到他腿间，差一点儿就碰到了，男人镇定自若地看着她，她猖狂地说：“你跪下求我，我就给。”

梁远朝扔开她的手，毫不掩饰地笑，回击她：“谁求谁还不一定呢。”

窗外的行道树叶子在路灯下绿得发亮，她打开窗，灌进来的风吹醒她，梁远朝看了她一眼，提快车速，有一瞬间，她感觉自己重生了。

薄矜初问：“你对他们做了什么？”

刚才在医院，梁远朝让人把她带出去，她在大厅等了他一个小时。

他问：“你担心我会做什么？”

薄矜初坦言道：“怕你心太软，觉得是和我有关系的人，下不了手。”

梁远朝确实心软了，他不希望将来她后悔却一点儿转圜的余地都没有，所以他只是把老太婆和她的两个女儿教训了一顿。

车子驶入春江明月的地下车库，他停好车打开车顶的灯，偏了偏身子瞧她，语气不爽：“薄小姐，那个晏先生真是阴魂不散啊！”

昏黄的灯光使得气氛更加暧昧，薄矜初靠在椅子上，嘴角得意地翘起：“那是人家的工作单位，什么叫阴魂不散？再说，他来找我就是想送我回家。”

“吧嗒”一声，车内灯灭了，接着“砰”的一声，车门被甩上，驾驶位空了。地下车库的声控灯随着男人的脚步一盏盏亮起。

薄矜初也下了车，高跟鞋的清脆声在空旷的车库里显得格外得意，她补了一句：“他还要给我钱。”

电梯刚好停在地下二层，两人进去，梁远朝靠在电梯上，双手插兜似笑非笑地看着她。这男人上辈子才是狐狸精，那双眼睛摄人心魄，施着法勾引她。

薄矜初不管电梯里有超清摄像头，走过去压着他就开始亲，她今天穿的低跟鞋，踮着脚勉强亲到一下：“低头。”

梁远朝站得更直，矜贵地理着西装袖口：“薄小姐，各凭本事，还带这么要求人的？”

行，各凭本事。

薄矜初弯腰，只听见“刺”的一声，裙子被她从小腿一直往上撕到腿根处，露出雪白笔直的腿，内裤的边缘若隐若现。

她直勾勾地盯着他。

梁远朝脱下西装扔到她头上，下一秒，薄矜初感觉自己腾空了。

梁远朝家的鞋柜上坐了个性感美艳的女人，男人从容地看着她："撕过瘾了吗？没过瘾继续。"

"我这裙子撕起来手感不错，你要不要试试？"薄矜初又把他当鱼了，疯狂地撒饵。

可偏偏梁远朝又上钩了。

梁远朝双手背在脑后，笑着听她继续说："真想把你现在这副样子拍下来发给陈雅怡，让她气得原地爆炸。"

他笑了一声。

薄矜初不爽，狠狠地拧了一把男人精壮的腰："你这腰练了多久？"

男人瞧她一眼："没专门练过。"

"哟，老天赏饭吃啊。"薄矜初那玉葱细指在男人的腹肌上打转。

梁远朝把她的手拿开："赏的是谁，谁心里没数吗？"

薄矜初忽而问他："你是不是和她睡过？"

沈修作为梁远朝的神助攻，早在此前就替梁远朝辩得干干净净，但薄矜初就是要听他自己说。

他从鼻子里发出一声冷嘲："我和晏寔不同，我对精神的契合度要求很高。"

"吃醋了？"薄矜初从他身上翻下来，撑着脑袋问他。

梁远朝斜了她一眼："不屑吃他的醋。"

"哟，梁总口气不小。啊，你干吗？！"

他压上来，单手把她两只手腕扣到头顶，低头亲了她一下："再满足我一次？"

次日清晨，窗帘被梁远朝拉开一层，薄光洒在女人白皙的肩头。薄矜初醒来的时候，梁远朝在穿衣服："要去公司了？"

"嗯，早饭给你煮了粥，一会儿起来喝。"梁远朝发现薄矜初一直盯着他，"怎么了？"

"比起喝粥，我更想要一个早安吻。"

梁远朝刚把领带挂到脖子上，听到这话，笑着朝她勾了勾手指。

女人下了床，接过他的领带开始系，系好后用力往下一拉："这一次再敢那么无情，我杀了你。"

她主动亲上去，梁远朝撬开她的齿关长驱直入，两人唾液交换的声音比空调的运作声还明显。

他忽然停下来，拎起外套，挑了挑她的下巴："走了。"

女人含着春水的眼眸不满地盯着他："梁远朝，你玩我？"

"纵欲过度不利于身体健康。"

薄矜初被气得回笼觉也睡不着了，回到自己家换了件衣服，去物业处接月亮。

物业今天值班的是小王，薄矜初来的时候他正好抱着月亮看监控，还贴心地给月亮当讲解员。

"哎，薄小姐，你怎么提前回来了？"

"有点儿事情。"

小王把猫递给她，薄矜初一脸嫌弃："放地上吧，它自己会走。"

"喵——"

薄矜初无视它，跟小王商量："你是不是很喜欢猫啊？要不你把它带回去吧，反正我也不想养，我可以把猫砂、猫粮都送给你，起码一个月内你不用为了它额外花钱。"

"喵喵喵——"月亮疯狂地叫着，还咬她的裤腿。

小王忙摆手："不了不了，喜欢是喜欢，但我妈对猫毛过敏，我等会儿还得把自己处理处理才能回去。"

猫一听小王拒绝了，立马不叫了。

"就这么点儿出息。"薄矜初看不起它。

她带它去宠物店洗了个澡，回家往它食盆里放了一把猫粮，自己像个二大爷躺在阳台的躺椅上。她还在想早上的事，想了十分钟，越想越气，自己光着身子站在他面前，他竟然还有心思去上班！

薄矜初打开微信，二十多条未读信息，最新的一条是陆沉发来的："教授让你十二点过来，一起去吃个饭。"

"知道了。"

剩下的几乎全是昨天晚上的。

祁封："人我都送回去了。"

姑："今天那个男的是你男朋友吗？改天带回来给姑姑看看。"

妈："今天那个是你男朋友？人长得是很帅，但我跟你说过的，长得帅的要小心。这种男人一般很难定心的。"

李可欣："姐，对不起。"

沈修的信息是今天早上发来的："姐，你们怎么回去了？"

薄矜初回他："临时有事，你帮我把东西带回来。"

薄矜初读完消息，点了祁封的对话框，弹了个语音通话。对面人很快接起："喂？"

"你在哪儿？"

"我在外面谈事情啊。"

"你是不是跟糖妹妹在一起了？"

祁封蒙了一瞬，嘴里的半口茶咽下去："你怎么知道？"

他们确定关系到今天正好两个星期，祁封本来打算过几天带舒糖糖和她一起吃饭再说的。

"女人的第六感。"

这第六感是导弹吗，那么精准。

祁封："那中午一起吃饭？"

薄矜初懒洋洋地丢了两个字："没空。"

包厢里，坐在祁封对面的男人也听见了。

"那你打电话给我干吗？"

"有个问题想咨询你，先确认下你有没有恋爱，不然我怕你的经验不足难以回答我的问题。"

祁封头上冒出一个大大的问号："什么问题？"

薄矜初的语气仿佛在讨论一个很严肃的科研专题："假如你和糖妹妹睡了，第二天清晨，面对糖妹妹的引诱，你还能控制住自己吗？"

祁封刚想说这是什么问题，转眼看到对面气定神闲地喝着普洱的男人，顿时反应过来。他指指梁远朝，又指指电话，用口形问梁远朝："怎么说？"

梁远朝给了他一个"随便"的眼神。

"当然不能，是个正常男人都控制不住好吗？"祁封如实道。

薄矜初走到全身镜前，摆了个性感的姿势，她身材相当好，前凸后翘，一双长腿是个男人见了都会想入非非。大街上随便找个二十岁的小姑娘，分分钟被她吊打。就这种令人喷鼻血的曼妙身姿，梁远朝竟然不留恋。

祁封壮着胆子，当着本尊的面问："睡完梁远朝，感觉怎么样？"

薄矜初跷着二郎腿，伸了个懒腰，顿时通体舒畅，说了句欠扁的话："还行吧，也就那样。"

祁封憋着笑："你牛。"

薄矜初见他不急，问："你和谁谈事情？"

“你未来先生。”祁封只能这么找补了。

躺椅发出吱呀的声音，薄矜初站起来：“你不早说！”

“他要是早说，我可就听不到你对我的真实评价了，岂不是很可惜。”梁远朝不羞不恼的声音混在吱吱的电流中。

薄矜初怔了一秒：“我这个人嘴里就没几句真话，你知道的。”

“我听着你说得还挺诚恳，起码比那句要和祁封在一起诚恳得多。”

被点名的祁封冷不丁打了个寒战。

薄矜初还没来得及说下一句，语音通话已结束。

这个二人局是昨天在医院定下的。梁远朝很早就想和祁封聊聊，上次被祁封躲掉，这次是祁封约的他。

祁封这次约梁远朝见面的目的很明确，做一回薄大小姐的嘴巴：“你昨天应该也听到一些了，当年她爸妈为了躲赌债跑了，所以她才搬去了姑姑家。”

梁远朝心一沉。

“她有写日记的习惯。她说搬去姑姑家以前，日记本里写的都是你，自从开始寄人篱下的生活后，她写的每一个字都是在描述苟延残喘的生活。”

她姑姑的公婆每天想方设法地让她滚，她以为小心翼翼，做一团空气就可以相安无事，结果却是她从书房搬到了阁楼。那段日子，“快乐”两个字杳如黄鹤，夜晚被泪水侵占。

祁封继续说：“有句话我这辈子都忘不了，她写的是‘我薄矜初这么高傲的一个人，竟然活得连条看门狗都不如’。”

梁远朝的心揪着，一句话也说不出来。

祁封说：“她最受不得委屈了，那一年我听她说得最多的话就是，要是梁远朝在就好了。”

“她为什么不告诉我？”

“以前她不说，一是陈雅怡从中作梗，二是怕耽误你，她知道你填复读申请表的时候都快疯了，你们都是没有对方会死的人，我这个旁观者实在看不下去了。”

“陈雅怡？”

祁封只记得个七七八八。

梁远朝喝干了一壶茶：“她给你的店铺投资了？”

“嗯。”

“店铺地址你选在哪儿？”梁远朝摩挲着杯壁问。

“文化宫对面。”文化宫在隔壁区，到市中心不堵车差不多三十分钟，早晚高峰堵车的话说不定要三四个小时。

梁远朝说：“我给你投一千万，把花店挪到市中心来，钱不够再找我。”

祁封一脸茫然。

“不然她上班太远了，这件事不要告诉她。”

祁封点了点头，跟着喝干一杯茶，纠结了很久，最后说：“还有一件事，她可能不想让你知道，但是我觉得有必要告诉你。她得过抑郁症，说严重不严重，说轻不轻，反正对旁人不会有影响，但她自己会很痛苦。”

梁远朝低着头，祁封没注意到，他的眼睛红得像个吸血鬼。

薄矜初和晏寔初次见面是在第四人民医院，第四人民医院是治疗精神疾病的专科医院。那年薄矜初大三，她思考半年才决定去问诊。那天下午，薄矜初挂到了王敛的最后一个号。她进去的时候，王敛面前坐了一个男人。

王敛对男人说：“我还是那句话，你那么年轻，我不建议你长期服药。你的睡眠障碍不算严重，既然开着灯能够睡着，那你就开灯睡。不要用大众的标准去禁锢自己，没人规定睡觉就得熄灯。如果你执意想在黑夜中入睡，你那么有钱，找个陪睡的吧。”

薄矜初听到了他们的对话，有些窘迫，打算退出去。王敛叫住她：“四十六号薄矜初是吧？轮到你了。”

“那他……”

晏寔从凳子上起来，微笑着说：“我好了，你来吧。”

听男人的声音，应该比她大不了几岁。学生模样的薄矜初第一次见到笑得那么温柔的年轻男人，像春天的风，更像是日出。

王敛微微一笑：“可以先跟我说说你的生活发生了什么吗？”

薄矜初说了王仁成，也说了后街的破屋子——凹凸不平的水泥地、脏得发黄的白墙、老式的插销木门、没有厕所的房间、院子里露天的厨房、会漏雨的天花板、潮得发霉长白毛的衣柜，还说了父母欠下的难以偿还的赌债。

王敛继续问：“你是从什么时候开始意识到自己不对劲儿的，高中？”

薄矜初继续摇头：“是最近，莫名其妙地会想起一些很难过的事情，哭完一场就会觉得很爽。室友吃饭吧唧嘴的声音，或者是某个人断断续续的笑声，这种不足为奇的小事会让我觉得很抓狂。在浴室吹头发的时候，我总感觉有人拿刀站在门口等着杀我。”

王敛一边做记录，一边问：“如果用百分数来表示，你认为那些未成年时期的遭遇对你现在的状态起了多少作用？”

她思忖片刻：“百分之六十左右吧。我这两年总是会想起小时候那些事，而且不厌其烦地跟我妈讲，以此来告诉她，她其实不是一个好母亲，但她总是打着慈母多败儿的旗号来坚持她做的没有错。”

“剩下的百分之四十，你觉得是什么原因？”

“我妈觉得她没错。”

可是哪怕一次次被伤害，她还是会有期待。

王敛递给她一张白纸：“我想请你写两句话，一句定义一下你和你父母之间的关系，还有一句定义一下你和大家庭成员之间的关系。”

那天阳光很好，给足了薄矜初坐在医生对面的勇气。她很快写好，递给王敛，王敛这辈子都忘不了那个女孩写的话。

“我是一个在臭水沟里长大的孩子，他们却以为给了我一个天堂。”

“每个人都很脆弱，但他们只想到了自己，没想到我。”

王敛又问：“除了精神上的问题，生理上有没有什么异常反应？”

“一个月前，我从地上起来，忽然感觉眼前一黑，但不是低血糖的那种，因为我明显地感觉自己在轻微抽搐。”

整个过程进行了三个小时，最后报告拿到手，结果是中度抑郁伴有焦虑。薄矜初极为淡定地说：“我不准备告诉我父母。”

王敛诧异：“你不想治疗吗？”

二十岁的少女笑得像朵花：“其实有问题很多年了不是吗，但现在还好好的。谢谢你，王医生。关于你的医术我做不了评价，但你是一个很好的聆听者。”

薄矜初没想到会在研一的冬天再次遇上那个笑得温柔的男人，更没想过自己最后会成为那个“陪睡的”。

老头子刚下葬，两个女儿接到了解雇通知书。

薄矜初正在研究所收拾东西，路迟靠在墙上一言不发，宋沉在帮她拿箱子，陈伯生端着一杯茶半天了也没喝一口。

“哎，你不帮我一起整理下吗？”薄矜初撞了下路迟。

路迟绕过她走向陈伯生的办公桌，从一大摞文件中抽出一份递给宋沉："给她一起装进去。"

宋沉拿着文件，征求薄矜初的意见："师姐。"

"什么东西啊？"她打开牛皮纸袋，里面是一沓肝癌模型相关动物实验的资料，"给我这个干吗？"

陈伯生说："明年我打算自己成立一个实验室，带上这两小子一起，主攻肿瘤方向。这资料你先拿回去，有空的时候可以看看，以后想回来就回来。"

薄矜初虽然没有出生在一个有爱的家庭里，但她遇到的人一个比一个好。她把文件袋随意丢到箱子里："就这一点儿？是让我明年回来给你们端茶倒水的意思？"

陈伯生听到她这句话心里好受了许多，都有劲儿刺她了："多得很，就怕你懒散成性都不带看的。"

路迟把桌上那一沓资料都给她抱到车上去了。

陈伯生几个人今天有个会议，薄矜初拿了东西就走了。四个人有个群，陈伯生休息的时候就喜欢在群里问有没有人跟他出去钓鱼，要是没人回复，陈伯生就直接抛出地址和时间，不来的到上班那天会被他唠叨死。

阳江路似乎没有不堵车的时候，薄矜初刚开了五分钟就歇火了，前后左右全是车。她随便调了个电台，阳江路再一次喜上北城交通电台热榜。

"阳江路风前路段两辆小车追尾，目前警方正在处理，风后路段堵得水泄不通，各位车主尽量不要再往阳江路扎堆了，特别是有急事的车主，一定要绕道而行。"

男主播的普通话十分蹩脚，薄矜初听不下去了，索性关掉。

她坐梁远朝的车在阳江路出车祸的时候还是夏天，转眼都入秋了。

回到春江明月，客厅的沙发上坐了个"木乃伊"。

"祁封，你有病就去医院，来我家干吗？"他用毯子把自己从头到脚裹了起来。

祁封露出两只眼睛，向薄矜初求救："你这猫是不是听不懂人话啊，我让它离我远点儿，它偏偏要坐在我对面，还往我身上跳！"

月亮一听，直接借茶几跳到他头顶，祁封狂号，一人一猫上蹿下跳。

"它当然听得懂人话。月亮，过来。"

猫步性感，一摇一摆地走到薄矜初脚边，还不忘回头对着祁封"喵"一声。

她削了个苹果，分了一半给他："找我有事？"

“我把原先的花店转给别人了，在金融街重新租了个店铺，前几天刚开始装修，你的假期又得延长了。”

薄矜初惬意地跷着二郎腿：“金融街的店租是原先那个店的三倍，你哪儿来的钱？”

祁封脸不红心不跳地说：“我爸把他公司的股份给了我一点儿。”

薄矜初最近反正不想工作，无所谓花店多久开业，她现在的首要目标是搞定梁远朝。思及此，她顺便问道：“你今天不陪女朋友吗？”

“她们学校开了个画展，艺术学院的都必须参加，”祁封抬手，看了一眼手表，“差不多还有一个小时就结束了。”

薄矜初开始赶人。

朝今最近新开了医药板块，各大医药企业听到消息后纷纷派人去朝今谈合作，工作日夜晚十一点的大厦灯火通明。

今天周五，梁远朝下令不加班，沈修收到消息后兴奋得从老板椅上弹了起来：“大菠萝，走，带你去吃饭！”

苏木在整理文件，拒绝道：“我不去。”

沈修靠在书架上，一副“你敢不去我就敢当场扒掉你的皮”的表情盯着她：“给你最后一次机会。”

“不去。”苏木很坚定。

“行。”沈修拎起外套走了，办公室的门被摔得震天响。

陈雅怡刚好路过：“你在公司能不能注意点儿形象？”

沈修退回来，高声道：“哟，我当是谁教育我呢，原来是设计部总监啊。”

几个正准备下班的员工全看过来。

“班花小姐，你这么能耐，我这个位置给你坐要不要啊？”

陈雅怡憋着气，懒得跟他计较。

沈修才不看她脸色，偏要继续说：“我今天就是把这门卸了，那也是一个字，酷。”他把衣服甩在肩上，雄赳赳气昂昂地吹着口哨，走到电梯口正好遇上梁远朝。

沈修和陈雅怡向来不对付，梁远朝早已习惯了沈修在陈雅怡面前的模样：“人没进来，你这衣服还不拿下来吗？”

沈修把外套穿上，认真发问：“哥，春节前能收到你的请柬吗？”

“什么请柬？”

专属电梯停在地下二层，两人分别朝自己的车走去。

沈修的声音响彻车库："结婚请柬啊！"

梁远朝给他的回复是一车屁股尾气。

薄矜初睡了一下午，醒来的时候六点半，月亮眼巴巴地趴在床边，不敢吵醒她。

沈修一个小时前给她发了微信："姐，我哥今天下班早，冲冲冲！"

"饿了？"

"喵——"

"你再忍忍。"薄矜初去浴室洗了个澡，换上家居服后叫上月亮，"走了，带你去吃饭。"

梁远朝回家后的第一件事永远是洗澡，然后是做饭。今天时间早，他还先沏了壶茶。门铃响起时，他在炖牛腩。

薄矜初正准备按第二下，门开了。男人倚在门框上打量她这一身装扮："穿成这样来我家借床？"

"本来只想蹭个饭，你这么一说，我确实对你家的床心动了，上次睡完就想问你是什么牌子的，我也好买一张。"末了，她凑上前，"以后你来我家睡。"

梁远朝发现她勾人的时候很喜欢挑眉，他也学着挑了下："我家的床是定制的，要等两年。"

"那算了，还是睡你家吧。"别说两年，两个月都难等。

锅里的牛腩炖得软烂，薄矜初闻着味过去，梁远朝夹了一块到她嘴边："尝尝味道。"

薄矜初靠在料理台上，牛腩飘着热气："哥哥，不给吹吹吗？"

"别作。"

"真不吹？"

"好。"梁远朝像模像样地吹了两下，她正欲张嘴，那块肉被他送进了自己嘴里。

薄矜初："……"

"嗯，淡了点儿。"他兀自往锅里加盐，不顾身后人不满的眼神。

等所有菜上桌后，薄矜初用筷子恶狠狠地戳空碗，戳了好久。梁远朝想笑，不逗她了，给她盛了碗饭。

乳白色的餐桌不再单调。两人的家居服正好是同色系，坐在一起像新婚夫妇。

“祁封说他要把花店挪到金融区，是不是你的主意？”薄矜初问。

梁远朝没说是为了她，声称“那块有投资价值”。

搁在盘子边的手机振动了一下，她被拉进一个新的群聊：十三中零九届七班联络群。

群主是以前跟吴生玩得挺好的一个男孩子，叫赖白峰，前几天刚通过祁封加了她。不出五分钟，群里有了二十几个人。

赖白峰：“还有一些人我实在搞不到联系方式了，你们有的话拉一下吧。”

消息噌噌往上蹿，刷屏刷得薄矜初眼睛都花了。

她正准备切出去，忽然看到一行小字：“赖白峰”邀请“CoCo”加入群聊。

赖白峰：“大家改一下群名片吧。”

薄矜初点进去，CoCo 是钱可可。

梁远朝看她愣着，指节叩了叩桌面，问：“怎么了？”

“我们要开同学会了，高中的。”

王仁成被抓的时候，梁远朝的舅舅找了警局的人，最后班上同学打探到的小道消息是王仁成涉嫌金融类犯罪，因数额较大，判了很多年。

一晃那么多年过去了，没人再提王仁成这号人，同学聚会所有人不约而同地屏蔽老师这一关。

梁远朝去给猫倒水，月亮光明正大地听两人谈话。

“钱可可的腿怎么样了？”薄矜初忽然问。

“康复医生说恢复的可能性挺大的，不过需要时间。你不用担心，傅钦把她照顾得很好。”吃完饭有些热，梁远朝开了一扇窗，微凉的风吹进来。

梁远朝把碗放进洗碗机，说：“钱可可短时间内不会回国，那同学会你还去吗？”

她没有任何想法，甚至打算退群，倒不是说因为王仁成的事有了阴影，那么多年过去了，王仁成虽然可恶，反正也死了，还没资格让她一辈子怀恨在心，只是单纯觉得没有意思，读书时都没什么感情，隔了十几年再见面能聊什么？分享一下各自手头的人脉资源吗？薄矜初觉得没必要。

她应道：“不想去，但是想回南城看一下爷爷奶奶。”

梁远朝还炖了红枣桂圆鸡蛋，给她盛了一碗，递给她的时候袖口被拽住，她问：“你要跟我一起回去吗？

“最近公司忙，我没时间。”

薄矜初无所谓：“那就等你忙完了再回去。”

“等这一阵子忙完就年关了，到时候事情更多。”

薄矜初嚼着红枣，直勾勾地盯着他，逼他十指相扣：“哥哥，你的公司什么时候才能破产？”

他说：“只要我不想，朝今就永远不可能破产。”

薄矜初侧坐在沙发上，梁远朝站在沙发后，两人的手还缠在一起，他的视线往下移能看见她胸前那道沟。

“朝今，朝今，”薄矜初念念有词，“梁远朝和薄矜初？这要是被你们公司的小女生知道，那得有多少人失恋啊？”

“你想多了。”

“那哥哥倒是告诉我，‘朝今’这两个字是什么意思。”

又来了。

薄矜初拉过他另一只手，把红枣核吐在他掌心，不放过任何一个撩拨他的机会，她舔了下他手腕处的疤，低头的时候，梁远朝发现她长袖的家居服里面是一件蕾丝吊带。

“哥哥，想要了吗？”

不知道她最近着了什么道，东一句哥哥，西一句哥哥。梁远朝每次听她喊哥哥都想把她揉碎刻进骨子里，可偏偏嘴上就是不妥协：“不想。”

他把枣核扔到垃圾桶里，去卫生间洗手。

水声止，梁远朝关掉卫生间里的灯，瞬间意识到不对劲儿，餐桌上方的水晶吊灯灭了。他出去一看，沙发上侧卧的女人身上只剩一条薄得不能再薄、透得不能再透的黑色蕾丝吊带。风掀起落地窗的纱帘和女人性感睡裙的边，裸露的大片肌肤都在散发着一个信号：阿远，快来。

梁远朝的眼中有簇火苗在蹿。薄光下的玻璃盏子金光闪闪，碎了也一样闪耀。薄矜初勾了勾手，梁远朝走过去。

她挂在他身上，在他耳边吹了口气：“男人不能总憋着，会憋坏的。”

他扶着那盈盈一握的腰肢，用力，薄矜初做好了抬脚环住他的准备，。谁知下一秒，他说：“你不是跟别的男人说我也就那样吗，那不好意思，我满足不了你。”

人被迫跌回沙发，当事人转身回房了。

薄矜初气得咬牙切齿，分分钟想把他的头拧下来，不一会儿，听到他卧室里传出来的水流声。他宁可冲冷水澡，行。

“梁远朝，你给我等着。”

莲雾山庄那次，王敛当时认为薄矜初的状态很不好，准备给她做心理疏导，约了几次都被她推了。后来，王敛一直忙着在全国各地的学校做讲座，两人好长一段时没联系，不过王敛发现，薄矜初开始发朋友圈了，发的还都是一些阳光的生活片段。全黑的朋友圈背景换掉了，头像换成了她的猫。

讲座暂告一段落，王敛终于得空，三个人聚在晏家茶。

三个人聊了很多，王敛明显感觉薄矜初变了。

“最近过得怎么样？”王敛直接问她。

“我人都坐这儿了，见也见了，聊也聊了，你感觉我最近过得怎么样？”

脸色比以前红润了，心情看起来也不错，她的状态比以前任何时候都好，王敛打心底里替她高兴。

菜上得差不多了，王敛喝了口水，随意捡了个话题说：“听说你们医院十二月份有个国际援助项目？”

薄矜初在翻菜单：“无国界医生？”

晏寔：“嗯。”

王敛给两人倒水：“我听一个朋友说是去阿富汗？”

“你去吗？”薄矜初突然抬头问晏寔。

晏寔嘴角微勾，还是一贯的温和的笑：“你希望我去吗？”

最后一个菜是夫妻肺片，薄矜初夹了一筷子放入嘴里，含混不清地说：“那得问你自己，这种事怎么能由我帮你做决定。”

“那如果是梁远朝呢，你会希望他去吗？”

“他又不是医生。”

“那如果他是医生呢？”晏寔脸上没了笑容。

薄矜初低着头吃菜：“他不可能会是医生。”

“我说如果。”

王敛惊讶于晏寔的执着。

薄矜初也不回避了，直截了当地说：“不希望。”

果然如王敛所料，她的改变确实和梁远朝有关系。

晏寔第一次知道梁远朝不是从薛景山嘴里听到的，而是薄矜初。她“陪睡”的第一晚，两人多少有些不习惯，便借聊天来缓解尴尬。薄矜初用一晚上的时间告诉晏寔她有一个很爱很爱的少年，连当时的晏寔都为之所动。

他们所谓的“陪睡”，是晏寔的卧室里摆了两张床，中间还有帘子挡着。当初两人的利益关系敲定后没多久，晏寔进了医院，每天忙得不可开交，回家的次数少之甚少。他再忙也会把薄矜初的大小事安排妥当，而且这不是合同范围内的义务，薄矜初总感觉自己白拿了他一千万。

晏寔当着她的面点了支烟。

王敛惊愕：“你什么时候也开始抽烟了？”

晏寔没搭理王敛，递了一支给薄矜初。

她没接：“我很久不抽了。”

王敛忽然想起他之前给薄矜初的建议，此刻觉得有点儿对不起晏寔，晏寔喜欢薄矜初，王敛很早就看出来了。

薄矜初成为晏寔的睡伴，王敛是半年以后才知道的。

木桌上摆满了菜，只有薄矜初一个人在吃，晏寔盯着她吃。

王敛清了清嗓子：“上次那件事怎么处理的？后来有没有回过家？”

晏寔冷冷地打断他：“这里是你的办公室吗？”

“他也是担心我才问的。”薄矜初夹了块肉放到晏寔的碟子里，然后回答王敛的问题，“那天以后再也没回去过，他们给我发了几次信息，我不想回。那件事是梁远朝处理的，我没问过他。”

“那你之后有什么打算？”

薄矜初靠在沙发上，看着窗台上的盆栽，散漫自在：“我有个朋友开了个花店，我投资了一些，偶尔过去看看店，大部分时间还是躺在家里，没有比现在更轻松的日子了。”

虽然旁边的晏寔拉着张脸，但丝毫不影响王敛的好心情。薄矜初的生活重心发生了偏移，有了更在意的东西，那个乌糟糟的世界终于被她甩到了身后。

一桌子大鱼大肉，晏寔没吃几口，烟倒是抽了三支。

中途，祁封的餐厅有事，喊薄矜初过去帮忙。

她走后，王敛才说：“但凡她对梁远朝的感情有一点儿动摇，你外公抛了那么久‘晏寔未婚妻’的称号，她也不至于那么多年了都不接。从你和她来我这儿接受治疗开始，就注定了你不是她的光。”

他早就劝过晏寔不要对薄矜初动心，可惜感情这种东西把控不住。他其实早就知道晏寔要去阿富汗，刚才是故意说的。

“你晏寔少了薄矜初不会怎么样，薄矜初少了梁远朝会死的，除了钱，你给不了任何她真正需要的东西。你知道她喜欢什么口味的糖吗？你知道她怎样才会快乐吗？我这些话是难听了点儿，但你比我更清楚，她吃过多少苦，哭了多少次。现在她终于可以走出来了，你不替她开心吗？”

王敛问她有没有想过离开这个世界的时候，薄矜初的回答是：我想对这烂透了的生活说一句我爱你，身体不死，心不死。

从医生的角度上说，王敛不希望薄矜初再回到过去，而且她一定要向前走，一直向前，走到灯火通明的地方，走入光明。

“我是她的心理医生，我能感受到她跟我诉说的痛苦不及她内心的二分之一。晏寔，你对她到底是喜欢、爱，还是心疼她、想照顾她？”

还有一句话王敛没说，年少的爱是会一辈子烙在心里的。

作为医生，王敛希望薄矜初幸福。晏寔是个好男人，他会找到相爱的女人，但是薄矜初这一辈子注定只能和梁远朝绑在一起。

祁封所谓的有事是找她试菜。

“我不是跟你说我中午约了人吃饭？”薄矜初坐在一堆小碟子前面，什么鹅肝、牛排，她完全没有胃口。

“我知道啊，所以生怕你吃太饱过来以后吃不下，我特地算准了时间给你打的电话。”

薄矜初问出了所有店员心中的疑惑：“你女朋友呢？”

“她今天有课。”

念在他不喜欢猫还给月亮买了五箱罐头的分上，她就勉为其难尝尝吧。

薄矜初是一个对吃很挑剔的人，旁边的厨师被她说得感觉自己马上要下岗了。

试完味道后，薄矜初和祁封找了家咖啡店，祁封给她点了杯拿铁：“你们高中同学聚会定在什么时候？”

薄矜初掏出手机看了一下群公告：“十一月十五。”

“钱可可回来吗？”祁封不知道那件事，只当是正常失去了联系。

薄矜初在刷朋友圈，通讯录多了一个新的朋友，她点进去，加她的人正好是钱可可。她忽然有些紧张，不知不觉渗出手汗，通过后一直不敢先打招呼。

祁封敲敲桌面：“你怎么一脸凝重？”

“她在国外，应该不会回来。”

"她去哪儿留学了？"

一看时间差不多了，薄矜初懒得跟他掰扯："我走了。"

祁封才喝了三口咖啡："你着急去干吗啊？"

薄矜初拎起包拿上那杯拿铁："去破不了产的朝今探望一下我辛勤工作的邻居。"

祁封花了三秒才反应过来她说的是梁远朝，他想得开始准备礼金了。

薄矜初怕像上次一样被前台拦住，提前给梁远朝打了电话，结果无人接听，她转而给苏木发微信。

苏木带她去总裁办，电梯里就她俩。

"你和沈修怎么样了？"薄矜初突兀地问。

苏木措手不及，红色的数字一直往上跳，她想了又想："不怎么样，他这个人太烦了。"

"你不喜欢他？"薄矜初率直起来很可怕。

"也不是，就是他老爱烦我，老喜欢气我。"苏木刚说完，电梯停在指定楼层。

薄矜初站在门中间，回头问苏木："你们公司允许办公室恋情吗？"

"啊，"苏木咽了下口水，"我也不知道啊。"

薄矜初给她吃了一颗定心丸："梁远朝敢不让你们谈，我手刃了他。"

苏木心里狂叫，必须送小姐姐上位！什么狗屁陈雅怡，可以快点儿领盒饭滚蛋了。

"笃笃笃——"

"请进。"梁远朝看了一天电脑，眼睛发酸，闭着眼揉按睛明穴，进来的人一直没说话，他问，"要签什么？"

"老板那么尽力啊，怪不得公司不会破产。"薄矜初悠然自得地靠着办公桌。

他差点儿以为自己累得产生了幻觉："你怎么来了？"

"知己知彼百战不殆，我来实地考察一下，看看怎么才能搞垮你的公司，让你乖乖跟我回去见奶奶。"

梁远朝无奈地笑，薄矜初走到他椅子旁："仰头。"

梁远朝见她从包里掏出一样东西："你还随身携带眼药水？"

"有备无患。"说着，她扒开他的眼皮，一边各滴了两滴。

这眼药水的清凉程度堪比风油精，他听到耳边有人轻笑，却怎么也睁不开眼睛："薄矜初，你给我滴的是什么眼药水？"

“日本买的，抗疲劳的。”

她笑得越欢，他越觉得里头有鬼，正打算抓着她质问，腿上多出一份重量，同时，她的唇贴上来，薄矜初主动把舌头献给他。视觉失灵，其他的感官被无限放大，梁远朝摸到桌上的遥控器，关了百叶窗。

他关得及时，却还是被陈雅怡看到了。

陈雅怡上来是找梁远朝签字，百叶窗缓缓合上，她踩着十厘米的细高跟走了。里面的人吻得忘乎所以，压根没听见外面这带着愤懑的脚步声。

亲了足足五分钟，梁远朝才勉强虚睁开眼，眼角旁还有一点儿残留的液体。薄矜初心满意足，替他抹去：“你这样特别像被我蹂躏了。”

他说：“难道不是吗？”

刚才那瓶东西被他捏在手里反复看。

薄矜初解释道：“真的是眼药水，它本来就是这种滴了要瞎掉的感觉。”

梁远朝听她诡辩：“我看你不是有备无患，而是有备而来。”

“就算是，你又能拿我怎么样？还不是得乖乖地关窗？”薄矜初余光扫了眼一百叶窗，一脸得意，像只高傲的黑天鹅，不带一丝犹豫地回家了。

剩下梁远朝单手摸着嘴角留存的温热继续看合同。

晚上，薄矜初百无聊赖地躺在床上听音乐，时不时点开钱可可的头像看几眼，她只有一条朋友圈，还是两年前发的：纵使黑夜再黑，也请相信天会亮。

薄矜初拔下耳机，盯着天花板发呆。

这个世界乱糟糟的，很多善良的人都没能活成他们喜欢的样子。

十一点的时候，钱可可发了一条信息：“你睡了吗？”

语气熟稔得仿佛她们从来没有分开过，薄矜初鼻子一酸：“还没。”

钱可可：“你都知道了吧？”

薄矜初：“嗯。”

她以为梁远朝是偷偷摸摸说的。

薄矜初：“最近怎么样？”

钱可可：“挺好的。”

她发了几张照片过来：“这边风景很好，傅钦每天傍晚都会推我出去散步。”

照片显然是她坐在轮椅上拍的，薄矜初一句话打了删，删了打，反反复复，最后什么都没发出去。

最后还是钱可可发来信息："等我好些，你来看看我吧。"

"好。"

那晚，她还发现了一个不算秘密的秘密，吴生的朋友圈背景是一张婚纱照，里面的女人，她一眼认出是顾绵。

第十六章 领证

北城第一销金窟，灯红酒绿。包厢里坐着一群西装革履的男人，梁远朝的右手边是药诚集团的总经理薛桦。

新药开发过程不仅漫长，而且十分耗钱。早在年初，药诚就向朝今表达了合作的意愿，希望得到朝今的资金支持。梁远朝当时还在国外，国内的事情都是傅钦定夺。傅钦见是个新公司，便一直没做回应。

今天的局，薛桦明显是带着目的而来的。

“梁总，敬您一杯。”

梁远朝微微举起酒杯示意。

“梁总，我们公司正在研究一种新的分子靶向药物。”薛桦怕梁远朝不清楚，加以解释，“分子靶向药物主要针对恶性肿瘤。”

男人准备的腹稿才起了个头，梁远朝直截了当地表明立场：“据我所知，薛先生有个哥哥是医生吧？”

薛桦忙点头：“对，我表哥是人民医院神经外科的医生。”

“要是他来跟我谈，我想，应该会更有说服力。”

薛桦笑着说：“爷爷总夸梁先生有勇有谋，今日一见果然名不虚传。”

这话一听就是拍马屁。

晏寔是薛桦的表哥，而梁远朝是薛景山最得意的学生，他本科阶段的西方经济学是薛景山教的。后来薛景山去纽约大学任教，梁远朝正好考上了斯坦福商学院，第二年傅钦去了宾夕法尼亚大学沃顿商学院。在美国的那几年，老爷子手上的好资源几乎都给了他们。研究生毕业后两人征战华尔街，是华人圈里人尽皆知的年轻精英。

朝今最初就是在华尔街创办的，后来，傅钦因为钱可可必须回国，梁远朝便带着朝今强势回归，和傅钦一起打开国内风投市场，朝今迈上正轨后，他又去了美国。

薛桦觉得梁远朝一听薛老爷子铁定会给面子，谁知人家不仅没答应，还暗搓搓地贬了他一番。薛桦不甘心，为了公司的投资他忍了："那改天我让我表哥约您，您看您什么时候方便？"

梁远朝看向季风，季风作答："下周二上午可以。"

回去的路上，季风和梁远朝坐在后面，挡板升起来。

"关于晏先生和薄小姐的事查得差不多了，您看是发邮件还是我口述？"

"口述。"梁远朝侧头看向窗外，高楼大厦林立，找不到月亮看不见星星，蓦然一阵心慌。

"对外，晏先生是薄小姐的金主，实则是晏先生有隐疾，需要人陪着睡，而他对睡伴的要求很高，薄小姐恰好符合。加之薄小姐缺钱，于是两人达成合作关系，互利互惠。两人有一位共同好友叫王敛，是个心理医生。"

"这事有多少人知道？"

季风蹙眉："第一回查的时候什么都没查到；第二回再查，只查到两人有资金交易；第三回才明确地查到这些。"

晏寔将消息封锁得好，这事知道的人不多，季风查到的都是晏寔故意放给他的。

"你明天联系一下薛桦，告诉他我周二没空，改成明天下午。"

"好。"

没想到，梁远朝和晏寔再次见面，是以甲方、乙方的身份。

薛桦能有这么一个好表哥，怕是上辈子当狗换来的，晏寔说："关于新药的研发资料全在这个文件袋里，我还给你助理发了封邮件，你可以看看。"

那封邮件的每一个字都是晏寔深思熟虑后亲手敲的，关于药诚这批药的优缺点，以及朝今同药诚合作的利弊。

药诚比起其他成熟的药企确实有很多不足的地方，但没采用无脑吹的方式，至于朝今的决定，那不在他的掌控范围内。

两人来，都不只是谈合作这一个目的。

半晌后，晏寔开口，并没有想象中的剑拔弩张：“打算什么时候结婚？”

梁远朝反问他：“你呢，什么时候去阿富汗？”

整个谈话过程出乎意料地平和。

梁远朝准备走，晏寔喝了口酒，温热熨喉，他起身说了最后一番话：“其实，从她跟我说完你们的故事后，我就知道，如果我动心了，一定会输，所以我卑劣地希望你不要再出现，我在期盼她可以放下你，我心疼她，我可以等。我曾经觉得如果我早点儿遇到她，我也会为了她放弃自己，后来我发现我错了。你可以在一无所有的时候放弃自己去选择她，这点我做不到，在你面前，我的这点儿喜欢不值一得。”

“谢谢。”这一声，不仅感谢晏寔那么多年来对薄矜初的照顾，更感谢晏寔给了他心爱的女人最大的尊重。

朝今决定给药诚投资的那天，沈修心血来潮要去梁远朝家吃晚饭。他知会了梁远朝一声，自己提着菜上门了。

“你买那么多菜，是打算在我家吃一周？”梁远朝家的餐桌上摆满了沈修带来的东西。

“这些都是给我嫂子买的，她人呢？”沈修左右环顾。

梁远朝提醒他：“她家在隔壁。”

“嗯？她还没搬过来吗？”沈修明明记得进度条不止拉到这儿啊，“我去隔壁喊她。”

梁远朝把菜丢给他：“你给我洗菜去。”

薄矜初开车回去的路上，收到了王敛的信息：“有件事忘记告诉你了，你家那位查我了。我没晏寔有本事，就算他想查我祖宗十八代，也是易如反掌的事。”

薄矜初正在开车，看到“你家那位”四个字，掩口失声。

“知道了。”

晚上八点多，天完全黑了。

薄矜初洗完澡准备去看看梁远朝今天做什么好吃的。客厅里那位不速之客迎面而上，解开她家居服的纽扣，见里面是一件中规中矩的短袖，他又重新给她扣上。

她暗爽：“失望了？”

他递了一个“你想多了”的眼神：“沈修来吃饭了。”

“哦，那吃完来我家？”薄矜初拉着他的手，“我买了套新的，准备请你欣赏欣赏。”

沈修正好开门。

梁远朝："不是让你洗菜吗，水池安在门口？"

沈修觉得无辜，他只是想把垃圾先放在门口。

梁远朝掌厨，五菜一汤，很快上桌。

沈修吃得津津有味："对了，哥，你给药诚投资了？"

"嗯。"

"为什么啊？你给薛桦投那么多，回得了本吗？"

薄矜初没参与话题，把虾夹到梁远朝盘子里等他剥。

忽然，门铃响了，沈修立马从凳子上弹起来："我去开。"

薄矜初一记眼刀飞给旁边的男人：这个点，如果是个女的，你就死定了。

有的时候，女人的第六感真的可以和导弹的精准度相媲美，沈修开了一条缝，门外人脚上的那双高跟鞋正好是薄矜初上周相中但没抢到的。

碗里的虾顿时索然无味，薄矜初把筷子丢在桌上，双手环在胸前，饶有兴致地看着玄关。

沈修真想把门拍在陈雅怡脸上："你来干吗？"

"找他。"

沈修故意朝屋里嚷了句："嫂子，喊下我哥，门外有人找。"

梁远朝起身的同时，薄矜初重新拾起筷子，埋头吃饭。

他揉了揉她的脑袋，叮嘱道："把虾吃完。"然后他才朝门口走去。

不知道他们在聊什么，几句话之后，女人的情绪明显激动起来，随后响起一道锐利的喊声："我也喜欢了你那么多年，凭什么不是我？"

薄矜初放下筷子，原来是老熟人陈雅怡来了。

沈修用筷子戳了戳薄矜初的手臂，小声说："姐，要帮你撕她吗？"

"不用。"她自己来。

门口的女人疯了，抓着梁远朝的衣领要强吻他，薄矜初拿起铁勺，用力敲了下杯子，杯子瞬间碎裂。

门口的人僵住，男人身后走出一个女人，薄矜初摆着笑脸："不进来喝口水吗？"她慢慢走过去，眼里全是蹿动的火苗，每一次看见陈雅怡，她都想用刀一下一下划得她皮开肉绽。

"上次在办公室外面没看够吗？还要赶到家里来看？不甘心还是想做小三啊？我给过你那么多次机会，你还是这么不识好歹，铁了心要跟我干到底，是这个意思吗？"

“但凡你拿出当年劝我的一半功力，我看你都能滚出北半球了。话我今天撂这儿了，梁远朝这辈子但凡回一下头看你，我立马自杀成全你们，就看你有没有这个本事了。”

陈雅怡最后是被沈修拖走的，沈修虽然讨厌她，但考虑到她情绪激动，担心路上出人命，只好一路跟着她。

好好的晚餐吃了一半被人搅和了，薄矜初坐在沙发上生闷气，梁远朝竟然还笑得出来。她瞪他：“你刚才要是被她亲到了，我一定割了你的舌头。”

他太喜欢今晚的薄矜初了，忍不住捏着她的下巴吻上去：“为什么是我的，嗯？”

“我要过去换衣服。”

他的手从下面伸进去：“男朋友问你话，为什么？”

“快点儿，去我那边。”那些狗屁为什么的等事后再说。

十一月的井水冻手，薄矜初正在帮奶奶剪粽叶。

朝今的员工忙得鸡飞狗跳，不仅见不到梁远朝，连沈修都不回信息。前段时间，祁封有急事回南城，处理完事情后打算在南城待几天，招呼薄矜初回来一起玩。

她刚把粽叶剪好，祁封就来了，老太太正在门口喂狗。

“奶奶，小初呢？”祁封从车上下来。

“在里头呢，你这小伙子现在是越来越帅了啊，有女朋友了没？”老太太关切地问。

“找好了呢，过年带回来给您瞧瞧。”

祁封从后备厢里拎了一堆东西进门。

“哎哟，你拎这些来干吗啊？！”老太太不接。

薄矜初换了衣服从里面出来：“奶奶，收着吧，这是我帮他找女朋友的酬劳。”

老太太笑得合不拢嘴：“他的女朋友是你给找的啊？”

“当然。”薄矜初冲老太太摇尾巴，“也不看看你孙女是谁。”

两人往外走，老太太追上来：“小祁，不进来坐会儿？吃了饭再走啊。”

老太太左耳不好，薄矜初降下车窗喊：“今天同学聚会，我不在家里吃，等会儿回来吃粽子。”

老太太一听连说好：“那等会儿带小祁一起回来吃啊！”

“知道了。”

“同学会你要去？”

“不去。”

薄矜初没想到这么赶巧，她回来的这几天正好撞上同学会，赖白峰给她发了好多信息，她就回了两个字：没空。

祁封他爸去年在南城开了一家五星级饭店。

“去我家那儿吃？”祁封问。

“随便，我都可以。”

祁封很少回来，服务员不认识他也正常。他照常开了个包间，点了一桌子菜。等菜的间隙，祁封问她：“你今年还能结婚吗？”

“废话。”薄矜初夺过他手上的杯子，给自己倒了杯水润润嗓，那个自称男朋友的狗男人已经一个多星期没跟她联系了。

想起祁封跟老太太的对话，她不禁好奇：“你今年要把舒糖糖带回来过年？”

祁封坦言道：“还没决定，她挺想来我家过年的。”

“你不想？”

祁封一脸凝重：“其实我想分手了。”

“你是个渣男，鉴定完毕。”

他唉声叹气：“我就是觉得既然要带回家过年，那肯定得到谈婚论嫁的地步了吧。可是她才二十一岁，还在念大三，说真的，这个年纪的女孩子普遍还没收心，你觉得她会跟我结婚吗？过完年我就三十了，我也想结婚生小孩啊。”

二十几岁的时候发了疯地想搞事业，任谁劝都不找对象，结果三十这道坎一来，开始着急了，祁封有着普通年轻人的烦恼。

薄矜初忽然把手机凑到他嘴边。

祁封困惑不已：“干吗？”

“再说一遍，我录下来发给梁远朝。”

祁封拒绝，有意识地重说一遍多尴尬。

薄矜初铁了心要他说：“第一句话不用说，就说后面两句。”

拒绝无效，祁封最后被薄矜初摁头录完两句话，试了十几遍才还原第一次的语气。

祁封付钱的时候，薄矜初去上洗手间，路过大包厢区，那间吵得不行，好像在划拳。对面包厢找服务员投诉，服务员无可奈何，表示提醒了好多遍都没用。

薄矜初从洗手间出来再次路过那间包厢，迎面撞上推门而出的人。

“你迟到了啊，薄小姐。”男人身后的门合上，里面的人没看见她。

吴生？从前那个嚣张跋扈的男生收敛了很多，不过还是透着一股痞气。包厢里面开着空调，他喝了点儿酒，只穿了一件短袖。

“我对同学会没兴趣，只是刚好跟朋友来这里吃饭。”薄矜初凭着记忆扫了一眼，“文身洗掉了？”

他靠在墙上，摸出一支烟：“早洗了，有打火机吗？”

薄矜初找服务员要了一个扔给他：“什么时候文的？”

男人抬眼看见对面墙上“禁止吸烟”的标志，又把烟夹在耳朵上：“忍到毕业都没问，我还以为你不好奇呢。”

高中的时候，薄矜初注意过吴生，看似目空一切，实际上什么都记在心里，周围人的一举一动尽在他掌控之中。

“当初问了会被你拎起来打吧？”

“嗯，的确有可能。”

走廊的中央空调呜呜地响，薄矜初坦言：“我以前还在想你为什么要帮我，还总是说一些奇奇怪怪的话，有一瞬间怀疑过你和顾绵的关系，不过这种念头一冒出来就被我掐死了，总觉得顾绵那么乖的人，不可能会和你有交集。”

薄矜初说对了。

吴生是仙女班长众多追求者中的一个，也是最暴戾的一个。高一有段时间，他每天在路口堵顾绵，抢她的书包，说要帮她写作业。吴生回忆起那段日子，自觉好笑。他见到顾绵的第一眼，就认定了要娶她做老婆。幸好她乖，他才能把她骗到手。

吴生是悬崖边的劲草，王仁成死的时候，他在旁边摇曳欢呼，顾绵想不开的时候，他用干瘪的自己给她铺了一地的希望。

吴生说：“一眨眼我和她结婚已经六年了，我四岁的儿子看见你都会叫阿姨了，有空过来玩，她应该挺想你的。”

他们三个同岁，吴生一到法定婚龄就向顾绵求婚了。

祁封半天没见着人，打电话来催。回家后，薄矜初把祁封的录音发给梁远朝，一直等到十二点，他才回信息：“睡了吗？”

“没。”

梁远朝打了视频电话过来，他刚洗完澡，光着上半身坐在沙发上，头发长了很多。薄矜初对着美男出浴图垂涎欲滴，视频里的人还在敲键盘：“还在工作？”

“嗯。”

她把手机靠在枕头上，自己趴着，声音慵懒困倦：“那你还跟我视频。”

梁远朝的脸在镜头前忽然放大，他好像凑到她耳边：“太久没见，有点儿想你了，女朋友。”

这狗男人又穿渣男的衣服，薄矜初有的是办法对付他：“那怎么办？要不我隔空给男朋友释放一下？”

梁远朝看完最后一份文件，合上笔记本电脑，把手机拿到眼前，问她：“怎么释放？”

“这样。”她把灯关了，梁远朝只看到漆黑一片。

忽然，视频里传来一阵不可描述的声音。

梁远朝没忍住骂了句脏话，薄矜初笑得不能自已。

等笑完，她开始说今天发生的事：“我今天见到吴生了，他已经当爸爸了，以前从没想过他和顾绵会在一起。”

“生活就是这样让人又惊又喜。”梁远朝躺下来陪她聊天。

“他现在在航天八院工作，顾绵在上海开了个培训机构专门教小朋友画画，我记得她以前是学钢琴的。”薄矜初翻了个身，“我发现和我沾边的人好像都很惨，得亏他们现在过得幸福，不然我可能要出家当尼姑，天天念经求佛祖保佑他们了。”

“那你会为了我还俗吗？”

“这是个颇有价值的问题，给我点儿时间想想。”

前一晚毫无征兆地掐了某人的视频通话，第二天醒来，薄矜初发现那位万年不发朋友圈的人发了条动态，没有文案，只有一张图。

她看了半天也没看出是哪儿，直到底下多了条评论。

傅钦：“你回南城了？”

薄矜初有种大鱼终于上钩的满足感。

梁远朝到周恒家找他，屋里很冷清：“你老婆不在？”

“我丈母娘腿不好，她回去看看。你这次该不会还是一个人回来的吧？”周恒说。

“她先回来的。”

周恒意味深长地“哦”了一声。

“她家的事你是不是早就知道了？”梁远朝单刀直入。

看周恒表情肯定全知道了，而且比他了解得多。周恒也没兜圈子，直接说："萤月是她表弟的班主任，去年去家访，萤月看到男孩子的书桌上放了张合照，上面有个很漂亮的女孩子，她就随口问了几句。"

李皓乐跟顾萤月说的时候还哭了，他替表姐委屈，那么好的女孩子，偏偏得不到理解，还偏偏摊上这样的家庭。

"你上回怎么不说？"

周恒理直气壮："我暗示过你了。"

梁远朝来的本意是问周恒借车，顺带聊了会儿天，中途点开手机好几次，结果一点儿动静也没有。

"一分钟看了五次手机，等谁的信息呢？想她就给她打电话，藏着掖着跟偷情似的。"周恒仗着自己结了婚，每回见到梁远朝都要刺他。

"滚，走了。"

他回到巷子深处那栋小楼，拿着老陈给的钥匙开了门，因长期无人居住，院子里的杂草有半米高了。屋子里的摆设还是以前的模样，只不过积了厚厚一层灰。

里面好多东西都算老古董了，民国时代的电话，还有不带遥控器的黑白电视机。老陈已经好几年不碰相机了，要不是这次梁远朝怂恿他再玩玩，他压根不想拍了，还不如坐在自动麻将机上快乐。

饭点儿过了，薄矜初还躺在床上，恍惚间听见老太太说等下她爸妈和姑姑一家要过来，她立马打电话给梁远朝："你在哪儿？"

"老陈这儿。"

薄矜初歪着脑袋夹住手机穿内衣："哪个老陈？"

"摄影师陈师傅。"梁远朝帮她回忆。

"你在那儿干吗？"薄矜初随意扎了个马尾洗了把脸，匆匆出门了。

梁远朝没告诉她，只说："来了你就知道了。"

老太太家在乡下，她去路口打了车回后街，后街在外观上没什么变化，不过没了小时候的市井气息，那些小摊小贩的吆喝声湮灭在时代的变迁中。

她很快找到老陈住的那条巷子，铁门锈得快推不动了，梁远朝在二楼的阳台上看到她。

"一直往里走，楼梯在右手边。"

房子里有一股很重的霉味，薄矜初在鼻子前扇了扇："我听人说老陈搬离这里很多年了，他孙子接他去大城市了。老陈不是最喜欢自由吗，竟然还是离开了他守了三十多年的老房子。"

薄矜初说不上来是一种什么样的情绪，那时候她打心底里佩服的只有两个人，一个是梁远朝，一个是老陈。摄影师陈师傅，多么洋气的称呼。他可是物欲横流的世界中的孤云野鹤啊！

梁远朝说："人越老越渴望亲情。"

"可我记得他那个孙子后来去援疆了啊。"薄矜初又说。

梁远朝把钥匙放进她手心里："我是他另一个孙子。"

薄矜初足足蒙了一分钟才回神，从他说在老陈这儿起，她就应该想到有问题。按理说，他跟老陈只见过一次，怎么会莫名其妙来这儿，她难得智商掉线一次。

梁远朝看着她纠结的模样，解释道："我奶奶跟爷爷离婚后带着我爸和叔叔去了上海，还给哥俩改了姓，我奶奶姓梁，后来我爸因为工作又回到了南城。"

"那你们怎么相认的？"

"我叔叔告诉我的。"

薄矜初来过这儿很多次，第一次认真欣赏这栋房子，窗子上的雕花精致得堪比艺术品，里面的所有装饰都挑不出毛病。不可否认，老陈的确有艺术天赋，只可惜没生对时代。不过老陈应该不觉得惋惜，因为从来不是生活摆布他，而是他创造生活。

"所以老陈在北城？"

梁远朝点头。他去老陈的书房里整理相机，好多型号已经绝版了，薄矜初帮着一起收拾，最后装了满满两大箱。

车子停在巷子外，梁远朝把箱子拎上车，问她："要走走吗？"

"好啊。"

地上的砖块不知道被磨掉了几层皮，薄矜初年少时许下的愿望终于实现了，她也终于爬出了黑暗，走向光明。

她问："你接他走的时候，他连宝贝相机都没带，那他现在在搞什么？"

梁远朝无奈地摇头："搓麻将。"

老陈果然是快意人生。

十多年过去，这片破地方变化甚微，不仔细看都难以发现。

以前那个挂满 QQ 糖的小店扩大了，看起来普通又简陋，货架上的东西摆得还算满，东西都很一般，冰箱的第二层摆了几瓶盗版的雪碧，这家店有点儿像以前周恒家的小店。小店的墙上用黑色的油漆写了一行字："剪裤脚、缝纽扣、修拉链"。

外面有个大汗淋漓的男人在卸货，看到两人，他笑着打了个招呼。他们准备离开的时候，男人突然拉住薄矜初的衣袖：“姑娘，我们是不是见过啊？”

梁远朝眉间一道“川”字，把她拉回身边。

此时，有位妇女从屋内跑出来，盯着薄矜初看了许久，想认又不敢认，还是薄矜初先开口叫了声“灵姨”。

女人惊喜地拍手：“你是小初对不对？是不是叫小初？”

薄矜初笑着应了：“是。”

老夫妻很热情，硬是邀请两人进去坐。

“您以前不是住在湖夕那边吗？”薄矜初问。

“唉……”二人感喟不已。

灵姨是个老裁缝，手艺很好，十年前想找她做衣服的人多得从城东排到城西。灵姨说，她祖辈都是干这一行的，她祖上还给皇上缝过袍子。可惜她还是没干过机器，在快输出的时代，南城这个小城里没几个人愿意为了一件衣裳等上十天半个月，生意越来越惨淡，最后只好搬到这边来经营个小店维持生计。

“这么多年没见，都成大姑娘了。”灵姨挤眉弄眼，压着嗓子问，“以前那衣服是做给他的吧？”

薄矜初点头，灵姨太可爱了。

灵姨一听，赶紧拉过梁远朝开始絮叨：“她以前送给你的那套西服就是我做的，那会儿她没钱，为了帮你做西服，她给我打了两个月的工，小到穿针引线，大到跑腿做饭。这么好的姑娘，真是提着灯笼都难找哦。”

梁远朝的眼睛黏在她身上，眼里是藏不住的笑意。

灵姨要留他们吃晚饭，薄矜初推辞了。

梁远朝送她回乡下，分别时她问：“你要进去坐坐吗？”

“下次吧，我等会儿的飞机回北城。”倒也不是真的急，只是第一次见面，他空着手去不太好。

“那你路上小心。”

薄矜初刚碰到车门拉手，“咔嗒”一声，梁远朝落了锁。

男人笑着望她，薄矜初知道他在想什么，把脸凑过去问：“那套西装还留着吗？”

“留着。”

“嗯，真乖。”她亲了一下他的脸，在他打算吻她唇的时候，她自己解了中控锁，头也不回地走了。

下午，北城国际机场，季风推着行李，梁远朝在跟老爷子打电话。

“我刚下飞机。”

老爷子急得很：“赶紧回来，顺便带瓶酒，再从小翠那儿买点儿炸花生米。”

“知道了。”

两人去停车场开车，季风在调导航，梁远朝说：“先去荣景街。”

梁远朝把老爷子安排在荣景街的小洋房里，荣景街是市中心的中心，因为地价实在太贵了，根本拆不起，反倒成了市中心一道独特的风景，里面热闹得很，住的大部分都是老北城人。老陈在里面住得惬意，几乎天天跟隔壁几个老太太一起搓麻将。

锅里的牛肉飘香四溢，隔壁的小曼喊了句：“老陈，做啥呢？”

“酱爆牛肉！”

“你跟谁说话呢？”

老陈被这突兀的声音吓了一跳：“你这小子，走路不带声，要把我吓死吗？我跟你曼姨说话呢。”

梁远朝帮他把菜端出去：“曼姨的孙子是不是快满月了？”

“你还说，整条街都知道我孙子是个光棍，我这老脸都被你丢光了。”

梁远朝把酒打开，给他满上。老陈今年七十多了，看起来像六十几岁的人，他摸了摸半白的头发：“你不喝？”

“等会儿要开车。”

老陈小酌一口，发出满足的叹息声：“前几天沈修来看我了，那小子虽然看着不着调，其实懂事得很。”

“他又给你买什么了？”梁远朝问。

老陈指了指客厅里那张豪华的按摩椅：“还给买了个养生脚盆。”

“挺好的。”

老爷子敲了敲盘子：“听沈修说，以前那姑娘回来找你了？”

梁远朝掀了掀眼皮：“哪个啊？”

“别给我装蒜，就那个跟你照相的。”

梁远朝“哦”了一声：“相片还是你给照的，转头连人家名字都叫不上来，有健忘症要提前去医院检查。”

老陈真想一筷子敲到他头上：“沈修说她要跟你结婚，你答应了吗？”

“没。”梁远朝拿起勺子盛汤。

老陈把汤碗挪开："混账东西，你端什么架子？还喝汤，喝水去吧你。"

南城，老太太的客厅里坐满了人，众人一边剥豆子一边闲聊，薄芳的笑声传到门口。薄矜初在门外站了许久，不是很想进去。

"姐，你在门口干吗？"李皓乐遛完狗回来。

她说："我好像有东西落在朋友车上了。"

"什么东西，要紧吗？你朋友在哪儿，要不要我去帮你拿？"

薄矜初跟着他往里走："没事，不是什么重要的东西。"

李皓乐关上院门，松开狗绳问她："姐，你什么时候回北城啊？"

"明天走。"她跟祁封一起，祁封订了明天的机票。

"等我放假，可以到北城去找你玩吗？"李皓乐不再是记忆中那个长不大的小屁孩了，他比薄矜初高出一头，而且有了暗恋的女生。

薄矜初对他说："你什么时候想来给我打电话，我去接你。"

老太太打算晒点儿腊肠，舒心和薄芳在清理猪肠子。

"小初回来了，奶奶说你一起床就跑出去了。"薄芳打趣她，"出去约会了？上回那个很帅的小伙子是男朋友？"

薄矜初没否认："嗯，他今天来南城办事，现在回去了。"

爷爷身上披了件外套，脚上套着棉拖鞋，不知道在里面听了多久，探出头来问："谈了几年了？"

一群人都盯着她看。

她自作主张报了个数字："十一年。"

剥豆子的李可欣炸了："我去！姐你太牛了。"

李皓乐的嘴巴塞个馒头都绰绰有余："这是什么神仙爱情啊，十一年！"

每个人都有很多问题，大部分在问男的对她好不好或者打算什么时候结婚，只有舒心说了句："我就说你以前有几次鬼鬼祟祟的，果然是背着我干这种事情。"

她这种阴阳怪气的讲话方式怕是这辈子都改不了了，当失落与失望占据上风后，所有的爱都会变得微乎其微。

薄矜初拍了拍李皓乐的肩膀："青春。"

隔天祁封来接她的时候，老太太红着眼眶跟她告别："有空就回来啊，想吃什么告诉奶奶，给你寄过去。"

老太太辛苦一辈子，养了个儿子不争气，赌得倾家荡产。所幸孙女出息了，托孙女的福，老年生活过得不错。

薄矜初抱着老太太说："奶奶，我导师要搞实验室了，我打算去他实验室工作，你放心吧。你自己也要注意身体，有什么不舒服立马给我打电话。"

老太太最心疼她了，长满老茧的手轻轻摸着她的头发："我的宝儿啊，奶奶最喜欢你了，在外面多吃点儿，吃好点儿，养胖一点儿，太瘦了不好看。宝儿啊，结婚要记得告诉奶奶，奶奶会给你准备嫁妆的。"

"有空就回来玩啊！"老太太颤巍巍地追着车子跑了一段路。

"知道了，你快进去吧。"

那么多年了，祁封头一回见她哭成这样，给她递了张纸，说："我都想哭了，老太太那些年是真的不容易，舍不得儿子，舍不得孙女。"

南城的风景一点一点消逝，机窗外是厚厚的云层。

"我爸妈以前总说给我生得不缺胳膊不缺腿，凭什么结婚还要给我准备嫁妆。他们不知道，我也想跟其他女孩子一样风风光光地嫁给自己喜欢的人。"

"礼金我都准备好了，你动作快一点儿。"祁封从包里拿出眼罩给她。

她不假思索地道："那你还是跟舒糖糖分手吧，我不想钱没揣热就给你送回去。"

"前几天骂我渣男的是谁！"

她戴上眼罩睡觉了。

两人的车在机场的停车场，下了飞机后分道扬镳。

薄矜初回到春江明月，发现旁边的车位有车。电梯到达指定楼层，薄矜初还没迈出去就看到了隔壁车位的主人靠在她家门上。

薄矜初不着急开门，靠在墙上戏谑道："破密失败了？"

"你在门上装监控了，还能看到我破密？"他声音懒洋洋的，像是刚睡醒。

在男人的注视下，她输了一串看起来乱七八糟的数字，进门后把以前祁封穿的拖鞋递给他。

薄矜初把行李箱随手丢在一边，坐在梁远朝腿上说："这次碰到老同学让我想起了一件事情。A 大校庆的时候，我在班群里听到了一个八卦。"

不用想，这个八卦肯定和他有关，梁远朝示意她继续往下说。

"听说你大三的时候，好几个校花跟你表白，你选了大一的学妹。"

梁远朝毫无求生欲，问："谁说的？"

薄矜初咬紧牙关，现编了个名字：“鹿草草。”

梁远朝皱眉，努力回想自己认不认识一个叫鹿草草的人。

薄矜初冷哼一声：“看来你也不专一，和我不分伯仲。”

他点开通讯录找号码，薄矜初踹了她一脚：“你干吗？”

“找律师告他诽谤。”

通讯录翻到一半，他忽然停下，摁住她乱动的腿，强迫她与自己对视：“我压根不认识什么鹿草草、鹿花花，这种莫须有的罪名你别安我头上，小心我收拾你。还不分伯仲？你这么厉害，以后孩子不需要跟我姓了是吗？”

薄矜初眼神躲闪：“孩子可以跟我姓。”

梁远朝掐着她的腰，埋在她颈间轻笑：“薄矜初，你真行。”

月亮听见她回来，噌噌跑过来，跳到她腿上，薄矜初挠了挠它的下巴，把它抱起来：“月亮，喊爸爸。”

“喵喵——”

薄矜初眼睛一亮，满意地捏了捏它的脸：“今晚奖励一份罐头。”

“喵——”可不可以两份？

薄矜初看穿它的小心思：“不可以，你太胖了。”

“你看看你祁叔叔给你买那么多罐头，再看看你爸。”薄矜初拍了拍它的屁股，月亮立马做出一副委屈的表情，蓝曜石般的猫眼足够深邃，似乎能把人带向另一个世界。

梁远朝挠了挠它，语气温柔得不像话：“爸爸给你买更多罐头。”

她也学着月亮的模样装委屈：“月亮都叫你爸爸了，连它都觉得你得娶我，你不娶我天理难容。”

北城粉色的晚霞上了热搜，微博上的图一张比一张惊艳。

粉色的霞光从客厅的落地窗扑进来，女人盘腿坐在地上，猫在她怀里啃鱼肠。梁远朝走了过去在她身后坐下，手撑在她身侧，薄矜初往后一靠，温香软玉，正中下怀。

薄矜初回头，头发蹭着他的下巴，抱怨道：“它可能吃了，嘴还刁，一个月要吃我好多钱，它都喊你爸爸了，你真的不要它吗？”

“要。”

“那买一送一，带上我可以吗？”她眼睛里的东西蠢蠢欲动，仿佛下一秒就要跃出来了。

梁远朝捏着她下巴：“那么想让我娶你？”

薄矜初盯着他没说话。

才一天没见感觉他又帅了，霞光像是迷药，薄矜初的脑子里忽然全是他裸露的腰。恍惚间，她听见他说："一个月考察期，戒烟、早归，并和异性断绝联系。明天我要去美国出差，大概去一个月。你要是表现得好，我回来就带你去民政局。"

薄矜初心跳到嗓子眼："男朋友，别让我等太久。"

梁远朝正欲开口，她直接用唇封住了他的话，小口小口地啄他。梁远朝轻笑了一声，搂着她的腰深深吻了下去，房间里安静得可以听见猫啃肠的声音，还有口水交换时发出的细细密密的声音。

翌日一早，梁远朝去公司开早会。

药诚的项目由栗年负责，栗年先给大家讲了一下同药诚负责人初步沟通后的情况，接着是沈修汇报，季风做汇总，最后轮到梁远朝发言。

"美国分公司的总经理 Noah 离职了，我今天去美国。圣诞节后美国那边有个乔建项目，我打算从国内调几个人过去，有意向的可以跟季风联系，具体名单一周后公布。"

美国分公司在华尔街，一听分公司的总经理离职了，底下一群人跃跃欲试。

陈雅怡预感不好。

Noah的离职很突然，一时间找不出更好的人选，梁远朝只能亲自过去。

薄矜初一觉醒来，梁远朝又不见了。

会议桌上的手机振动个不停，底下人都盯着他手机看，梁远朝看了一眼来电提醒，跟大家说："散会吧。"

会议室里只剩下梁远朝和沈修。

"睡醒了？"

她靠在床头把玩着他的打火机，摩擦起火那瞬间的声音特别悦耳，摆着一副与世无争的懒散样，说："别人提裤子走人前还要打个招呼，你每次走得真是干脆利落。梁远朝，我提前警告你，结婚证一旦让我拿到手，你就完了。"

她压根不给他解释的机会，直接把电话撂了。

沈修没忍住，笑趴在桌子上："哥，对不住，真的对不住，我嫂子太帅了，这谁顶得住啊，哈哈哈……"

梁远朝看他的眼神像要把他生吞活剥了，沈修赶紧捂住嘴，关切地问："哥，你们什么时候领证啊？"

“关你屁事。”

真的是拎起裤子翻脸不认人，不管怎么说，他这个助攻没有功劳也有苦劳吧。沈修颠颠儿地追上去：“哥，美国那边你怎么打算的？”

“我先问问傅钦那边怎么样，如果可以，让他去接替 Noah 的位置。”

“那乔建的项目呢？”

“国内带组过去吧，你手下如果有人想去你直接放行，那些人是傅钦以前带的，如果傅钦可以接替 Noah 的位置，他好办些。”

沈修没有意见：“那陈雅怡那个老巫婆呢？”

梁远朝停住，沈修退后一步：“怎么了？”

“你什么时候变得这般言听计从了？”

“你那是什么眼神！”沈修装娇嗔满面风骚地往梁远朝怀里靠，“我一直是你的小乖乖啊。”

梁远朝推开他：“滚远点儿！”

沈修用正常语气说：“哥，我有个很诚恳的建议，把陈雅怡弄去美国吧。她不是一直想出国吗？大学连着四年都报名交换生项目，结果一次也没去成，这次就让她去呗。”

沈修还夹带着私人感情：“最好永远别回来了，省得我嫂子哪天在路上遇到她，窝火得很。”

“你是收了薄矜初的钱？”梁远朝忍不住问了句，“以前我给你收拾那么多烂摊子，怎么没见你这么贴心地对我？”

“因为她好看。”

梁远朝摁住沈修的后脖颈警告：“离我老婆远点儿。”

沈修激动地把这件事一五一十地复述给薄矜初。

沈修：“姐，首战告捷。”

薄矜初：“嗯？”

沈修：“对不起，打错了，嫂子。”

北京时间晚上十一点，梁远朝落地纽约肯尼迪机场，季风安排了车，两人直奔公司。

“Noah 的辞职报告写的是他准备和新婚妻子环游世界，所以短时间内不可能回来任职了。”季风说。

他们喜欢把生活摆在第一位，有了钱第一时间考虑如何花掉它；相反，中国人没日没夜地工作，有的人终其一生都在工作岗位上。

要是薄矜初想环游世界，他也会丢掉工作说走就走。

梁远朝对 Noah 的辞职可以理解。

他问季风："目前有多少人愿意转来美国分公司？"

季风看了一眼邮箱："十二个人。"

"最后选六个，其中有一个必须是陈雅怡。你告诉她，调去美国和离开朝今二选一。"

"是。"

分公司的人早早等在门口，梁远朝从车上下来，一个金发碧眼的女人半鞠躬用英语说："老板好。"

"Layla，Noah 的离职手续办完了吗？"

女人亦步亦趋地跟上："全部办好了。"

Layla 是加州人，也是梁远朝的同门师妹，在朝今美国分部工作了三年，之前是 Noah 的秘书。梁远朝让 Layla 去通知大家开会，他跟季风先到会议室，季风推开门，里面坐着许久未见的男人。

傅钦很久没穿西装了："怎么那么急，一下飞机就来公司了？"

"想快点儿处理完，好回去结婚。"

家里那只小野猫因为他匆忙来美国都亮利爪了。

"她知道你来美国吗？"傅钦问。

梁远朝说："知道。你回来上班，钱可可有人照顾吗？"

钱可可的腿看着没什么变化，还是动不了，医生说情况在变好。傅钦每天坚持用热水帮她擦腿、按摩。

傅钦说："她现在是中午和晚上做复健，这两个时间点我正好空闲。"

季风给两人倒了杯水，顺便把会议材料分发到各个座位上。

梁远朝还是担忧："她会不会不希望你上班？"

"是她硬要我来的。"

正好钱可可的电话打进来。钱可可在书房里看书，十分钟了一页没翻过去，不放心地给傅钦打了个电话："老公，你到公司了吗？"

"到了，怎么了？"

"没事，就是问问。"钱可可沉默几秒后再度开口，"他不会不要你，叫你回来吧？"

医生说的康复可能性不是百分之百，钱可可清楚她有站起来的那一天，也有一辈子都站不起来的可能。要是她好不了，总不能让傅钦在家里照顾她一辈子吧。虽然傅钦确实有这样的想法，但是钱可可不愿意。

傅钦实属无奈，安抚她："放心吧，不会的，他还急着回去结婚呢。"

“那就好。”

等他挂了电话，梁远朝问：“你俩领证了？”

“对啊，来美国的前一天领的。”傅钦从相册里翻出结婚证的照片在他面前炫耀，“就你没有老婆了，阿恒说他们开始备孕了。”

梁远朝生出一种挫败感，他竟然是三人中最晚结婚的。

会议直接宣布了傅钦接替 Noah，Layla 担任傅钦的秘书，以及美国新年后的乔建项目会有新同事加入。

Noah 走得突然，留下很多工作，梁远朝在美国待了两个多星期。

扬言要收拾他的女人沉寂了很久，梁远朝发出去的信息全部石沉大海。因为有时差，他打电话过去的时候，薄矜初那边是晚上。

“喂？”她喊得很响。

那边传来嘈杂厚重的金属音，还有男男女女的尖叫，梁远朝眉心紧锁：“你在哪儿？”

女人拔高音调：“你说什么？”

“薄、衿、初，你给我出去接电话！”

大概三分钟后，她换到安静的地方，不咸不淡地丢了句：“什么事？”

忽然，一道男声插入：“美女抽烟吗？”

薄矜初顺手接了过来：“谢谢。”

男人愠怒：“你看看时间，现在几点了。”

薄矜初：“北京时间十一点三十分。”旁边有点火的声音。

“一个月戒烟、早归、和异性断绝联系，这才半个月，你做到了哪个？”

“我没抽烟，是我旁边的大哥抽烟。十一点半不晚啊，我以前都是凌晨两三点才回去的。最近沈修和祁封喊我吃饭，我都拒绝了，可是我一出门就有人上来搭讪，这我真没办法控制，我总不能做一只被锁在笼里的金丝雀吧？这种程度了还不乖吗？”

“你在哪儿？”他的语气听起来并没有比刚才好多少。

“百乐门。”

敢去百乐门了，她真能耐。

“我叫人来接你，还是你自己回去？”梁远朝压着火。

十二月初的街道像冰雪世界，薄矜初穿得少却不觉得冷。她慢悠悠地把刚才那位大哥给的烟点上，但是没抽：“你管我怎么回去几点回去，有本事你回来抓我。”

薄矜初知道他生气了，心里爽得不行，谁让他每次都不告而别。她的确没有跟沈修和祁封玩，因为她今天带的是苏木。

苏木慢吞吞地从里面挤出来，依依不舍地问她："我们要走了吗？"

"走吧，把你的车钥匙给我。"

薄矜初原先以为苏木应该不会来这种场所，抱着随意的心态给她发了个信息，没想到她一听百乐门，激动地开着自己的车到春江明月接薄矜初。

"你今天跟我出来，沈修知道吗？"

"我才不告诉他。"

"闹别扭了？"

苏木缩着脑袋没说话，一路沉默到春江明月。

薄矜初说："你今天睡我家吧，明天早上再回去。"

苏木摇头："没关系，沈修经常让我开夜车。"

苏木执意要走，薄矜初让她注意安全。薄矜初回去冲了个澡，随便找了部漫威电影，结果越看越清醒，丝毫没有困意，一口气看到第二天上午十点。

下午下了点儿小雨，薄矜初迷迷糊糊起来关窗户拉窗帘，还给月亮倒了猫粮开了罐头，然后又钻回被窝里。

薄矜初这一觉睡得很死，醒来的时候腿好像踢到了骨头，她猛地睁开眼，惊愕地坐起来。

男人霸占了另一个枕头，微笑着和她对视："回来抓你的速度还满意吗？"薄矜初以为自己在做梦，狠狠掐了一下手臂，好疼。

"你什么时候回来的？"她不知道该哭还是该笑。

"你发话的下一秒。"梁远朝买了北京时间凌晨三点的机票，飞了十四个小时到北城，他的行李箱还完完整整地放在她家客厅里。

"我还陪你睡了三个小时。"说着，他把薄矜初重新拉回被窝里，"以后再敢去百乐门，我打断你的腿。"

女人浅笑嫣然："不去百乐门，那去哪儿？"

以为他会说哪儿也不许去，结果他说的是："去 ROSE。"

"为什么？"

"因为那是我为你开的。"

赠你一座玫瑰园，任你肆意生长。

他问："睡醒了吗？"

薄矜初还没缓过神："没。"

"那就做点儿什么让你清醒清醒。"

她像一段小葱被他扒得精光，梁远朝太久没见她了，温柔细密的吻落在她身上的每一处：“几点回来的？”

久违的酥麻感让她忘了较劲，认真回答他每一个问题：“挂了电话就回来了。”

“昨天跟谁去的？”

“梁远朝，先亲我一下。”

他给她一个深吻，又问：“跟谁？”

“苏木。”

“那为什么不回我信息？”

她像只小猫舔他的喉结：“因为想你回来，谁让你每次睡完就跑。”

水盈盈的眸子加上略带委屈的语气，梁远朝知道自己彻底败给她了。

“对不起。”他附在她耳边说，“不是故意每次丢下你，是想尽快处理完事情，然后才有时间好好陪你。”

两人动情的那一刹那，薄矜初说：“阿远，我爱你。”

他回应她：“我也爱你。”

梁远朝与她的手十指相扣，又说了句对不起。

“之前说了那些伤害你的话，欠你一句对不起。”

薄矜初迷迷糊糊中，感觉无名指被套上个东西，耳边隐约有人在问她：“薄矜初，要不要嫁给我？”

“嗯？”

“我问你愿不愿意嫁给我，老陈找隔壁的曼姨看过皇历了，明天是个好日子。”

她回神了：“你在床上向我求婚？”

他又重新进去：“不喜欢？”

“喜欢。”

梁远朝：“那明天去领证？”

“都听老公的。”

民政局门口排队的人特别多，看来今天的确是个好日子。十二月的街道冷肃，行人都变成了冷色系，只有领证的人穿得特别喜庆。

梁远朝和薄矜初是早上领证的第一对。

两人四点多就醒了，薄矜初在衣帽间走来走去，试了十几套衣服，最后梁远朝让她把那件民国风大衣找出来。

摄影师喊茄子的时候，画面定格。他们和大年三十那天穿的一样，只不过那时他是她的少年，她是他的女孩，现在他是她的先生，她是他的太太。

两人这一身穿搭十分养眼，出门前薄矜初还在感慨，幸好灵姨当时做大了些，不然他现在该穿不上了。

工作人员不停地打量两人："现在的年轻人长得真是越来越正了。"

盖钢印的那个阿姨问都不问，生怕他们反悔似的，连忙给盖了，把结婚证递给薄矜初说："小姑娘基因这么好，一定要多生几个宝宝啊，可别浪费了。"

两人牵着手在众人艳羡的目光下往外走，薄矜初忽然问："老陈知道你是他孙子的时候，有没有很意外？"

"没有。"

"为什么？"

"因为你穿的这件大衣是我们家的传家宝，老陈送给我奶奶，我奶奶送给我妈妈，我妈妈要送给你的那种。"

两人相视而笑，薄矜初点点头，手指卷着他西装外套的衣角："原来我们这是势均力敌的爱情啊。"

他们像画报里的爱人，放大看，每一帧都散发着甜蜜。

梁远朝问她有没有想去的地方，她说她想去医院。

"结婚证还没领几天，你就急着去看别的男人？"

她解释说："他明天就走了。"

"所以把自己老公先晾在一边是吗？"

这就让人很不爽了，最后梁远朝把她摁在车里亲到她腿软才放她走。

周一医院特别忙，晏寔从手术室出来，碰到林主任。

"小晏，你明天去阿富汗的事跟你外公说过了吗？"

北城人民医院每隔两年就会号召一批医生加入无国界医生的组织，去援助那些贫穷或者战乱的国家。晏寔之前连着申请了两次，都被老爷子暗箱操作搅黄了，这次，他打算先斩后奏。

"没说，他本来就不希望我当医生，一听我要去当无国界医生，肯定更生气。他要是知道了，估计立马给您打电话，让您拦着我。"

两人朝晏寔办公室走去，林主任道："你也算是我看着长大的，老爷子最喜欢你了，你这一去，他心里肯定空落落的。既然你不说，这一声招呼我是肯定要提前跟你家老爷子打的。不过话说回来，作为医生我是支持你的。说出来不怕你笑话，我从小的梦想就是当一名无国界医生，后来出于各种原因没去成，遗憾了几十年。直到前年，背着家里在叙利亚待了三个月，那是我成为一名医生后最引以为傲的三个月，那种感觉就像、就像自己是一个超人，可以拯救世界的那种，哈哈！”

林主任是医院返聘的老医生，谈起自己年轻时的梦想，笑得像个孩子。

晏寔说：“我这一辈子最不后悔的事情就是成为一名外科医生。”

薄矜初以前说过，晏寔最大的魅力就是他有魔法棒一样的手术刀，他有起死回生的法术。

“不过你这一去，我们医院又要招聘新的脑外科的医生咯。”

赶着送报告的护士看见两人，微微鞠躬打了个招呼：“林主任好，晏医生好。”

林主任对小姑娘招了招手：“你好。”

晏寔微笑点头。

晏寔带的实习生快步走过来：“晏老师，有人在办公室等您。”

林主任挥了挥手：“你去吧，我去查房了。”

“嗯，您慢走。”

告别林主任后，晏寔问：“谁来了？”

那个实习生想了几秒：“她没说名字，就说是您的朋友，很漂亮的一个小姐姐，反正不像病人。”

不用想也知道是薄矜初。

他进去的时候，薄矜初正在观赏他桌上的鱼缸。

“什么时候来的？”晏寔把白大褂脱了挂在衣架上。

薄矜初弹了下鱼缸，两条小金鱼迅速摆尾游动：“来了有一会儿了，原来你还喜欢养鱼啊？”

晏寔给她倒了杯温水，给自己也倒了一杯：“一个小患者送的。”

“我们晏医生果然有魅力，老少通吃啊。”薄矜初打趣他。

男人低着头浅笑：“有什么用呢？”

薄矜初看到他在写东西，凑过去看：“你在写什么？”

晏寔微微抬头，对上她的笑眼，愣了半晌后开口：“写医嘱，你吃饭了吗？”

“还没。”晏寔从小跟薛景山练毛笔字，薄矜初忍不住多看了几眼他的字。

“想吃什么？”晏寔写完最后一个字，合上笔问她。

“不用了，他在下面等我。我来就是想跟你说剩下的那七百万我转到你常用的那张卡上了，你查收一下。”薄矜初一直没收到他的信息，担心他没收到钱，便来问问他，顺便祝他一路顺风。

晏寔最近用的是医院的工资卡，加上工作忙几乎没时间看短信，一查银行账户才知道她几个月前就把钱打进来了。

在薄矜初看不见的地方，玻璃杯壁透出男人指腹用力过度的白。

晏寔言笑晏晏，问：“梁远朝给的钱？”

薄矜初大大方方地点头。

有个护士闯进来：“晏医生，三十八床的病人家属找您。”

小护士说完才察觉到气氛微妙，话已经收不回来了，只好干等着晏寔发号施令，每分每秒都是煎熬。

晏寔：“好，知道了。”

小护士轻手轻脚地合上门，逃命似的溜了。

“明天就走了，今天还要工作吗？”

“医院人手不够没办法。”他又把话题拉回来，“把钱还我，然后当个陌生人，老死不相往来吗？欠梁远朝可以，欠我不行？”

她不是木头脑袋，晏寔对她的感情她早就察觉了。最初，她把他当合作伙伴，后来是恩人，再后来是朋友抑或是家人。从头至尾他有情，可她无意。

“我结婚了。”她把手从鱼缸后面拿出来，无名指上的钻戒金光闪闪。

“如果我比他更早认识你……”晏寔缓缓开口。

薄矜初笑着打断他：“你以前不是最讨厌不可能存在的假设吗，怎么最近越来越喜欢设想如果了？”

晏寔想说的是，“如果我比他更早认识你，我也想做你身前的少年”。

突然，一股力量扯住她手腕，淡淡的消毒水味漫进鼻腔，这是晏寔第一次抱她。

她没推开，就当是饯行好了：“我把钱还你是因为我想给梁远朝安全感，我和你说过的，他在感情上很傻，可我就是很爱他。晏寔，你是一群人的英雄，而他只是我的英雄。”她轻轻回抱了他一下，“很幸运能够认识你，晏寔。记得保护好自己，然后平安回来。”

薄矜初从医院出去后，直奔梁远朝的车，男人靠在车身上，手里拿着一个与他形象极度违和的冰激凌。

晏寔站在办公室的窗户边，看着薄矜初像幼儿园放学的小朋友兴奋地奔向家人。梁远朝把冰激凌递给她，她不接，反而踮着脚索吻。

“亲一下！”

梁远朝撇开头：“大庭广众有伤风化。”

“梁主席，你毕业好多年了！”薄矜初掐他腰，“你要是再不亲我，我就回去找晏寔了。”

她还真敢往回走。

梁远朝把人勾回来摁在车门上，当街来了一个法式热吻：“够了吗？”

旁边的梧桐树叶掉光了，风吹乱她的发丝，媚眼下的红色嘴角挂着一丝晶莹的液体，梁远朝真想当场办了她。

她看穿了他眼底的欲望，说：“够了。”

“够了？”他眯着眼，眼神危险。

薄矜初躲过他的眼神，舔了一口冰激凌：“好甜啊，你吃吗？”

梁远朝当着她的面把整个冰激凌球吃掉，剩下一个蛋筒塞到她手上。副驾驶的门被拉开，梁远朝把她塞进去。

薄矜初气得半死：“梁远朝，你是什么幼稚鬼啊？！”

直到那辆迈巴赫脱离视线范围，晏寔才回过神。他想起王敛的话——她好不容易走出来，你不替她开心吗？

他见过她太多苟且偷生、浑浑噩噩的模样，甚至忘了她也可以是个小女生。从她还那三百万元起，晏寔就知道这一天迟早会来。他想了很久，他心疼她，却也爱她。

晏寔对薄矜初的爱便是对自己说：薄矜初，你去追求幸福吧。

两人都有种如释重负的感觉，他有惋惜，她有抱歉，不过这已经是最好的结局了。

新婚之夜，两人平静地躺在床上，薄矜初临时起意：“互相说个对方不知道的秘密吧，我先说？”

梁远朝抱着她：“好。”

她说的是：“那年夏天你拎着西瓜来看我，我哭了一个晚上。后来我为了你考去 A 大，结果你出国了。”

“从那以后我再也没吃过西瓜。”梁远朝说。

薄矜初摸着他的耳朵说：“以后每个夏天我们都一起吃西瓜。”

“嗯。”

月亮不知道什么时候进来的，悄悄地趴在那儿听墙角。

薄矜初用手肘戳他：“快点儿，到你说了。”

“校庆那天听到你自我介绍，我都快疯了。你知不知道那天我环湖跑了十圈？”他拿着她的手玩，一根手指一根手指地亲过去，最后说，“激动的。”

她的吻动情又温柔，梁远朝静静地享受着她补偿的爱意。

月亮不合时宜地发情了，玩命地叫，盖过两人躯体碰撞的声音。

薄矜初实在受不了了：“让我知道这猫的主人是谁，我一定弄死他。”

“沈修的。”

“什么？”薄矜初感觉身体和心灵受到了双重冲击，“沈修住这儿？”

“不是，是我带来的。明天把它送回去，以后换我陪你。”

“路很长，车很快，终点看似遥远，但终落在眼前。我想请司机开得慢一点儿，再慢一点儿，沿途的风景还没看够，我脑海中的美好幻想还差一个结局。司机说不行，他赶着接下一趟客人。我还是下车了，那就现实中再见吧。”

摘自薄矜初大四时的考研日记。

番外 立夏

五月五日，立夏。

梁家餐厅里只有梁远朝和梁逾，少年刚剃了寸头。

梁远朝淡淡地扫了他一眼，说："周橙衣想你了，你过去玩几天。"

周橙衣是周恒家的老二，上二年级，见到梁逾成天逾哥哥长逾哥哥短的，喜欢得不得了。周恒家老大叫周臣之，比梁逾大两岁。

少年敲了个蛋，看了他爸一眼："我上周刚去过。"

"再去一次。"梁远朝懒得跟他商量。

"过几天吧。"少年把剥好的蛋切好放在一个粉色的餐盘里，还加了一块抹了草莓酱的吐司，准备端上楼的时候，梁远朝拦住了他："谈恋爱了？别欺负女孩子。"

梁逾一脸茫然。

梁远朝扫了一眼他的头发，接过他手里的盘子，叮嘱他："最近别回家了，你妹不喜欢寸头。"

梁逾："……"

二楼的主卧里，薄矜初和梁意还在睡觉，梁远朝拉开一层窗帘，阳光打在蓬松的被子上，懒洋洋的。小姑娘醒了，软软地喊了声爸爸。

薄矜初翻了个身，迷迷糊糊地推了推梁意肉墩墩的身子："去，叫爸爸抱。"

她才不听话，嗖一下钻进被子里，一通乱窜，在被子里咯咯直笑。

风一吹，街边的二球悬铃木飞得到处都是，姜素没戴口罩，低头看了一眼手表，捂着嘴往前跑，裙子裹着腿，她随意扯了两下，跑得更快了。

今天甜品店客人不多，门口的牌子上写了今日新品：蛋香满桂。

北城的立夏人人都要吃鸡蛋。厨房的锅里孤零零地躺着两个水煮蛋，姜素被电话吵醒，火急火燎地出门，忘了锅里的冷蛋。

“叮——欢迎光临。”一道可爱的机械女声响起。

姜素喘着气，一眼就看见了向她招手的向萤。

“姜，这边。”

看着铺满了参考书和模拟卷的桌子，姜素气得头顶冒烟：“你不是说你胃疼？”

向萤一脸疲倦地趴在桌上，眼皮子直打架，连带着声音也发虚：“我不行了，写不完啊，简直比胃疼还难受！我抄了一晚上的数学，还差两张卷子，再抄我就要吐了。”

姜素嘴角一抽，难以置信地看着她：“你这是欠了多少作业？”

向萤有气无力地竖起一根食指。

姜素疑惑：“一个月？”

向萤摆摆手指：“一个学期。”

姜素第一反应是附中真好，向萤的班主任更好，竟然没让她收拾东西滚蛋。

桌脚旁的书包里试卷快溢出来了，向萤从书包的小夹层里摸出一支新笔，恭恭敬敬地双手奉上：“跪谢大佬。”

姜素扭头不接。

向萤一咬牙：“给你买大红袍牛乳茶！”

求她帮忙就这点儿诚意？姜素不屑地扯了下嘴角。

向萤见姜素还不松口，撇了撇嘴，说：“我昨天刚换了画材，真没钱了。”

向萤喜欢画画，姜素知道。

对向萤而言，学画画不仅烧钱，更重要的是得不到爸妈的支持，比街头艺术家还艰难。

姜素想了想，她确实挺惨的，开口却是：“这和我有关系吗？”

向萤面带微笑，姜素翻起脸来真不是个人，刚想开口骂，想起家里那盒价值两千多、被她供起来舍不得用的史明克四十八色大师固体全块。

那是姜素送她的，那两千多块钱可都是她身上掉下来的肉，想到这里，向萤改变主意说：“那，桃桃乌龙，两杯？”

“行，两杯桃桃。”姜素接过笔顺势坐下，刚拔掉笔帽准备帮她把那两张数学卷子抄了，手边突然多了一本崭新的、依稀还泛着晨光的天利三十八套，还是数学。

姜素真想把桌子掀了盖在她头上：“你好歹写几张啊，这样期末考试怎么办？中考怎么办？”

向萤装没听见，一头扎进臂弯里，声音蔫巴巴地说：“我先睡会儿，实在撑不住了。”

姜素燃起的怒火被她眼下那两团青黑硬生生压了下去，暂时先饶了她。

向萤做了个梦，梦里她在学校上晚自习，作业翻开没两分钟就睡着了，突然有人拿笔杆子敲她。

“同学。醒醒。”

她心里烦躁，正准备破口大骂，一睁眼发现不在教室，晃神之际，一张陌生的脸凑到她面前。

男生穿着服务生的套装，看起来应该是个大学生。男生右边脸有个酒窝，轻描淡写的一笑令人出神，隔壁桌几个女孩子齐刷刷看向他，手都捂不住那几张花痴的脸。

男生笑着略带抱歉地说：“不好意思，打扰你了，刚刚跟你一起的女生让我在十点半的时候叫醒你。”

向萤这才发现姜素不见了，她问男生：“她人呢？”

“她说她有急事先走了。”

向萤睡觉时压到了左眼，一时半会儿看不清东西，她揉了两下模糊的左眼，又问：“她什么时候走的？”

“一个小时前。”

向萤噼里啪啦发了一连串微信消息给姜素。

“真不愧是好姐妹，关键时候掉链子。”

“今天的友谊是一块二毛五的。”

“前一分钟还点赞别人的朋友圈，后一分钟装看不到我的信息？”

向萤睡醒后精神抖擞，她继续控诉，一直发到姜素回复了为止。

“我给你支个着儿，你上回不是说那家店有很多帅哥吗，你随便挑一个让他教教你，初中知识肯定难不倒帅哥，加油哈！我还有事儿，勿回。”

勿回个头啊，一点儿也不靠谱。

向萤气呼呼地杵着脸望向窗外，忽地看到一个身影，有点儿眼熟。她蹭到窗边，发现男生在打盹，光把他的脸劈成两半。

向萤蹑手蹑脚地在他对面坐下，掏出手机，“咔嚓咔嚓”拍了十几张男生的睡颜，发到姐妹群里。

然后，她收起手机，装模作样地清了清嗓子：“咯咯……”

梁逾没睡着，只是眯了会儿，早就注意到了她的动静。

见他坐直身子，向萤笑嘻嘻地说：“哟，这不是我们学委大人吗？”

梁逾瞥了她一眼，低头看手机，半个小时了，周臣之还没来。

得不到他的回复，向萤也不恼，从自己桌上抱了一摞试卷过来：“学委教我做个题呗？”

梁逾嘴角扬了扬，故意戳她痛点，重复向萤说的那个量词：“个？你确定你不会的题是用个来形容的？”

又被他羞辱了，向萤在心里默念三遍，不生气，不和小人一般见识。

“学委也知道我成绩不好，”向萤咬着牙，“那就多教我几道呗。”

估计是今天天气好，梁逾心情还不错，顺起一张卷子，是上周布置的数学综合卷，试题挺简单的，向萤统共做了五道，五道全错。

他指了指其中一道题：“这个，在我笔记的第五页。”

“这个，在第十二页。”

“这个，第十七页。”

说完，他起身准备走，向萤立马冲过去把他摁在凳子上：“那个……”

梁逾：“说。”

“你能不能把你的笔记再借我一下？我之前偷偷复印的卖完了。”

就是因为向萤偷偷复印了梁逾的数学笔记并销售给同学，两人才结了梁子的。

梁逾是学委，向萤一直不写作业，梁逾以前都是睁一只眼闭一只眼。从那次开始，他每次都把她的名字上报，让向萤成功被每一个老师盯上，开启苦不堪言的补工生涯。

“我发誓以后绝对不干这种事了。我对不起学委，对不起知识，对不起老师们的悉心栽培，对不起祖国繁荣昌盛的明天，罪孽深重的我自有天收。”

向萤见他没反应，又扯了扯他的外套袖子，可怜巴巴地看着他：“学委，再借我一次吧。陈老师说我下周交不上作业就要找家长了。”

刚才那束光偏了角度，正好挡在两人的视线中间，梁逾好像在笑，向萤觉得很不真切。

“不借。”

周臣之快到了，给梁逾打了个电话。

甜品店里只剩下向萤和一堆孤零零的卷子。梁逾走之前给向萤点了一份蛋香满桂，留了张便签：“吃好，睡好，脑子才能好。”

向萤断断续续熬了三个通宵才把所有卷子补完，以为可以放松一阵子了，没想到又撞上了家长会。

家长会安排在周五，薄矜初下午休息，特意打扮得精致，她到的时候班里已经有很多家长在了。

梁逾的位子在最后一排，薄矜初站在教室的后面，前面的同学纷纷回头，看一眼转回去窃窃私语：“学委妈妈好漂亮。”

“而且保养得也好。”

薄矜初习惯了这种场面，没有半点儿不自在，轻声问儿子：“听你爸说你有中意的女孩子了？哪个啊？”

“妈，你别听我爸瞎说。”

薄矜初对儿子笑了笑：“你爸和你，我还是更愿意相信你爸。”

唉，梁逾无奈作罢。

时间差不多了，班主任进来让同学们出去自由活动，家长留在教室。

梁逾经过向萤的座位时停了一会儿，他这个小动作瞬间被薄矜初捕捉到。

向萤的家长没来，桌上没有致家长的一封信，只有抄了一半的语文卷子和零零散散的几支笔。

“去打球啊，来一局。”有人对着隔壁班后门喊了句，两个班准备来一场友谊赛，女生跟着去给自己班加油。

梁逾今天不是很想打球，被人拉上场后连进了三个球就换人了。

“逾哥真不打了？”

“你们打，我去买水。”

梁逾刚进楼梯间，向萤从天台上下来，两人打了个照面。

她的头发被风吹乱了，左手捏着两张皱巴巴的画纸和一小盒颜料，画的什么梁逾看不见，右手捏着蘸满了颜料的笔。

向萤像是没看见他，径直下楼，梁逾走在后面，楼道里只有脚步声。

她去小卖部买了瓶水，拧开瓶盖直接把笔塞进去晃荡了两下，然后把画纸搓成团丢进垃圾桶里。

梁逾付了五箱矿泉水的钱，让小卖部的老板帮忙送去体育馆，出来的时候，向萤已经不见了。

梁逾收到薄矜初的微信消息，她妈偷拍了向萤，女生蹲在教室外面的走廊上，插了画笔的矿泉水瓶放在脚边，低头在看手机。

“她心情不好。”

“嗯。”梁逾看出来了。

“嗯？”薄矜初提醒儿子，“别跟你爸学，不然以后有你哭的。”

向萤抬头才注意到有个女人在看她，她尴尬地笑了笑，贴着墙站起来。

“你好，我是梁逾的妈妈。”薄矜初今天穿了高跟鞋，走近她的时候特意弯了弯腰。

“阿姨好。”

“如果有需要，你可以随时向梁逾求助，不管是画画还是其他的，都可以。”

向萤有点儿蒙，好像听懂了，又好像没听懂。

家长会结束得不算早，梁远朝先去幼儿园接了女儿，再去附中接上老婆和儿子。

薄矜初一上车就和梁远朝说：“我好像看到了小时候的我们。”

梁意看见薄矜初很激动，在儿童座椅上扑腾：“妈妈、妈妈！”

薄矜初做了个“安静”的手势。

梁远朝一边倒车，一边问：“怎么了？”

“快看你儿子。”

梁远朝顺着老婆的视线往窗外望去，见儿子和一个女生站在校门口说话。

那年冬天下了一场大雪，薄矜初生完梁意，看到小姑娘的那一刻止不住地掉眼泪。

梁逾拎着送给妹妹的芭比娃娃站在一边，听到妈妈说：“如果举头三尺有神明，我希望你们都是神明眷顾的孩子。”

希望向萤也是。